張淑英 譯

哈維爾・馬利亞斯

如此蒼白的心

Corazón tan blanco

JAVIER MARÍAS

目錄

代序

艾立德・皮塔雷羅（Elide Pittarello）*

大約十五年前，那個時候的哈維爾・馬利亞斯是個十足的夜貓子，他習慣每天晚上，或是幾乎每個晚上都要出去逛逛。如果不是某個晚上他突然決定待在家裡，很可能就不會有《如此蒼白的心》了。他說那天晚上他在家裡看電視，看到奧森・威爾斯主演的電影《馬克白》，從這部莎劇改編的電影有了「第一個心跳聲」——這個取自納博科夫最受歡迎的小說，也是馬利亞斯翻譯成西班牙文版本的譬喻**，讓他獲得意想不到的國際聲名。

從《感性的男人》開始，馬利亞斯的作品在法國就備受讚賞，但是無法跟幾年後《如此蒼白的心》在德國造成的轟動相提並論，真正形成一個文學現象。

這部作品的命運又經電視再造高峰：德國一個擁有廣大收視群，介紹文學明星的電視節目中，一位熱情又嚴謹的文學評論家馬爾・萊西—拉尼茲基（Marcel Reich-Ranicki），連同其他兩位評論家同儕，將《如此蒼白的心》評為大師傑作。那是一九九六年。這個形同神聖的禮讚廣泛引起其他國家出版業界的注意，包括截至當時並不熱衷尚持保守觀望的一些出版商。之後各種外語翻譯如雨後春筍倍增，將這本一九九二年在西班牙出版時便已相當暢銷的盛況延伸到國際。當時《如此蒼白的心》才一出版，便獲得西班牙的「小說評論獎」（Premio de la Crítica de Narrativa）。而一九九六年甫成立的「國際IMPAC都柏林文學獎」於第二年一九九七年便頒給馬利亞斯的《如此蒼白的心》，在在顯示作品佳評如潮與作者聲名遠播的盛事。

《如此蒼白的心》把西方文化根深柢固的價值觀置放在一個動搖的危機當中。衝突的爆發點從夫妻關係開始，婚姻這個機制面臨一個艱難的任務，就是要如何訂定戀愛關係的規則，而理論上大家都想選擇擁有最大的自由。

華安，一個在國際組織工作的口譯員跟路易莎結婚，兩人相識於一場國際領袖會晤擔任口譯的場合：一位英國女士和一位西班牙男士，可能的擬仿就是英國首相柴契爾夫人和西班牙總理菲利普·岡薩雷茲（Felipe González）。小說中顯現戲謔嘲諷的地方，在於揭露並諷刺權力暗藏的詭計，同時也變成小說的母題，一個篇章延伸到另一個篇章，持續影響甚至毒害小說情節裡的每個人物的互動關係。那個「每個人彼此互相強迫」的意圖，事實上，這種約束會強制外在的環境和個人本能的直覺，已經無法讓人相信自由和選擇的可能性。這個被隱藏的決定論貫穿整部小說，敘述一個故事，就像馬利亞斯所揭示的，探討一對夫妻和一個祕密，還有懷疑的說服力。這一切於焉形成。但是，另一方面也可以說，這部小說同時也探討了愛情與其冒險可能帶來的悲劇結果。愛情在與理性協商的艱難過程中，愛的激情在小說裡呈現出陰暗模糊的一面，同時也是最不幸危險的一面。

這個整體的不安，很巧妙地被影射出來，在敘述者華安的身上，一直誘發持續性的「不祥的預感」，他注意到和路易莎婚後將近一年來，從他的婚禮當日開始，就一直被那個不安圍繞著，只因他的父親藍斯，在佛朗哥政權下頗意氣風發的藝評家，在婚宴中勸告他說，永遠不要告訴他的新婚妻子任何祕密。這位相當自信的父親，將他的手放在兒子的肩膀上拍拍他，給兒子這個奇怪的建議，讓他從那時起充滿疑惑。這樣既親切又神祕的預警，而且沒有答辯的可能，從那一刻起，就跟那個拍拍肩膀的動作連結一起，其意模稜兩可，既可以解釋成護衛，又可以看成威脅那樣令人不安。華安，被父親這樣的態度引發好奇心，開始質疑父親的人生，持續進行觀察與偵探，而對他，無疑也是十分折磨與煩擾的過程，同時對他的人生產生巨大的影響。

另一方面，小說一開始用華安那句不尋常的話「我一直不想知道，但是，我卻知道了」掀開序幕，含蓄地說明他不想成為那個當下的自己，也不想訴說他正在訴說的故事，那個讓他的論述一直不舒服的感覺，一種在訴說與沉默之間無止境催促與逼迫的不適。

他不得不細說從頭，像拼圖一樣，從家族裡一再發生的各種難題，和他不祥的預感來重構故事原本的面貌。小說的敘述者越來越強烈感受到一場災難的來臨。「他者」對他而言，是個危險費解的謎，那種感覺最後綿延擴散到家人和陌生人都變得可疑。這個變質來自於對各種關係的窺伺，任何身分都無法倖免。雙重身分的陰霾疑雲瀰漫整部小說，同樣地，敘述者透過那個我執的念頭隨心所欲地跟不同的時空連結，解釋最另類與異類的雙雙對對的情侶與戀人關係。例如，身分成謎的蜜莉安和吉耶莫，兩人謀劃吉耶莫妻子的死亡，恰巧跟敘述者的蜜月旅行下榻在同一間飯店，這兩個人相關的若干細節，隱約又與敘述者在紐約的朋友貝兒妲有所牽連；而比爾和貝兒妲彼此透過廣告交友欄偶遇的情人關係，又讓貝兒妲遭受惡劣的凌辱。在敘述者不安的假設和推測中，每個人物不只跟他和他的妻子路易莎有些類似的共通點，甚至跟他自己的父親，以及父親死去的亡妻，也就是敘述者的母親，以及前一任妻子，母親的姊姊，都有類似的連結關係。

性愛的吸引力，原是孕育生命的動力，在《如此蒼白的心》中，卻與其本能相反，總是以暴力的方式出現。小說把身體作為致命激情的場域，尤其是女人的身體。女人是最費解的謎，無論是哪一個國家，哪一種社會階級，這本小說裡，所有的女人總在話語溝通進行時戛然而止，沉浸在她們兀自哼歌的聲音裡，在輕聲低吟的哼哼唱唱中，排除男人的存在，無視於身邊的他們。她們不知道就是在低吟哼唱的沉思時，也正是她們的身體最脆弱最容易受傷害的時候。

在這樣的矛盾中，我們的敘述者也無法置身度外，他在意願和被動之間游移不定，時而不信任他的妻子路易莎，對她卻又有極深的愛戀。

對他而言，一個人不須對自己的行為負責，而是對所聽到的事情負責：「聽覺沒有眼瞼，不會對聽到的話像眼睛一樣直覺地閉起來」。這個顛覆性的倫理貫穿了整部小說，尤其在談論《馬克白》那篇簡短的篇章，具體而言，就是莎劇第二幕第二景謀殺那個場景。馬克白夫人安慰剛剛殺害了鄧肯國王而驚慌失措的丈夫後，用她的雙手沾染死者的血跡，並將鮮血塗在事先被麻醉的僕從的臉上，且把凶器放在他們身體旁邊做為罪證。就在一切行動安排妥適之後，確保夫妻兩人得以脫罪時，慫恿這個犯罪的馬克白夫人對著凶手馬克白說：「我的手也和你的一樣顏色了，但是我羞於有一顆像你那樣蒼白的心」。

馬利亞斯表示他特別注意這個句子模糊的意涵，因為上下文間並沒有足以判斷的文本，說「白」這個形容詞是象徵天真還是懦弱。

莎士比亞的《馬克白》延續古典悲劇的模式，這對邪惡的夫妻，犯下弒君的罪行後，突然變得膽怯懦弱，最後依然被這個祕密所承受的道德壓力擊潰，這兩個有罪的人都沒有料到會有這樣的後果。相反地，馬利亞斯的《馬克白》，重點不在交代那對犯罪夫妻的命運，因為對罪行的處罰比訴說的需要來得不重要，重點在於做與說的關係。

有別於說話當下即逝的特性，做出的行為就沒有回頭路：一旦發生便直到永遠。然而，行為的存在取決於有人記得，有人講述。馬利亞斯這部小說絕大部分的內容在爬梳這個概念，同時牽動到論述的實踐與真實，事件只有被說出來以後才成為事實，就像馬克白的「事已成了，那事已辦妥」，換言之，被他的夫人慫恿而謀殺，但是馬克白夫人只有分擔她知道死亡事件的責任。這是本書敘述者令人驚奇的道德設定與論述。他，敘述者，到最後其實可以不用傾聽他的父親藍斯對路易莎的告白，但是他卻決定要聽，也因此背負而且承擔了這個血腥的罪愆，而他自己，決定透過說故事來傳遞。

就這個層面而言，《如此蒼白的心》也可以從這個角度來閱讀，就是良知抗拒的挫敗，這個良知失去天真和遺忘所賦予的保障。從這裡看歷史，也可以解釋為何這部小說也被詮釋為政治意涵的小說，彷彿西班牙從佛朗哥時期過渡到民主的寓言，如果沒有一個噤聲的協定，就不可成完成。

藍斯多變的一生，在佛朗哥政權下累積財富，卻得以逍遙法外；他的兒子華安，接受了父親提供給他優渥的生活條件，一旦知道了他不想知道的事，卻沒有批判他，而過程中的若干不幸或壞事，在事後他用「不祥的預感」來辯說，作者將故事中斷，鋪陳了開放的結尾，並不會因為這樣而平息，相反地，將小說故事的張力帶向了緊張的焦慮與惶恐，也就是小說一開始就帶給讀者難忘且驚心動魄的場景。

＊本文作者為威尼斯Ca' Foscari大學的名譽教授，自一九八九年至二〇一七年期間教授西班牙文學。二〇一六年起為西班牙皇家學院外籍院士。

＊＊指《蘿莉塔》，馬利亞斯於一九九九年納博科夫百年冥誕翻譯十八首詩《自從我見你逝去》(Desde que te vi morir)，其中提到《蘿莉塔》。

自序

一個祕密，一首歌，一場婚禮[1]

哈維爾・馬利亞斯

比起談論小說，我更想講寫這部小說的源頭。是的，談論兩、三個個別事件（不需要更多），此時此刻，就跟之前若干時機一樣，有一天，它們讓我坐在打字機前，寫下第一個句子。《如此蒼白的心》的第一句話是這樣：「我一直不想知道，但是，我卻知道了。女孩們當中有一位，當她已不再是個小女孩時，就在不久前才剛度完蜜月回來。她走進浴室，站在鏡子前面，解開了襯衫，脫下胸罩，拿著父親的手槍在胸前摸尋，槍口對準心臟的位置。那時，她的父親正跟其他家人和三位客人在飯廳用餐。」這是幾年前在真實生活中我的家族裡一位女人做了這件事。從來沒有人知道原因，也不知道她才新婚幾個星期裡究竟發生什麼事了，原本是開開心心或再正常不過的夫妻了。正因為不容易去想像怎會發生這種事，所以我試著去想像，而不是去調查：我的小說的敘述者，是那個女人的晚輩，但是無緣相識，在小說的第一段裡便描述他的特質，就是不想深究調查，因為他不想知道，他對那個凡事一定要知道事實，一定要查到水落石出的說法存疑。

第二個一直縈繞我腦海的事件跟我有點關係，雖然想來有點奇怪，等到小說寫的頗有進展時我才發現：我的外婆蘿拉．馬涅拉在哈瓦那出生。一八九八年美西戰爭，西班牙失去古巴殖民地後，她們全家回到西班牙來（或者正確地說，第一次來到西班牙），那時她大約八歲或十歲，我認識的外婆是個笑口常開笑和藹可親的老人，而且講話還帶有哈瓦那的口音，他叫我們這群兄弟是「瓜西羅」或是「瓜西男哥」[2]，她會對著我們哼歌，都是小時候從她的黑人褓姆那兒學來的。那些歌當中有一首不吉利又很滑稽的歌：一位新娘跟一個外地來的有錢人結婚，新婚之夜時跟她的母親求救，她的母親在洞房隔壁房間看守。「媽咪呀，媽咪呀，耶耶耶，」新娘唱著歌，「蛇要吞我，耶耶耶。」但是新郎的聲音從門傳過去，唱著「謊言啊！我的丈母娘，耶耶耶，我們正在玩耍，耶耶耶，那是我家鄉的遊戲，耶耶耶。」翌日清晨，母親也是丈母娘在新人的床上發現一條巨大的蛇，卻不見新婚夫妻人影。這首歌在《如此蒼白的心》占有重要地位，而且出現不止一次。

第三個事件跟我自己虛構的傳記有關，因此肯定也是比較瑣碎的：我從來沒有結過婚，雖然我曾經差一點就結婚了，也曾經跟人同居過。婚姻是個如此共通又平凡瑣碎的常態，但是我不懂，讓我覺得有點神祕感，有些時候我難免會想到，我從來沒有經歷過的婚姻生活將會是怎樣的情況呢？如果我們將這個好奇心跟前面兩個事件連結想像的話，也就不會覺得奇怪，為何夫妻關係在我的小說裡呈現一種不祥的負面印象，我避免說是危險關係；當然也就不奇怪那個好奇的念頭會寫出這本作品（就像書的封底簡介依照我的想法去敘述）[3]——「這本小說是有關祕密與保守祕密可能的好處；關於夫妻關係、謀殺、慫恿；關於懷疑，關於說話和沉默；還有每個人蒼白的心。漸漸地，這些因素彼此牽連糾葛，都一起看著『流逝的時光在流逝』，而最後都知道了從來不想知道的事。」

譯注

1 本篇首次刊登於《太陽報》（*El Sol*）的副刊「太陽報叢書」（*Los libros de El Sol*），一九九二年二月二十一日。
2 瓜西羅（Guajiro），在古巴指鄉間從事農耕的白人；瓜西男哥（guachinango），指樸實單純、性情溫和的人。
3 馬利亞斯指的是這本小說的平裝首印版封底介紹（原編注）。

獻給胡莉雅・阿爾塔雷斯（Julia Altares）

紀念哈瓦那的蘿拉・馬涅拉（Lola Manera）

我的手也和你的一樣顏色了；
但是我羞於有一顆像你那樣蒼白的心。
——莎士比亞

我一直不想知道，但是，我卻知道了。女孩們當中有一位，當她已不再是個小女孩時，就在不久前才剛度完蜜月回來。她走進浴室，站在鏡子前面，解開了襯衫，脫下胸罩，拿著父親的手槍在胸前摸尋，槍口對準心臟的位置。那時，她的父親正跟其他家人和三位客人在飯廳用餐。時間大約是她離開餐桌五分鐘後，忽地「砰」一聲巨響，她的父親並沒有立刻起身，而是傻愣了幾秒鐘，嘴裡還塞滿食物，沒敢再多咀嚼一口，也沒敢吞下去，更不敢把口中的食物往盤子裡吐。後來終於回過神，趕緊起身衝到浴室。跟在他後頭過去的人看著他，先是目睹女兒滿身是血，然後雙手抱著頭，還得把嘴裡的肉從一邊推到另一邊，不知如何處理是好。他手裡還拎著餐巾一直沒放下，過了些會兒，注意到丟在坐浴盆上的胸罩，才趕緊用手邊的餐巾或是就近拿到的棉布蓋著。他的嘴唇沾了污漬，好像看到貼身內衣比看到倒下的軀體或半裸的身體讓他更感到羞恥。那件內衣方才還跟這具半裸的軀體親膚貼合在一起，而這身體，不久前坐在餐桌旁，才從走道離開，或跟他一樣，也是活生生地站著。先前，父親好像是反射動作，自動關了洗臉盆冷水端的水龍頭，它一直開著，強力的水壓讓水流的湍急。之前，她的女兒站在鏡子前，一直哭個不停，她解開襯衫，脫下胸罩，摸尋心臟的位置，現在她躺在一間大浴室冰冷的地板上，眼裡滿是淚水，這在午餐時沒有這情況，在她倒下沒有生命跡象後也不會再湧出來。這回有點反常，跟她平常的習慣，或是跟一般的習慣不一樣，門沒有上鎖，這讓她父親想到（不過很短暫，甚至也沒怎麼想，就在他吞嚥的動作後就閃過了）他的女兒，正在哭泣的時候，可能一直等待或是希望有人剛好打開門，阻止她做這件事，不需要強力制止，看到還活著的她，一身赤裸，只消有人出現就可以阻止，或許也會用手拍拍她的肩膀。可是午餐的時候沒有人去浴室（現在只有她，而她已經不是小女孩）。另一邊沒有受到槍擊的乳房一覽無遺，母性的胴體、白皙的皮膚、依然堅挺，任誰第一眼看到，直覺就是會往這個乳房瞧，也是為了避免視線朝向另一個，因為另一個已經不存在了，有也只是血跡斑斑而已。作為父親的已經很多年沒有看過那個胸部了。當它發育成熟散發母性的特質時，他就沒再看過了。因此，當下他不只是驚嚇，也茫然失措。另一個女兒，也就是妹妹，在姊姊青春期，甚至之後，的確看過她胸部的變化。她是第一個去碰觸她的大體的人，她拿一條毛巾（她自己那條已經泛白的藍色浴巾，也是平常習慣用的）去擦乾臉上混雜分不清的淚水、汗水，還是清水。在水龍頭還沒關掉以前，洗手槽噴出的水濺到磁磚，也濺到躺在地板上姊姊的臉頰、乳白的胸部和皺掉的裙子。她也急忙地想要擦乾她身上的血，好像這樣就可以把她救活。可是毛巾瞬間濕透，顯然沒有幫助，而且也浸染了鮮血。於是，也不想用這條濕漉漉的毛巾去遮胸脯，再看到它已經被鮮血染紅（這可是她自己的那條毛巾），乾脆移開掛在浴缸邊緣，讓它在那兒兀自滴滴答答。她開口說話，可是唯一說得出口的是姊姊的名字，還反覆不停呼叫。當中一位客人忍不住從他稍遠的位置照鏡子，順勢輕輕梳理一下頭髮，這當兒剛好也看到噴濺到鏡面的血跡和水漬（但不是汗水），所以映照出的都是有血水的畫面，包括他自己照鏡子的影像。他跟另外兩位客人一樣，站在門檻外，沒有進到浴室。儘管那當下也忘了什麼社交禮儀，但下意識覺得只有她的家人有權利跨過那個門檻。三位客人只是微微傾身探頭，好像大人聽小孩講話的姿勢，沒有向前移動半步，可能是噁心，也可能基於尊重，應該是噁心的成分居多吧！客人中有一位是醫師（就是那位照鏡子的），正常情況下他應該會篤定地向前開路，然後檢查一下死者的身體，或者至少，屈膝跪蹲地上，用兩指測試她的頸動脈。他沒有這麼做，甚至連那個快要不支的父親呼喚他時也沒有反應。且瞧那父親臉色越來越蒼白，身子越來越站不穩，回頭轉向醫師，指著女兒的身體對他說：「醫生。」沒有絲毫加重語氣的懇求，也等不及醫生是否回話，緊接著旋即轉身。他不只背對著醫生，也背對著自己的女兒，那個還活著的，還有那個他還不敢說已經死去的女兒。他將手肘倚靠在洗手臺上，雙手頂著額頭，把吃進去的食物全部吐出來了，連那一塊沒有咀嚼就吞進去的肉也吐了出來。他的小兒子，死者的弟弟，比他兩個姊姊的年紀小很多，靠近他像是要幫他，但也只能抓住他夾克的下襬，扶著他撐住身子，免得嘔吐抽搐不支倒地。不過，他這個動作讓人看來，倒像是在向此時此刻無能為力的父親尋求依靠。隱約有一陣口哨聲，是店家的小弟，有時他會耽擱客人的訂單延宕到午餐時間，槍聲響的時候他正在拆箱卸貨，他也探了頭瞧個究竟，還邊吹口哨，就像街頭上年輕小伙子都是這副德性（他的年紀跟那小兒子一樣）。當他看到脫一半的高跟鞋，或者說，只有後腳跟脫下跟鞋的情形，一條稍微往上掀起沾染血漬的裙子，還有沾了血跡的大腿，就立刻停止吹哨。從他的位置所能看到的死者的樣子就這麼多。這時不便發問，也過不去，也沒人理他，他也不知道是否該收拾一下，把空瓶子帶走，再吹著口哨回到廚房（這回吹口哨是要壯膽，消除心中的恐懼或舒緩現場看到的畫面）。他心想家中的管家遲早總會出現，平常都是她下指令，吩咐他該怎麼做。但是，現時當下她沒有出現在屬於她的地方，也沒有跟走道那群人在一起。管家跟煮飯的婦人身分不一樣，煮飯婦人是附屬這家庭的一分子，而她此刻一腳踩在浴室內，一腳在浴室外，用圍裙擦拭她的雙手，也許還掀起圍裙跟著畫十字禱告呢！槍聲響的時候，管家剛好把清空的大盤子端過來放在廚房中島大理石桌上，同時間聽到桌盤的敲聲和槍聲，讓她搞混了，接著還得小心翼翼擺盤置放在托盤上，直覺一雙手不夠用；而與此同時，店家小弟剛好也在開箱取貨，弄得喀喀響。管家當天早上被交代要買冰淇淋蛋糕，以便宴請中午的客人。一切準備就緒把蛋糕擺好以後，她估算飯廳裡的人應該用完第二道主食了，便將蛋糕送到飯廳，放在一張桌子上。結果出乎意料，她發現盤子上還有一些肉，餐具和餐巾都還散放在餐桌上，現場卻沒有人在用餐（只有一個盤子是空的，好像是當中一個人，大女兒，吃得比較快，而且一掃而空吃得乾乾淨淨，或是她根本沒有吃肉）。就跟平常一樣，她發現自己犯了一個錯誤，沒有先收拾用完餐點的碗盤，換上乾淨的上桌，就提前先送上甜點了，但是她也不敢把盤子堆疊收拾起來，猶恐客人還沒用完，想要繼續再吃（也許她應該一併送上水果）。由於主人吩咐用餐時間時她不要在室內走動，以免失禮不得體或打擾大家，她的活動空間僅限廚房和飯廳間。她也不敢沒來由地湊到聚集在浴室門口那些竊竊私語的人群，於是靜靜地等候，雙手擺到背後，背部靠著餐具櫃，不安地盯著方才放在空無一人的飯桌上的冰淇淋蛋糕，心忖天氣熱，是不是應該把蛋糕放回冰箱裡。她低聲地哼歌，把倒在桌上的鹽罐豎立起來，替一杯已經喝完的空酒杯斟酒，那是醫生太太的酒杯，她酒量好喝得猛。幾分鐘後，她看著冰淇淋蛋糕已經有點融化變形，還下不了決定該怎麼辦，忽然聽到門鈴響。平常應門招呼客人也是她的工作，因此她趕緊調正罩頭網帽，把圍裙拉直，確定絲襪沒有扭曲，隨即走向走廊通道。她快速地瞄了左邊一眼，看那旁觀人群竊竊私語又時而提高嗓門的哀叫，聽得她好生好奇，但是她沒有遲步緩走，也沒上前去湊熱鬧，而是轉向右邊，善盡她的職責。她一開門，聽到一陣正要收起的咯咯笑聲，還有一股濃濃的古龍水味道（樓梯平臺有點暗黑），不知是從這家中長子，或是那個不久前剛度蜜月回來的新郎，也是姊夫身上散發出來。他們兩個同時抵達，有可能是在路上遇到或是剛好到門口時碰頭（顯然是要過來家裡喝咖啡，不過還沒有人開始泡咖啡），管家差點受到感染跟著笑出來，她退到一旁，請他們倆先進門；霎時，她看到兩人的表情突然間變了臉，快速通過走道衝到人群聚集的浴室。這位丈夫，也是姊夫，臉色蒼白跟在後頭跑，一隻手攀在妻舅的肩膀上，好像要制止他，不讓他看到行將看到的畫面，或是，只是想抓住他而已。管家沒有回到飯廳，而是跟著他們倆同步加快步伐，待走到浴室門口前時，她發覺那來自其中一位男士，或是兩位都有的好品質的古龍水的味道更加濃郁，好似打翻了一整瓶香水流出來的香濃，或是被突然冒出的冷汗泌出香水的味道。她和煮飯婦人，還有客人都站在浴室門外，同時斜眼瞥見那店家小弟吹著口哨，從廚房走到飯廳，顯然是要去找她；但是她驚嚇過頭，一時之間不知是要叫住他，還是責備他，還是理會他。店家小弟先前早一步已經看過浴室的情況了，一定在飯廳待了好一會兒，之後他不聲不響地離開，也沒帶走空瓶子。幾個小時之後，那個原先快融化的冰淇淋蛋糕被收起來，再用紙包著當垃圾扔掉時，缺了好大一角，但是並沒有客人吃蛋糕，而醫生太太的酒杯又不剩半滴酒。大家都說藍斯，那位姊夫，死者的丈夫，也是我的父親，真是命運多舛，再度喪偶成了鰥夫。

這是很久以前的事了，那時我還沒出生，也沒有出生的可能，或者說，從那時起，我有了出生的機會。現在我結婚了，而且距離我跟我的妻子路易莎蜜月旅行回來還不到一年。我認識路易莎到現在才二十二個月，我們就完成婚嫁，人們說婚姻是一輩子的事，要三思而後行，哪怕現在什麼都講求快速的時代，跟以前也完全不一樣了，但是，我們的婚姻還是匆促了些；其實現在跟從前也不見得離得多遠（舉例來說，就像一個還沒走完的人生，或是已經過了一半的歲數，把時間分隔成過去和現在，例如我和路易莎的人生上半場）。從前，凡事都是深思熟慮，不慌不忙，事事有其方圓規矩，就算愚蠢傻事也有分寸，就更不用說死亡了，尤其是自戕結束自己的生命，何等重大！說來那個應該是我的姨媽的死亡，同時又永遠不可能是我的姨媽，她只是德蕾莎．阿基雷拉這個人。我開始漸漸認識這個人，但從來不是透過她的妹妹——我的母親。母親在我童年和年少時期總是三緘其口，之後往生了，更是永遠閉口了。我是間接透過一些關係比較疏遠的人或是偶然的機緣得知姨媽的事，最後是透過藍斯，她們兩姊妹的連襟，也是共同的丈夫，還有一位跟我沒有親戚關係的外籍女士，終於知道了這些陳年舊事。

說實話，如果說最近這幾年我會想知道多年前發生的事情，是因為我的婚姻的關係（其實我並不想知道，但是我卻知道了）。自從我締結婚約以後（締結這個動詞雖不再沿用，但是卻很逼真、很實用），對各種不幸我就有了預感的超能力，就像罹患了一種疾病，卻永遠不知道何時可以治癒那種心情。**婚姻狀況變更**這個詞，恆常被倉促草率處理，也就認為無關緊要，乏善可陳。**婚姻狀況變更**我覺得最符合我的現況，不過，和一般的觀念習俗不一樣，我認為事關重大。這好比一個疾病改變了我們的狀態，有時候逼得我們要中斷所有的日常，然後躺在病榻上，數不清的日子，只能俯臥枕頭仰望世界。我的婚姻中止我所有的習慣，甚至改變了我的信仰，更精確地說，也改變了我對世界的看法。也許是因為晚婚的緣故，我結婚的時候已經三十四歲了。

儘管我們這個時代，人際關係變得脆弱，而且結婚的雙方也很容易動不動就要斷絕關係。然而，傳統正常的婚姻，一開始最常見也是最大的問題，就是要面對一種不舒服的感受油然滋生，那個終究會來臨的終點（日子本身無傷，依然無感地一天過一天，沒有終點），或者說得明白些，是該專注做點別的事情的時候了。我知道這種感受是危險錯誤的，但是耽於這種想法，或是視以為當然，也就是造成那麼多山盟海誓的年輕夫妻才一開始經營婚姻就失敗的肇因。我也清楚地知道，應該立刻甩開這個即來的感受，打消要專注別的事情的念頭，而是專注婚姻，視為眼前應該經營的當務之急，雖然有人會認為任務已經達成，經營也已起家。這些我都了然於心，但是，我結婚後，在度蜜月期間（我們去了邁阿密，新紐奧良，墨西哥，之後去哈瓦那），我有兩個不愉快的感受，我還捫心自問，第二種感受是不是純粹幻想，刻意編造或無端找來替第一個辯解，或是要來反駁第一個。那第一個不舒服的感受我先前已經提過，就是你會聽到的那種對要結婚的人開玩笑的話，還有我的母語裡許許多多專門針對新婚夫妻的負面俗語（尤其針對男人），那個原本還是某個事件的起點，邊觀察邊過日子，卻莫名其妙地彷彿已到了它的終點。這種不快被簡化成一句可怕的句子，我不知道那些硬要強加這種說法的人要幹什麼：「那現在是怎樣呢？」

那個**婚姻狀況變更**，就像疾病，是無法估算的，它會打亂所有的事情，至少沒辦法讓進行到當下的事情繼續下去。例如，吃完晚餐或看完電影後，各自回到自己的家裡，我開車或是搭計程車送路易莎到她家門口；送完以後，我們分開，我獨自一個人在幾無人煙空曠的大街上散步，馬路也被清潔隊灑水灑的濕濕的。當然，我一路會想著她，想著未來，然後回到家裡。一旦結了婚，離開電影院，兩人的腳步會一起朝向同一個地方（腳步聲會參差不齊，因為現在是四隻腳一起走），這不是因為我決定要陪她走，也不是因為我有這個習慣，或是我覺得這樣才有禮貌、顯得有教養，而是因為現在走在潮濕的路面，腳步不再猶豫，也不會多加思考，也不會改變念頭，也不能後悔，不能選擇：現在毫無疑問，我們會走向同一個地方，不管今夜我們是否想要這麼做，或者也許是昨夜，當時我並不想。

正值蜜月旅行期間，也是這個身分變化開始起作用的時候（說開始起作用也不盡然正確，這是個劇烈的變化，連個喘息的機會都沒有），我發覺我很難去想到她，也完全不可能想像未來。這本來是任何人都可以領會的愉悅，即使不是當下的小確幸或救贖：可以隨意地胡思亂想，設想行將到來或可能到來的事情，就算想錯了也沒關係；不用太具體聚焦，也不用興致高昂，可以問問自己，我們明天會是怎樣呢？或是五年後，或是無法預測的未來會怎樣呢？已經在度蜜月了，好像迷失了自己，走投無路回不去了，失去那個抽象的未來，而那個才重要，因為現時當下無法感染它也不能同化它。就這樣，那個婚姻狀況的改變逼得所有進行到當時的事情都得戛然而止；而更常發生的情況是，那個改變提前到來，而且被一個合體的力量昭告天下，最具體可見的明證就是刻意準備屬於兩個人共同的家，一個之前不屬於任何一方的家，卻必須由兩個人裝模作樣共同揭幕。就我所知，這個約定俗成普遍的慣例和做法，事實上包括對締結婚姻雙方的考驗，就是兩人要彼此要求，放棄和摒除過去的自己、過去曾經愛過的人，或是要看到結合後的好處，因為也不是所有的婚姻都建立在戀愛的基礎上，有的婚後才開始戀愛，有的是婚前婚後都不曾有愛。不可能戀愛的！摒除自我，拋棄那個別人認識的你，那個別人交往相處、喜愛的你，跟隨帶來的後果是彼此各自的家也跟著消失了，或者，在這個家代表你的自我已經移除了。如此一來，兩個原來習慣於在各自的生活空間獨來獨往的人，自己一個人醒來，或是有時候也一個人就寢，突然間卻要硬性地跟別人在一起，一起睡覺一起起床；或是在空盪幾無人煙的大街上往同一個方向前進，或者一同搭電梯，已不再是一個訪客和一個主人的關係，也不是一個人要去接送另一個人的情形，或是這個人下樓出門去跟另一個人約會，而他正在車子裡或計程車旁等待她；而是變成兩個別無選擇的人，共用那些原來不屬於任何一方的幾間房間、一個電梯和一個大門，現在一切都屬於兩人共有，還要共用一個枕頭，連睡夢中都不時要彼此爭來搶去，這個枕頭，也像是病人需要倚靠的枕頭，最後他們也要躺臥這裡遙望世界。

一如我先前說過，這第一個不舒服的感覺在蜜月旅行初期就發生了。那是在邁阿密，一個很糟糕的城市，不過對新婚的人而言，卻是蜜月的天堂，最好的海灘。這個不舒服從紐奧良，墨西哥到哈瓦那一直累積，越來越嚴重。幾乎將近一年來，打從我們度蜜月回來，又很矯情地一起公開我們的新居，那不舒服的感覺持續變本加厲，積壓在我的心裡，也許是逼壓著我們兩個人吧。第二個不舒服發生在蜜月旅行後半段，欸！是的，就只發生在哈瓦那，像排山倒海的力道撲過來。某種程度上，我跟哈瓦那也有點關係，說得更精確些，有四分之一的血緣關係；我的外婆在那兒出生，也就是德蕾莎和華娜·阿基雷拉的母親，但孩提時候就移居到馬德里。那是發生在我們下榻待了三個晚上的飯店（我們手頭也不闊綽，每個城市都待的不長）。有一天下午我們出去散步，路易莎突然覺得不舒服，嚴重到我們不得不停止行程，立即返回飯店，讓她躺著休息。她畏寒哆嗦，有點頭暈噁心。意思是，沒辦法站立。一定是吃了什麼壞東西讓她不舒服，但是我們當時也沒有十足把握是什麼原因。我突然想起該不會是在墨西哥得了歐洲人很容易被感染的疾病，像嚴重的阿米巴痢疾之類。自從婚禮之後，我對不幸的預感，冥冥之中似乎不聲不響地以各種不同的方式圍繞著我，而這是其中一項（比較有動靜，或是說，不至於悶不吭聲），就是這疾病的威脅，或可能是突然的死亡，發生在那個要跟我共度人生、共享具體的未來和抽象的未來的人身上，雖然我感覺後者（抽象的未來）已經結束了，而我的生命也過半了，或許是兩個人合起來也過半了。我們沒有想要立即請醫生，想先觀察一下看會不會自動好起來，我扶她上床（我們在飯店是訂雙人床），讓她睡一下，以為這樣就可以復元。她好像睡著了，而我靜靜地在一旁守候，讓她可以充分休息；而讓我保持安靜又不會覺得無聊，也不會突然製造噪音、或是一時興起跟她講話，最好的方式就是探頭看看陽臺外面的街景，看看熙來攘往的哈瓦那人群，觀察他們往來行走的姿勢，穿衣的品味，從遠處聆聽他們的聲音，那嚶嚶膩語的呢喃。但是我眼神看外面，心思在屋內，惦記我背後身體斜臥，和床成對角線躺著的路易莎，外面的景致實在引不起我任何興趣。看著外頭，好比一個人去參加派對，卻知道他唯一在意的人並不在現場，而是留在家裡跟她的丈夫在一起。那個唯一在意的人生病了，躺在床上，就在我背後，她的丈夫在一旁陪伴照顧。

不過，經過幾分鐘看而不見的分神後，我清楚具體地看到一個人。我注意到她是因為她與眾不同，這幾分鐘的時間，她都沒有移動，或者說沒有從我的視線消失過，安靜地杵在同一個定點上。遠遠望去像是三十多歲的女人，穿著黃色圓領的襯衫，白色的裙子，蹬著同樣也是白色的高跟鞋，手上提著一只黑色的大皮包，就像我小時候在馬德里看到的仕女們一樣，大大的皮包掛在手臂上，而不是像現在都背在肩上。她在等人。她的神情錯不了，一看就是在等人；有時候她會來回踱個兩三步，最後一步還會輕微快速地拖曳鞋跟，這是內心焦躁的舉動。她沒有像一般等待的人都會挨近牆壁等候，以免擋住往來行人的通道；她站在人行道中間，來回移動不出三步的距離，就會再回到原位，所以要一直閃躲往來的行人變得很麻煩，好像有人跟她說了什麼，而她憤怒地回話，還用她的大包包作勢恫嚇。有時候她轉頭瞧一下背後，抬腳跟彎曲一下小腿，用手梳理裙子，好似擔心有皺摺會讓臀部顯得難看，或者也有可能藉著梳理裙子，其實是在調整裙底下那不服貼的內褲。她沒有戴錶，所以也沒得看時間；也許她看了飯店的時鐘，快速地瞄一眼，沒讓我注意到。時鐘應該在我頭上的位置，我看不到。也有可能飯店沒有裝置對著大街的時鐘，她就永遠不會知道確切的時刻了。我覺得她是黑白混血兒，但是從我這距離看難以確認。

倏忽，夜幕低垂，像回歸線的天候一樣，事先沒有半點徵兆天就暗了下來。往來的行人雖然沒有驟然減少，但是暗黑的天色讓她更顯得形單影隻，更孤單，煞像會一直空等而等不到人的情形。她約的人可能不會來。她雙手交叉胸前，手掌撐握手肘，彷彿每過一秒鐘，那雙手就會更加沉重一樣，或者，平添重量的是那只大包包吧！她那雙腳很結實，耐得了久站等候，連接著腳上那雙精緻的高跟鞋，應該是鑽孔錐形，也就是細高跟鞋，緊緊地扎在地面。不過，由於她的雙腳是那麼結實，又那麼搶眼，掩去了高跟鞋的風采，每次左右來回移動，不出那三步最短距離又回到定點時，其實是靠她那雙堅實穩固的腿牢牢地釘著地面，就像一把刀插進濡濕的木塊。她的腳後跟特別凸出。我聽到一陣嘟噥，好像呻吟聲，從我身後的床上傳來，是生病的路易莎的聲音，我新婚不久的妻子，那麼吸引我的女人，她是我的責任。不過，我沒有回頭，因為是熟睡發出的呻吟聲，一個人很容易分辨跟你同床共枕的人的呼息聲。就那時候，街道那位女士眼神上揚往我所在的三樓瞧望，我認為這時是她第一次注意到我。她四下看看，一副像是近視的模樣，還是戴了髒污的隱形眼鏡，觀看的表情有點渙散、漫不經心；她盯著我看後又移開視線，然後再皺眉擠眼想要看得更清楚些，再度聚精會神凝視，然後又再移開視線。緊接著，她舉起手，那隻沒有挽著皮包的手，做了一個不像打招呼也不是親近的動作，我的意思是，不是要接近陌生人的手勢，而是認出熟人或自己人了，掌間五指敏捷快速的舞動，好像要用她手臂的動作和飛舞的手指來揪住我，不只是要吸引我注意她，而是要抓住我。她叫了一聲，距離的關係我沒有聽清楚，但我確定她是對著我叫。讀她的唇語來猜測意思，我只懂第一個字，那個字是「欸！」有點語帶氣憤地說，剩下的我都沒聽到。她一邊說話，開始移動腳步往我這邊靠近。她得穿越馬路，還要走過一片廣場。廣場在我們這邊，讓飯店和馬路相隔保持安全距離，避開車水馬龍的交通。這回，比她等人的時候頻頻來回走動的短距離走了更多的路，我看她步履蹣跚行動遲緩，好像穿不慣那雙高跟鞋，還是她那雙結實的腳型不適合這款鞋，還是那只大皮包讓她失去平衡，或者她頭暈腦脹了。她走了一小段路，卻像路易莎感覺身體不適後走路的模樣；當時她一回到飯店房間，馬上就地倒臥床上，我幫她半鬆開衣服，扶她躺好（雖然有點熱，我還是幫她蓋被子）。看她走起路來彆扭不太舒適的步伐，本來隱約想像該有的優雅姿態就在那當下消失了。然而一旦這黑白混血妞脫下高跟鞋，走起路來體態卻優雅的很，那裙子波浪起伏，極有韻律地跟著俏臀搖擺扭動。我的房間暗暗的，天黑以後沒人開燈，身體違和的路易莎躺在床上，我站在陽臺動都沒動，望著街道上的哈瓦那人，再看看那個女人，依然蹣跚窒礙地往我這兒一步步走近，邊對著我叫喊：

「欸！你在那兒幹嘛？」

我聽懂她的話時，有點驚嚇，不過不打緊，因為她跟我講話的語氣雖然氣呼呼，其實是充滿信任，好像跟一個最親近的人，讓自己又愛又氣地想要跟他算總帳一樣。這是一棟專門給外國人下榻的飯店，但她不是因為飯店裡的陌生人從陽臺肆無忌憚地打量她，看著她等待的窘狀，覺得被冒犯而前來怒斥我；而是當她抬高視線向上看時，突然認出我來，正看著她這個天知道已經花多久時間一直在等候的人，鐵定是早在我認真盯著她看之前。離我這裡還有點距離，她沒有走紅綠燈的斑馬線，直接穿越馬路閃躲過幾輛車子，她已經到了廣場，在那兒停了下來，也許讓那雙醒目突出的腳丫子和小腿休息一下，或是再整平一下裙子，這次她當回事更認真地梳理，因為終於要面對那個人會對垂墜的裙子，喔不，是垂頭喪氣的她品頭論足一番。她一直盯著我看，時而又轉移視線，好像有點斜視的樣子，眼神不自主地偶而會轉向我的左邊。也許她在遠處停下來，是為了讓人察覺她的憤怒，表示她可不是好整以暇等約會的人出現就好，打從她自遠處看到我一直到兩分鐘之前，她並非沒有那種被放鴿子的不悅感受，既受傷又備覺屈辱。於是她又開口說了幾句話，邊講還搭配跟一開始同樣的手勢和抖動飛舞的指頭，示意占有的動作，好像要說「你，過來這裡！」或是「你是我的」。她那振振有詞，有點做作又令人不太舒服的語氣，煞像電視主播、或是政客演講，或是教授在上課（可是她看起來不像讀書人）：

「咦！你在那裡幹嘛？你沒看到我已經等你一個鐘頭了？你怎麼沒告訴我你已經上樓了？」

我覺得她是這樣說沒錯，只是有些句意順序對調了，還有就我敘述的情形，她太濫用人稱代名詞了，簡直就跟我的鄉人們一樣。雖然我有點驚魂未定，但也擔心那位黑白混血女人的吼叫聲驚醒我背後的路易莎。這會兒我可以更清楚看到她的臉，雖是黑白混血膚色，其實她的臉很蒼白，也許只有四分之一黑人血統，明顯可見的是她的厚唇，還有短塌的鼻子，遠比顏色更容易分辨，因為她的膚色，其實跟現在躺在床上的路易莎沒有多大差別，她在幾處特別為新人蜜月準備的度假海灘連曬了好幾天的太陽。這個愛皺眉擠眼的女人，我覺得她的眼睛應該是明亮的、灰色或綠色的，至少應該是李子紅，我想她戴的彩色隱形眼鏡可能是人家送她的禮物，所以造成她視力不佳。由於動怒的緣故使得她兩側鼻翼紅熱擴張（因此，那張臉看起來一副急躁的模樣），有點過度扭擰她的嘴巴（現在如果有必要，我是可以毫無困難地讀出她的唇語），那種怪表情和我的家鄉的女士們很相似，也就是說，天生骨子裡帶著輕蔑。她繼續朝我這邊走過來，兀自怒言沒有得到回應越走越生氣，一直重複相同的手勢，彷彿她已經江郎才盡，使不出新花樣；一隻長手臂在空中無趣地亂揮舞，手指同時快速舞動，像一隻獸爪，好似要先逮住我，然後再拖拉我一樣。「你是我的」或是「我要宰了你」。

「你是白癡？還是怎麼了？」「而且，你還悶不吭聲？」「欸！你為什麼不回答我？」

她穿過廣場，約莫走了十來步，或是十二步，已經很接近我了。這距離足夠讓她的尖叫聲不僅讓人聽到，還可以讓整間房間轟鳴震盪。這幾步距離，哪怕她是近視眼，我想也足夠讓她毫無疑問地看清楚我的臉；顯然我就是那個跟她有個重要約會的人，那個失約讓她焦躁不安的人，而且還從陽臺默默地打量她，讓她到現在還覺得被冒犯而惱怒的人。可是，我在哈瓦那不認識任何人，何況這還是我第一次到哈瓦那來，和我的新婚妻子到這兒來度蜜月。最後，我轉身進到房間，看到路易莎從床上坐起來，一雙眼睛直瞪著我看，但還沒認出我，也不知道自己身在何處，那雙眼睛，就像發高燒的病人一樣，還在睡夢中醒不過來卻突然驚醒的呆滯。她挺直了身子，胸罩斜歪一邊，應該是睡覺的時候位移的，也有可能剛剛突然起身時動作太猛：一邊罩杯鬆脫，肩膀和整個奶子幾乎全露出來；可能是肩帶滑落，加上又病又睏，昏睡時自己的身體把胸罩拉扯了都渾然不知。

「怎麼了？」她語帶疑竇。

「沒事。」我說。「再多睡一會兒吧！」

但是我卻不敢靠近她，沒去撫摸她的頭髮由衷地要安撫她，要她再補眠，就像以前任何時候一樣；當下那時刻我不敢做的事是離開陽臺的位置，或把視線移開那個信誓旦旦說跟我有約定的女人，也不敢再拖延迴避從街道上傳來硬強加在我身上刺耳粗魯的叫罵。很遺憾我們說同樣的語言，而她也聽懂，都還不到對話的地步就已經變得這麼激烈，也許因為不是對話才會這樣，這不是對話。

「我要殺了你，龜孫子！」「我發誓當場就把你宰了！」大街上那位婦女咆哮。

她在地面咆哮，看不到樓頂的我，因為那時我剛好回頭跟路易莎講幾句話，而她一隻鞋子脫落了，跌了一跤，還好沒有大礙，只是把白色的裙子弄髒了。正當她在咆哮「我要殺了你」時，腳翻船絆倒了，但那只掛在手臂上的提包卻沒有因此脫落，就算剝了她的皮，她也絕對不會撒手放掉的；她試著用一隻手抖抖裙子或把髒污清掉，那隻掉了鞋的腳，高抬懸在空中，任憑怎樣都不想讓它落地，不願連腳掌也跟著弄髒，甚至連腳趾尖也不許。她已找到的那個男人稍後會看到她這雙腳，他就在樓上，待會兒可以就近看它，然後再撫摸它。我對她的久候，她的跌跤和我的緘默深感愧疚，我也覺得愧對路易莎，我剛新婚的妻子，從婚禮後她第一次這麼需要我，哪怕只是片刻，幫她擦掉額頭和肩膀上的汗滴，幫她調整鬆緊帶或脫掉內衣，不要那麼緊繃拉扯，再攙扶她上床，說些哄她入睡的話，幫她快點復元。但是，那時候我連那片刻都無法給她，還能做什麼事！一股壓力讓我感受到兩個在場的人讓我動彈不得，瘖啞失聲。一個在裡面，一個在外面，一個在我的眼前，一個在我的背後；怎麼可能做什麼事！我覺得有義務面對她們兩個人。這裡面一定發生了什麼誤會了！我一點也不需要對我的妻子覺得愧疚，不用因為要照顧她、安慰她耽擱一丁點時間而覺得不安，更不用對一個委屈的陌生人感到愧疚，不管她怎麼堅持說她認識我，甚至說是我冒犯了她。她試著讓身子保持平衡，不想要踩到地面，直接幫那隻掉了鞋的腳再穿上鞋子。身上的裙子有點窄，以至於想要這樣騰空穿鞋有點困難，她的腳的骨架也比鞋面長，試著穿鞋沒穿成時，倒是沒有大叫，而是嘟噥嘀咕；我們的心思關注修飾自己的儀容時，通常無暇他顧。最後沒辦法，她只好讓腳著地，自然也就弄髒了腳。她立刻又把腳抬高，好似地面有啥髒物污染了她或是把腳灼傷的反應，她拍拍腳上的灰塵，就跟路易莎有時在天黑以後要離開沙灘前，把腳邊乾了的沙拍掉一樣。她先把腳趾頭塞進鞋面，再用另一隻手的食指（沒提皮包那隻手）調整掉到跟腱下的鞋帶（路易莎胸罩的肩帶還是鬆脫的，但是倒沒見到在哪兒）。她那雙結實的腳再度堅定地踩步向前走，好像鋼盔一樣敲響地面。她又走了三步，視線都沒往上瞧，接著正要抬頭時，張大了嘴要辱罵我或是威脅我，又開始揮動她那個第N次要一把抓的動作，像獅子的爪鋒，瞬間獵取，好像要說「休想逃走」或「你是我的」，或是「跟我一起下地獄吧！」，結果那隻無袖的手臂高舉空中，在高處凍結僵住，好像運動員揮手的姿勢。我注意到她剛刮除腋毛，顯然是為了這次約會特地重新整容一番。她又看看我的左邊，再看著我，然後又再向左看，再移回視線看我。

「咦！到底怎麼了？」路易莎從床上又問我。語帶擔憂，一種內外混雜的憂心；一方面，離家這麼遠，擔心自己身體出了什麼毛病，一方面擔心不知道陽臺和大街上發生什麼事了，或是我發生什麼事了，雖然不是發生在她身上，但是結婚的夫妻很快就會習慣，所有的事情都會跟兩個人有關。已經是晚上了，我們的房間依然闇黑，她一定眼花繚亂，以至於連近在手邊的床頭櫃的燈都沒開。我們在一座島上啊。

大街上的女人嘴巴張得大大地，沒再說什麼話，緊接著手摸著臉頰，那隻手，既失望又羞赧又溫和，徐緩地從空中往下滑落。誤會已經冰釋。

「哎！對不起。」幾秒鐘後她對我說。「我搞錯人了！」

頃刻間，一切煙消雲散，豁然開朗，她完全明白了——這才是最糟糕的——表示她還要繼續等下去；也許回到一開始跟人約定的地方，而不是在陽臺下，她得回去最初選擇的地點，也就是廣場再過去的對街那邊；現在一樣要拖著細高跟鞋，三步一踢，兩步一踏，或兩步一踏，三步一踢加快腳步，像馬刺或斧頭劈砍的聲音，一肚子氣再急奔回去。突然間，她變成像一個棄械投降的人，溫馴服從，頓時什麼脾氣都沒有了，連體力也耗竭；一旦意識到她的約會還充滿變數的可能，我想她更不在意我會怎麼看待她認錯人和壞脾氣的個性——總之，不過是在她的綠色眼珠子裡出現的一個陌生人罷了。這下她的眼珠子變成灰色，突然聚精會神看著我，帶點歉意又有點無所謂，確切地說是帶著歉意，因為她一臉痛苦的神情表露無遺。這場等待暫告段落了，她是乾脆離開還是再回去等待呢？

「沒關係。」我說。

「你在跟誰說話呀？」路易莎問我。沒有我的照顧護理，她不像之前那麼怔忡不安，但依然怕黑（她的聲音沒那麼沙啞了，問題比較具體了；她也許不知道已經天黑了）。

我還來不及回她話，也還沒走到床邊要安撫她，幫她把被子弄整齊，這時候我左邊的陽臺傳來開門的聲響，我看到一雙男人的手臂伸出來倚靠在鐵欄杆上，他緊抓欄杆的手勢，彷彿抓著一支活動欄杆似的。然後呼喊：

「蜜莉安！」

這黑白混血女人，有點躊躇又有點困惑，再看看陽臺，這次毫不猶豫看向我的左邊，當然看那個門開著的陽臺，看那雙我也看到的粗壯手臂，那男人穿著白色襯衫捲起袖子，露出長長的手毛，差不多跟我的一樣，或是比我的茂密些。此刻的我已經不存在了，已經消失了。方才我走出去陽臺時，我也是捲起袖子，把手肘靠在欄杆，而現在因為我是我，所以我消失了，也就是說，對她來講，我什麼都不是了。那個男人右手的無名指跟我一樣戴著結婚戒指，只是我戴在左手，兩個星期以前戴上的，時間不長，我還不習慣。還有手錶也是，黑色大尺寸，那個男人跟戴婚戒一樣，手錶戴在左手手腕，而我剛好相反，我戴在右手。他可能是左撇子。那黑白混血婦女沒戴手錶也沒戴戒指。在那幾分鐘的時間裡，我本來以為她沒辦法完全看清楚那個男人的身影，不像看我，可以看得一清二楚，因為我本來就在陽臺邊，手肘靠在固定的鐵欄杆上。現在情況變了，對她而言，我的身影霎時就被抹掉，彷彿完全看不見；而對我而言，那個男人彷彿不存在似的，我竟然沒有看見他，就像我也沒關注我背後的路易莎。那個男人也許前前後後走動，但是都沒打開陽臺的門，不管大街上那個眼珠子顏色變成李子紅的女人是否用她不帶惡意的近視眼注意到他。他藉著優勢玩著被看見和隱藏的兩面遊戲，但是兩樣都不是；因此她有理由生氣，跟她約會的人已經上樓回到飯店，也沒惦記著要通知她，卻遠遠望著她在對面等待，看著她頗受煎熬地來回踱著小步，然後再看她腳步踉蹌，絆倒跌跤，鞋子脫落，讓我也有機會觀看到她這些窘狀。

教人好奇的是蜜莉安的反應，和她方才把我當成他時所表現的態度完全不一樣，因為那個男人有長長粗壯的手臂，有茂密的手毛，手錶和婚戒戴在左手，是個左撇子。她確切認出他時，看到那個她等待多時的人終於出現又呼喊她時，沒有任何手勢也沒有咆哮。她沒有揮擺那隻穿著無袖衣服露出的手臂和猛烈飛舞的手指辱罵他，也沒有威脅他，也沒跟他說「我衝著你來」或「我要宰了你」。當她把我當作是他時，可能因為我的反應跟他不一樣，他跟她說話，叫出她的名字。他改變了這個女人的言談舉止：一種瞬間快速的解脫，帶著一種不知該感激誰的謝意，她的腳步更加優雅了（彷彿突然赤腳走路步伐依然那樣婀娜多姿，而她的腳也沒有那麼結實粗壯），終於穿越那段把她和飯店隔開的最後一小段路，拎著她那只現在變得輕盈無比的黑色大包包進到飯店，不再跟我說隻字片語，立刻從我的視線消失。在最後的這幾步路裡，她彷彿跟一切和解，天下太平了。我左邊陽臺的門又關了起來，然後又打開，讓它半開半掩著，彷彿是被風推開似的，又彷彿是那個男人想要晚點再將它關上比較好（沒有一點風），一直躊躇不知該怎麼處理這扇門比較妥當，待會兒這女人立刻就要上樓來跟他在一起（女人可能在爬樓梯了）。最後，我離開陽臺（其實時間並沒有太久，路易莎應該才剛清醒），回房打開床頭櫃的小燈，熱切地靠近床頭，有點耽擱但想彌補的殷勤。

對我來說，這個耽擱真是有點莫名其妙，真讓我扼腕。不是因為後果嚴不嚴重，而是我想到它所代表的意義，是我瞻前顧後的多慮，又太當一回事了。我這個做丈夫的耽擱，的確把它跟我之前提過的第一個不愉快聯想一起，也跟我結婚後，我越來越難顧慮到路易莎的原因連結在一起（她的人離我越近，越讓我觸摸得到，卻更讓我輕忽置之不理，越顯得遙遠疏離）。我提到的第二個不愉快不是因為我短暫地瞧了那位黑白混血女人，還有暫時忽略照料她，其實是後來接著發生的事：在我回頭照顧她，幫她擦了額頭和肩膀的汗，幫她解開胸罩背釦，不讓它那樣拉扯束縛之後；雖然胸罩還是鬆脫的，我讓她自己決定仍要穿在身上還是脫掉它。房裡開了燈她比較清醒了，想要喝水，喝了水以後，覺得舒服多了，身體舒服了，她想要聊聊天了。當她平靜下來以後，她注意到床單比較不那麼濕黏，在床上可以自理，也比較井然有序；尤其注意到天色已經暗黑，不管她願不願意，這一天已經過去，沒有辦法讓她再多做什麼事了，剩下所能做的就是盡量不去想生病的事，把它帶入夢中埋藏起來到天明，也許明天一覺醒來，這個在我們的蜜月旅行中突發的狀況會再回歸正常。她的身體就會復元，恢復元氣。她就會記起我疏於照顧她，當然那個時候她一定沒有感受到這個疏忽，或者她記得我跟大街上的陌生人說了一句「沒關係」，而且傳來一陣陣的聲音和咆哮，她在夢裡或是昏睡時隱約聽到，甚至吵醒了她或驚嚇到她。

「你剛剛在跟誰說話？」她又問我一次。

我沒有理由不跟她說實話。但是我這樣做的時候的確很不想照實說。那時我手中剛好拿著毛巾，把其中一個角落沾濕正要幫她擦臉、脖子和後頸（她的長髮凌亂地黏貼在頸子上，幾根散髮橫亙在額前，猶如臉上長出了幾條細微的皺紋，依稀提前看到了未來的容貌，讓她瞬間變得黯淡）。

「沒事！是一個把我認錯人的女人。她把我們的陽臺看成隔壁的。大概是近視眼吧！她走近時才發現我不是跟她有約的人。那邊。」我手指著那道現在把我們和蜜莉安，以及那個男人隔離的牆壁。牆邊有一張桌子，桌子上方有一面鏡子，我們走動或是起身，都可以照到那面鏡子，從床上看到我們自己的舉動。

「但是，她為什麼對你大吼大叫？我感覺她好像吼得很凶。不確定是不是我在作夢。我好熱噢！」

我把毛巾放在床尾，反覆撫摸她的臉頰和圓滑的下巴。她那雙深邃的大眼睛看起來還是有點朦朦朧朧的。不過如果她先前有發燒的話，現在應該是退了。

「這我就不清楚了。事實上她並非對我吼叫，是對另一個她誤以為是我的人吼叫，可能想要知道這兩人之間究竟怎麼回事。」

我忙著照顧路易莎的時候，聽到高跟鞋的聲音抵達隔壁房門（我沒有特別專心聽，因為我照顧路易莎時，同時忙其他一些事情，在房間和浴室間來回穿梭），不等敲門，門自動打開了；門打開時輕微的吱吱聲（十分匆促）和關上時輕輕的一聲叩（十分徐緩），這之間只聽到低吟的竊竊私語，輕微到分辨不出，雖然同樣是用我的母語說出來，都很難聽得懂，令人聯想起方才不久那個聲音，就是隔壁陽臺的門半開半掩，而我這邊陽臺的門並沒有關。我本來擔心自己疏於照顧路易莎，現在又多了另一個擔心，就是心急產生的憂慮。我感覺我不僅急著要安撫路易莎，幫她拉床單蓋被子，盡可能減輕她這突發的病症引發的後果，竟然也擔心她不再問我問題，或是立刻又睡著了，都還來不及讓她參與我那段好奇的經歷，而她身體的狀況也讓她無心對外面的事情感興趣。我們交談時，我一邊去浴室用水沾溼毛巾的角落，一邊拿水給她喝，還有，我很喜歡撫摸她的下巴；我自己走來走去引起的些微噪音，還有我們斷斷續續簡短的對話，讓我沒辦法專心傾耳細聽，去仔細辨識出隔牆的悄悄話。我好急著想要解密，知道答案！

我心急的原因是，我知道如果現在沒聽清楚，再來更聽不到了。不可能會重複了，不可能像聽錄音帶或看錄影帶，還可以倒帶；沒有即時領會或把握住瞬間的悄悄話，就會永遠消失了。壞就壞在這裡：多少次發生在我們身上的事，都是因為沒有紀錄；還有更糟糕的是，連知道都不知道，連看都沒看到，也都沒聽到，就再也沒有辦法恢復原狀。我們應該在一起的某一天卻沒有在一起，那往後也難再有那麼一天讓我們在一起；或者，有人打電話給我們時，我們本來要回答的話卻沒有說出口，那永遠也沒機會再說，就算有，時過境遷，心情也不一樣了。一切都會有些微的不同，甚至大相徑庭，只因為我們缺乏勇氣，阻礙我們告訴你們。然而，如果那一天我們在一起，或是有人打電話來時，我們剛好在家，或是我們克服恐懼、不顧危險，鼓起勇氣告訴你們，即便這樣，這裡面的一切也都不會重來；因此，就會變成一種情況，曾經在一起相處過就好像從來不曾在一起，掛掉的電話就好像沒掛掉，我們勇敢地告訴你們就跟三緘其口沒什麼兩樣。連不可磨滅的事情都有它的期限，就跟那些不曾留下任何痕跡，甚至不曾發生過的事情一樣；如果我們事先預防，先記載下來，或是錄音、錄影存檔，我們周遭滿是提醒的備忘錄，甚至我們試著單憑證據、紀錄或檔案取代已經發生的事實。這麼一來，一開始所發生的事實儼然只是我們的紀錄，我們的錄音或是錄影，如此而已。在這些已記錄存封、既完美又無止境的重複中，我們將失去事情真正發生的那段時間（包括作紀錄時的時間）；當我們試著要回憶、複製或召喚往事，阻止它成為過去式，接續的不一樣的時間已經開始產生了，而這個新的時間點，毫無疑問，我們並沒有在一起，也沒有接電話，也不敢做任何事，也沒有辦法避免任何犯罪或死亡（雖然不是我們犯下的罪行，也不是我們引起的），我們就會任由它們過去，彷彿跟我們無關；即便想嘗試，希望已發生的事情永遠不會結束或是可以復返，也力不從心。因此，我們所看到和聽到的，結果跟我們什麼都沒看到也沒聽到相去不遠，甚至一模一樣，只是時間的問題，或是我們自己消失的問題罷了。儘管如此，我們依然會引導我們的人生繼續走向聆聽、觀看、目擊和知道的路途，堅信我們的生命歷程取決於有一天我們會在一起、要回應一通電話、或勇於任事、甚至犯罪或造成死亡，而且知道事實就是這樣。有時候我總有一種感覺，發生的事情好像啥事都沒發生，因為沒有任何事情可以持續發生不受到干擾，沒有任何事可以持久或永遠保存，也不可能從未間斷的一直記住，連最單調乏味和日常慣習的生存，在它表面的週而復始的重複中，都會自我消去和否定，那一切一切，到最後跟過去也難有什麼異同，而且人事已非。這個世界脆弱的滾輪是由一群健忘的人在推動，他們聽、他們看、他們知道人們沒有說的話和沒發生的事，沒有被認可也沒有被證實的事。付出的等於沒有付出；我們放棄的或是任它流逝的跟我們把握的或想要抓住的事物一樣；我們經歷過的跟我們沒有嘗試的沒有不同；我們一生汲汲營營，最終生命終結，一直想要拾取、或是拒絕、或是挑選，想要畫出一條切線區隔那些彼此相同的事物，以便創造屬於我們自己獨一無二的故事，銘記心中而且可以訴說給別人聽。我們絞盡腦汁挖空心思，一直想要區隔事物之間的差異，結果到頭來並沒有什麼不同，或者原來根本就一樣。因此，我們總是充滿懊悔，感慨錯失良機，經常在確認與再確認事情，念念不忘已用掉的機會，而事實上什麼都沒有確定，一切盡已錯失，或是，原本一切都是空。

也許那段時間裡蜜莉安和那個男人根本沒吐隻字片語，而我以為我沒聽到他們的悄悄話。也許他們只是含情脈脈，或是站著擁抱，不發一語，或是挪移到床上寬衣解帶，或是，也許她只是脫下鞋子，給那個男人看她出門前刻意清洗的雙腳，而此刻疲憊又疼痛（一隻腳掌還碰到地面弄髒了）。他們應該不至於弄到賞耳光或是打架這類的事情吧（我的意思是身體碰觸身體的撞擊），因為身體碰觸身體的話，會立刻發出用力的喘息聲和尖叫聲，可能是之前也可能之後。也許跟我一樣（不過我是為了路易莎，所以進進出出），蜜莉安走進浴室，躲在裡面好些會兒悶不吭聲，照鏡子，梳理自己，試著抹除臉上積壓的憤怒、疲憊、沮喪和欣慰的情緒，忖度思量要用哪一張臉最適合也最有利再出去面對那個有一雙毛茸茸手臂的左撇子男人，那個把她癡癡的等待當作樂趣或消遣的人，甚至讓她搞混，誤將我當成他。浴室的門深鎖，也許她有意要讓他等一會兒，又或許她不是故意要這樣，只是想舒緩一下情緒，偷偷地哭一場，坐在馬桶蓋上或是浴缸邊緣，摘下隱形眼鏡，如果她有戴的話，拿一條毛巾擦乾眼淚，摀著臉讓自己的心情平靜下來，然後再洗把臉，化個妝，梳理妥當後，再裝作若無其事的樣子，用最好的姿態走出來。我猴急想要聽他們的對話，這樣我需要路易莎再回床睡覺，不要跟我太接近，讓我可以不用理會她，讓她遠離我一些。我也需要保持安靜，才能透過鏡子上那片牆壁或敞開的陽臺，或者兩個都需要，以便專心傾聽。

我會聽、說、讀四種語言，包括我的母語在內，所以我在各種研討會，國際會議或是峰會兼職，擔任口筆譯的工作，尤其是政要的會晤，有時都是層級相當高的人物（有兩次機會我擔任國家領導人的傳譯，嗯！有一次是總理層級）。因為這個緣故，我猜想我才會有那個傾向（跟路易莎一樣，她也是口譯員，只是我們倆不是作相同語言的對譯，而且她沒那麼專業，投注的心力也比較少，所以沒那麼執拗）想要全盤了解一切：不論多少話，只要傳到我耳邊，不論是否工作需要，即使有點距離，即使講的是許多我不懂的語言，即使是無法分辨的輕聲細語，或是難以察覺的悄悄話，即使最好是不要聽懂，或是這話不是要說給我聽的，或者，就是要說到讓我聽不懂，我都要追根究底。我也可以半途而廢，但是只有在某些不負責任的情緒下，甚至要使盡力氣說服自己放棄。所以，有時候我很開心那些悄悄話真的模糊難辨，那些竊竊低語真的難以察覺，而且有那麼多種奇奇怪怪的語言，叫人難以推測，那麼這樣我就可以放輕鬆了。一旦我明白了，而且確認無論我再怎麼想望，或怎麼努力嘗試都無能為力時，我就心安理得，也可以裝聾作啞，然後休息了。實因我一籌莫展，手中沒有掌控任何東西，我像個廢人，我的聽力休息了，我的腦袋也休息了，我的記憶力也休息，連我的語言都跟著休息了。相反地，當我聽懂的時候，難免就自動自發，腦海裡直接轉譯成我的母語，甚至很多時候（所幸不是很頻繁，幾乎是下意識的直覺），如果我聽到的是西班牙文，我也是一樣的思路將它翻譯成我會說的、我理解的其他三種語言其中任何一種。有時候我甚至連手勢，眼神和動作都翻譯出來，這是語言的另一種換喻或替身，也是一種習慣；甚至物體本身，當它們跟動作、眼神和手勢產生關聯以後，也在傳遞某種訊息。如果我無法做什麼，我就聆聽聲音，我知道這些聲音有節奏，而且有意義，但是對我而言，仍然無法辨識：它們沒有辦法被賦予具體的含義，也無法形成可以解釋的單詞。這是口譯員在工作的時候最嚴重的致命傷，有時基於某種原因（一個難以聽懂的發音，一個糟糕的外國口音，或是自己一時疏忽分心）導致無法區別或篩選文意或詞彙，也就失去對話的脈絡；所有聽進耳裡的感覺都是一樣的，各種混雜或是一連串急速的聲音傳遞過來，乍聽好像什麼都沒傳達到位。其實，最基本的作法就是將各個單詞區分清楚，就好像一個人想要好好個別對待每個人一樣。不過，這種情況發生時，如果不是在工作場合，就會是口譯者最大的慰藉：也只有這種時候可以完全放鬆，不需要全神貫注，也不需要提高警覺，然後從聆聽聲音中找尋樂趣（話語裡無意義的雜音），口譯員不僅知道這事跟他毫無瓜葛，而且也知道自己沒有能力去翻譯，沒能力傳達，甚至沒能力記憶，也沒能力記錄，沒能力了解，甚至也沒能力重複這些雜音中的話語。

但是，那間房間所在的飯店，根據我的理解，應該是舊有的塞維亞—畢特摩爾酒店[4]，或是更多年前，在這家酒店原址就蓋了飯店（但也有可能不是，我不十分清楚，甚至一點也不了解古巴的歷史，雖然我有四分之一血統來自哈瓦那）。我沒有打算要休息，也不想要佯裝不知隔壁房間的竊竊私語；之前的確是這樣，例如，看著陽臺對街上哈瓦那熙來攘往的人群，隨意傾聽另一種比較泛泛的低語聲。現在不一樣了，我發現自己即使不刻意，都提高警覺注意聽，就像俗話說的，拉長耳朵貼近聆聽。為了能夠聽出一點所以然來，需要全然的寂靜，不能有杯子叮噹作響，不能有床單的摩擦雜音，也不能有我在浴室和房間來回走動的聲響，也不能開水龍頭。當然，更不能有路易莎微弱的聲音，雖然她的話不多，也沒有一定要找話題跟我一直聊天的想法。沒有什麼事比一次要聽兩件事、兩種聲音來的棘手；要同時聽懂兩個人或多人講話，尤其總是不等別人說完就爭相插話的困擾，沒有比這個更大的障礙了。所以，我要路易莎再回床睡覺，不僅是替她著想，希望她早點復元，也是為了讓我自己全心全意，使出當口譯的看家本領和經驗，來傾聽蜜莉安和那個左撇子男人的悄悄話究竟是什麼內容。

終於可以清楚聽到一陣惱怒的聲音，好像是一個人已經重複說過千百遍，而另一個同樣聽了這麼多次的人仍然不相信，或是聽不懂，或是聽不進去的情形。這個惱火的程度還算和緩，是一般慣常會有的反應，所以不是大吼大叫，而是輕聲細語。是那個男人的聲音。

「我跟妳說，我老婆快死了。」

蜜莉安立即回話，同樣被激怒的語氣，我立刻懂了，修正我剛剛的說法，此種情緒看來是累積已久，至少是兩人在一起時就會發生的狀況：她的回應和男人的第一句話彷彿經典對話，我不費吹灰之力立刻意會。

「可是卻沒有死。從一年前她就快死了，但是並沒有死。你乾脆一次解決掉她吧！你得帶我離開這裡。」

頓時，一陣寂靜。我不知道是他沉默不語，還是又降低聲調回應蜜莉安這個不尋常的請求。

「妳想怎樣？要我用枕頭把她悶死嗎？現在我沒有辦法做超出我能力範圍所能做的事，已經很過分了。我正讓她一步一步走向死亡，我沒有為她做任何有利的事。其實我是在逼她了。有些醫師開的處方藥我沒有全部給她吃，我不理她，我對她沒有一點感情，我使臉色給她看，讓她不開心，讓她疑神疑鬼，我讓她連最後求生的意志都沒有了。妳覺得這樣還不夠嗎？現在再去做些虛偽的假動作，或是跟她離婚，都沒有意義；反而讓事情更棘手，頂多再拖延個一年，更何況，她隨時隨刻都有可能死去。有可能今天就死了。妳不覺得那個電話可能馬上就響了，來通報她死去的消息？」男人停頓了一下，平添另一種口氣，有點不置可否，又不情願地微微發笑的口吻說：「也許已經死了。妳別蠢了。忍著點！」

那女人說話有加勒比海的口音，想來是古巴腔。我最主要的判斷依據（古巴人不常參加國際會議）仍然是我的外婆，而我的外婆一家人一八九八年[5]就離開古巴了，並沒有在那兒住太多年。每次她回憶孩童時期，都會說島上的口音差別很大，例如，她自己可以分辨東方省、哈瓦那和瑪坦薩斯省人[6]的口音。那個男人的口音，倒是跟我相似，西班牙卡斯提亞地區，具體地說，是道地的馬德里口音，平直中性，字正腔圓，就像以前電影配音員那種標準聲線，我自己也是那種腔調。他們的對話聽來是家常便飯了，可能只有些許細節不同，蜜莉安跟那個男人應該談上無數次了。不過，對我而言，卻是全新的。

「不是我沒耐性，我已經忍耐很久了，可是她卻不死。你給她使臉色，讓她不開心，可是你卻從不跟她提到我，那支電話也永遠不會響。我怎麼知道她快死了？我怎麼知道這一切不是謊言？我從沒見過她，也從來沒去過西班牙，甚至我也不知道你到底有沒有結婚，還是都是你一手捏造的謊言？有時候我甚至覺得你太太根本不存在。」

「哎喲喲！那我那些證件呢？那些照片呢？」男人回話了。他的腔調跟我一樣，不過聲音卻很不同。我的聲音比較低沉厚實，他的比較上揚尖銳，是兩人的悄悄話裡比較尖銳刺耳的。他這聲音和多毛男人的形象不太搭調，比較像是一個虛弱的男歌手，談話時完全沒有試著想要調整他的原音或假音，這樣可會傷害唱歌的嗓子。他的聲音聽起來簡直像鋸子切割的聲音。

「我哪知道那些照片是什麼花招？可能是你妹妹的照片，或其他張三李四的，或是你的愛人，我怎麼知道你是不是還有別的情婦。至於證件就別再跟我扯了，我不再相信你了。你老婆一整年來都像是明天就要死去的樣子，就讓她一次死得痛快吧！不然就放過我，讓我清靜！」

這是他們大致談話的內容，就我記憶所及和能記錄下來的部分。路易莎一副昏睡的樣子，我坐在床尾，雙腳垂落地面，身後沒有任何依靠，我挺直了背，看護著她，為了不要弄出聲音（彈簧床的聲音，我的呼息聲，我的衣服），身子繃得有點僵硬。我看著那道隔牆上的鏡子照自己，意思是，我照鏡子，看鏡子是不是也看著我，因為當一個人全神貫注聆聽的時候，什麼都看不見，好像聽覺使力到極致時，讓其他的感官都喪失能力。我照鏡子的同時，也會看到我背後路易莎蜷縮在被單下突起的身軀，或者應該說，只有突起的身軀的表面。她因為躺在床上，這面只有半身長的鏡子可見的視力範圍就只有這樣。如果要看更多，例如她的頭，我得站起來。在我好像聽到蜜莉安最後一句話時（也許我見多識廣了，也有能力想像我看不到或聽不到的事物），她怒沖沖地站起來，在房間裡繞個一兩圈，那房間應該跟我們的一樣（好像想要轉身離去又還走不開，似乎在等待什麼，等她自己的氣消吧），我聽到踩在木板地面的喀吱聲：如果是這樣，她把鞋子脫下來了，因為聽來完全不像是之前壓大馬路那種鋼盔碰觸的聲響，而是腳後跟和腳趾頭踩地的聲音；天曉得她是不是全身赤裸了，搞不好在我什麼都還沒聽到之前，他們倆已經裸裎相對，也許早已開始一段烈焰激情，進行到一半後中斷，然後彼此怒氣沖沖相向，那個屬於他倆特有且習以為常的對話方式。我心想，這對情侶，依賴著阻隔他們的障礙而生存，這對情侶，一旦障礙去除，也許就宣告分手；如果之前，這些相同的障礙，漫無止境又令他們如此疲憊，卻沒有讓他們分手的話，那麼，彼此就要培養、呵護、試著讓它們天長地久，如果兩個人確實到達那種不能沒有你、兩人永相隨的地步。

「妳真的希望我放妳走，讓妳清靜？」

沒有回答。或者，等不及回答又立刻再追問，更堅定的語氣，但是仍然是窸窸窣窣的刺耳聲，那像鋸子的聲音繼續說道：

「說吧！這就是妳想要的？以後我來這裡的時候，都不要再給妳電話？不要讓妳知道我到了，而且人就在這裡，也不讓妳知道待到什麼時候？然後兩個月過去，又過了三個月，再兩個月，這段時間妳都找不到我，也見不到我，對我一無所知，也不知道我老婆是不是已經死了？」

那個男人應該也站起身來了（我不知道是從床上，還是從扶椅起來），然後靠近她；她站著，也許不是裸身，只是赤腳而已；沒有人會赤裸站在房間裡超過幾秒鐘，除非是從一個地方到另一個地方，中途停頓一下，例如去浴室，或是去冰箱拿東西，就算天氣很熱的話也不至於過久。不過現在真的很熱。那個男人的聲音繼續說道，現在較為平靜，所以沒有窸窸窣窣聲，但仍像歌手加重語氣、音域全開一樣，隨時在度量爭論的尺度到什麼極限。他的語調正常但是聲音尖銳，斬釘截鐵的口氣，振振有詞的樣子，像是個傳教士或是威尼斯貢多拉[7]的船夫划槳哼歌一樣。

「蜜莉安，我是妳的希望。這一年來我一直是妳的希望啊！沒有人可以過著沒有希望的日子。妳以為可以很容易找到另一個依靠？當然不會是在這塊移民區上。在我的地盤上沒有人敢插手僭越。」

「你是個龜孫子，吉耶莫。」她說。

「想想妳要的是什麼，自己看著辦吧！」

他們兩個都迅速地爭先回話。蜜莉安的回答可能還動用她那隻善於表達的手臂，比個不知名的手勢。須臾間，四下一陣寂靜。這必要的寂靜或停頓讓對罵的人有轉圜的餘地可以言歸於好，而且不需要收回之前的辱罵，也不需要請求原諒，當彼此都羞辱對方過頭了，說出口的話會自然消長抵銷，就像小時候兄弟間的爭吵一樣。也有可能日久積怨，不過那會留待以後才爆發。蜜莉安這下陷入長考。她得認真思考她知之甚詳，而且已一再三思的事情，就跟我想了無數次一樣，雖然我一無所知，也完全不知道先前發生的事。我覺得那個叫吉耶莫的男人有道理，主控權在他。我認為蜜莉安除了繼續等待別無選擇，而且不管採取什麼方法，哪怕是欺騙，要讓她自己變成不可或缺的女人，盡量不再堅持，當然就不能一再使喚或要求速戰速決，粗暴地讓那個女人死去。那個在西班牙的女人，那個生病的妻子，對她的外交官先生，或是實業家，或是經商的老公，每每為了生意或任務需要，經常往來哈瓦那，而她對那裡所發生的一切渾然不知。我想蜜莉安的懷疑和抱怨也有其道理，有可能這一切都是謊言，在西班牙的老婆根本不存在，就算有，可能健康的很，而她不知道另一個大陸那邊，對那個陌生的黑白混血女人而言，她是一個生命垂危的女人，而且有人久候多時，希望她盡快死去。有人祈禱她快點離世，而更慘的情況，在世界的另一端，有人腦裡盤算，也用話語詛咒，她的死已經提前發生，甚至加速進行。

我不知道我應該站在哪一邊。一個人一旦加入爭論以後（即使沒看到，只是聽到：當一個人參與某事而開始知道個大概以後）幾乎無法真正維持不偏不倚的中立，而不對爭論的一方產生同情或反感、嫌惡或憐憫；或是不對那個被指指點點的第三者，或是對他看到或聽到的詛咒產生情緒反應。我發現我不知道應該站在哪一邊是因為不可能知道真相，而這個不可能，我覺得不全然是關鍵因素來左右我決定支持某些事或某些人。也許那個男人用虛假的諾言把蜜莉安騙得團團轉，越來越靠不住；但是也有可能不是這樣；相反的，是她的問題，愛吉耶莫只是為了脫離孤獨和匱乏，離開古巴，以便改善生活，以便可以結婚，應該說，以便可以跟他結婚，而不想再繼續守著自己的位子，而是取代別人的位子。這整個世界不停地轉動，有時只是為了放棄自己的位子，而去篡奪別人的位子。只是這個目的而已！為了忘記自己，埋葬那個一直以來的自己，我們每個人都莫名地厭倦當下的自己和曾經的自己。我不禁想問吉耶莫結婚多久了？我才結婚兩個星期，而我最不願意見到的事是路易莎死去。然而，湊巧的是她那個突發的疾病帶來的威脅，不久前開始讓我憂心忡忡。牆壁另一邊聽到的事情無法使我平靜，或消除我的不安。先前我說過了，這不適不安的情緒，打從結婚典禮到現在，用各種不同的方式困擾著我。那個竊聽的對話加劇了我對不幸的預感。驀然間，我對著眼前照明不佳的鏡子照自己，唯一開著的燈離鏡子有點遠，我捲起襯衫袖子的身影在陰暗中靜坐，如果我仁慈地看待自己，或是回溯過往，追憶逝去的年華，承認一直以來的自己，其實我還算是個年輕的男子；可是我如果悲觀地超前眺望自己，臆測再過不了多久以後的自己，那我已經是個中年男子了。另一邊，那面昏暗的鏡子再過去那邊，有另一個男人，讓一個女人在大街上錯將我當成他，也許基於這個因素，他跟我應有些相似的特點，有可能他年紀稍長一點，因此有可能結婚比較久了，或是，時間夠久到他想要他老婆快點死掉，或像他自己說的，把她推向死亡。那個男人應該度過蜜月旅行，如果他曾經想要擁有的話，應該也會擁有像我現在這種婚後新生活的開始和結束的感覺，已經許諾了具體的未來，同時也失去了抽象的未來，甚至也有那個需要，必須到這個島上來找尋他自己的希望，這個他因工作需要經常造訪的島嶼。蜜莉安也是他的希望，一個他擁有、他關心、也擔心，甚至害怕的女人（我沒忘記她那個要一把抓的動作，她那隻爪子，她的動作指向我時的叫囂「你是我的」，「我衝著你來」，「你給我過來」，「你欠我的」，「我宰了你」）。我看著鏡子，我站起身來，讓床頭櫃那盞稍遠的燈光可以照亮我的臉，免得我的五官看起來黯淡無光，消沉陰鬱，過往皆空，乏善可陳，宛若殭屍般麻木不仁。我這樣調整姿勢後，就可以從鏡子看到比較明亮的路易莎的頭，她躺在靠近床頭櫃的位置；我也看到她那雙張開而無神的眼睛，她用拇指磨蹭雙唇，反覆來回撫摸，這是一般人專注聆聽時習慣的動作，或是每每她在聽什麼事時，就會有這個動作。她看到我從鏡子看到她時，立刻閉上眼睛，拇指也不動了，好像要讓我誤以為她還在睡覺的樣子，一副現在不想，以後也不要有機會，讓她來跟我談論我們兩人聽到的話（她剛剛才聽到）——我們的同鄉吉耶莫和那位偏白的黑白混血女人蜜莉安的交談。我想我所感受的不愉快，她的程度一定更嚴重，加倍不舒服（一個渴望當妻子的女人，一個渴望死去的妻子），甚至巴不得我們兩人不要一起聽，各自單獨聽，各自保留那些沒有說出來的想法和感受，不去探究隔壁的對話和連帶引發的後果分別帶給她跟我是什麼感受，也許都一樣也說不定。這讓我不禁立刻起疑，也許跟乍看的表面不一樣（結婚典禮上我看她無比興奮，她毫不保留跟我表白她是個幸福的女人，她享受蜜月旅行，都怪自己身體出狀況，以至於喪失在哈瓦那可以閒逛一個下午的觀光行程，為此感到十分懊惱）。她同樣也對失去未來或行將失去感到忐忑不安。我們之間沒有逾越分寸的行為，因此，不管過去我們說過什麼話，或是所有可能會說的話，或是有多少爭辯，或是可能互相指責（所有引發口角而陷入愁雲慘霧的事），都不會自動化解冰釋，也不會因為冷靜沉默後而泯除。一切都有它的壓力和負擔，都會影響接續下來的事情，影響發生在我們周遭的事物（還要繼續影響我們在一起的後半輩子）。她採取和我一樣的方式，我已經放棄管理我一直在梳理的思緒（從婚禮開始到現在的預感），我看到路易莎閉起眼睛，不讓我有機會跟她分享我對吉耶莫、蜜莉安和生病的女人的看法，而她也不願讓我分享她的想法。這並非缺乏信任，或是缺乏同甘共苦的意願，也不是想要刻意隱瞞，只是單純置身在某種信仰或迷信裡，堅信沒有說出來的就不存在。的確是如此，凡是沒有說出來的，沒有被表達的，我們永遠不需要翻譯出來。

我正在思索這些事情的時候（但很迅速地思考過去），同時透過鏡子望望路易莎的頭兒數秒鐘（但是卻一直延長，不知道有沒有拖到幾分鐘的時間），發現她之前睜開而且沉思的眼睛依然緊閉著；頃刻間，我忘記了時間，也突然失去注意力（先是注意看，接下來卻沒聽到），也許吉耶莫和蜜莉安仍然沉默不語，讓那陣停頓化作無言的和解，或是兩人極力壓低音量，從我這邊的牆壁聽過去，他們的對話不再是尖銳的窸窸窣窣聲，而是聽不見的戀人絮語。我又貼近耳朵專心聽，有好一會兒時間啥都沒聽到，四下什麼聲音都沒有，我甚至猜想該不會是我分神的那片刻間，他們已經出了房門，而我卻不知道。也許兩人暫時休兵，決定下樓吃點東西。也許他們最初約會的目的只是聚餐，根本不是要上樓幽會。他們如果達成無言的和解，我不得不想到那同時一定也是個性愛的和解；一旦彼此辱罵對方過了頭，有時候性愛是唯一和解的方式，而且很有可能兩個人穿著衣服，站在房間中間，跟我這間一樣的格局，也就是一開門兩人初相見的地方，就在蜜莉安說出我聽到的最後那句話「吉耶莫，你這個龜孫子」，那時候就地一番雲雨起來了。她怒罵這話的時候是光著腳的。我想，她那雙結實健壯的腿，可以承受長時間的站立，也能接應任何突發的猛攻，不會腿軟，不會倒退，也不用尋找支撐，就像她在大街上等候多時，像一把彎刀扎在路面穩穩撐住一樣。現在她不會煩惱那件難以駕馭老是起皺的裙子是否平整，應該早就皺巴巴了，也不在意到底是穿著還是扔在椅子上了，最後也把那只大手袋拋諸腦後，忘得一乾二淨。我不知道呀！什麼都聽不到，連呼吸聲都沒有，因此，我格外謹慎，但也沒那麼小心翼翼了，我知道路易莎已經醒來，不過她還是會佯裝睡著。我蹬直了腳，從床尾站起來，再度走到陽臺。此刻已是夜晚時分，哈瓦那的居民此刻正吃著晚餐，從飯店眺望過去，大街空蕩蕩，幾無人煙。還好蜜莉安沒有繼續在那兒等候，不然可會像是被全天下人拋棄那麼可憐。天上月兒圓潤，地上悶而無風。我們在一座島嶼上，在地球的另一端，在那個我有四分之一血統的地方。馬德里，那個鞏固我們現在所擁有的一切，那個我們夫妻將來要共同生活的城市，變得好遙遠；那個遙遠的地方將我們連結在一起，在這個蜜月旅行裡似乎也將我們隔離開來；或者，我們會彼此疏離是因為我們沒有共同分享對我們兩個人都不是祕密的事情，卻因為我們沒有分享而漸漸變成了祕密。天上月兒圓潤，同樣是那個月亮。也許從遙遠的地方可以許願，並且加速和我們那麼親近的人的死亡，我把手肘倚著欄杆反覆思考。也許從遠方著手，從遠方策劃，會變成像一個遊戲，一種幻想，所有幻想的一切都可以接受。但是既成事實的行為可就不一樣，再也無法彌補，也沒有回頭路，那只能隱瞞了。但是，那些偷聽到的話豈只是這樣而已，不僅回不去也無法隱瞞，頂多看能不能靠運氣，把它們給忘了。

突然間，從陽臺傳來聲音，而不是從牆壁，從他們那個半掩半開的陽臺，還有我這邊敞開的陽臺，讓我可以把手肘靠在欄杆上，我又清清楚楚聽到蜜莉安的聲音，這時她不是在說話，而是低聲哼歌：

「媽咪呀，媽咪呀，耶耶耶，蛇把我給吞了，耶耶耶。」

歌才一開始哼唱就忽地停了，也沒有任何轉折緩和（當然也沒有激怒），她跟吉耶莫說：

「你得殺掉她。」

「好啦，好啦！我會的，妳現在先管著繼續撫摸我吧！」他回話。不過這話倒沒讓我惶恐，也沒讓我擔心，也沒讓我錯愕（我不知道路易莎有沒有嚇到）。他說這話時，像被吵得不耐煩的媽媽敷衍應付，對著執拗的孩子堅持要媽媽給他一個不可能得到的東西，完全不加思索草草回話，以便打發了事一樣。而且，從他這個回答，我相信如果在西班牙真有這個女人存在的話，吉耶莫也不會傷害她，在那個三角關係或糾葛裡，不論什麼情況，最後受傷的都是蜜莉安。我認為吉耶莫撒了謊（某個環節說謊），我猜路易莎也會同感，她跟我一樣嫻熟翻譯，也都習於察覺說話人的心情是否忐忑，並且辨識語氣是否真誠，她一定也注意到了，而且會鬆了一口氣，不過是替生病的女人感到放心，而不是對蜜莉安。

蜜莉安這廂，在那個時候她還沒發現吉耶莫的不老實，或是她想先休息一下，裝作不知道，不想去拆穿謊言，然後再自己欺騙自己；或是僅僅想把過得這麼累的日子暫停些時片刻，喘口氣；她又哼唱了幾聲，而我知道怎麼回事了。時間比我想像的還要久，我覺得不可能，時間並沒有那麼多到可以讓他們完成一場寧靜且恰如其分的性愛和解，而且雙雙獲得療癒。但是事情應該是這樣沒錯，他們兩個人應該是心平氣和，雙雙躺下，蜜莉安有點心不在焉，哼唱時漫不經心，隨時隨興停頓，這倒頗符合她的個性。事實上，她哼哼唱唱並不知道自己在唱什麼，一邊還不慌不忙地梳洗自己，或是撫摸她身邊的人（像對著一個小孩兒唱歌）。她哼唱的歌詞是這樣：

「謊言啊，我的丈母娘，耶耶耶，我們正在玩耍，耶耶耶，那是我家鄉的遊戲，耶耶耶。」

這歌詞的確嚇到我了，比第一次她唱的詞更讓人驚魂破膽，因為這些詞兒有明確的含義（有時候人們聽得一清二楚的事，卻不相信自己的耳朵），我身體起了一陣哆嗦，就像路易莎一開始不舒服的時候的寒顫。蜜莉安平直中性的語調接著補充，絲毫沒有一點有氣無力的虛弱。這回語氣也毫無曲折就脫口而出：

「你如果不殺了她，我就自殺。總會有一個人因你而死，不是她死，就是我亡。」

吉耶莫這次沒回話。可是我的驚嚇和哆嗦遠在蜜莉安說出這些話之前就產生了，原因是聽到這首歌。這首歌我很早以前就聽過，小時候外婆經常唱給我聽，應該說，不是唱給我聽，因為這並不是一首兒歌，歌中有一段故事或是流傳；但是這也不是童話故事，外婆說給我聽是想要嚇嚇我，那種不用負責任又有點逗趣的方式。除此之外，有時候她坐在她家裡或我家裡的大扶手椅，拿把扇子搧涼，閒來無事度過下午的時光，等著我母親來接我，替換照顧我的責任，有時便覺得無聊了，不知不覺就哼起歌來，打發打發時間，也不是刻意要消遣什麼的；她就唱啊唱，不在意自個兒在幹嘛，那意興闌珊迷糊傻呼的樣子，連聲調也是，就跟現在從半遮掩的陽臺哼起歌來的蜜莉安一模一樣。那種無意識哼出來的歌，沒有對象的曲子，就跟家裡的女傭每天拖地板時、或用曬衣夾晾衣服時、或推著吸塵器吸地板、或抖著懶洋洋的雞毛撢子清灰塵，做這些家事時就自然哼起歌來一樣。有時候我生病了沒去上學，賴在我的枕頭上聽她們唱歌，看這個世界，明顯感覺她們早晨的心情跟傍晚是多麼不同。我母親也會有這種下意識哼哼唱唱的習慣；每當她對著鏡子梳頭，用篦子或是髮梳整理頭髮時，戴上長長的耳環，準備上教堂去望星期日的彌撒時，那齒牙間發出的女人的哼唱聲（挽髮盤結時，牙齒同時咬著待插的篦子或髮簪），沒唱出什麼內容要讓人聽懂，更不需要解釋或翻譯；但是有個人，那個隱蔽在枕邊的小孩，倚靠在不是他自己的臥房的門縫間聆聽，那些低聲吟唱，沒有意義，不經意地哼唱，也沒有對象，只消一聽一學，就永遠不會忘記。那歌兒，儘管在成人的生命中緘默，也許只在男人的生命裡，一旦唱出也就流傳出去，口耳相傳，不會停止吟唱，也永遠不會沖淡消失。在我童年時候，那首沒來由唱出的歌廣為流傳，持續好多年，馬德里家家戶戶的早晨幾乎都聽得到，彷彿一個沒有含義的信息跟這個永恆的城市緊密相連，依附共生，和諧相處。彷彿一簾持續悅耳而且會感染的紗幔覆蓋了整個城市，從庭院到簷廊、窗戶前、穿堂間、廚房裡、浴室中、樓梯間、樓頂陽臺上，林林總總，有穿著半身圍裙、繞頸圍裙，工作服的，也有罩著睡衣或是身著昂貴衣衫的。距離現在並沒有多久以前，那個時期所有的女人都會哼哼唱唱這曲子，女傭們一大清早伸伸懶腰開始工作時，或是稍晚一點，女主人和婆婆媽媽們梳妝打扮準備上街購物，或處理一些瑣碎的叮嚀時，全部都是一個樣，整齊劃一不間斷，哼出共鳴的嗡嗡聲響，有時候還搭配著沒去上學的年輕小伙子的口哨聲，一起加入女人的世界湊熱鬧：店家的小伙子騎著送貨的腳踏車載運沉重的箱子；生病的小孩賴在床上，畫報、彩色漫畫和童書扔得到處都是；勤勞認真的小孩和頑皮沒出息的小孩，吹著口哨較勁，彼此嫉妒。那首歌每天都有人唱，任何場合都聽得到，有愉悅高亢的聲調，也有悲傷痛苦的；有尖銳刺耳的，或是低沉頹喪的；有柔和悅耳的，或是走音變調的，黑人白人，金髮棕髮，任何場合，各種情緒，不需要因應家中發生什麼事情才能唱，也沒有人會品頭論足：這好比我外婆外公家的女管家，一邊哼哼唱唱，一邊看著快要融化的冰淇淋蛋糕；不過那時候還不是我的外公外婆，因為我還沒出生，還沒有這個機會。或是同樣那一天，一個年輕小伙子在同一棟屋子裡，走進浴室時吹著口哨；很有可能在他之前，也有個女子在浴室裡面低吟哼唱，充滿恐懼，濕透的臉滿是淚和水。同樣這首歌，在午後時分，老奶奶們，寡婦或是大齡單身的女士們也會哼唱，聲調比較輕微且有點破嗓，她們會坐在搖椅上，沙發上，或是高背扶手椅，含飴弄孫，或是斜眼瞄著那些已逝的人的肖像，感嘆沒有即時把握跟他們相處的時光，歲月不饒人哪！一邊嘆息，一邊搧著扇子，搧動她們的生命，不管秋日寒冬，一邊嘆息，一邊哼歌低吟，看盡流逝的歲月人生。到了晚上，這斷斷續續又零落分散的曲子，還可以在幸運的女人的香閨裡聽到，她們還不到當奶奶的年紀，不是寡婦，也不是大齡單身的女性，聲調更輕盈柔和，更甜美悅耳，更加馴服慵懶，有點睡意和疲倦的徵兆，就像蜜莉安讓我在飯店裡聽到，從她的房間，跟我的一樣的格局，在哈瓦那炙熱的夜晚時分輕聲低吟哼唱；我正跟路易莎在這兒度蜜月，而路易莎不哼歌也不說話，緊緊擠壓她的臉貼著枕頭。

我的外婆尤其會唱那些屬於她自己的童年的兒歌，古巴的民謠，還有黑人褓姆照顧她到十歲時，唱給她聽的歌。那個年紀，她和她的父母，她的姊妹就離開哈瓦那，遷徙到大西洋的另一邊，那個他們只知道名字，且認為是他們所屬的國家。童謠還是童話（我已不記得，或分辨不出）都帶有奇怪的動物的名字，像是母牛貝倫—貝倫[8]，和小猴子麒麟親親，都是悲慘的非洲童話。我記得母牛貝倫—貝倫備受主人家裡寵愛，牠幫助這家子工作，可說是他們的恩人，也成為全家人的好朋友，一頭像褓姆又像奶奶的母牛。可是，有一天，不知是飢荒還是不祥的念頭，主人家人決定把這頭母牛殺掉煮來吃。可想而知，這可憐的母牛貝倫—貝倫無法原諒跟牠這麼親近的人的作為。因此，每回家人要吃牠一塊肉時，其實已經顯得老柴（有點被比喻成食人肉的行為），就在飯廳那兒，當下從他們每個人的胃裡發出鳴聲，像從洞穴傳出的低沉回音，一直迴盪個不停。從此，我的外婆樂此不疲地哼唱這歌兒，每每提高她那尖銳的嗓音製造音效，裝成像洞穴傳出的轟鳴聲來嚇我，同時忍著不笑出來：「母牛貝倫—貝倫，母牛貝倫—貝倫。」至於可愛的小猴子麒麟親親，我記不得牠那麼多飽受蹂躪的遭遇。不過，我印象中牠的下場也沒有好到哪裡去，最後也是被某個白人有恃無恐地宰割，串成肉串在烤肉架上燒烤。蜜莉安在隔壁房間哼唱的歌對路易莎而言，沒有任何意義，因此，在陽臺和牆壁那邊發生的事情和談話，就我們兩人的理解與認知，已經產生了明顯的差異。我的外婆經常跟我說起那段簡短但不完整的故事，那個她從黑人褓姆那兒聽來的童話，但是我從來沒有聯想到那個顯而易見的性象徵，直到聽到蜜莉安唱這歌兒才恍然大悟。更確切地說，直到聽到她這不祥預兆又有點滑稽的歌兒，其中一部分就是外婆講給我聽的故事。她講來嚇嚇我，只是讓我一時害怕而已，還帶點開玩笑的意味（她裝驚恐的鬼臉給我看，卻又噗哧發笑）：這故事說到有一位年輕、姿色過人但十分貧窮的女子，被一位相貌堂堂定居在哈瓦那的外地人求婚；這位異鄉人士衣冠楚楚，財力雄厚，在哈瓦那有最頂級的豪宅和排場，而且承接許多重大的工程，前途一片燦爛。年輕女孩的母親是個寡婦，唯一的希望就是靠這個女兒的婚姻找到乘龍快婿；她喜上眉梢難掩興奮，毫不懷疑地就把女兒的終身大事交給這位千載難逢的外地人。可是洞房花燭夜的晚上，看來母親好似仍不放心，有點疑慮地靠近門邊監視；母親聽到女兒徹夜反覆地唱個不停，好像求救的訊息：「媽咪呀！媽咪呀！耶耶耶，蛇把我給吞了，耶耶耶。」這個貪財的母親的警戒心卻被女婿的回答給安撫了，他也是徹夜一次又一次反覆唱著歌從房門傳出來，聲音尤其古怪：「謊言啊！我的丈母娘，耶耶耶，我們正在玩耍，耶耶耶，那是我家鄉的遊戲，耶耶耶。」翌日早晨，當母親也是丈母娘準備好早餐要送到新人的房間時，順便去看看他們幸福洋溢的臉龐，卻發現一條巨大的蛇，躺在毀損且血淋淋的床上，然而卻沒有看到她那美麗、許諾終身卻不幸的女兒的臉。

我記得外婆講完這個令人毛骨悚然的故事後，隨即咯咯笑出來。我現在長大成人了，講起這個故事有可能被我添加一些更毛骨悚然的細節（我覺得她沒有提到血淋淋，也沒說到徹夜）；她的笑聲有點稚氣，一邊搧著扇子輕描淡寫（可能還保留她那十歲或更小年紀的笑聲，古巴家鄉的笑聲），有點避重就輕帶過，在我那十歲的年紀，或者更小，她也要我聽了不要太當真，好像那個驚悚故事引起的恐懼只是女人家的害怕而已：身為女兒、母親、妻子、岳母、奶奶、褓姆們才會有的害怕，一種屬於這個圈子的人的害怕，那女人家們白天整天或是黎明破曉時刻，就會直覺哼唱的歌，無論是在馬德里還是在哈瓦那，或任何一個地方，那首小男生們也會參與分享，但是等他們長大後就會遺忘的兒歌。我的確忘記了，但並不是全部忘光光。當一個人被逼著一定要記住某個人，而他不再記起時，才會真正忘記。多年來，我已經忘記那首兒歌，可是，蜜莉安沒有任何堅持或勉強，那種被征服又心不在焉的聲音喚起我的記憶，就在我跟路易莎蜜月旅行期間。我的路易莎，還病懨懨地躺在床上，在那個月兒圓潤的晚上，從她的枕頭看著花花世界，甚至也沒想要瞧它一眼。

我走近她身旁，撫摸她的頭髮和頸子，又流汗濡濕了。她轉頭臉朝向衣櫃，額頭好像又被幾根散髮橫隔交叉，煞像幾可亂真的假皺紋，提前看到老來的面貌。我坐在她的右邊，點了根菸，香菸的火光映照在鏡子裡，我不想看自己。她的呼吸聲不像睡著的聲音，我貼近她耳邊說悄悄話：

「親愛的，明天妳就會好起來。好好睡吧！」

我坐在床上抽菸抽了一會兒，沒再聽到隔壁房間傳來任何聲音：蜜莉安的哼唱聲是睡意和疲倦的跡象。天氣很熱，我還沒吃晚餐，沒有睡意，不覺疲累，我沒有哼歌，也沒有關燈。路易莎醒著，但是沒跟我說話，甚至也沒回應我好意的關心；我猜想，她好像是因為吉耶莫的關係，或是蜜莉安的緣故，跟我生起悶氣來了，只是不想明著表示出來，最好等待睡夢中自動讓它冰釋化解吧！但是我們兩個卻都不想睡。我感覺吉耶莫把陽臺的門關起來了，但是我不在陽臺，也沒再走去確認。我抽著菸，彈菸灰時太用力又沒對準，以至於菸灰掉到床單上。本來可以彈到菸灰缸裡，讓菸灰的炭火慢慢地自己熄滅而不會燃燒起來，但是我來不及用手指去接，結果菸灰在床單上燒出焦痕，形成一個有星火的圓洞。我小心翼翼地看著菸灰如何漸漸擴散，我持續看了一會兒，看著燒焦的圓孔慢慢擴大，一個焦黑又燎火的黑圈蔓延吞蝕床單。

4 酒店（Sevilla-Biltmore）全名為「哈瓦那塞維亞美居酒店」（Hotel Mercure Sevilla Havane），是古巴一棟歷史悠久的飯店，因格雷安・葛林寫入小說《哈瓦那特派員》更為聲名大噪。此飯店建於一九〇八年，原名塞維亞酒店（Hotel Sevilla），一九一九年轉賣後，更名為塞維亞—畢特摩爾酒店。一九二四年增蓋十層樓的塔樓，頂樓為舞廳。一九三九年再經義大利籍烏拉圭裔的黑手黨收購，在酒店裡設置賭場。一九五九年卡斯楚發動革命時，酒店曾遭民眾破壞。此酒店今日為古巴政府的大加勒比海集團（Gran Caribe）擁有，但由法國的雅高酒店集團（Accor）經營。二〇一七年雅高集團宣布將轉給旗下的美憬閣（MGallery）營運。

5 一八九八年爆發美西戰爭，西班牙戰敗，最後兩個殖民地古巴和菲律賓獲得獨立。

6 東方省（Oriente）是古巴最早的六個行政區域的一省。一九〇五年以前稱為古巴聖地牙哥省（Santiago de Cuba）。一九七六年重新劃分後，不再有東方省，原來東方省的區域劃分為五個省份：杜拿省（Las Tunas）、格蘭瑪省（Granma）、霍爾金省（Holguín）、古巴聖地牙哥省和關達那摩省（Guantánamo）。瑪坦薩斯省位於西部，首都哈瓦那的右邊，國道距離約一百二十三公里左右。

7 貢多拉（義大利文：gondola）是威尼斯特有也最具代表性的划船，也翻成「共渡樂」。文中雖未特別提到威尼斯，但是「貢多拉」就是最具代表的形象。

8 Verum-Verum，源自拉丁文，意思是「真的、正確的」。

大約一年前，我在口譯工作的場合認識了路易莎，我認識她的方式有點逗趣，又有點隆重。我之前提過，我們兩人都從事翻譯工作，擔任筆譯或口譯員（為了賺錢）。我做的比她頻繁，但這不表示我比她勝任或能力強；以前剛好相反，她比我頻繁，至少在我們認識時是這個情況，或是整體上，她比較得人信任。

所幸我們工作的性質不限於只是國際組織的會議或是辦公室作業，這個工作有個其他類型沒得比的好處，就是一年只須工作半年（兩個月在倫敦或日內瓦，或是羅馬，或紐約，或是維也納，甚至布魯塞爾，然後兩個月的休假可以回家，然後再回到同樣的地方，包括布魯塞爾，大約再工作兩個月或少一點）。口譯工作最無聊的是翻譯演講或是報告，不論是職業行話或是難以理解的術語背景，千篇一律毫無例外，所有的國會議員、代表、部長、政府官員、市議員、大使、專家學者或是各行各業代表，全世界每個國家都一樣，所有的演講、呼籲、抗議、煽動性的演說跟報告，一成不變很催眠，讓人聽了就想睡覺。對那些不曾從事這項工作的人而言，也許會以為這工作很好玩，或者至少有點趣味和變化；甚至，有的還會想說某種程度上，口譯就像置身於世界的決策之中，得天獨厚接收到不同國家各種生活面向第一手完整的資料，政治和都市規劃、農業和軍事戰備、畜牧業和教會、物理和語言學、軍事和奧林匹亞運動會、警察和觀光、化學與宣傳、色情、電視和病毒、運動、金融和汽車、水利、戰爭後勤和生態環境，以及風俗民情。的確，我這一生有幸翻譯到許多重要人物的演說和文告，以及不同凡響的事件（如果要舉個比較不尋常的例子的話，我的工作剛開始初期，我親口翻譯到馬卡里奧斯三世大主教[9]逝世後才發表的演說），我也有能力可以立即翻譯那些相當耗神棘手的議題和長篇大論，轉換成我的母語，或任何我熟悉的其他語言，例如有關蘇門答臘島的灌溉方式，或是史瓦濟蘭和布吉納（以前叫布吉納法索，首都是瓦加杜古）的邊緣族群，跟其他許多地方一樣，生活條件都很差。我曾很巧妙地用威尼斯的方言說明兒童的性教育問題，在那些複雜的論據中哪些是有幫助的，哪些是貶抑羞辱的。還有南非阿姆斯科[10]武器供應商的獲利評估，政府是否要繼續以財力支持，讓他們採購造價昂貴且致命的武器，理論上這些武器遭禁運，是不能出口的；還有，是不是有可能在蒲隆地[11]或馬拉威（首都應該分別是布松布拉市跟松巴[12]）再複製建造一座克里姆林宮；以及我們自己國內的問題，是不是要將東部的勒凡特區（包括穆西亞[13]）和伊比利半島切割，讓它變成一座獨立的島嶼，這樣就可以避免每年被那個區域的滂沱大雨和水災波及，造成財政預算透支；另外，還有關於義大利帕瑪省[14]的大理石損害的問題；也討論到愛滋病在崔斯坦達庫尼亞[15]有擴大的趨勢；阿拉伯聯合大公國的足球組織結構；保加利亞海軍的道德操守淪喪；還有一項禁止埋葬死屍的奇怪禁令，許多屍體堆疊雜放在荒郊野外，以至於產生惡臭。這項禁令在倫敦德里市[16]接連發生許多年了，市長獨斷獨行，最後遭到革職。所有這些議題，以及其他林林總總，我都一一翻譯，如實傳達，像宗教般一樣的虔誠重複說話的人的內容：有專家學者，有科學家，有各種專業領域的博學鴻儒，來自各個不同遙遠的國家，有非凡奇特的人物，異國人士，學問淵博的人，傑出卓越的人才，有諾貝爾獎得主，牛津和哈佛大學的教授，寄來最意想不到的問題和研究報告，因為他們被政府委託，或是被代表政府的人委託，或是代表團的委員，或是職務代理人，都來委託他們做這些事。

說實話，在這些機構組織裡，唯一真正實際運作的是翻譯；在這些機構裡，尤有甚者，有一種翻譯症候群，一種發燒熱，有點病態的，有害健康的；因為任何一個從這些單位發表出來的文字（不論是分論會議或全體大會），任何一個被交付的文件，不管什麼議題，不管一開始交代什麼人，或是任何目的（甚至是祕密），都當場立刻被翻譯成各種語言。我們身為口筆譯員，在我們工作的時段內，不帶任何成見或歧視，甚至也沒有休息，持續不斷地翻譯，絕大部分的情況是，沒有人知道為什麼要翻譯，為誰翻譯；如果是一紙文件，最多的情況就是翻譯給檔案室存檔；如果是一場演說，大概就只是翻給聽講的小貓兩三隻，而他們也不懂我們轉譯的第二語言。任何一個愚蠢的人自發性地送達任何蠢事給這些機構，都會立即被翻譯成六種官方語言：英文，法文，西班牙文，俄文，中文和阿拉伯文。所有的文件和演說都有法文，也都有阿拉伯文，有中文，有俄文等等。任何胡言亂語，任何一時興起，任何蠢蛋的即興念頭，都會有六種語言呈現出來。也許不會拿這些胡謅來做什麼，但是就是要翻譯出來。有好幾次，有人拿一堆發票要我翻譯，但是處理這些發票最該做的一件事就是付帳。我相信這些發票會一直被保存在檔案室裡，起碼會用法文、中文、西班牙文、阿拉伯文、英文和俄文保存到世界末日。有一次我在口譯室被緊急叫去翻譯一場演說（不是書面稿），是某個統治者將發表的演說，而我卻在前兩天的報紙看到斗大的新聞，足足用了四欄篇幅報導他死去的消息，他在一場他的國家傾力推翻他的政變中身亡。

在國際論壇的場合裡面臨最大的壓力，不是來自這些各國代表或委員彼此針鋒相對的爭辯，每每各執己見激烈的程度幾乎像要開戰一樣，而是因為某些特殊原因一時找不到口譯員翻譯，或是口譯員在演講進行中，突然因為健康或心理因素缺席，還蠻常有這種突發狀況。從事口譯工作的人要能調節自己的神經，不慍不火，沉著冷靜，比克服瞬間抓住講者原文的意思並且立刻轉化為另一個語言傳輸出來的困難還更重要（的確很困難）；我們要承受這些政府官員或專家學者的施壓，他們要是發現他們講的內容，有些沒有被翻譯成這六種知名的語言，就會神經兮兮，甚至暴跳如雷。他們會一直盯著我們，就跟我們的上司一樣，近在眼前的直屬老闆，或是遠在天邊的總公司（全部都是公務員），要確認我們在崗位上，克盡職責全部翻譯出來，沒有遺漏隻字片語，如實轉譯成其他各種語言，而事實上幾乎沒有幾個人懂。這些代表或委員唯一真正在意的是他們講的話被翻譯出來，而不是他們的演說或報告會獲得通過，或是贏得掌聲；也不是他們的提案受到關注或付諸實行，幾乎從來沒有過（也就是未獲通過，沒有掌聲，沒被關注，也不會付諸實踐）。有一次大英國協高峰會在愛丁堡舉行，也就是只有英語國家的會員國參加，一位名叫佛萊克斯曼的澳洲籍講者，看到口譯室裡空無一人，認為對他是莫大的侮辱，而與會的成員都沒有戴上耳機聽他演講，而是現場聆聽，亦即從講者的麥克風直接傳送到他們舒適的座位上。他要求他講的每句話都要翻譯，後來經人提醒並不需要時，他皺皺眉頭，粗魯地咒罵一頓，然後硬用他那惱人的澳洲腔英語開口，聽得會員國成員不堪其擾，甚至連他自己的同胞也聽不懂，紛紛抱怨連連。這時那些老經驗的會員出現反射動作，一旦有人講了讓人聽不懂的話，而自己儼然成為會議上無辜的受害者時，當場就會習慣性地戴上耳機。然而事情一反常態，當他們確認耳機竟然沒有傳輸（沒有任何聲音，清楚的或混濁的聲音都沒有），更強烈表達抗議，結果佛萊克斯曼作勢要親自上場，想移動到口譯室去翻譯自己的演講。當他走到走道時被制止，而現場也臨時找來一位澳洲口譯員去口譯室，說了一口自然流暢的英文，而他的同胞老兄，還說如假包換呢！就套用他自己的發音來說吧——把「賴瑞金」都發成「拉哩金」了。他在講臺上誇誇其詞，一口沒人聽懂的口音，不知是不是墨爾本、還是南澳的阿得雷德、或是雪梨，這些城市郊區或碼頭居民的鄉音。佛萊克斯曼那個會員代表，看到終於有個口譯員善盡本分傳達他演講的理念，隨即平靜下來，這才回歸他慣常中性的演說語調，大致差強人意，也不強求與會同儕是否真正理解他的話，反正大家選擇間接透過耳機的方式來聆聽，雖然透過機器聲音聽起來會搖晃抖盪，但是相對重要多了。這就是翻譯發燒症候群的極致，遍布國際會議場合且主宰會議的進行，一個從英文到英文的翻譯，顯然不全然忠實正確，那個桀驁不遜的澳洲代表慷慨陳詞滔滔不絕，讓那位澳洲口譯新手跟不上他超快的速度，無法翻出全部的內容而不遺漏。

耐人尋味的是，與會成員內心深處比較相信他們從耳機聽到的內容，也就是相信口譯員轉譯的演講內容（一樣的東西，但比較有連貫性）勝過他們自己直接聽講，雖然他們也完全聽懂講者的語言。然而，弔詭的是，其實沒有人知道隱身在口譯隔間內的口譯員翻譯的是否正確，是否真實，更不用說很多時候既不正確也不真實，有可能因為口譯員對議題不熟悉、或是怠惰、心不在焉、居心不良或是翻到頭昏腦脹了。這個就是口譯者遭致筆譯者（也就是書面翻譯）非議的地方：當筆譯員潛心地在他們的工作室將發票或是哪些蠢事一五一十翻譯出來後，還要被居心不良的人攤在陽光下校對，他們會被揪錯、舉發甚至罰鍰；口譯者不假思索從口譯的小隔間把那些文字口無遮攔地散布出來，卻沒有人管控。口譯者討厭筆譯者，而筆譯者也討厭口譯者（好比同步口譯者和逐步口譯者相互討厭一樣），而我口筆譯兩個都做（現在只做口譯，因為條件較優，雖然很耗神，心理壓力大），因此我可以體會兩者轇轕的心結。口譯者常自詡為神樣的人物，自認是名人之流，因為他們出現在執政者、代表或職務代理人的面前，而這些人都渴望見到口譯員，或更正確地說，希望他們在現場，還有善盡他們的天職。不可諱言，口譯者會被全世界的領導人看見，因此，他們出入總是講究門面，衣冠楚楚，也難怪常會透過口譯室的玻璃窗看到他們塗口紅、梳頭髮、打點領帶領結、用髮叉挽住頭髮、吹彈衣服上的微塵，或是修剪鬢角鬍髭（每個人手上都有一面小鏡子）。這些舉動都會引起筆譯者的不快和憤怒，因為筆譯者退居在不為人知的幽暗處，共用不起眼的辦公室，是真的，但強烈的責任感讓他們覺得自己的工作遠比那些自負的口譯員更嚴謹、更專業；口譯員置身在個人專屬獨立的小隔間內，美觀、透明、隔音，還會依據不同情況擺放芳香劑（有任人唯親的關係）。大家彼此睥睨，相互嫌惡；但是我們之間都有一個共同點：就是之前我提過的幾個例子，我們沒有人知道那些讓人趨之若鶩的事情。之前我也提過了，翻譯時，我如實複製演講和書面的內容，但是我幾乎不記得他們講過的任何話，不是因為時過境遷，或是記憶力容量有限，而是在翻譯的瞬間，我就忘得一乾二淨，換句話說，我不清楚演說者的內容，也不知道我接續要傳送的東西，或者說得更白點，就是無感於同步發生的事情。他或她一邊說，而我隨即跟著說或跟著重複，但是是一種機械反應，跟理解無關；應該說，這機械反應跟理解在對抗：在完全不懂或沒有吸收所聽到的內容時，只能大致再重複說一遍（尤其是零零碎碎又完全沒有間歇的演講）。跟這一類有關的書寫文件也是一樣的情形，不是文學性質的，這些文件完全沒有辦法修正，無法深思，也無法回頭重來一次。總而言之，這些被視為無比珍貴的文件，有些人認為就是我們口筆譯者在國際組織裡可以掌握的重大資訊，事實上我們完全罔顧；從頭到尾，從上到下，我們連一個詞兒都沒記著，對這個世界在打造什麼、在密謀什麼或是在策劃催生什麼，完全沒有概念。有時候，輪到我們休息的空檔，我們在現場聆聽一些達官顯要的演說，但是不需要翻譯，他們一樣使用晦澀難解的行話術語，在任何人理智的判斷下依然讓聽者丈二金剛。如果有那麼一兩次，基於不明原因，我們恰好記住了一些句子，這時候我們反而處心積慮，極盡所能要在短時間內忘記它們。把那些非人性的行話放在腦子裡超過必要的時間，再把它們翻譯成第二標的語或是第二種術語是個累贅的折磨，對我們已經飽受虐待的精神失衡更是有害的。

在這許多紛至沓來的事情當中，很多時候我惶恐地捫心自問，不知道是否有人知道在這些國際峰會中，有沒有沒說出來的話？尤其是用字修辭規定相當嚴格的會議裡，常常字斟句酌或是咬文嚼字。與會人士們彼此接受也了解他們之間會使用的野蠻黑話，口譯員的確可以依照自己的想法改變具有暗示或隱喻的內容，且完全不受監控，也沒有實際的時間可以駁斥或修正。唯一可以完全監控我們的方式就是再找第二位譯者，給他耳機和麥克風，將我們翻譯的內容再同步翻譯回第一種原始語言，如此就可以驗證在那時刻我們同在會議廳裡所聽到的是不是一樣的演說。可是這樣一來，可能還需要第三位譯者，同樣要給予一樣的設備，來監控第二位譯者，再次翻譯他的翻譯，那可能也需要第四位譯者來監控第三位，如此一來，我看恐怕沒完沒了；筆譯員監控口譯員，口譯員監控筆譯員，發表人監控與會代表，速記員監控演講者，筆譯員監控政府官員，警衛監控口譯員。所有的人都負責監控，沒有人在聆聽，也沒有人在記錄，長久下來，所有的會議、研討會或大會都會暫緩或取消，導致最後所有的國際組織面臨永遠關閉的命運。所以，還是寧可冒一點險，容忍出一些狀況（有時候很嚴重）和一些誤解（有時候經久未澄清），這些顯然都是口譯員個人的疏忽造成；而我們雖然不是有意地經常開玩笑（豁出去了，賭上我們的工作），時不時地，我們也難以抗拒說假話，讓謊言從嘴邊溜出。各國與會的代表和我們那些擔任公職的上司不得不信任我們，一如各個國家的領導階層等高官會晤的情形，或是我們的翻譯工作不屬於國際組織的性質時，例如在某些被稱為「**高峰會**」的會晤上，或在他們友好的第三國領土、或敵國的屬地或中立國家，雙方進行官方正式的拜會。的確，在這些層級如此高的場合裡，會涉及重要的貿易談判合約，互不侵犯條約，策劃對抗第三國的謀略，開戰或是休戰宣言這類情形，有時候會透過第二位譯者嚴密管控口譯員，當然不需再重新翻譯一次（否則會一團亂），但的確會很專注地聆聽第一位的翻譯，並監督他，且再三確認他是否如實翻譯。我就是在這種情況下認識路易莎。基於某種原因，一般咸認她比我嚴謹、可靠和忠誠，而被選為口譯盯哨（他們的稱法是保全口譯，或是口譯網，最後變成男網或女網，難聽之至），來核准或是否決我的翻譯。那是大約不到兩年前，在我們國家舉行的層峰階級的高官私人會晤，由我們國家和英國雙方的代表團出席。

這些一絲不苟的顧忌沒有多大意義。事實上，層級越高的人的會晤，他們之間的談話反而不重要了，而我們犯的錯誤或違規的嚴重性也相對減低。我猜測這些防範措施只是顧及門面，讓媒體和電視的鏡頭取景時可以看到口譯員正襟危坐，不是很舒適的椅子，左右兩邊分別是領導人，他們通常坐在那種像寬螢幕尺寸夠氣派的椅子，例如鬆軟的扶手椅或沙發，搭配兩位口譯員坐在硬邦邦的椅子上，手上各自拿著筆記本記重點，營造出高峰會嚴肅凜然的氣氛，提供給電視觀眾和報紙讀者最佳的畫面。其實這層峰高官的訪問，通常都有技術人員、專家學者、科學家和專業人士陪同隨行（無庸置疑，也是同一批幕僚和撰寫演講稿的文膽，然後交給我們翻譯）。這些人是媒體不會關注的隱形人，他們也會跟訪問國家的同儕幕僚齊聚於後臺。他們才是真正討論、決定和知道詳情的人，他們草擬雙方的合約，明定合作的條件，明來暗去的相互恫嚇，調解紛爭，或彼此勾心鬥角，爾虞我詐，以便替自己的國家爭取最大的利益（他們通常嫻熟外語，擅長小人之道，有時候根本不需要我們代勞）。相反地，這些位居高位的領導，對幕僚策劃的事一無所知，或是等一切都結束了才知原委。他們只是現身露臉讓人拍照獵取鏡頭，為公開正式的晚宴或盛裝舞會開幕，會晤行程結束後，在專業技師提供給他們的文件上蓋印簽名。因此，他們彼此談了什麼話，根本不重要；更尷尬的是，有時候根本無話可說。這些情況，我們身為口筆譯者倒是心知肚明，但是在這些私人會晤的場合，我們必須隨伺在側，有三個主要原因：最高層級的領導通常不諳外語，如果我們不在場，就沒有人幫他們無謂的廢話添油加醋，或錦上添花，萬一有了紛爭引發口角，還會推諉過失，怪罪我們。

在那個訪問峰會中，西班牙的高層領導是位男士，而英國的是位女士。[17]因此，看來最適當的安排，前者的口譯應該是男士，而後者的口譯或是「口譯網」應該是女士（女網），以達到對等和性別平等。我坐在我那張折騰人的椅子上，在兩位領導人之間，路易莎一樣坐在她那張苦行僧的椅子上，靠近我的左邊一點點，也就是在女方領導人和我的中間，但稍微後退一點的位置，一副威脅的姿態監督著我，看著我的後頸，我頂多（視線差）只能從我的左眼眼角餘光瞄到她（但很清楚可以看到她翹起交叉的長腿，還有她那雙普拉達（Prada）的新鞋，因為牌子字樣離我最近）我不否認我一直注意她（這其實是不由自主的），因為才一進入私人會晤的小廳室（品味極糟），我們還沒上場就位，就有人介紹她給我認識，記者攝影師的鎂光燈閃閃發光，兩位高階領導對著電視鏡頭，也佯裝寒暄：我說佯裝，因為我們的領導人不懂半個英文字（嗯，道別的時候他倒是勇敢地擠出一句「祝您好運」〔Good luck〕）；而英國的領導人也不會講西班牙語（她緊緊握住我的手時也勉強地說了一句「嗨，您好」〔Buen día〕）。[18] 結果是，其中一個人對著鏡頭和攝影師低聲嘟囔一些不相關又聽不清楚的西班牙文，還笑容滿面地望著他的貴賓，彷彿是對她一番讚賞恭維的話（不過，我倒是聽得很清楚：我記得他重複說一、二、三，四，我們要共度片刻美好時光，太好了），而這位女領導人更是笑容可掬，較之我方領導人的滿臉笑意有過之而無不及，用她的英文含糊其詞地回應（說著Cheese, cheese，就像每逢一群人面對攝影鏡頭時，就會喊出的標準英式口頭禪，接著就是無法翻譯的一堆狀聲詞像「Tweedle tweedle, biddle diddle, twit」和「fiddle, tweedle twang」諸如此類）。

我自己呢？我承認我也不由自主地對著路易莎笑個不停。在那些繁文縟節的開場白中，還輪不到我們上場工作（她只是回以淺淺的微笑，總之她在那兒的目的是要監督我）。待我們正襟危坐一切就緒時，我就沒辦法繼續注意她，也無法對她微笑了，就是之前我已經形容過的坐上那張酷吏的椅子。其實，我們又耽擱了一會兒才參與正式的會談，等到那批記者被遏止，說要清場，請他們離開後才開始（「夠了！」我們的領導人高舉他那隻戴著婚戒的手對著記者說）。身邊的親信還是侍衛長關上門後，只剩我們四個人，準備開始世紀對談，我拿著我的筆記本，路易莎把她的筆記本放在大腿的裙襬上。倏忽，冷不防地一陣寂靜，讓大家如坐針氈般難熬。我的任務十分敏感，我豎起耳朵，提高警覺，等待審慎的起手式，說出一番明智的話語讓我即席翻譯。我看著我們的領導人，又看看對方的領導人，再回頭望著我們的領導人。她有點狐疑地看著手上的指甲，從我這距離看過去，她的手指頭像極了奶油。他則摸摸西裝外套和褲管的口袋，不像一般真的想找東西卻找不到那樣四處搜尋，而是假裝沒找到東西，以便再拖延一點時間（例如，火車上查票員來查票時，那沒買票坐霸王車的人的假動作）。我感覺好像是在牙醫診所等候治療一樣，又猶恐我方的領導人為了打發時間，突然拿出周刊來分給我們消遣。我鼓起勇氣，有點皺眉疑惑的神情回頭望一下路易莎，她用手勢（不是嚴厲的動作）要我耐著點。最後，西班牙的領導人，在摸了數十回的口袋後，終於掏出了一個金屬的捲菸盒（故作風雅，但實在俗氣），問問他的客人：

「您介意我抽菸嗎？」

我趕緊翻譯成英文。

「Do you mind if I smoke, Madam?」我說。

「閣下，不介意。但您要把煙朝上面吐。」英國領導回話，不再看著指甲，也不再一直拉裙子，我又像方才一樣，快速翻譯出來。

西班牙的高層點了一根小雪茄（大小樣式是一般香菸的尺寸，但卻是深褐色，所以我稱它小雪茄）。他吸了兩口，然後小心翼翼地將煙朝天花板吐出；我觀察了一下，天花板上有污漬斑點。四下又一片寂靜。不多時，他從那張寬綽的椅子站起來，走近一張小桌子，擺滿了超出桌子容量的酒瓶，他倒了一杯威士忌加上冰塊（我很訝異事先怎麼沒有服務生或是餐飲經理先準備好），然後問：

「您喝酒嗎？」

我依樣翻譯，也將英方領導人的回答翻譯出來，只是在我方領導人的問句後，我都主動增加了「女士」。

「白天這時候不喝，若閣下不介意我不陪您一起喝的話。」英國領導人把她已經很垂墜的裙子又往下揪拉了幾下。

對這冗長的沉寂和簡要的問答，我已經覺得無聊起來了。明確地說，平淡乏味又零碎的話家常。過去我替重要的領導人擔任口譯的場合中，至少讓我對自己嫻熟的語言和掌握的知識有種不可取代的自信，並不是因為他們講了多偉大的事情（一個西班牙人和一個義大利人），而是我得重整複雜的句法結構和詞彙用語，這絕非一招半式的外語能力或泛泛之輩可以翻譯得出來的對話，跟現在這場會晤簡直是天壤之別：講出來的話連小孩子都會翻。

我方的領導人一手握著威士忌，一手銜著雪茄又坐回座位。他喝了一口，又疲憊地吸一口氣，放下杯子，看看手錶，梳理一下西裝外套的衣尾，那被他自己的身體坐到起皺的摺痕，又四處摸摸口袋，吞吐更多的煙霧，他的笑容已經有氣無力了（英國領導人的笑容更是意興闌珊，用她一開始還很詫異看著修長指甲的表情，搔抓一下額頭，頓時，化妝品的粉末飛散，滲透周遭的空氣）。我意識到有可能已經過了表定預估的三十分鐘或四十五分鐘，就好像在稅務顧問或公證人的接待室裡等候一樣，只需等待時間過去，然後勤務兵或僕役就會把門打開；或像是學校的校工，冷淡地喊著「時間到了」，或是護士很不情願地大聲叫喊「下一位」。我又回頭看看路易莎，這次有點想要偷偷地跟她講我的想法（我語帶嘀咕，好像是要跟她說「搞什麼名堂啊」！）我看到她面帶微笑，篤定地把她的食指垂直擺在雙唇上，還輕敲細細的聲響，要我保持安靜。我永遠忘不了她那微笑的雙唇，被食指穿過卻無法封住微笑的動作。應該就是那個時候（或是之後），我覺得善待那位比我年輕而且腳踩名牌鞋的女孩對我是有幫助的。我想應該也是那雙唇和食指的組合（張開的雙唇，封口的食指；微微上揚彎曲的嘴唇，垂直的食指從中分割）讓我鼓起勇氣完全不按牌理牌翻譯下一個問題。最後，我們的領導人從一個口袋掏出掛滿鑰匙的鑰匙圈，隨興就把玩戲弄起來，十分不恰當的舉動，他隨口問說：

「需不需要我幫您點杯茶？」他說。

我沒有翻譯。我的意思是，我借用他的嘴巴翻譯出來的英文不是他原來有禮貌的問題（出自某本手冊上現成的例句，而且還有點過時，這點必須承認），而是下面這個問題：

「請問，在您的國家，您受到人民愛戴嗎？」

我注意到我背後的路易莎一陣愕然。而且，我看她立刻把那顯眼翹起交叉的雙腿放下（她那雙長腿一直都在我的視線內，就像她那雙名貴的普拉達新鞋，她懂得花錢，或是有人送她的）。過了漫長幾秒鐘的時間（過了數秒不算短的時間）（我感覺我的後頸一陣寒顫滑過），我正等待她的介入和糾舉，她的修正和斥責，或是當下她自己下來翻譯，善盡「女網」的職責，這是她最主要的功能。可是那幾秒鐘過去了（一、二、三、四），她什麼都沒說，也許（我那時想）因為英國領導人沒有覺得被冒犯而表現出不悅，並且立刻回答，而且有股內斂的激動：

「我也這樣問過自己許多次，」她說。她首度翹起雙腿交叉，不再拘謹地蜷伏在那條不時留意的裙子裡，而且不在意露出她那白皙方形狀的膝蓋。「人民投票支持一個人，的確，一次又一次，這個候選人也一次又一次當選。但是，很奇妙的是，他並沒有因此覺得受到人民愛戴。」

我很精準地翻譯出來，只是第一句的人稱直接受詞「lo」（他）在英譯裡無法翻出了。其餘的回答，讓我方的領導人以為只是英方代表自發性的反省，我並且順帶一提，他對這個話題感到滿意，因為他好像視以為當然，不怎麼驚訝，且表現極大的善意回答她，還讓手中那串鑰匙交叉碰撞，弄得叮噹響。

「的確。就這點來說，不論我們怎麼利用選票，選票沒有帶來任何保障。這樣說吧！您聽聽看我的淺見。我認為那些不是透過民主方式選舉出來的獨裁者和政府領導人，在他們國家通常比較受到愛戴。當然，也比較讓人憎惡，但是喜愛他們的人很死忠，堅定不移熱切地喜愛他們，而且人數總是越來越多。」

我認為最後那句評斷「而且人數總是越來越多」就算不是虛假，也有點誇張。除了這一句，其他我均正確無誤翻譯出來（總之，那句話過不了我這關，我不苟同，直接省略），我又等著看路易莎的反應。她很快速地翹起腳交叉（她那古銅發亮又圓潤的膝蓋），那是她唯一對我擅作主張表示警告的動作。我想，也許她並非不贊同，只是我仍然感受到她那不知是錯愕，還是憤怒的眼神盯住我的後頸，讓我無法回頭看她，真慘。

英方領導人好像有點帶勁起來。

「喔，我也這麼覺得。」她說。「一般而言大家都會喜愛，因為會被強迫去喜愛。這也發生在人際關係上，不是嗎？多少雙雙對對不是真正彼此喜愛的情侶，只是因為當中一個，只有單方面，堅持這個關係，而強迫另一個人也要這樣？」

「強迫還是說服？」我們的領導人反問。我瞧他對自己這個詞彙的斟酌還挺得意的樣子，我就單純依照他的說法翻出來。他極力搖晃那串鑰匙鍊，弄得巨大聲響，看來是個容易緊張的男人，害我聽不清楚，口譯員需要絕對的安靜才能使命必達。

女領導人看著那雙細心呵護又極美觀的修長指甲，此刻有點忘我地賣弄風情，沒有索然無味或是不信任的反應，跟之前佯裝有點詫異的神情完全不一樣。她又使勁拉拉裙子，但沒有起作用，因為她的雙腳還是交叉翹著。

「都一樣，您不覺得嗎？只是時間順序上的問題，何者為先，何者在後，因為前者有可能會變成後者，而後者也會變成前者，這是必然的結果。這一切也就是法國人常說的**既定事實**（*faits accomplis*）。在一個國家裡，如果人民被命令去喜愛他們的領導人，最後這些領導人會真的以為人民愛戴他們，至少比不命令他們而要他們愛戴容易多了。然而，我們卻不能命令人民這麼做，這是問題所在。」

我跟英方領導人有一樣的遲疑，心忖我方領導人最後那句結論實在有礙民主視聽。我猶豫了一下，視線秒間瞄了另一雙監督我的美腿，我選擇刪除「這是問題所在」那句話。那雙腿一動也不動，但是很快地我發現我對民主的顧忌不被認可，因為西班牙這廂用鑰匙鍊大大地敲擊矮桌：

「這是問題所在，這就是我們面臨的問題，我們永遠不能命令他們愛我們。您看吧！我就不能做我們的獨裁者佛朗哥所做的事，號召民眾辦一場支持者大會，聚集在東方廣場[19]，」——我不得不翻譯成「某個大廣場」，因為我覺得把「東方」這個字講出來會讓英方領導人困惑不解——「來對我們歡呼，對著內閣喝采，我的意思是說，我們只是內閣的一部分，不是嗎？他卻可以逍遙法外，用任何藉口為所欲為，大家都說民眾是被迫去為他歡呼。這是千真萬確的，但是廣場上的確擠滿了人，有照片和文獻為證，這也是事實，不會騙人的，也不是所有人都是被迫去參加，尤其是他執政最後幾年，鎮壓已不再那麼嚴厲，或是只是針對執政團隊的公務人員比較嚴苛，例如懲處或是辭退。很多人深信他們愛戴佛朗哥，為什麼呢？因為之前一直被迫要愛戴他，而且歷經數十年了。喜愛也是一種習慣。」

「喔！親愛的朋友，」英方領導人說。「我很了解您所說的情況，您知道我怎麼看待這一類凝聚群眾的活動嗎？這種全國上下一心好像慶典一樣，只會發生在我的國家，不幸的是，是發生在他們群體抗議的時候。看到群眾不曾好好聽我們陳述理念，也沒有好好熟讀法規，只是聽到他們辱罵我們，實在是令人氣餒；甚至拿著攻擊性的標語怒罵整個執政團隊，就像您所說的，著實令人沮喪。」

「怒罵的標語還押韻對仗呢！他們製作對仗的順口溜！」我們的領導人插話，但是我沒跟著翻譯，因為我覺得不重要，而且也沒有時間。英方這位女士沒理會他，繼續表達她的遺憾：

「難道人民永遠不能為我們喝采嗎？我捫心自問：難道我們從來沒有做對事情的時候嗎？只有我的同黨夥伴會給我喝采，當然，我也不能相信他們完全是發自內心。只有國家發生戰爭的時候，我們才會受到支持擁戴，我不知道您是否知道，只有我們讓國家陷於戰爭時，那時候……」

英方領導人有點陷入沉思，話講到嘴邊猝然停了下來，好像回憶起過去那些永遠回不來的歡呼。她有點羞赧但小心翼翼地把交叉的腿放下，再一次用力揪拉她的裙子，奇蹟似地竟然讓裙子往下拉了兩指寬的長度。我開始有點不喜歡這個繞來繞去的話題了，都怪我開了頭。天啊！我想（我很想跟路易莎講我的想法），這些民主時代的政客竟然懷念起獨裁體制了。對他們而言，任何成就或任何共識只是微微地實踐他們內心深處那個極權的欲望，他們其實渴望凡事可以全體一致、所有人都同意，越是一步一步實踐那不可能的極權欲望，他們就越興奮，雖然永遠嫌不夠。他們稱頌差異性的重要，但事實上對所有領導人而言這種差異都是詛咒和厭煩。除了最後那個戰爭的話題（我不想再讓我方領導人聯想到其他的想法），我恰如其分地翻譯女方領導人的話。然而，我替女方領導人說了這句話：

「很抱歉！您不介意收起那串鑰匙吧？剛剛那些噪音一直干擾我，您要是能收起來，十分感謝。」

路易莎那雙腿依然維持原狀。我方領導人有點羞赧地臉紅了，連忙致歉，立即將那串叮噹響的鑰匙放回西裝口袋（鑰匙那麼重，該把口袋鑽破洞了）。我再次大膽地違背他的話，他其實這樣說：

「欸！說的也是，如果我們做得好，沒有人會發動抗議，這樣就是讓我們知道他們滿意我們的施政。」

我倒是沒依照他的話翻譯。我把話題導向個人，我覺得比較安全又有趣的話題。我用清楚的英文替他發問。

「關於您的感情生活，我可以冒昧請問您，您曾經強迫別人喜歡您嗎？」

當下我立即警覺這個問題實在太冒失了，尤其是問一位英國女士。我相信這一次路易莎絕對不會坐視不管，而且會發揮她那「女網」的機制來箝制我，揭發我的不是，將我從會客室逐出，對著老天大叫，我們怎麼把場面弄成這個地步，完全失真變了樣還成了鬧劇，這可不是鬧著玩的。我的口譯生涯就此毀了。我專注又忐忑地望著那雙不是平行垂掛的姿勢，而是醒目翹高的美腿。這個時候他們有時間思考和反應，英方領導人思索了好幾秒鐘才有反應。她的嘴微微張開，帶著欣賞的表情看著我方領導人（她的口紅塗得太厚了，以至於沾到牙齒的縫隙）。而他，面對又一次的寂靜無聲，沒什麼動作，一定也搞不清楚狀況，又掏出一根小雪茄，用方才那根菸蒂點火，這場面實在不好看（我覺得）。不過，路易莎的美腿仍然一動也不動，還是交叉著，也許有稍微平衡交換一下：我只注意到坐在那張天殺的酷刑椅上，她的腿有稍微抬高些，彷彿屏氣凝神，害怕不知道會聽到什麼樣的回答，遠比我這個已經不可彌補的魯莽還要擔心。又或許，我想，她也很想知道會是什麼回答。她沒有揭發我，沒有戳穿我的瞎掰，她沒有介入，依然沉默不語；我想，她要是可以容忍我這件事，一定也可以容忍我這輩子所有的事情，或是還沒開始要過的後半輩子。

「嗯，嗯！不止一次，不止一次。信不信！」英方領導人終於開口了，她犀利的語調隱含一種遙遠的情感和躊躇，因為過於遙遠而無法挽回的情況，也只有當下那種方式可以表達，想霸氣的回話卻頓時語塞而支吾。「事實上，我常常自問，以前是否有人在沒有被我強迫的情況下喜歡過我，包括我的孩子們，嗯，其實孩子是最被強迫的一群。我常有這種情況，而我也常常想問，這世界上是不是有人可以超脫這種情況。您看吧！我可不相信電視上演出的那些故事，人們相遇而且毫無困難地就彼此相愛，雙方都自由自在，而且隨時準備就緒，任何一方都沒有遲疑，也不會心存後悔。我不相信有這種事，永遠不可能，即使年輕世代也不可能。任何人與人之間的關係都會衍生一堆問題，也會引發爭執，冒犯失禮，甚至羞辱。人人彼此強迫，不是強迫去做他不喜歡的事，而是根本不知道是不是喜歡。因為沒有人知道自己不喜歡什麼，就更不知道到底喜歡什麼了；沒有方法可以知道後者。如果每個人從來不曾被強迫去做任何事，那這個世界就停擺了，一切會停滯，漂浮在一個猶疑不定的球體上，無止境地持續這個狀態。人們只想睡覺，事先的後悔會讓我們麻痺；想像接下來還沒發生的事情究竟會怎樣是很恐怖的，因此，我們這些執政的領導人變得如此不可或缺，我們要做其他人永遠都不會做的決定，他們被他們的優柔寡斷和缺乏意志固著而僵化不動。我們聆聽他們的恐懼，『睡著的人和死去的人不過如圖畫一般』，莎士比亞這麼說；而我，有時候也這麼想，人們也不過就是如此，就像圖畫一般，當下的沉睡者，未來的亡者。基於這個原因人民選擇我們，繳錢支薪給我們，讓我們喚醒他們，讓我們提醒他們，那個行將來臨屬於他們的時刻還未到；但在這期間，我們要承擔他們的意志。當然，要做得讓他們相信那是他們的選擇，就像在一起的雙雙對對，相信彼此是神智清醒的時候相互選擇對方，而不是其中一個人強迫另一個這樣做，或是您所說的，被說服這樣做。毫無疑問，兩個人一定是這樣的，在兩人共處的漫長時光中，總有某個時段是兩情相悅的，您不覺得嗎？有時候，兩人會受迫於外在的因素，或是已經不在他們的生活出現的某個人，某個過去逼迫他們，例如他的不愉快、他自己的故事、他不幸的經歷，甚至是他們不知道的事情，而他們也無能為力。這是我們每個人都與生俱來一部分的遺傳，而我們卻一無所知，天知道這個過程是什麼時候開始的……」

我一邊翻譯英方領導人這長篇大論（我迴避了「嗯，嗯」，從「我常常自問是否有人……」開始翻，讓他們兩人的對話比較有連貫性），她一邊講，忽地戛然停住望著地板看，有點心不在焉含蓄地微笑，露出靦腆羞澀的神情，雙手平放在大腿上，就像一些上了年紀閒來無事的婦人們，平時午後打發時間的悠閒，雖然她並不是閒來無事，而且此刻還是上午時分。我幾乎同步翻譯她的論調當兒，我不禁也自問那句引用莎士比亞的話打哪兒來的？（「The sleeping, and the dead, are but as pictures」，當她從那兩片塗的厚厚口紅的嘴唇說出這句話時，我忖度「睡著」的西班牙文是否要用「durmientes」，而「圖畫」是不是該用「retrato」（肖像）比較恰當）。我也斟酌她那番大道理，對我們的領導人會不會過於冗長沉重，而無法了解透徹，甚至迷惘到無法回以體面的說詞，正這麼揣測時，我感覺到路易莎的頭朝我的頭靠過來，貼近我的後頸，彷彿她將頭往前挪近或傾斜過來，就可以更清楚聽到兩個版本，而沒有考慮到保持距離，也就是把她和我隔開的這麼一小段距離。現在，她這麼一靠近（臉也挪近：鼻子、眼睛、嘴巴，下巴，額頭和臉頰），我們的距離更短了，我甚至感覺到她的呼吸輕拂過我左邊耳際，她的不安甚至急促的氣息磨蹭我的耳朵、我的耳垂，彷彿寂靜的低語，沒有任何訊息，沒有任何意義；彷彿只有竊竊低語的呼息和動作才能傳遞，或者，那輕微晃動的乳房也有所暗示。她的乳房沒有磨蹭到我，但是已十分靠近，幾乎就要貼到了，而我對它卻如此陌生。那是另一個人的胸膛在我們背後撐著，只有有人在我們背後時，我們才真正覺得有依靠，字義本身已經傳達這個意思——在我們背後，就像英文說的「to back」（撐腰，靠山）。那個在我們背後幾乎看不到的人，他用他的胸脯罩住我們，差一點就要碰觸到我們，而最後終究會碰觸。有時候，那個人也會用手拍拍我們的肩膀，這隻手會安撫我們，也會支撐我們。這樣的情況，就像一般咸認夫妻或情侶就是這樣同床共枕，兩個人互道晚安後，兩人側身朝向同一邊睡，因此整個夜晚有一個人背對著另一個人，而且知道是背對著他或她；背對著那一個，半夜時，因為做惡夢猝然驚醒，或是睡不安穩時，或是發高燒，或是以為只有自己一個人，在黑暗中孤零零時，就一定會轉過身來，然後看到面前有一張臉保護著自己，這張臉會讓你吻臉上可以吻的地方（鼻子、眼睛和嘴；下巴、額頭和臉頰，全部都是臉的一部分）；又或者，半睡半醒間，他或她會用手拍拍她（他）的肩膀，安撫他（她），支撐他（她）或者牢牢抓住他（她）。

9 馬卡里奧斯三世大主教（Makarios，原名米哈伊爾．克里斯托都婁．牟斯寇斯〔Mihail Christodoulou Mouskos〕，1913-1977），為東正教賽普勒斯正教會總主教，賽普勒斯共和國首任總統。一九四八年當選主教後，改名為馬卡里奧斯。一九五〇年，當選總主教，成為賽普勒斯希臘族實際上的領袖，他積極鼓吹賽普勒斯和希臘合併，未能成功。一九五九年贏得總統選舉。迄今為唯一實際統治過全島的總統。

10 Armscor，南非國防武器供應商。一九七〇年代後期，南非在安哥拉的邊境戰爭期間推行種族隔離政策，引起國際爭議。因此，受到國際武器禁運制裁。南非政府便扶持供應商，生產並採購自己需要的武器，而有了阿姆斯科。

11 Burundi，東非內陸小型國家。周圍國家有盧安達、坦尚尼亞和剛果共和國。最大的城市為布松布拉（Bujumbura），布松布拉過去幾度為蒲隆地的首都，二〇一八年十二月則遷都到現在的首都基特加（Gitega）。

12 Zomba，在一九七五年一月十二日遷都以前，為馬拉威的首都。現在的首都是里郎威（Lilongwe）。

13 指西班牙東部地中海沿岸的瓦倫西亞（Valencia）和穆西亞（Murcia）自治區。瓦倫西亞自治區包含三個省分，為卡斯特邕，瓦倫西亞和阿利坎特；穆西亞僅有一省，與自治區同名。因位居西班牙東部，又稱為Levante（東方）。

14 Parma，義大利北部的帕瑪省與帕瑪市。為著名的帕瑪森乾酪和帕瑪火腿原產地。

15 Tristan da Cunha，為南大西洋群島，屬於英國海外的領地，為世界上最偏遠而有人居的離島。

16 Londonderry，北愛爾蘭最初的行政劃分的六個郡之一。一九七四年廢除此六郡，改為二十六個自治區（自治市鎮）。

17 此處指涉的兩國領導人為英國的柴契爾夫人（任期為1979-1990），西班牙總理菲利普・岡薩雷茲（任期為1982-1996）。

18 一般見面寒暄會說「嗨，您好」（Hola, ¿Cómo está usted? 或是 ¿Qué tal?）。或依早、午、晚的時間問安。整天時間的問候，西班牙常說「Buenas」（意思接近「嗨」），拉丁美洲會說「Buen día」，類似Have a nice day。此處應指英方領導也只會簡單的問候，因此，中文不至於講到「祝您有美好的一天」。

19 東方廣場（Plaza de Oriente），位於馬德里皇宮（Palacio Real）和皇家劇院（Teatro Real）之間。一說廣場位於皇宮東邊，因此稱東方廣場，而皇宮也因此另名為東方皇宮。另有一說，此廣場是法國占領西班牙期間，拿破崙的哥哥荷西・波拿巴成為西班牙國王，他命令廢除他的寓所周圍一些中世紀的建築，變成廣場，又因他本人屬於「法國大東方共濟會」組織，為表忠心服從，以東方廣場為名。

現在我知道莎士比亞那句引文出自《馬克白》，那個比喻是出自馬克白夫人，就在馬克白再次趁著鄧肯國王睡覺時要刺殺他。那句話夾雜在一些對話裡，是零零碎碎的爭辯，馬克白夫人把丈夫手中的刀拿過來時的插話，而那時一切都已無法挽回了。在他們的對話裡，她也對馬克白說不可以「so brainsickly of things」，這句話很難翻，「brain」這個字是「大腦」，「sickly」的西班牙文是「enfermizo」（病態）或是「enfermo」（生病的），西班牙文是形容詞，但英文的句子裡是副詞。因此，照字面意思來翻譯是這樣：她告訴他不可以用這麼病態的腦子去想事情，或是不可以腦筋不清楚，我實在不知如何用我的母語重複這句話，所幸當時那位英國領導人並沒有引用這句話。現在我知道這句話出自《馬克白》，我就沒有辦法不去留意（也許應該說「記起來」）在我們背後的人也會唆使我們，也會在我們耳邊說悄悄話，而我們卻看不到他。語言是他的武器，是他的工具；[20]語言像水滴，暴風雨後從屋檐上滴下來，總是滴在同樣的地方，那塊泥地會越來越濕軟，甚至被穿透，形成一個凹洞，甚至變成水渠，那可不像水龍頭的水會從下水道消失，不留半點痕跡在洗手盆的磁磚上；或是，即使是血滴，也會立刻隨手擦拭掉：看是拿條手帕，或是繃帶，或是毛巾，有時候用水，或是直接用手，那流血的人自己的手，如果他還有意識又沒有傷害自己的話，那隻手會立刻摸著胃部或胸部，去蓋住那個傷口。耳邊的低語也是一種吻，是最能說服抗拒被吻的人的一種方式。有時候並不是眼睛，也不是指頭，也不是嘴唇去降服所謂的抗拒，而是單純話語的探詢會讓人卸下心防，棄械投降；是輕聲低語的話語，是吻的語言，它具有強迫的力量。聽，是最危險的，聽是知道、是熟悉、是了解；聽覺沒有眼瞼，不會對聽到的話像眼睛一樣直覺地閉起來，也無法隱藏事先已預知將會聽到的話，而且通常都是來不及了。事實是，馬克白夫人不僅慫恿馬克白，而是她明明白白知道要謀殺，在謀殺後的那一刻，當他回來時，她聽到他的丈夫親口說出「I have done the deed」「那事成了」，或是「事情我已辦了」，雖然今日大家對「deed」的理解是指「豐功偉績」。她聽到了那件事情、那個行動或是那個功績的告白；然而真正讓她成為共犯的原因不是她慫恿他，也不是因為她事先安排了布局，或是事後的收拾，或是看到了剛被謀殺的屍體，或是犯罪現場，然後指著僕從們說他們是有罪的，而是因為她知道這件事情，而且知道已經達成。所以，她想要降低這件事情的重要性，想大事化小和排除自己清楚這件事的原委，或許仍不足以安撫雙手沾滿血跡一臉驚恐的馬克白。她自己的認知是：「睡著的人和死去的人，不過如圖畫一般」；「伯爵，你竟懈了勁，這樣地胡思亂想起來」；「這件事情不可這樣子去想：不然會讓我們都發瘋」；「你不該意志薄弱」。最後這句話是她用死者的血塗抹在僕從的臉上，而且做了決定後對他說的（如果他真的流血……），並且要嫁禍給僕從，她對著馬克白說：「我的手也和你的一樣顏色了，但是我羞於有一顆像你那樣蒼白的心」，好像試圖要以她不在乎的態度來感染他，於是也讓自己的雙手去沾染鄧肯的血，除非「白」在這兒也有「蒼白或恐懼」、或是「懦弱」的意思。她心知肚明，她知道，這才是她的錯，但是她沒有犯罪，不管她多麼遺憾或是確信自己深感遺憾，用死者的血沾染自己的手是一種把戲，是偽造，是她用虛假的夫妻關係達到謀殺的目的，因為無法殺死一個人兩次，而事情已成為事實了：「事情我已辦了」。那個「我」是指誰已無庸置疑：就算馬克白夫人再用力將匕首扎進已被殺害的鄧肯的胸膛，多捅他幾刀，也不會因此變成她殺的，也不是她造成這個情況，一切木已成舟。「只要一點水就可以把我們洗刷乾淨」（也許要說「有可能洗刷乾淨」）「讓我們從這件事脫身」。她對馬克白這樣說，她知道對她而言是這樣沒有錯，千真萬確的確如此。她自己要同化成為他，也試著要他同化變成她，變成她那顆蒼白的心：那個時候比起她想要分擔他的過錯，可能更想試著要他分擔她那無法挽救的無辜或是懦弱。一個煽動不過就是說幾句話罷了，這些可翻譯的話語，卻找不到說這些話的主人，在聲音與聲音之間、在語言和語言之間、一個世紀跨過一個世紀重複傳遞，總是一樣的話語，唆使著同樣的行為，打從這個世界還沒有人、也還沒有語言，也沒有聽覺可以傾聽事情時就是如此。但是同樣的行為，沒有人知道是否真的想要看到它變成事實，所有的行為都不是出於自願的，所有的行為完事以後，就不再依附於話語，而是把話語抹拭，而行為被孤立於一隅，獨立於話語之前和之後，行為本身已無法補救，但是話語卻還可以繼續重申其意義，也可以收回，或重複，或者修正，有可能否認，或是賴掉曾經說過，也有可能遭扭曲或是遺忘。只有聽到說出來的話才是有罪的，也才是無法避免的。法律雖然沒有宣判講過話的人有罪，或是正在說話的人有罪，事實上講話的人知道他什麼都沒做，包括他是否用耳邊的悄悄話強迫我們，用他的胸脯頂在我們背後，用急促的呼吸，用他的手拍拍我們的肩膀，還有聽不清楚的竊竊私語，來說服了我們。

20 西班牙語的「語言」（lengua），另一個意思是「舌頭」，因此，lengua具有雙關語：語言是工具（器官），是舌頭，是一種武器，講話發聲的工具。

是路易莎先把手搭在我的肩膀上，但是我認為是我先開始強迫她（強迫她喜歡我），雖然這種情形永遠不會只是單方面的一廂情願，而且也不可能長期持恆不變；可以貫徹履行的原因，某種程度在於強迫者和被強迫的人的角色時而相互交替。我覺得是我開始的，一直到一年前，至少截至我們結婚和蜜月旅行，一切都是由我主動提議，然後她全盤接受：習慣常常見面，出外共用晚餐，一起看電影，陪她回家到家門口，擁抱親吻，調整彼此的工作檔期，以便可以有幾個星期同時在國外，有時我留在她家過夜（是我提議，但是總是在親吻後，兩人還清醒的擁抱後，我就回自個兒家睡覺了）；之後替兩人找一棟新房子，以便結婚用。我覺得也是我提議要結婚，也許因為我年紀不小了，也可能因為從來沒做過這檔事，也從沒提議過，而這件事一生只有一次，從我小巧的嘴巴說出來，拋出一個最後通牒。路易莎向來都是接受，一定也不知道是不是真的想要結婚，也許（她的幸運）她知道不需要多想，也就是說，做了就是了。我們結婚後，見面的機會少了，應驗大家說的經常會有這種現象，但是我倆的情形不是因為結婚的關係，也不是變成夫妻的結果，而是許多外在的因素和臨時的突發狀況，在於我倆的工作時間不一致。路易莎越來越少出差，也不想為了工作在國外待上八個星期；而我，相反地，我得持續出差，甚至延長在國外的時間，增加工作的場次，以便支付我們新居的開銷，那棟虛應一番剛揭幕的新房子。相反地，我們結婚前一年，我們盡可能調整工作到同一個地方，她在馬德里，我也在馬德里；她在倫敦，我在日內瓦，甚至有幾次兩人同時在布魯塞爾。而我們結婚後的近一年來，事情也恰恰相反，我待在國外比預定的時間更久，難以適應新婚生活的一切，無法分享雙人枕頭的夫妻情，也無法享受這棟之前不屬於任何一方的愛巢；而她，幾乎都在馬德里，忙著布置新家，學習和我的家人相處，尤其跟我的父親藍斯。每次我在外頭工作一段時間回來時，總會有新的家具或換新的窗簾，有時還掛上新的畫。總讓我覺得怪異，每次要重新適應居家生活，重新調整前一次已經習慣的步調（例如，現在又多了一張之前沒有的土耳其長沙發）。我也注意到路易莎的一些改變，都是些無關緊要的輕微變化，但是我相當留意，例如頭髮的長度、手套、外套的墊肩、口紅顏色的不同，甚至穿著同樣的鞋子，走路步伐也有細微的差異。這些都不引入注目，但是經過八星期不在家，變化是可以察覺的，更何況要是再經過八星期就更明顯了。某種程度上，這些我沒有參與的細微改變讓我覺得不舒服，彷彿我不是這些改變的見證人（在她去過美髮院後沒有見到她的新髮型，沒有對她的手套表示意見），排除了我對這些改變和對我的婚姻的影響力；毫無疑問，婚姻是影響人和改變人最重要的因素，也因此，在開始初期需要更大的關注。這個婚姻狀態正改變著路易莎原本的習慣和規律，首先是一些細節，這些最常見於女人，一旦她們面臨深刻且重大的轉變過程時。但是，我卻開始懷疑是不是我本人，或是我在婚姻裡的角色，主導了這個轉變，至少是有條件地使她改變。我也不喜歡看到我們的新居無止境地變化，四面八方一再複製類似的喜好，既不是路易莎的品味，也不全然是我的，雖然我已習慣它，也承襲了一部分。我們的新居有點越來越像過去、越來越讓我想起小時候的家，也就是說，像我的父親藍斯的家；好似他每次來訪時都會做一些指示，或單純只要他的出現，就會有那種改變的需要，加上我的需要缺乏持續性，只要路易莎一個果斷的決定，他的指示就會付諸行動，而且即刻完成。我的工作桌，我只是含糊地交代一下，結果幾乎複製出跟二十五年前我使用的書桌一模一樣，那時剛好某個夏天父親路經塞哥維亞[21]，他向那裡一位知名的木匠馮弗利亞斯訂製，根據他精確的指示量身製作：好大一張桌子，對我居家少量的工作而言，實在太大了；桌子是矩形成U形狀，釘滿了抽屜，我都不知道要怎麼裝滿它們。我本來想要漆成白色的書櫃（我忘了提醒啊），在我一次出差返家後，看到的是漆成桃花心木的顏色（當然，不是桃花心木做成的），而且還不只這些：我的父親藍斯，不厭其煩地逐一拆開原本要等我處理的箱子，擺放我的書的方式跟他放自己的書一樣，依照語言編目陳列，而不是依照主題，而主題又依照作者的生辰年月日的時間順序排列。他也給我們一筆錢（相當多，很慷慨）當作結婚禮物，後來我不在家時，他又送給我們兩幅本來放在他住的地方的珍貴油畫（一幅小幅的馬汀．里科[22]的油畫，和一幅更小的歐仁．布丹[23]的作品），就這樣，兩幅珍貴的畫作，威尼斯和特魯維爾[24]的風景畫移到我家。然而，我寧願這兩幅畫掛在數十年來都沒改變的原來的位置，而不是在我新家的客廳，現在連帶威尼斯和特魯維爾都跟著進駐到我家了，雖然是縮小的尺寸（那是聖特羅瓦索造船廠[25]和海灘），印象中完全跟我年少時和父親同住的家的擺設如出一轍。現在家裡也多了一張搖椅，沒有事先知會我一聲就搬進來，這是我的古巴外婆，父親的丈母娘，最常坐的椅子。小時候外婆來我們家都會坐在那張搖椅上，外婆過世後，父親就視為己有，倒不是要獨自坐在椅子上悠閒地搖來晃去，而是每有家庭或是朋友聚會時，他就坐上去擺出很奇特的坐姿。

不純然是為了要搖來晃去。不是為了獨處而一個人在搖椅兀自晃悠；不過也沒有人真正知道當一個人獨處時他會做些什麼事。其實我父親從來沒有坐在搖椅上搖來晃去，相反地，以前他總覺得那個動作是個人雙腿機能老化的象徵，那是他一直嘗試避免也的確力行實踐：避免成為老人。我的父親藍斯，比我年長三十五歲，從來不顯老態，即使現在，也看不出來。他這輩子一直努力延長這個生理狀態，年紀增長也維持不變，甚至裝傻忘齡，就算能做的有限，例如無法力抗外表和眼神的蛻變（也許對外表的努力要多一點），無論是在心態或精神上，我都沒在他身上看到歲月的痕跡，一點都沒變；在我成長的過程中，我沒有在他身上看到出現在母親身上那種蒼老的沉重和疲憊；他的雙眼依然炯炯有神，不像母親，偶而眼神疲憊，戴起老花眼鏡，就看不到她眼神的光彩。每個人人生路上會遇到的挫折和凌辱，他也沒有輕易示弱表現出受傷害的頹喪；生活中也從來沒有疏忽過他的服裝儀容，從早到晚，隨時總是有條不紊，整整齊齊，猶如要去參加一場典禮盛會，即使他並沒有要外出，也沒有訪客登門造訪。他身上總是散發著古龍水、菸草和薄荷的味道，有時候有點酒精或皮革的味道，好像某個才剛從移民地返鄉的模樣。大約一年前，我跟路易莎結婚的時候，他，一位長者，得意洋洋又笑容可掬的形象，活像個開心的年輕人，刻意展現詼諧、不拘小節的模樣，一種漫不經心卻讓人覺得虛假做作。打從我對他有記憶以來，他總是把外套披在肩膀上，雙手從來不穿進袖子裡，一種對冷天的挑戰和堅定的信念的混雜思緒，透過外表的裝扮細節，展現出一種紳士的優雅或是落落大方的男人氣概。一年來，他把頭髮呵護得很好——濃密的白髮梳理得整齊有致，頭髮右分（分線極為清楚，像小孩一樣），不讓它絲毫有泛黃的機會，那頭像棉花球或是極地天候的頭顱高矗挺立，在熨燙平整的襯衫和鮮豔色彩的領帶勻稱搭配下高高突起。他總是這麼令人賞心悅目，從他表面上的熱情到他謙和有度、坦然自若的行為舉止，從他生氣蓬勃的眼神（好像一切都讓他覺得歡樂，或是他看每個東西都覺得有趣），還有他親和的玩笑，真是一個充滿熱情和風趣的人。他的五官不算眉清目秀，但是還是被認為是個俊俏的人，很得女人緣，他喜歡女人，哪怕是保持距離的欣賞也就心滿意足了。這近一年前，如果有人認識他（路易莎稍微更早一點），一定會認為他是那種老派征服女人的能手，面對年華老去的凋萎，力不從心卻又叛逆地想要奮力一搏；或是剛好相反，像一個理論派的花花公子，但是從來沒有身體力行，一個有條件可以風流倜儻，享盡風花雪月的人，但是，基於某種尋尋覓覓忠實的執著，或是缺乏真正的機緣，缺乏豁出去的勇氣，而沒有燃起慾火，勇於一試的機會；這樣的人就跟延長年老的來臨一樣，一直無限延伸可以實踐他的誘惑和魅力的機會，也許只是為了不要傷害任何人。（但是身為兒女的我們，常常忽視有關我們父母的種種，或是我們總是遲於關注他們）。他臉上最吸引人注目的五官就是那雙炯炯有神的眼眸，時而因為全神貫注的虔誠而耀眼發亮，彷彿那雙眼睛注視的每一刻都異常重要，不僅是值得觀看，更值得仔細地研究，要用特別處理的方式觀測，對每一個攝取的影像都要緊緊抓住，保存在記憶深處。好比一臺攝影機，不能單純只憑機械攝取的過程，記錄接收的一切，還要竭盡所能，全心全力去捕獲呵護它。那雙眼睛會奉承所看見的一切。那雙眼睛，淡淡的顏色，沒有一點藍，是一種蒼白的栗色，因為蒼白，反而越加澄澈光亮，幾乎像陳年的白葡萄酒的顏色，燈光一照更加閃耀，尤其在陰影或黑夜中，幾乎像是醋的光澤，水汪汪的眸子，比貓眼還要機靈敏捷，動物中只有貓能擁有這樣的色調。他的眼神不是靜態猶疑不定，而是靈活機動，閃爍發光；多虧眼瞼上又長又黑的睫毛的調和，讓那雙快速轉動且不斷游移掃視的目光所引發的緊張和不安舒緩許多；他的眼神專注堅持，令人肅然起敬，不管是屋裡或大街上發生的事情，都逃不過他的眼睛，好比行家看畫神準的眼睛，不需要再看第二眼便知道畫布底層的肌理顏料；那一雙全視野宏觀的眼睛，只消看一眼，當下立刻可以複製整個構圖，知道怎麼下筆繪畫。藍斯的臉另一個醒目的五官，也是我唯一遺傳到的特徵就是他的嘴巴，豐厚的雙唇且唇線明顯，好像在已成形的臉上最後一刻再臨時增補勾勒，煞像是別人的嘴巴，有點和臉的五官不太協調，自成一格似的，直像一張女人的嘴長在男人的臉上；好多次人們都跟我這樣說我的嘴巴，像一張女人紅潤的嘴。天曉得是從曾祖母還是哪個祖先遺傳下來的，一定是哪個裝模作樣的女人，不希望她的唇跟著她從這個地球上消失，硬是傳到我的身上來，也不在乎是什麼性別。還有第三個特徵，就是那兩排濃眉，而且總是彎曲成弓形，有時一邊，有時兩邊同時弓起，這可能是他年輕時學起來的動作，大約是三〇年代早期的演員常有的表情。在那以後流傳下來，就定型屬於那個時代的產物，一個不經意創造出來的怪表情，而在時間有系統汰換的機制中，成為一個被遺忘的細節，那曾經屬於我們的、我們是誰和我們的所作所為，都會逐漸被消弭遺忘。我的父親總是揚起他那濃密的眉毛，原先是金黃色，後來漸漸變成白色，不論有意無意，弓起他兩排眉毛好像才可以完成他那戲劇性般精確看事情的方式。

他總是用這個表情看我。從我小時候開始，我得抬高我的視線，以便構到他高大的身軀，除非他彎腰蹲下來，或是坐著，或是躺著。現在我倆的身高差不多，但是他依然用那雙帶著輕微諷刺的眉毛和眼睛看我，那眉毛像撐開的陽傘，那雙眼，是閃耀發光專注的眸子，是他陽光彩虹上的兩個黑子，好像一個靶上兩個中心點。這樣的眼神一直維持到不久前。我跟路易莎的婚禮當天他這樣看著我，看著年輕的新娘和那個已經不再是小孩子的新郎，但是長期以來他一直把他當小孩子看待，以至於還沒有辦法用別的方式對待他；但是對待她，那個新娘子，他認識她時已經是個大人，而且也把她當新娘對待。我記得婚禮進行時，他把我喚到一旁，離開我們租來舉辦婚禮的禮堂，那是阿卡拉街十五號，美輪美奐又古典的俱樂部。就在見證人簽名後（假的見證人，見證的朋友，點綴裝飾排場的見證人），紛紛進進出出禮堂，最後只剩我們兩個人，他用手拍拍我的肩膀留住我（一隻手放在肩膀上），我們移步到隔壁一間小房間，他關起門來，然後坐在一張扶手椅上，我手臂交叉倚靠在一張桌子上。我們兩個人都盛裝出席婚禮，他比我還講究，雖然只是公證儀式，就是簡單的公證結婚而已。藍斯點了一根細菸，在公眾場合他經常抽那種菸，不需要把煙吞進去。他大力地揚起他的眉毛，弓出明顯的尖角眉，他開心地微笑，把他充滿熱情的眼神專注在我的臉上，那個時候，我的臉比他的高些。他對我說：

「欸！你結婚了。那現在是怎樣呢？」

是他先提出這個問題，或者更正確地說，讓這個問題形成，而這也是我從早上開始，從結婚典禮時，甚至之前，前一晚開始思考的問題。我一夜淺眠，睡得並不安穩，也許我睡著了，卻以為自己失眠，夢到自己沒有睡著，時而驚醒了過來。凌晨五點鐘時，我還猶豫要不要開燈，因為是春天了，拉起百葉窗隱約可以望見街道上黎明的晨曦，朦朧中也大致可以分辨出我寢室旁的物品和家具。「我將不再是一個人睡覺了，只剩偶然的機會，或是出差旅行時才有可能一人獨睡」。我想著這件事，也忖度是否要開燈，或是等候破曉黎明爬升到覆蓋整棟建築物或是樹梢。「從明天開始，可以預見將會持續許多年，我不能再享有那個想要見路易莎的欲望，因為我只要一張開眼睛就會見到她。我不能再好奇地問今天的她會是什麼面貌，或是將會穿什麼衣服出現在我面前，因為從一天的開始我就會見到她的臉，也許也會看著她穿搭，如果我跟她說我的喜好的話，也有可能她會根據我的意見打扮。從明天開始，就不再會有那些小小的未知數，在這一年來填滿了我的生活，讓我盡情好好地過每一天，那是一種模糊的希望，一種未知的小確幸。我知道的太多了，遠比我想了解的路易莎更多的事。眼前，我知道我對她什麼感興趣，對什麼沒興趣，已經沒有得挑或選擇的機會了；那些每日微不足道小小的選擇，例如打電話、約會、約在電影院的門口見面；或是找餐廳等待的桌子、或是梳妝打扮好出門，準備碰頭。我再也看不到結果，只會看到過程，而有可能我對這個並不感興趣。我不知道我是不是想看她怎麼穿褲襪，怎麼拉到腰圍的位置，或是調整吊帶襪到腹股溝的地方；我不知道我是否想了解她早上在浴室要花多少時間；就寢前是不是會擦晚霜，起床時看到我睡在她旁邊會是什麼心情？我想夜裡，我不想在被單下跟她相遇，看到她穿著罩袍或睡衣，我想要把她從穿戴整齊的外出服直接一件一件脫掉，讓她全裸在我面前，在她一日的工作行程後，直接褪衣剝光她的外表，而不是兩人單獨在我們的臥室裡，她穿著睡衣出現在我的面前，甚至是背對著我。我不想要那個中間過程的階段，同樣地，很可能我也不想要知道她有哪些缺點，即使隨著時間歲月的遞移，我不需要勉強，受迫性地去知道可能會在她身上產生的新缺點，那些別人看到她或看到我們時都會忽略的毛病。我覺得我也不想用「我們」來解釋一切：例如說，我們去了，或是，我們要買一架鋼琴，又或者，我們要有小孩了，或是我們有一隻貓。有可能我們會有孩子，但是我不知道我是否想要，雖然我也不反對。相反地，我知道我喜歡看她睡覺的樣子，看著她那張無意識的臉龐，或是沉睡時的容顏；了解她溫柔和倔強的表情，苦惱或是平靜的心情，有著孩子氣或是老人家的臭脾氣；腦子裡什麼事都不想，或是根本不知道自己在想什麼；什麼事都不做，或是不刻意去表現什麼行為，如同我們在任何人面前都是一樣的舉止和態度，我們也不會特別在意眼前是什麼人，就算是我們自己的父親，妻子或是丈夫，都是一模樣。有好些個晚上我看過她睡覺的模樣，但是還不夠多到可以從睡夢中認出她。在睡夢中有時候連我們自己都認不出自己。所以，明天我一定會結婚，因為那已經變成日常，也是理所當然的結果，因為我從來沒做過這件事，人生最關鍵性的事情都是根據邏輯順理成章的，然後再來驗證；或者驗不驗證都一樣，因為回不去了。一個人在某個夜裡沒什麼緣由地偶而散個步，經過一段時間或是一個抽象的未來，最後竟會引發成不可收拾的地步；面對那樣的情境有時我們會帶著不可置信的幻想問自己：「如果之前沒有走進那間酒吧呢？如果沒有去參加那個派對呢？如果那個星期二沒有去接那通電話呢？如果那個星期一沒有接下那份工作呢？」我們很天真地詰問這些問題，頃刻（只有頃刻間）明白如果不是那個情況下，我們就不會認識路易莎，就不會處於那個無法回頭的境地，但卻是理所當然的結果，正因為事情發展到這個地步，我們已經無法知道究竟是我們想要，還是被強推著去要；我們無法知道，一直以來到今天為止，我們是否真的想要那個看起來讓我們很想要的結果。但是我們認識路易莎，隨意問一些問題是很自然的事，因為事情就是這樣，生命的降臨是一種冒險惶恐的活動，這句話來自於地球另一端陌生未知的人所說的話，是一個動作的詮釋：一隻手搭在肩膀上和耳邊低語的悄悄話，卻有可能無法悄悄說。任何人任何情況下所執行的每一個步驟，所說的每一句話（猶豫不決或是信誓旦旦，坦率誠懇或是隱瞞欺騙）都會產生難以想像的衝擊，會影響到不認識我們的人，而他也沒有想要認識我們；會影響到還沒出生的人，或是一個並不知道會傷害到我們的人，結果堂而皇之就變成了生或死的議題；眾多的生命與死亡都有其奧祕的源頭，沒有人可以預知，也沒有人會記得；例如，我們正猶豫不決，不曉得時間夠不夠時，突然做了決定去喝一杯啤酒；別人介紹朋友給我們認識時，在那樣融洽的氣氛中，我們展現平易近人的態度，卻不知道這個人方才對他人大吼大叫或是傷害了別人；要去父母親家吃午餐的路上，我們停下來看了蛋糕，但是最後沒有買；一直渴望想要聽到某個人的聲音，但我們不在意他講話的內容；幾番一再嘗試打電話，為了一償待在家裡的心願，結果我們卻沒有履行。出門、說話、做事、移動、看、聽、還有被理解，都讓我們隨時暴露在風險中；即使閉關幽居、閉嘴不言、悶不吭聲也無法從已發生的後果解救我們，從那個理所當然又無法彌補的情況中脫困；在今日是迫在眉睫，而在一年前、或是四年前、十年前、一百年前，甚至是昨天，是萬萬料想不到的問題。我在想，明天就要跟路易莎結婚了，可是現在是清晨五點鐘，也就是說，就在今天我要結婚了。在我們的感知裡，夜晚屬於前一天的時間，但是時鐘可不一樣，我床頭櫃的時鐘指著五點一刻，鬧鐘是五點十四分，兩個時間對我的認知也產生差異，還停留在昨天而不是今天的感覺。就是七個小時後了。也許路易莎也沒有睡好，清晨五點一刻在她房裡輾轉難眠，沒有開燈，獨自一人；她跟我一樣，也是獨自一人，我其實可以打電話給她，但可能會嚇著她；除了偶發的特殊情況和旅行出差，這是最後一次獨處。我們兩個都經常旅行，勢必要改變這個作息。也許她會誤以為我在這夜半時分打電話給她是要取消所有一切，讓自己走回頭路，違逆理所當然的事，然後替無法挽救的事情想辦法。任何時刻，沒有人可以確定任何人的作為，沒有人可以提出保證，腦裡可能想著：「那現在呢？現在是怎樣呢？」她有可能想著她不確定是不是想要每天看著我刮鬍子，聽到刮鬍刀嘈雜的聲音，看到我的下巴長出白色的鬍鬚；我不刮鬍子的時候看起來比較老，因此我每天在嘈雜聲中刮鬍子，我一起床就刮鬍子；此刻夜深人靜，而我沒在睡覺，明天我一定容光煥發，七個小時後我將在證婚人面前，在我父親面前，在她的父母面前，說我要跟路易莎廝守一輩子。這是我的願望，我會大聲合法地說出，然後登記，做為證明。

「我正要說，」我回答父親。「那現在是怎樣呢？」

藍斯笑得更帶勁了，吐出一口沒吞進去的煙，像壯觀的雲朵在空中飛舞。他總是這樣抽菸，附庸風雅般消遣點綴。

「我很喜歡那個女孩。」他說。「比起過去幾年來，你荒唐拈花惹草帶回來的其他女孩都更討我歡心。喔，喔，你不要抗議，就是採花郎。我跟她很有得聊，這在年齡有差距的人身上並不常見。雖然到目前為止，我不知道她是不是會理會我，因為她要結婚的人是你；或者，她並不確定要不要跟你結婚。就像你，也都很善待那群笨女人們的父母，但是過沒幾個月後你就不甩他們，我應該沒說錯吧。婚姻會改變一切，連最小的細節都會改變，甚至連你們認為不會受到影響的這段日子都會改變。到目前為止你倆所共有的跟未來幾年將會擁有的沒有多大關係，從明天開始你就可以察覺一些變化。

頂多記得以前你們那些老掉牙的笑話，不過也都是幻影了，可不容易喚回。當然，還有對彼此的深情。你們會很懷念過去這幾個月來，彼此成為聯盟，共同對抗別人，抵禦外來的一切，我指的是你倆共享的一些無傷大雅的玩笑；未來幾年內，僅剩的聯盟就是你們彼此相互對抗了。也罷！別擔心，不是什麼嚴重的事情，就是正常生活中長期下來一些免不了的不愉快或不滿，都是可以忍受的範圍，通常不至於抗拒。」

他跟平常講話的速度一樣，不疾不徐，謹慎用字遣詞（色狼、聯盟、幻影），不見得為了要十分精確，倒是有意製造一些特殊效果，確信聽者會仔細聆聽。他會強迫你聚精會神，即使同樣的話已經聽過千百次了。但是，我記憶所及，這次他講的話以前從來沒說過，而且也讓我訝異他模稜兩可的語氣，犀利的諷刺依然，但是少了平易近人的親切感：他的說詞近似潑冷水的掃興。自從我跟路易莎挑好結婚日子，決定就是今天以來，甚至類似更糟糕的話我都聽過。當然他也有說過好聽的事情，但是聽在耳裡就是不一樣。

「你替我設想周到。」我跟他說。「你讓我鼓起勇氣，我沒有期待你會這樣。剛在外面我看你更開心。」

「喔，我很開心，我很開心，相信我，我開心極了，你隨便問問任何一個人，我整天都在慶祝，從結婚典禮開始前就喜眉笑眼了。出門前，我一個人在家，我倒了一杯萊茵河白酒，是麗絲玲[26]品種的葡萄，對著鏡子乾杯祝福你們倆。我開這瓶酒就是為了祝賀你們小倆口，剩下的酒就全部浪費掉了。你看我多開心啊！清晨孤單一個人，浪費一瓶好酒就只為了一個小小的敬酒。」

他說完這話時，他無意識地揚起眉毛，這回這個無意識的表情夾雜著得意的自豪和偽裝的驚訝。

「那你到底想跟我說什麼？」

「沒什麼特別的事，沒什麼大事。我想單獨跟你相處幾分鐘，別人不會注意我們的，結婚典禮結束後，我們就不重要了，結婚喜宴是屬於受邀的貴賓，不是屬於婚宴的新人和主辦人。來這裡辦結婚典禮是個好主意，對吧？我只想問你剛剛問你的話，那現在是怎樣呢？但是你還沒回答我。」

「現在，沒事。」我說。我有點被他的態度激怒到，我也想趕快回到路易莎和我的朋友身邊。我正需要放鬆心情舒緩緊張的壓力的時候，藍斯在我身旁對舒壓一點幫助都沒有。一方面，這是我父親自作主張，在最不恰當的時刻攔住我，把我支開；另一方面，實在是很不合宜的舉動。我認為不合宜是因為，他應該只要拍拍我的肩膀祝我幸福就好了，而不應該把我支開。雖然剛剛我們獨處談話的幾分鐘裡，祝福的美言修辭他的確也做到了。他把腳上的運動襪拉高，拉到褲管上頭，然後穩重地翹起他那雙修長的雙腳。

「沒事？怎麼會沒事？欸！不能這樣開始，你總有點想法吧？你一直耽擱終身大事，現在終於結婚了，也許你自己沒注意到。如果你是擔心很快讓我變成爺爺，這個你倒是可以放心。我想我的年紀不至於不適合當爺爺。」

「你是指這個？那是怎樣？」

藍斯有點得意地摸摸他那皚皚白髮，他有時就會不經意地有這個動作。他想把頭髮梳理的更整齊，其實，只不過是做個梳理頭髮的動作而已，他連指頭肚都沒摩擦到頭髮，他下意識裡想要梳理頭髮，但是手一接觸讓他擔心起來，這一擔心讓他忽然有了意識和反應。他隨身攜帶梳子，但是不會在人前使用，即使眼前是他自己的兒子，那個已經不再是個小孩的兒子，或者在他的眼裡永遠是個小孩子，哪怕也已經活過大半歲數了。

「唉！不是，一點都不是。我不急啊！你們也不用急。我無意干涉你們，單純只是我的看法。我只是想知道你如何面對這個新局面，就是此刻，剛到的新局面。就只是這樣，純粹好奇。」

他張開雙手，在我面前高舉，做出手無寸鐵投降那種手勢。

「我不知道，我不用面對，以後我再回答你。我想這是意料中事，不過別在今天問我。」

我的身體倚靠在桌邊。那張桌子上頭有後來遲到已經沒有用的見證人簽名簿。我伸直了身子，一個暗示的動作，表示我們的對話該結束了，而我想回到婚禮喜宴上。但是他並沒有配合我的動作把他的菸熄掉，也沒順勢把翹高的腳還原。他覺得我們的談話還要繼續拉長一點時間。我以為他會具體告訴我一些事，只是不知道怎麼說，或是還不確定要不要告訴我。這的確是藍斯的作風，很多時候他不主動開頭，卻迫使別人回答他沒提出的問題，或要別人替他想一些議題，也許就是縈繞他那顆看起來像灑滿滑石粉醒目的白頭思考的問題。我太清楚他了，要應對他很容易，所以我根本不想順他意跟他扯遠。

「意料中事。」他說。「在我看來，沒有什麼是意料中事。例如我，我就沒料到你會結婚。也不過才一年，我下的賭注可能就會完全不一樣了。唉！一年前，我和古斯塔多打賭，也寫信跟瑞蘭德打賭你不會結婚，結果，你看，我賠了點錢。這個世界充滿了驚喜，也藏滿了祕密。我們以為我們越來越認識身邊的人，但是隨著日子過去，歲月本身帶來的未知比已知更多，相對的，未知的陰影區塊越來越大。雖然還是有亮光的區域，但是陰影總是比較多。我猜，路易莎跟你之間有祕密。」他停頓了幾秒鐘，沉默不語。看到我沒回話，他又補充說：「當然啦！你也只能知道自己的祕密而已。如果你也知道她的，那就不是祕密了。」

藍斯笑個不停，展現他那兩片豐唇和描邊唇線，跟我的嘴唇實在太像了。不過，他的唇色澤黯淡，因為上下鬍髭垂直長出的皺紋嵌入了嘴唇而失去光澤，從當時的照片看來，年輕時他就蓄了鬍髭，雖然我沒有機會親自看到。他說話的口氣聽來不懷好意（起初我以為他知道路易莎什麼事情，等到婚禮結束後才要告訴我），但是聽他現在的口氣不是這回事，也不再曖昧。如果不算誇張的話，我會說有一種無助的語氣。有點像才剛開始講話就岔題迷失，不知道如何拉回到原來的話題。我可以幫他，也可以不幫。他很和善地微笑，手裡那根細菸，已經燃得差不多了，菸灰多於過濾嘴的長度了。有好些會兒他沒有抖菸灰，他沒有熄掉菸，或許是為了不要平添那種孤獨無依的感覺。我挪了菸灰缸靠近他，幫他接菸灰，他才把菸放在菸灰缸上，他搓揉一下手指，燒過的濾嘴味道很難聞。他十指交扣，好大一雙手，簡直跟他的身體一樣大；還有那頭麵粉色澤的白髮，從那雙手看得出他稍有年紀，只是稍微，但沒有差很多；他有皺紋，但是沒有老人斑。這時候，他和藹地微笑，這是他的習慣，帶著憐憫而沒有諷刺，他的眼睛光明磊落地看，他那雙像斗大的醋滴或酒滴的眼睛，在現時當下的光景，我倆所在的位置有點陰暗。他不是個老人，從來都不是，之前我也說過了；但是，在那個時刻，我覺得他變蒼老了，是的，帶著恐懼。有一位作家叫克拉克還是路易斯[27]，在他的妻子逝世後，寫了一本關於他自己的自傳，一開始他這樣寫：「從來沒有人告訴我，心痛的感覺跟恐懼的感覺竟如此相似。」也許藍斯，我的父親的微笑所顯露的是他的心痛。眾所周知，作為母親的人，當她的兒女成婚時，會流淚哭泣，流露一股近似心痛的愁緒。也許我的父親感受到他自己的快樂，也感受到我那逝去的母親的心痛。一種替代他人的心痛，一種代理他人的恐懼，這心痛和恐懼，都來自另一個人，而我們兩人幾乎把她的臉忘得差不多。說來實在是奇異的事，那些不會再見到我們，而我們也不會再見到他們的人的五官面容，可能因為生氣、或者離開、或疲憊，竟是那麼容易被消除遺忘；他們的照片，就那麼一天擺姿勢拍照，那靜態的模樣卻可以篡奪他們原本的容貌；我的母親變成一個沒戴眼鏡的人，沒有她晚年常戴的那副老花眼鏡，她停留在那幀我挑選的肖像，是她二十八歲時的模樣，比我現在的年紀還要年輕。文靜穩重的神情，眼神有點認命；我覺得以前的她不是這樣，而是慧黠有神，含笑的眼眸，跟我哈瓦那的外婆，她的母親一樣；她們兩個很愛笑，經常笑在一起；不過，她們兩個有時候也會有一種悠悠的眼神，隱含心痛和恐懼的情緒，這也是事實；我的外婆坐在搖椅上時，有時候會停止搖搖晃晃，然後眼睛呆滯，眼珠無神，也不眨眼，好像剛起床的人怔怔還摸不著頭緒；有時候就兀自看著她的女兒的照片或畫像，這個在我出生以前就已經從世界上消失的女兒。她望著她看個把分鐘，也許更久，不加思索，也不復記憶，卻感到心痛，也感受到回憶往事的恐懼。而我的母親，有時也這是這樣，看著她遠方的姊姊，每每中斷閱讀，拿下老花眼鏡，用手指隔著書頁，以免忘記讀到哪兒，另一隻手拿著老花眼鏡，有時也不知看向何方，有時看著逝去的亡者，那一張張曾經看著它們長大，卻沒變老的臉；立體卻變成平面的臉；有動作表情，而我們很快就習慣它們靜止不動的臉；其實不是看著他們的人，而是看著他們的影像；而我母親，一張鮮活悸動的臉，帶著憂鬱的眼神定睛看著那些影像，那憂鬱，難不成是受到馬德里街道上手搖風琴音樂的影響，那音樂在我小時候，隨時都會從街道上傳來，每當音樂一響起，瞬間就會讓在屋子裡面的人全部都停止活動：媽媽們、懶惰的小孩、生病的小孩、還有女傭們，紛紛揚起視線，甚至到陽臺上或窗戶邊探頭瞧望，再去看同樣那一個人：一個皮膚黝黑的男人，戴著一頂帽子，抱著手搖風琴，一個手動操作的樂師，總會自動打斷女人們的哼唱，或是帶領她們哼唱，那悠揚樂音頃刻間讓居民的眼神變得憂鬱起來，而對我母親的影響，甚至還要長過一時片刻，心痛和恐懼都不是轉瞬即逝的。家庭主婦、小孩子和女傭們，只要一聽到這個聲音立即有反應，像一群動物一樣，紛紛抬頭舉目，引領翹望；同樣的情形，他們對街道上磨刀剪師傅繚繞的口哨聲也會立即有反應，家庭主婦們會考慮片刻，想想家裡的菜刀是否依然鋒利快斬，是不是應該暫時停下手邊的家事，或是整頓一下慵懶的心情，趕緊拿著刀具下樓，追著跑到大街上，以便讓師傅把刀子磨利。這時候，這群主婦們，也有可能突然沉浸在她們的祕密裡，深藏心中的祕密，或是飽受折磨的祕密，意思是，她們知道以及不知道的祕密。有時候，就在那時刻，正當抬起頭來要關照那樂師或是磨刀剪的師傅時，聽著那手搖風琴的音樂或口哨聲重複迴盪，沿著街道過來，越來越大聲當兒，她們的視線剛好落在哪些已逝的人的肖像上；前半生以來，一直看著那些謎樣的照片和畫像，靜止不動的眼神和痴傻的笑容；還有另一個人生，或者說，兒子、妹妹、鰥夫的後半生，同樣也會一直接收照片上那些靜止不動的眼神和痴傻的笑容。看照片的人不全然記得我們是什麼時候拍照的：我的外婆看著她死去的女兒，我的母親看著她死去的姊姊，那個被取代的姊姊；我的父親和我看著母親，而我也正準備以後要看他——藍斯——我的父親。我親愛的路易莎，剛剛在隔壁俱樂部的禮堂跟我結婚，還不知道今天我們所拍的照片，有一天會成為她觀看與回憶的舊照，那就是當我的後半生結束時，而她眼前的後半生也幾乎是所剩不多的餘生。只是啊，沒有人知道死亡的順序，也沒有人知道生者的順序。沒有人知道誰會先輪到心痛，或誰會先輪到恐懼。藍斯，現在就具體體現心痛和恐懼同時回到他身上的時候，反應在他的笑容、軟心腸和撫慰人的表情上；在他那雙閒適沒有抽著菸的雙手，在他拉得很高的運動襪，不讓人看到露出皮膚的腳，可能是一片老朽的肉，像照片上展現出來的貝倫—貝倫的老肉；也在他那條過度修飾寬版的領帶，已不太跟得上時下流行，但是色彩倒是搭配得十分得宜；還有，領結雖優雅俐落，但也稍嫌寬大。他舒適地坐在那兒，在我們租借來的馬德里俱樂部，彷彿自己就是老闆一樣；同時，也看得出來他有點不快活，我沒有順他的意，幫他點出縈繞他腦海的想法，幫他說出他心裡想要對我講但是尚未說出口的話；這一切，就在我婚禮那天，他用手拍拍我的肩膀攔住我，把我從婚禮宴會喚到隔壁的房間。現在，我看清楚事情原委了：不是他不知道怎麼講，而是一種迷信使他癱瘓瘖啞，他不知道什麼會帶來好運或是帶來厄運，說還是不說，不該閉嘴還是不該說話；讓事情順其自然發展，不用口頭上的言語去求神拜佛、趨吉避凶、或干預事情的走向；究竟是用口頭說明呢或是不要提出警告；先防範未然或是不要先入為主給意見；有時候給我們意見的人，正是要提醒我們三思，去預防這些意見，他們的預警讓我們事先防範，因此也才啟發我們去思考腦中從來沒想過的事情。

「祕密？你到底在說什麼啊？」我對他說。

藍斯有點臉紅了。或是我覺得他臉紅了。這是他此時孤立無援極致的反應和終結。不過，很快地他兩頰上的紅暈就褪去了（說來也奇，老人家的臉上不太容易出現紅暈呢），還有他那笑容可掬的模樣，一點點痴傻的心痛或恐懼，或是兩者都有的神情。他站起來，現在我們兩個的身高差不多一樣，他又用他那隻碩大的手掌拍拍我的肩膀，他迎面對著我拍肩膀，近距離看著我，極強烈的眼神，但是感覺無關緊要的樣子。他的手掌搭在我肩膀上的神情，儼然像是冊封騎士，封主把劍放平拍打受封騎士的肩膀一樣，但是我不是騎士：他約略擺個樣子，或僅是暗示的意味，他沒有做完這個儀式，或者只是拖延時間的動作。他收起笑容嚴肅鎮靜地說，他說出那句簡短的句子時，不帶有他慣常的笑容，那個掛在他跟我一模一樣明顯描邊的豐唇上的微笑，在他說完那句話後立即又恢復展顏。之後，他又從他那復古的香菸盒拿出一根細菸，打開門，走進歡樂派對的人潮。我遠遠看到路易莎跟兩個女性朋友，以及她的前男友說話，我倒是對這個前男友有點反感。在這之前，路易莎一直望著我們這邊緊閉的門瞧。藍斯對我做了個手勢，像是道別，或是提醒，或是鼓勵（彷彿是說「回頭見」，「加油」，或是「自己小心」）然後他走在我前面步出房間。我立即看出他一臉茫然的樣子，緊接著跟一位我不認識的女士有說有笑，還放聲大笑起來，顯然這位女士是路易莎那邊的親朋好友。我婚禮上有一半的貴賓，過去我從來沒見過，肯定以後也不會再見到。那位女士或許也有可能是我父親邀請的朋友，這下到讓我想起：他總是有一些奇奇怪怪的朋友，都是我不太熟悉的友人。

這是藍斯給我的忠告，他在我耳邊竊竊私語說悄悄話：

「我只跟你講一件事，」他說，「一旦你有祕密，或是你已經有祕密了，絕對不要說出來。」話畢，那招牌微笑立刻又掛在他臉龐，接著又說：「祝你好運。」

那本見證人的簽名簿，本來留在隔壁房間桌上，我不知道有沒有人負責收拾，也不知道現在放到哪兒去了。也許跟著宴會的空盤子和其餘殘留物被當成垃圾一起扔了。我當然沒去收拾，這一天，是我大喜的日子，我衣冠楚楚，穿著新郎倌應該有的樣子，卻倚靠在那張桌子，讓我罰站了好一陣子。

---

21 Segovia，首都馬德里西北方城市，距離約六十八公里，國道行使為九十公里。塞哥維亞有西班牙距今兩千年，保存最完整的羅馬水渠道，聯合國教科文組織於一九八五年將城內重要古蹟列為人類文化遺產。迪士尼影片的《睡美人》城堡的意象即取自塞哥維亞城堡（El Alcázar de Segovia）。

22 Martín Rico，1833-1908，西班牙畫家。深受法國巴比松派影響的風景畫家。

23 Eugène Boudin，1824-1898，法國風景畫家，尤其喜愛法國西部海岸風景。早期跟隨米勒習畫，被封為「印象派之父」，是莫內的啟蒙老師。

24 Trouville，法國北邊偏西濱海城市，屬於上諾曼地區域。

25 San Trovaso，專門製造威尼斯的貢多拉船。

26 Riesling，原產於德國萊茵河地區，是一種名叫白高維斯（Gouais Blanc）的法國品種的自然變種。德國占有百分之五十以上的種植面積，除此之外，澳洲、美國、法國、紐西蘭也有種植。

27 指克利夫・斯特普爾斯・路易斯（C.S. Lewis；Clive Staples Lewis，1898-1963），英國知名作家，生於北愛爾蘭首府貝爾法斯特。此處指其作品為 *A Grief Observed*，他的妻子 Joy Davidman 一九六〇年逝世，路易斯一九六一年以筆名 N.W. Clerk 出版此書。

昨天我從街道上聽到奇怪的手搖風琴的音樂，兒時記憶的殘痕幾乎蕩然無存。一如童年時期，我聽到音樂瞬間很自然地抬頭翹望，但是那音樂太大聲了，讓我無法工作。那個聲音讓人回憶起從前種種，我完全無法專心。我站起身來走到窗邊，探頭看看是誰在演奏，但是樂師和樂器都不在我的視線範圍內，他們還在街角那一頭，他們被我家對面的一棟建築物遮住了，所幸建築物不高，沒擋住光線。看來，擋住的時間應該不會太久，因為我看到轉角有一個中年婦女，綁著吉普賽髮式的辮子，但沒有穿著傳統民俗服飾（她穿一般外出服裝），我看到她的側影，手中拿著一個塑膠小碟子，像個杯墊，根本裝不了太多硬幣，就得趕快清空；她把硬幣裝進口袋或手邊的袋子，然後留幾個銅板在碟子上，不讓碟子全部是空的，這樣才能錢滾錢。我聆聽了好一會兒，先是聽到丘梯斯舞曲[28]，然後是辨認不出曲名的安達魯西亞舞曲，之後是進行曲[29]，於是我走到陽臺，看能不能從這個樓層看到風琴手。我走出去陽臺時就明知道不可能，跟所有的建築結構一樣，陽臺雖然比較突出，讓我可以比較靠近街道，可是剛好是在窗戶的右邊，反而能看到的範圍更小，離街角更遠，風琴手都被擋住了，我只能往左邊看。路上沒有太多行人，以至於那位綁辮子的吉普賽女人，再怎麼奮力地搖晃著她的塑膠小碟子也是徒勞無功，她拼命地讓裡面的幾個硬幣撞得鏘鏘響，可能都是她自己扔進去的錢，說這樣才能錢滾錢。我回到房間書桌前，試著要專心，擺脫街頭音樂的干擾，但是沒有辦法。於是我穿上夾克，下樓走到大街上，想要阻止音樂。我穿越街道後，終於看到那位皮膚黝黑的男人，戴著一頂老舊的帽子，修剪整齊的白色小鬍鬚；這個被風吹日曬皮膚變黝黑的樂師，態度和藹可親，細長的眼睛笑咪咪；當他用右手轉動搖把，對稱的左腳踩著地面數拍子時，眼神就會出神地像在夢遊一樣。他的腳上穿著一雙編織鞋，鞋面是白色，其餘鞋身是褐色，身上那條又長又寬的褲管都會鑽進編織的鞋洞裡去。他在我住家的街角拉彈進行曲。我從口袋拿出一張紙鈔，對他說：

「如果您能離開，往上走到遠一點的街角去彈奏，這張鈔票就給您。我就住這裡，居家工作，這音樂教人沒有辦法專心工作啊。這樣可以嗎？」

男人笑逐顏開，笑容張得更大了，點頭表示同意，同時也使個眼色，告訴那位綁辮子的女人，雖然這個動作多餘了：她一看到我的紙鈔，立刻帶著那個填不滿的塑膠小碟子往我這邊靠過來。她把碟子伸過來，我放進綠色的鈔票，紙鈔在碟子上停留不到片刻立即又呈現幾乎空的狀態，鈔票則塞進口袋裡了。在馬德里，施捨救濟，永遠不是把錢從一個人的手直接遞到另一隻手的情形。

「謝謝」。我說。「不過，您們一定要移動到另一個街角喔！欸？」

黝黑男人又點點頭，我穿過街道回到家裡。在我位於五樓住處的房間，我往窗外看，還是有點有不放心地抽搐了一下；雖然還是聽得到音樂，畢竟遠離了，也小聲多了，總算可以專心工作。但是，我還是吹毛求疵地再看一次，非得親眼看到他們已經離開我的地盤角落。「好的，先生。立刻就走。」吉普賽女人恭順地說，他們也確實做到了。

今天我注意到兩件事情：第一件比較不重要，就是他們收下錢也答應我的要求後，我不應該再堅持，我不應該又冒出那句「不過，您們一定要移動到另一個街角喔！欸？」，對雙方已經講好的協議我又表現出懷疑的態度，不相信他們會履行（最糟的是，還多了一聲帶點冒犯的「欸？」）。第二件事比較嚴重，就是因為有錢，昨天早上我擅自決定了兩個人的動線。我不要他們一直停留在某個角落（我的角落），而把他們支開，要他們去一個他們沒有選定的地方；他們選擇了我的角落，也許是巧合，也許是基於某種原因；他們有某種理由停留在我住家的角落，而不是在其他地方；但是，我不關心也沒興趣去弄清楚，就逕要他們移動到另一個街區，那個不是他們出於自願選擇的地點。我沒有強迫他們，這是事實，這是我們彼此的交涉和協議，我花一張鈔票的代價，換得安靜工作的補償（從工作中我可以賺更多的錢）；對他們而言，在我的住家角落演奏也不是攸關什麼大事，毫無疑問，他們肯定寧願拿著我的鈔票到遠一點的街角，而不願意杵在我這兒卻沒賺到錢，因此，他們接受了，而且改變動線。甚至可以這麼說，這錢實在賺得太容易了，因為他們得花上數小時，累積零零碎碎的硬幣才可能有這張鈔票的價值，何況來往的行人並不多，而且多半吝於施捨。不嚴重，這只是一個小小的事件，無關緊要的，對誰都沒有傷害，而且，這件事上，大家都是贏家。但是，我覺得事態嚴重；我可以決定，因為我有錢，而我花這個錢不成問題，可以決定那位黝黑的手搖風琴手該在哪裡演奏，那位綁辮子的吉普賽婦女該在哪裡伸出她的小碟子。昨天早上，我買下他們的腳步，我買下他們的動線，剎那間我也買下了他們的意願。我原本可以拜託他們，可以跟他解釋情況，然後讓他做決定，因為他們也是在工作啊！我那時覺得比較保險的做法是給他錢，然後開出一個讓他可以把錢拿走的條件：「這張鈔票給您，如果您離開這兒。」我這樣說，「如果您離開這兒，往上走到遠一點的街角去拉琴。」之後我還跟他解釋，但是事實上已是多此一舉，我給他錢之後可以就此打住，對他來說是很多錢，對我來說不算什麼；我確信他會拿錢，結果都會一樣；如果接下來我不是依照原來的作法，跟他提到我的工作，而是說：「因為我就是想要您走。」這個才是事實，雖然我沒有說出口。我吩咐他到別的街角去因為我就是想要這樣。他態度謙和，這年頭像他這樣的手搖風琴手，可說碩果僅存，是記憶過去那個年代和我的童年歲月的痕跡，我應該要更尊敬他才對。糟糕就在於，很可能他也希望事情就依照原來那個樣子，而不是現在我所想像的情形，也就是說，他可能寧願要我的錢而不是我的尊敬。在我跟他解釋原委後，我本來可以請求他，請他移動地點，如果他理解也樂意這麼做的話，我再給他錢，算是小費而不是賄賂，因為「打擾」到他們的工作，而不是要他們「滾開！」不過，這兩者之間並沒有差別，這兩件事當中都有一個「如果」，不管是清清楚楚明說，還是含蓄委婉請託，那個先來後到都沒那麼重要。某種程度上，我的做法是清楚明瞭乾淨俐落的，不矯揉做作，不虛情假意，我們各取所需，如此罷了。但是即使是這樣，我還是買下了他的腳步，我決定了他的去向，我要他去另一個街角，有可能一輛載貨卡車開到那兒剛好迷路，衝到人行道上，結果就撞上輾過他，沒有丘梯斯舞曲了，只有撞飛的帽子，血跡斑斑的鬍鬚；如果那位黝黑的男人留在原來他選定的那個街角，就不會發生這檔車禍。事情也有可能恰巧相反，那麼這個假設就變成，我趕走他救了他一命。

但是這些都是推論和假設，很多時候其他人的生命，某個人（有形的生命，生命的延續，不單是區區幾步路）取決於我們的決定和猶豫，我們的懦弱或勇敢，我們的言論和我們的雙手，有時候也取決於我們有錢，而他們沒有。靠近藍斯的家，意思是，靠近我孩提青少年時期居住的家，有一間文具店。這家文具店很快就由老闆的女兒承接管理，她大約跟我一樣年紀，稍微年輕一點，約莫十三、十四歲。這家文具店古樸老舊，就跟那些被集體開發的新興建設甩到一邊甚至遺忘的老地方一樣，多年來都沒有整修，只有最近幾年，在她父親過世後稍微改善，變得現代化一點，也賺些錢。那個時候，在我十四、十五歲那個年紀，一定沒有賺很多錢，所以小女孩下午要幫忙分攤工作。那個女孩長得很標緻，我很喜歡她，我幾乎每天都去文具店，說是突發奇想，臨時需要買東買西之類，其實就為了去看她；有時我買鉛筆，有時買筆記本，某個下午去買橡皮擦，隔天又回去說要買墨水瓶。我總一直找藉口編造我的需要，那家文具店可賺了我不少錢。我有時偷閒去哪裡晃悠，等候人來招呼時，也會邊吹出尖叫的口哨聲，就跟我那個年紀的年輕小伙子常幹的事一樣。我總試著等到她來招呼我，而不是他爸爸或媽媽（我一直盯哨看她何時有空，看準時機開口）。這種花心思消磨時間的事讓我樂此不疲，而且只要她給我一個微笑或是親切的眼神，或至少讓我託詞解釋成是她的善意，就可以教我整晚開心的不得了；但是更讓我開心的是，我開始遐想那個抽象的未來，一切都可以向前展延，日復一日，她每天下午都在那兒，我總是找得到她的人，不需要有什麼理由讓未來變得具體，而讓未來不再是未來。我那時候的年紀會變成另一個年紀，而那個女孩的年紀也是，她會長大，往後幾年也會依然標緻動人；現在連上午也在文具店工作，大概是她十六歲開始，就變成整天都在文具店了，持續打理店裡的一切；而我上了大學讀書，她則不再繼續升學。之前我們兩個一起上學時，我沒有跟她說過話，一直到後來也都沒有；一開始是我不敢，後來是時間都過了，這就是抽象的未來糟糕的地方，讓事情變成這步田地：我戀戀看著她，卻想著別的事情，還有多變的當下，我不再頻繁去文具店。我除了跟她說要買紙、鉛筆、文件夾、橡皮擦和跟她道謝以外，沒有多說過任何話。所以，我並不清楚她的個性，或是她有什麼嗜好；也不知道跟她聊天是否愉快，或是她的脾氣是好是壞，對事情有什麼看法，是否笑口常開或她怎麼親吻。我只知道我十五歲時愛上她，就像當時少年十五二十這個年紀就會戀愛一樣，或是那種沒有開始的愛情。就是這樣，那種天長地久的想法。除此之外，我也敢說她的眼神和微笑（那個時候的她）值得永遠被愛，但是這個不是取決於十五歲時的我，而是現在的我的說詞。她那時和現在都叫妮維斯。打從我不住在藍斯的家開始，到今天又過了十五個年頭，甚至更多。有時候，我去探望藍斯，或去接他出來，兩個人準備一起去拖網船海鮮，或更遠一點的餐廳用餐時，在進去藍斯家前，我都先拐進文具店，那個還沒完全改掉的老習慣，總會買點東西；這幾年來，我也都會看到那個已經不再是小女孩的女人，我看著二十三歲的她，二十六歲、二十九歲、或現在三十三歲或三十四歲的她。我跟路易莎結婚以前，有一天我看到她，還是個年紀輕輕的婦女，當然年輕，因為我一直知道她大概的年齡，只比我小一點點。當然年紀輕，但是看起來卻不年輕，她不再美麗動人，但我不知道原因，她的年紀其實不大啊。一定是經年累月從早到晚在文具店操勞的緣故（雖然平日晚上、週日、週六中午以後都不用上班，但休閒還是不夠）。她幫小朋友打理文具，他們不會把她當成同輩，也不會把她當戀人，而是從很久以前就把她當一位婦人看待。想當然爾，這些小朋友裡，沒有人會仰慕她，可能連一個都沒有，就連我都不會了，而我也不再是個小孩子。或許只有她的丈夫吧！同樣是村裡的男人，一樣是長年早晚埋首另一家店裡的工作，賣藥品或換輪胎之類。我不清楚，也許她並沒有丈夫。我唯一知道的是，那個年紀輕輕卻看起來不年輕的婦女長年都類似的打扮，圓領的針織衫或襯衫搭配摺裙，還有發白的襪子，鎮日在梯子爬上爬下找打字機的色帶，她那一手沾滿墨汁斷裂的指甲，她苗條勻稱的身材微微發福，那兩個乳房越來越往外擴，疲憊的眼神，越見擴大的黑眼圈，睡眠不足引起的厚眼皮和眼袋，影響了她那雙水汪汪的眼睛；不過那腫脹的眼皮也有可能是從小以來就持續勞累的結果。那一次，就在我婚禮前夕，在我去接父親、兩人一路有說有笑要前去午餐前，我在文具店裡看到她，猛然間我有個痴心遐想，說來讓我有點羞愧，但是我卻沒辦法完全排除那個念頭。或者說，三不五時，這個已經被遺忘千百回的想法，又會千百回般地讓人回想起來，但是我們總是偷懶，懶得去想解決的辦法，我們寧願讓它以同樣的次數和頻率，一直被遺忘，又一直被記起，或是在遺忘和回憶之間，彼此輪流交替，以免真的把它給忘了。我兀自忖度，想著妮維斯這個女孩，在她荳蔻年華的青春時期，要是我不只是遠遠默默地愛慕她，我如果跟她多說話，也殷勤跟她交往，而她也願意親吻我的話，她現在一定不一樣，而且會更好。當然我永遠不會知道，她是否願意吻我。我只知道我完全不懂她，顯然她沒有蠢蠢欲動的野心、也沒有雄心壯志和好奇心。但是至少我確定一兩件事情：她的穿著不會是跟現在一樣的打扮，她會離開文具店，這兩件事是我可以負責做到的。她有可能還是依然年輕貌美，當然這有點說過頭了，但是光想到存在這個可能性就足以讓我感到氣憤了。我不是氣自己沒有跟她多講鉛筆以外的事情，而是單純的一件事情，或是事情的可能性，也就是說，一個人看得見的年齡和外表可以取決於是誰在他身邊，還有是不是有錢。有錢，可以毫不猶豫地賣掉文具店，而且還可以攢更多錢；有錢，可以減少恐懼，在每個季節添購新衣時不手軟；錢，可以讓一個微笑、一個眼神值得被好好地呵護珍愛，而且延續那個原本就天生麗質的容顏與時間。換作其他跟妮維斯一樣情況的女孩，不會還留在文具店裡，她們會早早離開那個如此舒適的抽象的未來，那個開放卻逐漸關閉起來的未來。我可不是在談論一個假設性的人物，而是那個小女孩，那個對我而言，一直模糊不夠具體的女孩，呵護著我十五歲年紀時的每個夜晚。因此，我這個遐想不全然是狂妄自負的想法，不是悲劇的童話故事，不是王子和村姑、教授和賣花女、紳士和合唱團團員幸福結局的變形，雖然有點自我感覺良好，也許來自於我行將舉行的婚禮，也因為一時間，我忽然感覺自己是個叛徒，覺得自己比她優秀，而且是一個被拯救的人；我比妮維斯優秀，我背叛她，而且我被救贖，免於淪為像她一樣的境地。我不是想到我自己，而是想到她這一成不變已經定型的生活，還有她往後的日子，頓時讓我覺得自己有能力可以改變她，甚至還來得及做，用跟昨天一樣或類似的方式，我改變了那位親切的手搖風琴手和綁辮子的女人的動線和腳步，那個刻畫我溫馨與懷舊的過去。我確信文具店這個女孩，除了八月的假期以外，也會有機會看其他東西，多見見世面，參訪其他國家；我確信她也會跟不同的人交遊往來，有可能是一些我沒有交際應酬也不認識的朋友；我確信她會存下一些積蓄，而不會像現在一樣，成天埋首讓自己跟鉛筆屑、橡皮擦屑混居一起。但是，我不知天高地厚，我竟然敢想這些事，到了今天，我怎麼還敢這樣想，沒有斬釘截鐵驅走這個妄想，還讓它回來纏繞我的腦袋！我何以視以為當然的認為跟我在一起對她比較好？整體而言會比較好？我想，何來所謂的整體？我再想，她會是怎樣的人呢？我再三思考，沒認清自己也不會是同樣那個人，也許我會在文具店裡跟她一起過日子。

「妳有這款鋼筆的卡式墨水管嗎？」

我問她。我從口袋掏出我在布魯塞爾買的德製鋼筆，我很喜歡，因為筆尖是煙黑色而且不是光面。

「我看看。」她說，隨即打開鋼筆，看看空心的墨水管。「我想沒有，不過你等一下，我去上頭的箱子找找看。」

我知道她不會有這種墨水管，我想她應該也早知道她沒有。但是，她還是把那把老舊的梯子拉了出來，擺在櫃檯旁，剛好在我左邊。她爬了上去，笨重的樣子彷彿比她實際的年齡還要老二十歲（但是過去的歲月她一直就是這樣爬上爬下）。她一階一階爬上去到第五階梯，然後從那兒往裡頭翻箱倒篋，摸尋了幾個紙箱毫無所獲。我看著她的背影，一雙低跟的鞋子，古板的方格裙，像舊式的女學生裙，她變寬的臀部，還有透明的襯衫裡面，隱約可見胸罩的肩帶有點鬆垮；還有她美麗的頸子，唯一沒有變的地方。她手裡拿著我那隻打開的鋼筆，一邊翻找紙箱，一邊比對墨水管，她小心翼翼地握著那隻鋼筆。那個時候，在那樣的高度，我剛好搆得上，我原也可以用手拍拍她的肩膀，或是深情地撫摸一下她的頸子。

很難想像我能在那種地方生活，過那種日子。我一直不缺錢，也充滿好奇心，有好奇心也有錢，甚至手邊沒有足夠多的錢時，我會認真工作賺錢，像現在一樣，打從很久以前我離開藍斯的家以後就這個情形了，即使現在一年只工作六個月。誰要是知道自己將來會有錢，通常就表現得像個有錢人的樣子，別人願意先借錢給他；我知道我父親過世後我會有很多錢，到時候我也可以不用工作，如果我不想的話；我從小就不缺錢，我可以買很多鉛筆，我母親過世後，我也繼承了一筆遺產，更早之前，外婆過世後我也得到一小部分，雖然這些財產也不是她們親自賺來的；死去的人讓沒有錢的人變富有，而沒有錢的人更不會自己變有錢；死去的人也可以讓孤兒寡母富裕，不愁吃穿，但是也有可能只留下一間文具店，綁住女兒的一生卻於事無補。

藍斯一直過得不錯，因此他的兒子也託福，但沒有過度揮霍，要是工作收入允許的話，可以讓他稍微闊綽奢侈一些。我父親的財富和手頭寬裕的來源是他收藏的畫和雕塑作品，尤其是油畫和許多的素描。現在他退休了，但是過去多年來（佛朗哥的時代和後來幾年）他一直都是普拉多美術館正式編制的專業人員。他不是館長、副館長，永遠看不到他的人，然而，他可是每天上午都準時出現在辦公室的公務人員，連他的兒子都不知道他確切的工作性質，至少小時候是這樣。之後，我漸漸明瞭，我父親鎮日埋首辦公室，與大師名作、以及一些沒有那麼大牌的畫家但是他很喜歡的作品為鄰。整個大半天上午都在頂尖大師名作的周遭，他看不到，也不能伸頭看個究竟，也不知道參訪人如何觀畫。他鑑定畫作、編目著錄、寫記述說明、目錄分類、研究考察，提出見解、盤點作品、電話詢問、買賣畫作。但是他也不是成天守在那兒，他也經常旅行，接受一些機構和個人委託，他們漸漸打聽知道我父親的專業，聘任他提供意見和撰寫鑑定報告。這「鑑定報告」聽來有點不恰當，但是他們行內都這樣說。長年下來，他也變成美國各大博物館的諮詢顧問，例如洛杉磯馬里布市的蓋蒂博物館[30]，巴爾的摩的華特斯藝術博物館[31]，還有波士頓的伊莎貝拉嘉納藝術博物館[32]；除此之外，也是一些基金會、南美銀行犯罪集團和私人蒐藏家的顧問。這些人都太有錢了，以至於無法親自到馬德里或到家裡來，父親只好親力親為，四處旅行到倫敦、蘇黎世、芝加哥、蒙特維多[33]或海牙，提供建言，支持或是規勸畫作的買賣，他則抽取固定比例的佣金或是對方的回扣。幾年下來，財富累積越來越多，不僅僅只是靠佣金和他在普拉多美術館專職的薪水（也沒多少錢），而是他不著痕跡漸進式的營私舞弊：他在我面前承認他這個近似欺騙的手腕從不覺得丟臉，甚至大言不慚，對自己的精明得以巧妙地騙過那些謹慎又有權勢的買賣雙方，簡直值得喝采，而且也完全沒被發現，他依然消遙法外。換句話說，欺騙的人躲過了，欺騙的方法也沒被識破。在藝術這一行貪污不算什麼嚴重的事情，只是反映在賣方而不是買方的利潤上，但是完全讓人不知不覺，因為通常是買方會聘雇專家鑑定（而有一天他也會成為賣方）。蓋蒂博物館和華特斯藝術博物館支付給我父親的佣金，是針對他們買進的畫作想了解畫家、畫的狀態和保存情形的鑑定報告。原則上，我父親均會據實以告，但是他要是發現會明顯影響到畫的價值和價格時，他會隱藏一些資料。例如，遇到畫布短小了幾公分的爭議時，可能過去幾世紀以來，剛好某個幕僚想要讓這幅畫可以擺進主人的會客室，因此剪短了些微長度；又或者，畫布深處有一兩個次要的人物，他會說是依據原作修復過的，而不是說被重新畫過。和賣方取得共識，絕口不提這些細節意味可以提高畫作價錢的一倍，這對封口的人是高額的佣金，對賣方更是超高的利潤。日後，這個專家要是被人發現他的缺失，總是有藉口可以說，是個疏忽，沒有行家是萬無一失的；相反地，還可以說，難免總是會有出差錯的時候，只要大部分的時候都是正確的，就可以保住他的聲譽，如此，錯誤也就可以擺平。我的父親，我一點也不懷疑，他有這個好眼力，更有一雙妙手（鑑定一定要用手去觸摸畫的肌理，有時候甚至要在不傷及畫作的情況下用舌頭去舔）。過去許多年來，在西班牙這種技能是無價的，尤其當大家都還不知道或付不起化學分析的費用時（順帶一提，化學分析也不是百分百正確無誤）。專家的信譽保證端賴他們發出的鑑定報告的判決和說服力。西班牙的私人收藏充斥著贗品（公家典藏也是一樣，但是比較少），收藏家們一旦決定要賣畫時，一般都直接建議他們找一家正派的拍賣公司售畫，這讓他們很不開心。有些貴婦得知她們一輩子珍藏的葛雷科[34]神聖的小幅油畫竟然是假神聖的小葛雷科時，當場昏倒。也有年高德劭的仕紳一收到沒得翻盤的消息，說他們無時無刻呵護的佛蘭德[35]木板畫竟是錯愛一生的假木板畫時，氣得血脈賁張。拍賣公司的辦公室裡多得是大珠小珠滾來滾去，聲稱是如假包換的珍珠；也有說是貴重木材做成的拐杖，結果輕易被當場折成兩截；自從一位員工被利器劈傷後，所有鋒利的器物都被鎖進玻璃櫃裡頭，以防萬一；因此，人們要是經常看到約束衣或救護車的話，也就見怪不怪了，精神病看護大受歡迎，隨時嚴陣以待。

數十年來，藝術鑑定報告在西班牙，任何只要臉皮夠厚、膽子夠大、驕矜自滿，自以為是的人都可以做：古董商、書商、策展藝評家、普拉多美術館裡拿著指示牌的導覽、工友、風景明信片零售商或助理，每個人都可以發表看法提出見解，所有的真知灼見都不容置疑，沒有誰比誰高明。但是，真正會鑑定的人才是無價之寶，即使今天在全世界都還是一樣難得，但在西班牙和那個時代尤其可貴。我的父親就懂這個，比任何人都內行。儘管如此，我更加懷疑他那些不著痕跡的貪腐是不是還有更加嚴重的勾當，而他還沒明目張膽吹噓的。此類專家，除了先前提過的法子，還有兩三種可以致富的方式。第一種是合法的，就是向那些不懂畫的人或是手頭拮据需錢孔急的玩家買畫自己收藏（例如戰爭爆發或是戰後，在那個時期有人會為了餬口或是一本護照賣出大師傑作）。多年來，藍斯不僅幫那些聘雇他的人買畫，也陸陸續續替自己買進畫作：他向古董商、書商、策展藝評家、普拉多美術館裡拿著指示牌的導覽、工友、風景明信片零售商、甚至助理，三教九流的人都有，他用一點錢就買進名畫：用馬里布、波士頓和巴爾的摩支付給他的佣金替自己投資藝術品。更確切地說，他不是投資自己，是替子孫著想，因為他壓根兒沒想賣掉自己任何的家產，會賣的人是我。父親曾不費吹灰之力就擁有貴重的珠寶，有些還來路不明。一九四五年，德國的布萊梅美術館遺失了阿爾布雷希特·杜勒[36]的一幅油畫和十六幅素描，傳聞是二戰末期轟炸時不翼而飛，也有一說是被俄國人摸走了，後者可能性較大。那些遺失的素描當中有一幅題為《閉著眼睛的女人頭像》、一幅名叫《卡特琳娜·柯納羅[37]的肖像》，以及第三幅《三棵椴樹》。我不承認也不否認，但是藍斯的素描收藏裡，我發誓有三幅是杜勒的作品（我沒資格論斷，每回我問他，他總是笑而不答）。他的素描收藏有一幅看起來剛好是一個女人的頭閉著眼睛，另一幅我心電感應，直覺就是栩栩如生的卡特琳娜·柯納羅的肖像，那第三幅就是三棵椴樹，雖然我不太懂樹木。這只是其中一個例子。基於藝術市場的價格多變，我不清楚他全部的收藏價值多少（我每次問父親，他還是一笑置之，然後對我說：等到有一天你不得不估價的時候，你就會知道了。但是這個也是每天變動，跟黃金牌價一樣）。不過，等他過世以後，如果我需要脫手，頂多一兩件作品，而那個時候，如果我決定不再做口譯也不旅行，賣不賣畫就由我作主了。

藍斯的收藏裡最好的畫作而且在家裡隨時可以看到的（舉目可見的不多），他對好友和訪客一律都說是複製畫（除了一些合理的例外，例如歐仁·布丹，馬汀·里科和其他類似的畫家），都是古斯塔多父子出色的複製品，有些是兒子的近作。鑑定專家要發財的第二個門路是，不要白白浪費他的知識光去解析作品，而是付諸行動，這就是：出點子並指導偽畫家讓他的畫作盡可能臻於完美到貼近真跡。關於那些贗品，獻策給偽畫家的專家應該不會洩密給任何人，那些偽畫也是在他的監督和標準下完成的。如此一來，如果這些經過指導提點的偽畫賣給私人收藏家、博物館或是銀行，偽畫家也會將賣畫所得給專家一定比例的佣金，而賣出的畫作也是一切手續完備，經過另一個專家的鑑定報告，因此很有可能第一個專家主動先去知會另一個專家有關假畫的情形。藍斯以前最知交的朋友是父執輩的老古斯塔多，現在是他的兒子小古斯塔多。兩位都是畫工精湛的模仿家，任何畫作任何時期都難不倒他們，他們最巧奪天工的臨摹，幾乎讓真跡和複製畫真假難辨，就是十八世紀法國畫家的作品，很長一段時間都乏人問津（因此造假也不礙事），當今則極為搶手，部分原因得力於近幾十年來專家堅決有力的重新評價。藍斯的家有兩幅非比尋常的複製畫，一幅是華鐸[38]的小張作品，一幅是夏丹[39]最小號的袖珍畫，前者是老古斯塔多臨摹，後者，他說是三年前才委託小古斯塔多仿畫的。老古斯塔多死前遇到一些麻煩還飽受驚嚇，大概是十年前的事了：他被逮捕，不久後沒有起訴就被釋放出來；毫無疑問，我父親從他普拉多美術館的辦公室，肯定打了不少電話，給那些在佛朗哥死後還沒完全失去影響力的人。

藍斯財源滾滾，從馬里布、波士頓和巴爾的摩，從蘇黎世、蒙特維多和海牙四面八方來的收入可觀，透過他的特殊關係，以及私人專屬為賣家提供服務，透過他對老古斯塔多的建議，還有現在偶而給小古斯塔多出個主意，如同我之前說過的，他的財富和盈餘包括他個人收藏的素描和油畫，以及雕塑作品，雖然我目前不知道這個財富和盈餘已經增值多少（我希望他過世時也能留一份精確的專家明細報告）。他從來都不想拆散他的收藏，不想動任何一幅複製畫，還有他保險的真跡，排除他那個不算嚴重的營私舞弊，不得不佩服他那股忠於志業的真誠和對繪畫純正的熱情。端看他送給我們結婚的賀禮，那兩幅小幅的布丹和馬汀．里科的真跡，鐵定讓他心裡淌血，雖然在我們家裡他還是看得到。他在普拉多美術館服務的時候，我記得任何意外或損失，稍有毀壞或一點點缺陷，都會讓他臉色鐵青；同樣地，對美術館裡的監管員或警衛，他認為應該給他們最好的酬勞，最好的照顧，要讓他們保持愉快的心情，因為他們不僅負責畫作的安全和保存，更是讓畫作之所以存在的關鍵人士。他舉例說，《侍女圖》[40]的存在要感謝警衛們日日胸懷慈愛與寬容，因為他們只要動個念，隨時就可以摧毀這幅畫，因此，要讓警衛對這項工作引以為傲，每天快快樂樂，保持身心舒暢，心靈滿足的狀態。他曾經找很多藉口（這不是他分內的工作，也不是任何人的工作），自己負責去了解那些警衛的生活狀態，是不是身心安頓，還是情緒起伏不定，是不是有債務煩擾，日子是否過得去，他們的妻子或是丈夫（人事行政男女性別都有）是否體貼善待他們，還是有家暴傾向；小孩是否為家庭帶來幸福歡樂，還是患有精神疾病，常常惹父母生氣；他總是熱衷這些事情極力表示關心，隨時注意工作人員的情緒管理，就是為了捍衛這些大師傑作，保護名畫，免於他們因一時惱火、暴怒或是不滿而讓作品有個閃失。我父親敏感地意識到，一個男人或女人，鎮日埋首在辦公桌裡，每天上午時時刻刻看著千篇一律的畫，或是幾天的下午坐在小凳子上，不做別的事，只是一直監視訪客和盯著畫布看（館裡禁止玩報紙娛樂版的填字遊戲），早晚會發狂，製造威脅，甚至對畫作產生致命的恨意。基於這個理由，他在普拉多美術館任職期間，事必躬親，每個月輪調監管的位置，起碼讓他們看一樣的畫的時間不超過三十天，他們的憎恨就可以舒緩，或是適時調動他們的職務，以免為時已晚鑄成大錯。還有另一件他相當關注的事。假始一個警衛某天早上想要破壞《侍女圖》，《侍女圖》就會跟布萊梅美術館遭毀損的杜勒的作品一樣（假設真的是被炸彈砲轟摧毀）；如果是警衛有意毀壞的話，沒有任何人有辦法阻止，他有全世界的時間可以做這件破壞的行為，除了他自己沒有人可以制止，就算警衛受到處分，被關到監獄服刑，一切也將無法逆轉，畫也無法恢復原狀。

有一次，大部分的訪客都離開美術館了，辦公室幾乎快要關門了他才要離開，他遇見一位資深的警衛，名字叫馬德吾（已經服務二十五年），手裡拿著一個不能再補充燃料的打火機，沿著林布蘭特畫作的邊緣把玩，具體地說，就是一六三四年那幅《阿提米西亞》[41]畫作的左下方，這是普拉多美術館唯一典藏林布蘭特的真跡。這幅阿提米西亞的五官，和我們這位天才畫家的妻子和模特兒莎斯姬亞神似，畫中她斜眼看著一只精雕細琢的杯子，由一位年輕的侍女，幾乎背對著我們屈膝跪拜伺奉給她。這個畫面有兩種詮釋：一是阿提米西亞正要飲下一杯含有摩索拉斯的骨灰的酒。她是哈利卡那索斯[42]的女王，為了紀念死去的丈夫，為他建造一座摩索拉斯陵墓（今日「陵墓」之意源自他的名字摩索拉斯），還成為古代世界七大奇景之一。另一個解釋是，畫中的人物是蘇芙妮斯芭，迦太基將領阿斯圖巴[43]的女兒，為了不想讓大西庇阿[44]和他的手下活捉羞辱，因為他們公然要求要她這個戰利品，於是她跟新婚丈夫馬西尼撒要一杯毒酒當作新婚禮物，歷史記載說這杯酒是在危險時刻表明心跡，證明她的忠貞；但是蘇芙妮斯芭不只是馬西尼撒的人而已，之前就已經結過一次婚，也就是馬西西里人的首領希發斯[45]；這第二任丈夫（上述的馬西尼撒），也就是掠奪者，在攻占希爾達[46]一陣兵荒馬亂中，從希發斯手中把蘇芙妮斯芭搶了過來，希爾達就是今天阿爾及利亞的君士坦丁。因此，面對畫作，很難知道是阿提米西亞要喝下丈夫的骨灰向摩索拉斯致敬，還是馬西尼撒的罪愆，讓蘇芙妮斯芭喝下這杯丈夫的毒酒。從側面斜眼的表情看來，兩者都有那麼點躊躇猶豫，感覺像是要喝下一杯春藥。不管是哪一種，畫布深處我們還看到一位老婦人的頭，她注視著酒杯的注意力比看侍女或阿提米西亞還要專心（如果是蘇芙妮斯芭，有可能就是這位老婦人下的毒），沒辦法看清楚她全部的身影，畫布深處是一片昏暗的陰影，神祕異常，或是顏色過於髒污，蘇芙妮斯芭的身影那麼明亮碩大，讓那個老嫗看起來更顯得可疑。

那個時候普拉多美術館還沒有火警自動警報設備，但是有滅火器。我父親雖然不會操作，卻使力地卸下身邊搆得到的一個滅火器，很笨拙地藏在背後（醒目的顏色，笨重的體積），他慢慢地靠近馬德吾，他已經把畫框的一個角落烤焦了，接著火焰已經快靠近畫布了，上上下下，從頭到尾移動，好像要把畫作照亮一樣；侍女、老婦人、阿提米西亞和酒杯，還有一張火盆桌，上面擺著一疊書寫好的信函（莫非是大西庇阿詔告的文件），還有蘇芙妮斯芭肥壯的左手也擺在桌面。

「怎麼了？馬德吾。」我父親沉穩地問他。「這樣看畫比較清楚，是嗎？」

馬德吾沒有轉身，他認得出藍斯的聲音，也知道每天下班前，他會隨意到幾個展覽廳巡視一下，確定畫作是否完好如初。

「不是。」他語調自然，平心靜氣地回答。「我正想要把它燒掉。」

我父親，盤算著，他原可以頂撞他的手臂，讓打火機掉到地上，然後趁他沒有傷害力了，再矯捷地踹他一腳，把他踢遠。但是他的雙手藏在背後拿著滅火器，而且萬一失敗，只會讓馬德吾惱羞成怒，於是他打消這個念頭。他想比較好的方式是逗逗他，分散他的注意力，不讓他點火（不然會燒到畫布的瀝青燃料），直到打火機的瓦斯耗盡就不能再補充。但是這個可能要花很長一段時間，萬一不巧那個打火機是才剛買的新品的話。他也想到要大聲求救，總會有人出現，如此馬德吾就會被制伏，火就不會蔓延到其他的畫作，但是這樣一來，就要跟普拉多美術館唯一一幅出自林布蘭特之手的原畫真跡說再見了，再會了蘇芙妮斯芭，再會了阿提米西亞，包括摩索拉斯、馬西尼撒、莎斯姬亞和希發斯，通通說再見了。他再次問他。

「可是，馬德吾，老兄，你這麼不喜歡這幅畫啊？」

「我受夠那個胖女人了。」馬德吾回答。馬德吾受不了蘇芙妮斯芭。「我不喜歡那個胖女人戴珍珠項鍊，」他執意地說（他說得沒錯，阿提米西亞的確胖，林布蘭特這幅畫裡，她的脖子和額頭上都戴著珍珠項鍊）。「那個奉酒的小侍女好像還比較漂亮點，但是沒有辦法看清楚她的長相。」

這逼得我父親不得不開玩笑似地回答，也就是說，要表示詫異但合理的答案。

「是啊！」他說。「就被畫成那個樣子了，的確，胖女人畫的是正面，[47]侍女是背面。」

這個有縱火狂的馬德吾每幾秒鐘會把打火機的火熄掉，但是並沒遠離畫布，過了幾秒鐘後，他又把打火機點燃，讓林布蘭特取暖。他沒有看著藍斯。

「這是最糟的。」他說。「就永遠畫成這個樣子了，搞得現在我們都不知道發生什麼事了。您看，藍斯先生，沒有辦法看到那個小女孩的臉，也不知道背景那個老婦女究竟長怎樣。唯一看得到的是那個胖女人和她那兩串珍珠項鍊，而且要拿不拿那個酒杯的樣子。看她能不能他媽的一口乾杯，讓那個小女孩趕快轉個身讓我瞧瞧。」

馬德吾，一個已經很熟悉油畫的人，一個在普拉多美術館工作二十五個年頭的六十歲員工，乍然間竟然想要追究沒人懂的林布蘭特畫作的場景（沒有人能懂，在阿提米亞西和蘇芙妮斯芭之間是個有距離的世界，為死者乾杯和為了赴死乾杯的距離，在提昇生命和結束生命之間的距離，在延長生命和自殺之間的距離）。果真荒謬，但是藍斯沒有放棄要他理智一點。

「但是您要知道，這是不可能了，馬德吾。」他對他說。「那三個女人已經被畫好了，您沒看到嗎？您看過很多電影，但是這不是一部電影。您要了解沒有辦法用別的方式看她們了，這是一幅畫。一幅畫。」

「所以我要燒掉它。」馬德吾說道。他又點燃打火機，火光掃過畫布。

「何況，」我父親補充說，試著要分散他的注意力，而且吹毛求疵字斟句酌（我父親喜歡賣弄學問），「她額頭上的不是一串珍珠，是一個王冠，雖然也鑲著珍珠。」

但是馬德吾無心理會這個。他習慣性地用嘴吹氣，要把制服上的一些微粒吹掉。

藍斯雙手懸空靠著腕力撐住滅火器，已經讓手腕吃不消了，因此他不再隱藏，直接把滅火器像抱嬰兒一樣捧在胸前，那個胭脂紅顏色有夠亮眼。馬德吾這警衛轉而盯著滅火器。

「欸，聽著，您拿這個幹嘛？」他指責我父親。「您不知道滅火器不可以拆卸下來嗎？」

馬德吾聽到父親笨手笨腳持滅火器製造的巨響，終於轉身過來。原來父親從背後拿到胸前要換手的時候，一不小心讓滅火器掉落地上，把地板撞出了碎屑。但是父親不敢利用那個引起不安的時機，他還是考慮再三。

「別擔心，馬德吾。」他對他說。「我把它拆下來修理，這個不管用了。」他借機趕緊把滅火器放到地上，終於鬆口氣。他掏出外套小口袋上裝飾用的櫻桃紅手帕，擦擦額頭，這條手帕質感和顏色都賞心悅目，裝飾比實際用途高，跟滅火器的顏色很搭配。

「我跟您說了，我受不了這幅畫。」馬德吾重複說，還用打火機指點了一下莎斯姬亞。

「這幅畫價值不菲，馬德吾。數百萬[48]啊！」藍斯對他說，看會不會因為提到錢而喚醒他的理智。

但是這個警衛依然兀自把玩打火機，點了又熄，熄了又點。著力把畫框燒得更焦，那是個材質相當好的古典畫框。

「讓人氣不過的是，」他輕蔑的神情。「那個死胖女人還價值數百萬，我操了她。」

那個優質畫框變焦黑了。我父親想換跟他提監獄的話題，不過立即排除這個念頭。他左思右想，最後改變策略。他不假思索地突然從地上抓起滅火器，對他說：

「您說得對，馬德吾，您說的有道理。但是您別燒它，不然會殃及其他的畫作。讓我來。我要扛著這個笨重的滅火器，給這個胖女人重重地一擊，讓她吃屎去吧！」

藍斯舉起滅火器用兩手把它挺高，好像舉重選手一樣，催足了力氣想要一舉扔向蘇芙妮斯芭和阿提米西亞。

這時候馬德吾才真的嚴肅起來。

「喂！喂！聽著！您要幹嘛？這樣會把畫弄壞。」

「我要把它搗碎。」藍斯說。

一時間，有那麼一點躊躇猶豫，我的父親雙手高舉，懸空挺著那個紅咚咚的滅火器，馬德吾手上還拿著點燃的打火機，火焰在空氣中搖擺晃動。他看著畫，看著我的父親。藍斯無力再繼續硬撐，馬德吾於是熄火，把打火機放進口袋，雙手張開，好像要格鬥一樣，威脅的語氣恫嚇我父親：

「不要動，待在那裡不要動，欸？不要逼我出手。」

馬德吾沒有被解僱，因為我父親並沒有針對這事件提出報告，這位警衛老兄也沒有檢舉我父親，說他要用一個故障的滅火器讓林布蘭特粉身碎骨。沒有人去留意那個燒焦的畫框（曾有冒失的訪客發問被提醒不要再問這個問題，接替人選也被賄賂封口了），不久後就更換了一個類似的畫框，雖然材質不是老齡古木。根據藍斯的說法，倘若二十五年來馬德吾都是一個猜忌善妒的警衛的話，沒有理由在那一次短暫的暴怒失控之後就讓他不再是這樣的人。再者，他還可以推諉說他完全沒有行動也沒有危害公共安全的行為。而且，他也證明他完全值得信賴，當他看到他所憎惡的畫作被另一個人威脅的時候，而且還是他的主管，立刻意識到他的監管責任要第一優先的警覺，頓時流露出他要擁抱阿提米西亞的真情。他隨即被調到別的展覽廳，展示佛蘭德派初期主要畫家的作品，人物沒有那麼圓潤豐滿，不太容易挑釁觀者的情緒（有些畫在同一張畫布和空間裡把全部的故事都交代清楚了）。這個事件之後，我父親也更加關照他的生活，正視安老問題，給他加油打氣，而且一年兩次的派對活動更是不可少，都要盯著他一起同樂。通常利用閉館休息的時間，特別為全館工作人員舉辦，選定最偏愛的委拉茲蓋茲廳。所有的行政人員可以攜家帶眷，從館長（他只象徵性地露臉一分鐘，握一下有氣無力的手就走人了）到打掃的婦人（大概是最吵鬧的一群，也是最瘋狂盡興的一群，因為之後她們還要留下來收拾殘局）。大家聚在一起吃吃喝喝，話家常（話家常只是個說法）和勁歌熱舞；這個一年兩次難得的狂歡晚會，出自我父親的主意，模仿嘉年華會的形式和規劃，讓全體員工開開心心，大家放鬆心情，發洩苦悶，不用拘謹地像平常一樣要謹言慎行。他親力親為，吩咐飲料和食物的取用要有一定的動線，絕對不可以有任何污漬傷到畫作，如此這般都還是有一些失控和放縱的疏失：小時候我就看過有蘇打汽水噴到《侍女圖》，蛋白霜抹到《布雷達城受降圖》[49]上。

28 chotis，源於波希米亞的音樂和舞蹈，是雙人對跳的舞蹈，從德文的Schottisch（蘇格蘭的）演變而來。維也納曾經想把這個舞蹈的起源歸於蘇格蘭。十九世紀時歐洲相當盛行，之後德國和波蘭移民傳到拉丁美洲，而有波卡舞（polka）的名稱和流行。一八五〇年傳到馬德里在皇宮表演後，變成首都馬德里的節慶時流行的舞蹈，同時搭配手風琴音樂。

29 pasodoble，意思是兩倍步伐，用來指稱比一般舞步（單步）快，屬於軍隊進行曲，要求步兵需有每分鐘一百二十步的速度。一五三三至一五三八年左右源於西班牙，是少數流傳迄今在西班牙還根深柢固的雙人舞。二十世紀初還被認為是吉普賽舞，律動活潑，重複舞步的舞蹈。

30 J. Paul Getty Museum，蓋蒂藝術博物館，為美國石油公司鉅子保羅・蓋蒂（1892-1976）創立，一九七四年蓋於馬里布，一九九七年移至洛杉磯現址，擁有兩個館址：蓋蒂中心和蓋蒂別墅，分別收藏中世紀以來的西方藝術品，以及古希臘、羅馬的藝術品。梵谷的《鳶尾花》為其典藏。

31 巴爾的摩有多處藝術特區和個人紀念博物館，例如愛倫坡。小說指稱的華特斯博物館（Walters Art Museum）收藏歷經五千五百年的歷史藝品、文物和珠寶；此外，巴爾的摩藝術博物館（Baltimore Museum of Art）珍藏全球最多亨利．馬蒂斯的作品。

32 Isabella Stewart Gardner Museum，為私人美術館，紀念伊莎貝拉．嘉納（1840-1924）。此博物館建於一八九八至一九〇一年，仿十五世紀威尼斯皇宮建築，一九〇三年正式對外開放。一九九〇年價值五億美元的十三件作品遭竊，迄今未明。美國著名肖像畫家約翰．辛格．薩金特（John Singer Sargent，1856-1925）作品為其典藏。

33 Montevideo，南美烏拉圭首都。

34 El Greco（原名是Doménikos Theotokópoulos，1541-1614），生於希臘克里特島，與威尼斯畫派習畫，深受提香和米開朗基羅影響。西班牙人以「希臘人」（el griego）稱他，爾後遂以葛雷科為名。一五七六年他離開羅馬抵達西班牙托雷多城，開啟他的畫作成熟巔峰期，尤以宗教畫見長，人物比例修長，賦有天人合一的意境。

35 Flandes，西元十世紀時在歐洲建立的封建領地。主要講佛蘭芒語（尼德蘭語，荷語）。十六到十八世紀西班牙統治時期的「低地國家」，包括現今的比利時、荷蘭、盧森堡，以及德、法沿海區域。當時佛蘭德畫派評價極高，畫家與作品均相當知名與盛行。

36 Albrecht Dürer，1471-1528，德國文藝復興時期最著名的畫家，三十歲以前便在歐洲聲名大噪，油畫、素描、版畫均擅長，也是一位藝術理論家。作品以《啟示錄》的木刻系列最知名。

37 Caterina Cornaro，1454-1510，威尼斯貴族，後來成為賽普勒斯、耶路薩冷和亞美尼亞的女王。一四七四至一四八九年為實際稱王掌權時期。

38 Jean-Antoine Watteau，1684-1721，法國洛可可時期的代表畫家。洛可可的風格以華麗高雅為特色，而華鐸的畫作更隱含憂鬱的氛圍。他的畫風從田園牧歌到都會景致，樹立了所謂「雅宴畫」（*fête galante*）的風格，可惜英年早逝，三十七歲便因肺炎病逝。

39 Jean-Baptiste-Siméon Chardin，1699-1779，十八世紀法國知名靜物畫家。在當時法國洛可可畫風盛行下，夏丹獨樹一格，以歷史題材和小題材的靜物為主，當時的藝術界不以為然，但對後來印象派幾位畫家影響甚巨。

40 *Las Meninas*，西班牙十七世紀畫家委拉茲蓋茲（Diego Velázquez，1599-1660）的傑出名畫，畫中委拉茲蓋茲以鏡像方式將自己繪入圖中，《侍女圖》所呈現的宮廷氛圍，人與動物，王室與部署的構圖，成為藝術史探討的經典範例。

41 Artemis（拉丁文）或Artemisia，阿提米絲，希臘神話中狩獵和生育女神，對應羅馬神話的狄安娜，代表月神，阿波羅是她的孿生弟弟。希臘的民間崇拜中，有著名的阿提米絲神廟，為古代世界七大奇景。小說此處的詮釋，應是指稱阿提米西亞一世，西元前四八〇年，歐亞交界的安那托利亞地區卡里亞小王國的女王。她在丈夫摩索拉斯逝世後繼承王位。

42 Halicarnassus，古希臘城市，今日土耳其境內的博德魯姆（Bodrum）。

43 此處指的是Asdrúbal Giscón（?-西元前202），他讓女兒蘇芙妮斯芭嫁給努米底亞國王，以和親方式結盟。

44 Publius Cornelius Scipio Africanus（西元前235-前183），古羅馬統帥和政治家，在第二次布匿克戰爭中打敗迦太基的漢尼拔而聞名，人稱「征服非洲」的將領的名號。

45 西元前三世紀努米底亞王國西部馬西西里人的國王。西元前二一八年羅馬人和迦太基人爆發第二次布匿克戰爭時，希發斯傾向羅馬人這邊，締結聯盟。阿斯圖巴為了鞏固勢力，遂將女兒蘇芙妮斯芭嫁給希發斯。後來，戰情變化，在希爾達戰爭中，大西庇阿和馬西尼撒的聯軍擊潰希發斯，希發斯成為階下囚，不久後亡故。馬西尼撒欲娶蘇芙妮斯芭為妻，但是大西庇阿懷疑女方心機，聲稱要將蘇芙妮斯芭帶回羅馬當戰利品遊行示眾。馬西尼撒為了避免屈辱，要蘇芙妮斯芭喝下毒酒自殺。

46 努米底亞（Numidia，西元前202—前46）王國的首都。努米底亞為古羅馬時期柏柏爾人建立的王國，領土約為當今之阿爾及利亞和突尼西亞。

47 la frente這個字有額頭、正面的意思。馬德吾說「la frente」（額頭），藍斯也一樣回答「la frente」，雙關語，但是他說是「正面」肖像畫。

48 當時的幣值還是西幣（peseta），一九九二年適值奧運，一九九一至一九九二年匯率變動平均值約為一美元九十五或九十六西幣。

49 畫作名稱是*La rendición de Breda*，也叫*Las lanzas*（長矛），是委拉茲蓋茲一六三四至一六三五年間完成的作品。布雷達是荷蘭南部的城市，十七世紀時，西班牙和低地國家的荷蘭有十二年休戰協議，一六二一年協議終止，西班牙國王菲立普四世決定打下布雷達，以利其他殖民征服事業。

多年來，從小時候開始，之後青少年時期，甚至青壯時期，在我還會帶著遲疑的眼光看著文具店那位女孩時，我知道我父親在跟我母親結婚以前，已經先跟她的姊姊結過婚，也就是先跟德蕾莎·阿基雷拉結婚，之後再跟華娜。外婆每次講起陳年舊事時，有時候會提到這兩個女兒，那時候都管叫她們「女孩們」，用來區別其他的兄弟，男生們外婆則叫他們「小伙子」。不只是當兒女的，在了解父母以前，會經過好長一段時間才對他們的父母是誰感興趣（通常這種興趣的產生是在兒女長大成人，接近他們父母養育他們的年紀時，才開始認識父母；或是當他們自己有了孩子，透過孩子回想起自己兒時的情形，一知半解地問起父母親的事，而現在自己就是扮演為人父母這個角色）；當父母的也一樣，面對兒女，也都習慣於不要喚起孩子的好奇心，對自己的事情三緘其口，閉口不談自己的過往，甚至忘了這回事。幾乎每個人對自己的年少狂狷都感到羞愧，並非如一般所說的大家都會懷念年輕時的歲月，反而是擱置不談或是逃避的多；其實很容易，稍微奮力一下，就可以隔絕自己的出身與過去，把它們幽禁在惡夢裡，或是小說裡，不存在的世界。把年輕隱藏起來。對那些不認識年輕時的我們的人，年輕是一個祕密。

藍斯和我母親從來沒有隱瞞藍斯和我的姨媽德蕾莎結過婚。德蕾莎將會成為我的姨媽如果她還活者的話（但也有可能不會成為我的姨媽）。一個相當短暫的婚姻，結束的原因我只知道她年輕早逝，但是許多年來我一直不知道（我也沒有問）她的死因是什麼；過去這麼多年來，基本上我認為我知道，但是我一直被矇在鼓裡，最後我開口問時，卻冒出了一個虛假的答案，這也是許多父母習慣做的事情，對孩子撒謊他們那個被遺忘的青春。我只知道姨媽生病的事，這就是全部。這麼多年來，我就是一直聽到生病這件事情，而要去質疑一件從小就知道的事實真的很掙扎，開始產生懷疑也是很久以後的事了。因此，針對那樁短暫的婚姻，從一個小孩子或是一個青少年的眼光來看，我向來認為是一個情有可原的錯誤。因此，寧願相信他父母親的結合是一件無法避免的事，以便合理解釋他自己的存在，因此相信他自己也是無法避免而且天經地義（此種正當性我泛指那些偷懶的小孩，正常的小孩，稍微發個燒就不去上學的小孩，那些每天一早不用騎腳踏車去忙活送貨的小孩）。不論如何，這個想法還是有點曖昧不明。另外一個解釋得通的錯誤，在於藍斯有可能認為他愛上兩姊妹其中一個，是姊姊，而事實上他心裡愛的是另一個，是妹妹。我父親認識她們姊妹倆時，妹妹年紀還很小，以至於父親沒有認真把她當一回事。大人大致是這樣跟我說的，有可能是我母親，應該是我外婆居多，我不記得了，一個簡短的答案，一個謊言回應一個童稚的問題。當然，藍斯從來不跟我提這些事。在一個小孩子的想像裡，也很容易出現另一個因素：同情的因素。鰥夫的慰藉、取代姊姊、減輕丈夫的絕望、占有死者的地位。很可能我母親心中有點難過，所以跟我父親結婚，以免他孤單一人。或者不是這樣，也有可能從一開始她就偷偷愛著他，而一直偷偷希望那個障礙——她的姊姊德蕾莎——可以消失。既然婚已經結了，障礙也消失了，她總會有點開心。藍斯可從來不說。幾年前，我已經是個成年人了，我試著問他，但是他還當我是個小孩子。「這關你什麼事？」他對我說，隨即改變話題。我窮追不捨（我們在黃金鯛餐廳），他便起身準備去洗手間，還展現他最完美的微笑，嘲弄的口氣對我說：「聽好，我不想談論遙遠的過去，這讓人不愉快，還會提醒人他現在的年紀有多大了。你如果要繼續這個話題，我待會兒回來，你最好就給我消失，離開這張桌子。我想要好好安靜地用餐，就在今天，而不是四十年前的某一天。」他說這話，儼然當我們在家裡，把我當成小孩子，他可以任意叫我回房間去；他要我滾開，都沒料想生氣的人是他，應該是他憤而離開餐廳。

實際的情況是，幾乎沒有人談過德蕾莎．阿基雷拉，自從我那古巴外婆過世後，那個幾乎變成多餘的話題，外婆是唯一偶而還會談起她的人，不是故意要提，有時候也刻意避免。在外婆的住家德蕾莎音容宛在，掛著一張她的肖像畫，是她過世後請人依據照片畫的油畫。而在我家，也就是我跟父親同住的家，以前和現在都是那張可以當範本的黑白照片，藍斯和華娜每個午後來回走動時會順勢望一眼。相片裡，德蕾莎的臉嚴肅且充滿自信，一個美麗的女人，尖尖的眉毛細長一條線，下巴有個淺淺的酒窩——像個凹槽，像個陰影——深黑色的頭髮挽起髮髻，大致落在脖子的位置，頭髮跟前額中間的接線剛好形成一個美人尖（民間傳說的「寡婦尖」），細長的脖子，大大的嘴巴，就是女人的嘴巴（和我父親跟我的嘴巴很不一樣），烏溜溜的眼睛慧黠有神地直視目標；她戴的耳環很低調，好像是珍珠母，雖然正值青春年華，她的嘴唇卻也塗抹的鮮豔，好像那個時代，基於教養，必要塗口紅，表示年輕人旺盛的生命力。她的皮膚很白，近似蒼白，十指交合，手臂倚靠桌子上，比較像餐桌，而不是書桌，沒辦法全部看得清楚，背景也用擦筆抹擦過，可能是專業工作室的成品。她穿著一件短袖的襯衫，很可能是春天或夏天時節，大約是二十歲年紀，或是再年輕一點，有可能還沒認識藍斯，或剛認識不久。那時候她還是單身。她身上有些特點現在讓我想起路易莎，雖然已經持續看那張照片看了好多年，而且那時路易莎也還不存在，那麼多年來也就是指我這一生全部的歲月，除掉最近這兩年。這情況很有可能是一種移情作用，就是愛一個人的時候，又跟他同床共枕，走到哪兒都會覺得看到他的影子。她們兩個人都充滿自信，德蕾莎表現在照片上，路易莎則是本人隨時隨地都很有自信，好像天不怕地不怕，沒有什麼可以威脅到她，至少路易莎醒著的時候是這樣；睡覺的時候，她的臉看起來比較脆弱，她的身體好像暴露在危險中。路易莎極度自信，第一個晚上我們在一起的時候，她告訴我她夢到古金幣；因為我的緣故讓她半夜失眠，她一臉詫異地看著我，用指甲撫觸我的臉頰，一邊說：「我做夢夢到古金幣，好像指甲，閃閃發光。」只有很單純的人才會做這種夢，而且還會告訴別人。我在藍斯的家看過德蕾莎的照片後，又認識路易莎且跟她睡過覺之後，我直覺德蕾莎．阿基雷拉在她的新婚之夜也有可能會做夢夢到亮晶晶的古金幣。我不知道德蕾莎這張照片是何時拍的，肯定也不會有人確切知道：相片尺寸很小，相框是木框，擺在書架上；自從她過世以後，沒有人再去注意她，除了偶而午後有人經過匆匆瞥一眼，它就像住家的人平常在看瓶瓶罐罐、看居家裝飾或是牆上的圖畫一樣，一旦它成為居家日常景觀的一部分，不會有人再興高采烈或聚精會神地觀看。我母親過世後，她的照片也是擺在那兒，在藍斯的家，尺寸比較大，而且還有一幅不是遺照的肖像畫，是生前老古斯塔多幫她畫的，那時候我年紀還小。我的母親華娜，比較活潑，雖然姊妹倆還是有些相同的特徵，例如脖子、臉型和下巴都很相像。照片和肖像上的母親，笑容可掬，那時的年齡都比她姊姊那張袖珍照片的年齡來得大。事實上，德蕾莎永遠不會反映出她比較年長的年紀，由於她的早逝，無庸置疑已經變成年紀最小的，連我的歲數都比她大了。早逝讓人變得年輕。我母親的微笑幾乎就是她平常笑的樣子：她很愛笑，跟我外婆一樣；我已經講過了，這兩個母女在一起的時候，時而會縱聲大笑。

但是，我到幾個月前才知道我那個無緣的姨媽跟我父親新婚蜜月回來後，不久就自殺身亡。這是小古斯塔多告訴我的。他比我年長三歲，我從小就認識他，但是差三歲好像就差很多，那個時候我盡可能躲著他，不想跟他來往，一直到長大後才接受。我們的父親的友誼和生意有時候把我們兩人拉在一起，雖然他總是傾向靠在大人那邊，對大人的世界比較有興趣，迫不及待想要成為他們的一分子，就可以自由揮灑。我印象中的他像個未老先衰的少年仔，或是個失意的大人，好像一個成年人長時間被封裝在不合適的小孩身體裡面，被迫空等無望，苦於無人來幫他拆封。他並非加入大人的陣營侃侃而談，他缺乏賣弄學問的本事，他只是唯唯諾諾，一股緊繃的壓力像烏雲般籠罩著他，也實在不適合他這個年紀的孩子，教他總是戰戰兢兢，眼神不時飄往窗戶眺望，好像看著世界急若流星從眼前閃過，還不獲允許跳上去搭這班列車；猶如一個犯人知道沒有人在等待也沒有什麼好放棄，彷彿他不存在；而隨著世界的奔馳，他的時間也同時跟著飛逝。那些離世的人也懂這個道理。他總感覺一直在失去什麼東西，而且意識到這個情形時相當痛苦，他就像那些一生想要同時過好幾種生活的人，最好能夠倍數加乘，不想畫地自限，囿於自己的圈子過活：只過一種生活讓他們害怕。每當他跟著他父親來我家拜訪時，理當我要陪他，以便他父親可以跟我父親商量事情。他就走到陽臺，背對著我，十五分鐘、二十分鐘、半小時，我很天真地跟他提議各種不同的遊戲，他都置之不理；儘管他在那兒一動也不動，在他高聳挺立的身軀上，看不出恬適平靜的心，也不是靜思或遠觀，連那雙骨瘦嶙峋的手也不安分，在掀開薄紗窗簾後又緊緊抓住它，像一個剛被捉去囚禁的俘虜要習慣監獄的鐵窗一樣，因為他們一時還無法相信已身陷囹圄。我有點被他嚇到，膽怯地留在房裡，背對著他自個兒玩耍，盡量不引起他注意，也沒看一眼他那光溜溜的頸子，更沒瞧到他那雙眼睛，貪戀外頭的世界，熱切渴望能無拘無束地一展鴻圖。最後這點小古斯塔多倒是做到了。他父親從很早就開始教他畫畫的技能，臨摹畫作，或是偽造畫作，從他的繪畫工作室接受委託的工作分一些給他做，給他應得的報酬。因此，小古斯塔多比他同齡的孩子相對闊綽，也很難得地擁有更多的自主權，他漸漸地可以自給自足；他對街頭巷尾的興趣高過去上學，十三歲就會嫖妓，因為這緣故，我總是有點怕他，也因為他大我三歲，我們偶而口角打起架來，他始終打贏我。每當他壓力罩頂快要爆發時，他那個天生下流、粗暴的脾氣，連打起架來都冷酷無情。每回我倆鬥毆，任我百般抵抗，到最後都不得不認輸投降。我發現他既不激動也不憤怒，只有冷血、血腥暴戾和制服別人非贏不可的強烈意志。雖然我曾造訪幾次他父親的工作室，現在變成他的，從來沒看到他在畫畫，不是在畫自己不太成功的作品，也不是讓他賺進大把鈔票的完美複製畫，或是接受委託的肖像畫，這些都展現絕佳的技巧，但是屬於傳統的畫工：無數個小時安安靜靜地關在工作室裡，手持畫筆，關注細枝末節，定睛地看著畫布，也許這是他長期累積的壓力和渴望當別人的原因。從少年仔開始，他就不避諱說他的不凡經歷，尤其性經驗（我青少年時期甚至更早，都是從他那兒學來的），我甚至懷疑，我父親在老古斯塔多過世後的近幾年，對他特別友善會不會是這個原因。不安的男人，年紀越大越想活，如果各方面能力已大不如前無法如願，他們就會呼朋引伴，讓那些還生龍活虎的人跟他們娓娓道來，說些已非他們能力所及的存在感，像代理人一樣接力，繼續延長他們的生命。我父親會想聽他說的。我知道有妓女跟小古斯塔多一夜情之後，嚇得花容失色逃出來，連提都不想提究竟發生什麼事；甚至有可能是一次帶兩個女人，在床上搞三P，更能相互刺激得到滿足。打從年少時期開始，古斯塔多就渴望扮演多重角色，一個人是不夠的，他的性偏愛就是一王兩后「起雙飛」。隨著年歲增長，小古塔斯多變得比較低調謹慎，就我所知，他也沒提為何引起女伴驚慌失措，但是有可能私下會跟我父親說，我父親就像他的教父一樣。我父親會想聽他說的。的確，好多年來，他們倆經常見面，小古塔斯多每週拜訪我父親一次，或是兩人一起晚餐，飯後還一起去一家過時的老地方；或是兩個相約結伴一起辦些雜事，連袂拜訪第三方，例如，來看我，或是我不在家時來看路易莎，偶而來看這新進門的媳婦。小古塔斯多一定很逗我父親開心。現在，他年近四十，他那個光溜溜的後頸多出一條像海盜或是鬥牛士的小辮子，落腮鬍稍嫌長了些，不合時宜，但無論如何，還是很引人注目，因為是捲毛，而且色澤比他那頭平直的金髮來得更深濃；也許他刻意紮小辮子和蓄落腮鬍顯露鋒芒，是為了不要讓自己在一群老派且放蕩不羈的夜遊畫家中黯然失色。另一方面，他的穿著卻又極致經典，且近乎苛求的端莊——永遠戴著領帶——，在服裝上力求高雅。他留了幾個月的八字鬍，之後又把它剃掉維持一陣子，一個好生猶豫的難題，又或者，這是他展現多樣的自己的方式。這個年紀，他的容貌已經完全定型，也看出小時候或青少年時期就隱約顯露的特質：相由心生，從他的臉看出他的個性：猥褻、暴戾、冷淡；額頭寬又高，鼻子有點鷹鉤鼻，牙齒修長，所以笑的時候整張臉看起來發亮，他的笑容親切，但是並不熱情，深黑的大眼睛，眼距過寬，幾乎沒什麼睫毛，也因為這個面相，讓他那猥褻的眼神更教人無法忍受：受不了他看著那些被他征服或是花錢買春的女人，或看那些男人堆裡競爭的對手，看那個他已經加入也跟著一起流逝的世界，這些都是造就他的步調急促又暴戾的原因。

就是他在幾個月前，或幾乎一年了，在我從哈瓦那、墨西哥、紐奧良和邁阿密的蜜月旅行回來後不久，告訴我四十年前所發生跟德蕾莎姨媽有關的真相。那天我去父親家探望他，順便想跟他聊聊旅行的事情，剛好遇到小古斯塔多，黃昏夕照，他那修長的身影駐立在門口。

「他不在。」他跟我說。「他得出去一趟。」他抬高眼睛，眼神作勢意指藍斯。「他請我在這兒稍候幾分鐘，等你來再轉告你。有個美國人打電話給他，他就急忙奔出去了。不知道是哪個美術館的人打來的。他今晚或明天會打電話給你。我們倆去喝一杯吧。」

小古斯塔多抓著我的手臂，我們一起走出去。我察覺到他那冰冷鐵腕的手，那個想要抓住什麼的感覺我從小就很清楚；那時候他是個小孩，而如今是個力大無比的成年人，他那個生性膽大和全神貫注的力氣。我最後一次見到他是幾個星期以前，就是我的婚禮那天，感覺已經很遙遠。他是藍斯邀請的客人，不是我的客人；藍斯邀請了一些各行各業的朋友，我沒有必要反對，也不需要反對，更不需反對小古斯塔多。那天我沒有時間跟他多聊，他一抵達俱樂部也只是過來跟我道賀，用他一貫親切的笑容帶點揶揄的口氣。之後整場喜宴間我只遠遠看到他，垂涎的眼神打量周遭，其實在場的都是熟悉的朋友。他總是貪婪地四處張望，盯著女人看，也瞧一些男人——瞧那些羞赧的男人——，不管他身處何時何地，他那雙掠奪的眼神就跟他的雙手一樣。那一天他沒有小鬍髭，幾個星期後幾乎又都長出來了，但是還沒長全，那是我跟路易莎度蜜月期間他開始留的。在巴摩拉酒吧他點了一杯啤酒，他從來不喝別的飲料，因此，他原來瘦削的身材也就跟肚皮說再見了（不過領帶還可以遮住啤酒肚）。邊喝邊聊，他跟我聊錢的事，然後聊到我父親，說看他身體不錯，接著又提到他正在賺什麼錢，好像我的新婚生活是他最不關心的事，他沒問我，也沒問蜜月旅行的事，也沒提我的工作，也沒詢問接下來我因工作需要旅行的地點像日內瓦、倫敦、布魯塞爾，這些他都沒有概念，他應該要問的，但是他都沒有問。既然我父親出門去了，我想回家跟路易莎在一起，也許去看部電影，我跟小古斯塔多本來就沒有什麼好聊的。我父親會急著出門很可能是馬里布、或波士頓、或巴爾的摩的人打電話來，因為已經很久沒有人找他了，雖然他的好眼力和專業知識依舊，甚至更純熟；但是一般已經很少跟資深長輩諮詢，除非是很重要的案例；莫非是什麼人剛好在馬德里，沒有人作陪吃晚餐，而他可能設想人家需要他做一份鑑定報告，或是又發現了什麼畫作，或是馬德里某椿生意要談之類。我作勢要離開的動作，但是小古斯塔多拉住我的手臂——他的手力簡直就像舉重，所以就挽留住我了。

「再待一會兒吧！」他跟我說。「你都還沒跟我講起你那個漂亮的老婆啊！」

「你啊！對你來說，每個女人都漂亮。我沒什麼可以說的。」

小古斯塔多點燃打火機又把它熄滅。開口微笑露出他那排長長的牙齒，看著打火機的火苗燃了又熄，熄了又燃。這時他沒看我，或是僅用他那隻眼距很開的眼睛斜眼瞄我，他的視線環伺四下，想要掌握現場的動靜。

「我說啊！總有什麼原因讓你在這麼多年之後終於動念結婚。你已經不是小孩子了。她該是讓你如痴如狂吧！人們只有在迫不得已的情況下才會結婚，例如，恐懼、絕望，或是為了不要失去某個人，因為無法承受失去他的痛苦。結婚這種傳統習俗，有時也需要一點衝動或傻勁，你是哪裡想不開或失心瘋了。來，快告訴我，你是哪一種。跟我說說，你的小女人對你做了什麼？」

小古斯塔多有點粗俗和孩子氣，孩提時期無止境地等待，希望趕快長大，成為男子漢大丈夫，如今長大成人的年紀，彷彿仍未脫當時留下的稚氣。他口無遮攔大剌剌地講，雖然跟我還稍微節制一些，我的意思是說，單獨跟我在一起的時候，他收斂他那些漫不經心和粗野用詞的頻率和語氣。換作其他朋友，他會無厘頭要求跟他描述女人的私處，甚至大小陰唇、陰道之類，還要跟他說上她的時候她有什麼反應，這些俗字都很難翻譯，還好這些詞不會出現在國際組織裡。我總可以繞個圈，拐彎抹角回答。

「那你得付錢給我。」我跟他說，想要把他的想法變成開玩笑。

「來啊！我付錢給你。你要多少？好喔！再來一杯威士忌起個頭。」

「我不要再來一杯威士忌，連這杯也不想。你饒了我吧！」

小古斯塔多把手插進口袋裡像要掏錢的動作，就像一些男人會放幾張鈔票在褲管口袋裡一樣，說實話，我也會這樣。

「你不想講這檔事？尊重你，你不想講這檔事。好！敬你和敬你的小女人。」他喝一小口啤酒。他用嘴唇抿乾時，順勢掃視一下四周，吧檯上有兩位年紀大約三十歲的女人在聊天，其中一個正對著我們，有意無意地露出大腿（可能兩個都是）。還是春天時節，這大腿的古銅色未免來得早了些，偽裝的黑白混血女人，這是在游泳池曬太陽、用最好的助曬劑曬出的成果。小古斯塔多現在把眼睛的注意力回到我身上，用他那雙沒有裝飾、或是沒有睫毛保護的眼睛看著我。他又說：「無論如何，希望你一切都好過你父親，我不想觸你霉頭，我趕緊敲敲木頭[50]避邪。他一生可是『多采多姿』啊！恐怕連藍鬍子[51]都比不上他，還好沒有繼續下去，他也一把年紀了。」

「沒那麼誇張吧！」我說。我立刻想到我的姨媽德蕾莎和我的母親華娜，兩個都已往生，小古斯塔多言下之意就是在指她們兩個，沒安好心地誇大她們的死亡。「恐怕連藍鬍子都比不上」，他這樣說。「不想觸我霉頭」，他又強調。說什麼藍鬍子！沒人記得誰是藍鬍子！

「欸！誇張嗎？」他說。「嗯！事情大致到你母親就停止了，如果稍微不慎，你就不存在了。不過，你看，他還是活得比她久，沒有人受得了他的。願她安息！欸？」他心存敬意卻又有點嘲弄的語氣補充說道。他講到藍斯，總是語多敬重，也有可能是崇拜他。

我瞧了那兩個女人，根本沒理會我們，她們專注地談話（肯定像連續劇的話題），時不時會驟然大聲冒出一句話（「但是，那也太過分了吧！」），我聽到那個背對著我們的女人，說著說著很坦率地流露她的驚訝；另一個坦然自若，無拘無束的樣子，自然露出她的大腿，我料想從某個角度可以看到她內褲的褲角。她那古銅色的大腿讓我想起蜜莉安，幾天前在哈瓦那偶遇的那個女孩。這意味，既然記得她的影像，那總有些時候也會想起她。也不過幾天前的事情，也許吉耶莫也跟我們一樣，已經回到馬德里了。

「這是運氣問題，沒有人知道死亡的順序，也有可能他先死，也有可能我們先進墳墓。我母親也活了不少歲數。」

小古斯塔多總算點了一根菸，把打火機擱在桌上；他不再用打火機點菸，直接用抽完的菸屁股點下一根。有時候他的頭兒還是會轉向坐在吧檯那兩個三十歲左右的女人，把煙往她們的方向吐過去，我打心裡希望他不要突然站起來，跑過去跟她們搭訕。他常幹這種事，而且得心應手。有時候，甚至連瞧都還沒事先瞧一眼，也沒收到對方回應的眼神，也不是彼此剛好目光交會，他就主動搭起訕來。不論任何地方，也許是一個宴會，甚至在街上，彷彿從一開始他就知道誰想被攀談，對方有什麼目的，或是他刻意製造機會，達到搭訕的目的。我心忖在馬德里俱樂部我的婚宴上他到底跟誰攀談，我幾乎沒看到他的人影。他又回頭面對著我，一雙令人不舒服的眼睛，所幸我早已習慣了。

「運氣？隨便你講。但是三次，三次也未免太巧了吧！」

「什麼三次？」

這是我生平第一次聽到一個跟我毫無親戚關係的外國女人的事，現在略為知道點眉目，但是還是不十分清楚，我從來就知道的不多。有人在這個世界活了許多年，卻沒有人記得他們任何事，最終彷彿他們從來不曾存在過，就連那個第一次，我不知道是指她還是任何一個人，我從不知道她的存在（三次也未免太巧了吧！）。一開始我想是否不小心說錯了或是疏忽，但是小古斯塔多隨口一提就牽扯出來，也許一開始只想跟我提德雷莎姨媽的事，或許根本沒預料到後果；他告訴我這件事，正逢我那段剛新婚不久的蜜月期，也正是一連串不祥預感出現的時候，我寧願什麼都不要知道。但是一個人一旦知道了，就很難知道他究竟想追根究底還是繼續不聞不問。

「我想要說兩次。」小古斯塔多急著修正。也許他沒經過大腦脫口說出，也沒有惡意，但也不可能完全沒有用意，正常情況總是有，或是某種善意。小古斯塔多雖然不是一個思慮周詳的人，但說話總別有用心。他笑得有點急促（他一排長長的牙齒讓他削尖的臉看起來略顯親和），同時把煙吹向吧檯女人的方向：那個背對我們的女人，不知道這煙打哪兒來，有點惱怒地用手把煙打散，像在驅打蚊子一樣。小古斯塔多緊接著又補充說道：「欸！你要明白，我可沒有衝著你父親的意思，正好相反，你心裡清楚得很。但是她們當中一個在新婚蜜月後自殺，這可不是運氣。這個在你所說的死亡順序裡永遠不成立。」

「自殺？」

小古斯塔多滿臉豐富的表情咬著雙唇，想要表示這是油然而生的反應。接著他比出兩根指頭揮動呼叫服務生，趁機也瞧望那兩個女人，一臉色瞇瞇意淫的模樣，她倆還是沒理會我們（雖然其中一個已經注意到從我們這邊飄過去的煙，但是像在對付一隻蚊子一樣。面對著我們的那個女人，笑容滿面大嗓門地講話：「哎呀呀！這真讓我噁心！」她開心說著，手掌就要往她那雙古銅色的大腿拍下去）。小古斯塔多聚精會神看著她們就像他跟我談話一樣專注，總是一人分飾兩角，總是渴望自己不只成就一個身分，卻置身在一個找不到自己的地方。我以為他要站起來去搭訕了，我追著他的話問，以便阻止他行動：「你說什麼自殺啊？」還好他只是跟服務生再點一杯啤酒。

「再來一杯啤酒。你別跟我扯說你不知道。」

「你在跟我講哪一樁？」

小古斯塔多撫摸他那稀疏的鬍髭，然後拉緊後腦勺那撮小辮子，那手勢就是標準女人的動作。我不懂他為何留那一撮可笑的小辮子，而且還沒洗乾淨，像個十八世紀的手藝人或鄉巴佬。他吹了一下啤酒的泡沫。他這四十歲年紀了還有衝勁跟著趕時髦。他的情況或許是受到繪畫的影響。

「泡沫太多了。」他說。「他真糟糕耶！」他又說。「他什麼事都不讓你知道，他真糟糕，大人對小孩子閉口不談。天曉得，你可能比我還知道更多我的事情，而我，相反地，有可能他媽的啥都不知道。」

「我不知道。」我很快地回話。

他又玩起打火機來，他熄掉手上的煙，味道可真難聞。

「我覺得我多管閒事了。藍斯鐵定火大。我不知道你不曉得你母親的姊姊是怎麼死的。」

「生病過世的。他們總是這樣跟我說。我也從來沒多問。欸！你知道些什麼？」

「也許不是真的。好幾年前我父親跟我說的。」

「他跟你說什麼？」

小古斯塔多吸了兩大口煙從鼻子進出。這段時間他沒有上洗手間去吸古柯鹼，但是深呼吸的樣子彷彿去吸完回來了。他又把玩手上的打火機，點了又熄，熄了又點。

「你別跟藍斯說是我告訴你的。一言為定？我不希望他因為這事跟我翻臉。也許是我記錯了，或是我聽錯了。」

我沒有回話。我知道即使我沒有做出承諾他還是會告訴我。

「你記得什麼？你聽到什麼？」

小古斯塔多又點燃一根菸。他的忸怩作態全是假的：他還有閒情逸致想要玩玩，吸了兩大口煙，然後不吞進去，大口地吐出來，像一大片烏雲一樣吹向那兩個三十歲的女人（那團煙，如果他要吞進去的話，過程將是量大濃密且速度緩慢）。那個背對著我們的女人不假思索地回過頭片刻，把那陣煙霧從身邊吹走。她也露出她的大腿，一雙還沒去過游泳池做日光浴的大腿。她的眼睛終於落在小古斯塔多身上，但是只有短暫片刻，這時間剛好是另一個女同伴躊躇半晌還沒確切回話卻又瞧不起那個她們正在聊的男人：「他愛我愛得癡狂，但是我不喜歡他的臉，可是他超級有錢，要是妳，妳會怎麼做呢？」

「你的姨媽跟藍斯蜜月旅行回來後不久就舉槍自盡。她跟藍斯結婚這事，你是知道的。」

「是的，這個我知道。」

「她走進浴室，站在鏡子前面，解開了襯衫，脫下胸罩，拿著她父親的手槍在胸前摸尋，槍口對準心臟的位置。那時，她的父親正跟其他家人和客人在飯廳用餐。這是我所記得我父親告訴我的部分。」

「在我外公外婆的家？」

「據我所知是這樣。」

「我父親也在？」

「事發時他不在現場，稍後才到，我想是這樣。」

「為什麼自殺？」

小古斯塔多又吸了口氣，也許是春寒料峭引起的輕微感冒。他雖然追求時尚，但可也不是要裝模作樣，連季節性的花粉熱也跟著趕流行。他搖搖頭。

「這我就不知道了。我想我父親也不知道，或是他不想跟我說。如果有人知道，那只有你父親，但是也有可能他也不清楚。想要知道一個人為什麼自殺，沒那麼簡單，連最親近的人也不見得知道，每個人都被折騰的心力交瘁，每個人都過得他媽的苦，有時候沒有原因，更多時候祕密地不敢聲張，人們頭一轉向，臉一趴枕，等待又一天來臨。但是也有人驟變等不下去了。我從沒跟藍斯談這件事。要如何啟口問一個朋友，為何他的妻子跟他婚後不久就舉槍自殺？就算那事已經發生很久了，我可能也不會問。我不知道，如果是發生在你身上，我可能會問你，不過我不想觸你霉頭，我趕緊敲木頭避邪；但是對一個我相交這麼多年，又是我這麼尊敬的朋友，我不會問。尊敬一個人會阻礙一些對話，永遠不會有的對話。」

「是的。尊敬會阻礙一些事情。」

他又提起「觸霉頭」，我很自然地想要把它翻成我會的英文、法文或義大利文，但是都沒有對應的詞語，西班牙文是「mal de ojo」（壞心眼），英文的「evil eye」（惡魔的眼睛），或義大利文的「jettatura」，但還是不一樣。每次他說要敲木避邪都沒敲，而是敲他的玻璃瓶，反倒是我，我趕緊敲敲我的椅子。

「對不起。我以為你知道。」

「對於所有要發生或是已經發生的事，如果給小孩子一些甜蜜的說詞，之後想打破這個甜蜜的謊言而要他們弄明白，我覺得很困難；也找不到那個適當的時機，決定他們什麼時候不再是小孩；很難去畫出一條切線，定出什麼時候為時已晚，不管是承認一個古老的謊言，或是揭露一個隱藏的真相。我猜測人們通常就順其自然，任時間流逝，那個說謊的人最後連自己都相信那個謊言，或是忘記那個謊言，直到有個愛管閒事的人介入，像你，破壞某人一生處心積慮造作的沉默。」

「壞心眼」，我也不知道法文要怎麼說。我曾經知道但是已經不記得。啊！突然想起來了，是「guignon」。「看看妳講的那些事情是不是會讓我觸霉頭。」我聽到那個金髮古銅膚色的女人這樣說。她表情豐富，聲音沙啞，跟大部分的西班牙女人一樣，不會控制自己的音量，不懂斟酌用字遣詞，也不注意動作是否粗魯，裙子的長度是否得宜；西班牙女人經常顯露睥睨的態度，從她們的嘴裡、眼神、專橫的姿勢，翹起腳露大腿，連古巴也遺傳到西班牙的傳統，蜜莉安的那隻手臂，還有她的吼叫和高跟鞋，那一雙像彎刀的雙腿（「你是我的」、「我殺了你」）。新世代也常常瞧不起人，但是比較克制。路易莎不是這樣，路易莎比較委婉，做事一板一眼的態度，有時候她會變得很嚴肅，有時候知道她不是在開玩笑。此刻她認為我跟我父親在一起，但是我父親無預期地出門，所以我正聽著小古斯塔多揭露陳年往事，倘若是真的話；應該是真的。他從來就沒有什麼創意發想的能力，他說的故事都是現成的，或是發生在他身邊的事情，或許這個緣故，他必須活在事件當中，體現他的雙重角色，只有這樣他才有辦法說故事，只有這樣才有辦法領會無法理解的事。有人無法理解奇幻故事，只懂已經成為事實的事。沒有想像力的人，就難有預知的能力，想像力可以避免許多不幸；事先預知自己死亡的人很少會自殺，事先預知別人的死亡的人很少會殺人，不如單純用想像去謀殺和自殺比較可行，不會留下痕跡和後遺症，甚至遠遠的揮擺手勢，做出要抓人的動作也行，一切只有距離和時間的問題；那把刀子在遙遠的空中揮舞亂砍，而不是撞擊到胸膛，沒有插入古銅色或白色皮膚的肉體，只是在空中揮動，什麼事都沒發生，刀子的動線不會被計算，也不會登記有案，還會被忽略；徒有企圖不會被懲罰，多少次多少未遂的罪行被封口，甚至深受其害的人也絕口否認，因為在那些行為之後一切依然，還是一樣的空氣，皮膚沒有裂開，肉體也沒有改變，沒有什麼被撕扯，擠壓的枕頭下沒有人臉被悶死是無害的，之後一切一如往昔；種種累積的行為和捶打沒有受害人，沒有捂住嘴巴的窒息，這些都不足以改變事情的樣貌和連動關係，再多的重複，再多的堅持，再多嘗試的失敗，再多的威脅，即使變本加厲都無傷，沒能改變什麼。事實，就是活生生的事實，不會再徒增事實；事實像蜜莉安緊抓不放的動作和她的粗言粗語（「你是我的」，「你欠我的」，「我為了你來」，「跟我一起下地獄吧」），並不影響後來在隔壁房間裡哼哼唱唱，和那個叫吉耶莫的左撇子男人擁抱親吻，還對著他說：「總會有一個人因你而死，不是她死，就是我亡。」

「我多管閒事了。」小古斯塔多說。「但是我覺得知道是好事，晚知道總比永遠被矇在鼓裡好。這已經是很久以前的事。說實話，現在知道你姨媽怎麼死的又有什麼差別呢！」

有一個人因我父親而死，一個真正的死者，這個不能算進死亡的順序，如同之前小古斯塔多說的。多少人自戕死在他們自己手裡，莫非有更多人死在我的手裡？他也說了：「三次也未免太巧了吧！」雖然他後來修正為兩個。我猶豫是不是要繼續那個話題，如果我堅持的話，我確信他會說個究竟，他所知道的部分內情或是錯誤訊息也罷，總會有的；但更確定的是，當一個人什麼都不知道的時候，有可能什麼都不想知道；知道之後就不是這樣了，他說得對，知道是好事，但是必須是全盤知道（我還知道的不齊全）。就是那時候我想起了小時候一件淡忘的事情，從那個時候開始——童稚時期——那些會遺忘的芝麻瑣事，那些微不足道的畫面倏忽浮現腦海，例如低吟哼唱，一些幻想，當下片刻對過去的感知，那個屬於兒時的往事回味在記起的當兒不禁叫人懷疑起來。我待在來自哈瓦那的外婆的家時，常常獨自跟我的玩具士兵玩遊戲，她在一旁搧扇子，每週六我母親都把我留給外婆看顧。但是那一次我母親病了，晚餐前換藍斯來接我回家。我很少看到父親和外婆兩個人獨處，平常要不是我母親當和事佬，就是居中三人同行，但是那一次例外。日暮黃昏時，電鈴聲響，我聽到藍斯的腳步聲，從遠遠的長廊跟著女僕的腳步漸漸靠近，一直走到我跟外婆所在的房間，我急著結束最後一回合遊戲，她一旁喃喃低語又哼哼唱唱，有時對我的戲語發笑，就像所有含飴弄孫的奶奶們對什麼事都是呵呵笑一樣。那個時候的藍斯還年輕，雖然我不覺得，他已經當爸爸了。他走進房間，風衣披在肩膀上，手上握著剛脫下的手套，那是春天，頗有涼意，我的外婆總是趕在季節前提前拿出扇子搧風，可能是她召喚夏季快來的方式，也有可能四季裡她都是這樣搧風。藍斯都還沒開口說話，外婆就問他：「華娜情況如何？」「好像好多了。」我父親說。「但是我不是從家裡過來。」「醫生已經去看她了嗎？」「我出門時還沒到，醫生說要到下午才能去，也許現在已經到了。妳看，我們要不要打個電話過去？」他們一定繼續交談，也許也打了電話，這倒讓我想起來（我和小古斯塔多隔著桌子面對面坐），猶記得不多時外婆立刻跟父親說：「我想不通你怎麼可以把生病的華娜放在家裡而去辦自個兒的事情？我搞不懂每次你的妻子感冒著涼時，你怎麼不趕快禱告，祈求她健康平安。孩子啊，你已經失去兩個了。」我記得，還是我以為我記得，外婆話一出口，連忙把手移到嘴巴，她用手摀住嘴巴些會兒，好像要阻止她已經說出口的話不要衝出去，而我已經聽到，但當時我連當都沒當一回事，或者我的確當一回事——就像現在一樣——因為她摀住嘴巴要堵住她講出的話。我父親沒回答，那個二十五年前，或者更多年前摀嘴的動作現在有了意義。或者更正確地說，大約一年前那個動作產生意義，那時我坐在小古斯塔多對面，想著他說的「三次也未免太巧了吧」，他後來修正了；之後，我又記起外婆說「你已經失去兩個了，孩子啊！」接著她後悔說了這句話。她叫藍斯「孩子」，當了她的女婿兩次，或是一個女婿的本人和分身。

我沒堅持要小古斯塔多繼續說，那當下我不想知道更多。而他，也很快轉移到另一個話題了。「那兩個女人跟你對味嗎？」他突然問我。他轉了個身，眼睛直視，肆無忌憚地打量那兩位三十歲的女人。兩個女人似不甘示弱，瞪了那直射過來沒有睫毛，眼距過寬的眼睛。突然間，她們倆降低音量輕聲講話，間歇地停頓下來沉默須臾，彷彿意識到自己被觀看和注意，或是令人驚豔的性感。她們結束談話安靜下來之前，那個背對著我們的女人講了最後一句話，幾乎和小古斯塔多的問題同時間說出，雖然是同時間，也許她們倆都聽到了。小古斯塔多一定是故意問給她們聽，要讓她們知道，也要她們注意到他迫不及待的心。「我好討厭那些傢伙！」那位大腿白皙的女人說。「那兩個女人跟你對味嗎？」小古斯塔多同時說出（要讓人家聽到很簡單，只需拉高嗓門即可）。她倆屏氣凝神，朝我們望過來，那暫時停頓的時間剛好讓她們倆搞清楚是誰對她們有興趣。

「你可要記住我是結了婚的人。兩個都給你。」

小古斯塔多又喝了一口啤酒，站起身來，一手順勢拿起菸和打火機（啤酒已經沒有氣泡）。才往吧檯走沒幾步，就發出金屬聲響，好像鞋底裝了高響鋁片或薄板，像跳踢踏舞那種鞋子，莫非可能是跟鞋。他這一起身離開，我忽然覺得他好像變高了。

那兩個女人跟他有說有笑了。我從褲管口袋掏出錢來放在桌上，我走出酒吧想快點回去陪路易莎。我離開時沒跟小古斯塔多道別（僅是遠遠地揮個手勢），也沒跟那兩位三十歲女人道別。她們很快變成小古斯塔多陌生又驚豔的親密友人，在一陣杯觥交錯後，在啤酒、口香糖，在杜松子酒、蘇打水和冰塊混合的琴酒中，在香菸、花生、笑聲、古柯鹼，還有耳鬢廝磨的低語，當然也有我聽不到的談話，還有難以理解卻很有說服力的耳邊悄悄話。嘴巴總是滿滿的，滿滿的食物，說不完的話，精彩豐富。

---

50 Tocar madera，敲木頭，西語的避邪話。每當聽到不吉利或是預言時，趕緊擊木，表示趨吉避凶。

51《藍鬍子》（*La Barbe bleue*），法國詩人夏爾．佩羅（Charles Perrault）所寫的童話，也是故事的主角。藍鬍子把前任幾個妻子的屍體都藏在城堡的地下室房間，最後一任妻子好奇發現後，聯合兄姊殺死了藍鬍子。

那天晚上，路易莎陪在身邊，我躺在枕頭上看外面的世界，就跟尋常剛新婚不久的夫妻一樣，床前的電視機開著，手上握著書卻沒在讀；我告訴路易莎小古斯塔多跟我說的話，還有一些我不希望他告訴我的事。夫妻間真正的結合，或是情侶之間，是透過話語將彼此結合起來，不只是自願說出來的話，還包括那些不是藏在心裡齰舌緘唇的話，不會默不作聲，一切都是心甘情願。這不意味同床共枕的夫妻彼此沒有祕密，有的話也是各自的抉擇。倘若可以封口不提的話，建構一個祕密到什麼程度才算嚴重，怎麼樣才不算嚴重？一旦面臨不得不說，一定要揭發、評論、說明的時候，對夫妻或情侶交心最重要的事，尤其是那些剛步入婚姻，而且還沒開始發懶不說話的新人，又會怎樣？不只是臥枕沉思讓人想起過去，甚至憶起童年，遙遠的往事湧上心頭，觸動舌根，連那些微不足道的芝麻小事都變得有意義，好像都值得大聲說出一再回顧；同時我們也準備想要告訴枕邊人自己全部的故事，彷彿希望他也能從頭看見我們——特別是從頭開始，也就是說，從我們的童年，透過娓娓敘述的往事可以參與那些過去我們彼此還不認識的歲月，而如今我們認為早就彼此等待著對方。這不只是一種分享的渴望，或是臆測並行發生的可能，或是尋找巧合的冀望，想要知道另一個人存在不同時空的動態，一種不太可能的假設去幻想以前彼此早已熟識。戀人總是覺得彼此相見恨晚，生不逢時，激情沒有來對時候，或是回首過去，歎時間太短（現在是不可靠的）；或者也有一種可能，無法接受彼此之間竟然沒有迸出火花，連被電到的直覺都沒有，而兩人早已加入這個世界，用最快的步伐兼程前進。但是也可能，兩個人一個向右走，一個向左走，背對著背彼此不相識，甚至連認識的想望也沒有。當然，也不是要按表操課，養成每天提問的習慣，任何夫妻難免因為疲於應付或例行公事而將就，最後弄得隨時都在回答日常的問題。應該說，跟一個人在一起，主要的考量應該包括大聲地思考，意思是說，凡事再思，不可只想一次；一次用腦思考，一次用口敘述，婚姻是一個說故事的機制。又或者，彼此攜手相伴已共度許多時光（即使現代婚姻相處的時間少，還是有若干時間），夫妻雙方要互相扶持（尤其男方，一旦沉默不語時就怪罪自己），要彼此傾訴心中的想法或是告知對方發生了什麼事，讓另一半寬心，這樣就可以避免任何一個人的想法或做法產生罅隙，而沒有傳達到對方，或是沒有以夫妻的默契清楚表達。那些我們信任的人也會私下傳授給我們他們的想法和做法，也就是那句流行的俗話「床上無話不談」，共享一張床的人彼此沒有祕密，床是一個告解室。基於愛或是愛的本質——訴說、告知、公布、評論、發表意見、取悅、傾聽或歡笑、徒勞無功的計畫——人們在床上背叛了所有人和所有的祕密：朋友、父母、兄弟、有血緣關係、無血緣關係、舊愛、信仰、舊情人、自己的過去、自己的童年、自己不再說的語言；毫無疑問，也會背叛自己的祖國，背叛每個人都有的祕密，或是每個人都有的過去。為了奉承所愛的人，於是毀謗其他所有人，否定和譴責一切就只為了取悅那個唯一，並且再三保證猶恐他揮手離去。枕頭的勢力範圍何其強大，一旦不在臥榻之旁，就斷然從它的懷抱排除；枕頭這塊領地基於它的屬性如此特別，不允許任何夫妻以外的人闖入，情侶當然也可以，某種意義上是兩人獨處，因此，彼此不自覺地無所不談，毫無保留。枕頭近似圓形，是柔軟的，大部分是白色的，經過一段時間之後，那圓形白色的取代了世界，也取代了它脆弱的輪子。

在床上，我跟路易莎談到我和小古斯塔多的談話，提到我的姨媽德蕾莎激烈的死亡（根據小古斯塔多透露的情況）和我的懷疑。還有，我的父親可能還曾結過一次婚，這個第三次可能是他所有婚姻的第一次，也就是他跟那兩位「女孩們」結褵之前，早已存在而我卻一無所知的婚姻。路易莎不解我為何沒有繼續追問下去。女人們的好奇心很單純，她們的思維是愛打聽、喜流言蜚語，但也是善變的。凡是不知道的事情，她們不會去想像或預測會是什麼後果，她們不會設想事情有可能還需要調查清楚，或是有可能會變成真的；她們不知道事情本身會自動發生，或是只消一句話就可以啟動；她們需要實際體驗，但不會事先預知；也許她們隨時都準備要追根究底，了解事情的原委。基本上，關於別人告訴她們的事，她們不害怕，也不會懷疑；她們不會記得在知道一切之後，有時候還會改變，包括皮開肉綻，或是拉扯撕裂的傷痕。

「你為什麼沒繼續追問他？」她問我。又一次，她在床上，就像在哈瓦那那天一樣，才幾天前的景象，現在她一切如常，和每個夜晚一樣；這夜晚，我一樣也是在被單下，還很新的被單（我猜是嫁妝的一部分，這奇怪又古老的名詞，我不知道怎麼翻譯它）。她沒有生病，也不再被胸罩鬆弛的肩帶困擾，她穿著一件寬鬆的長睡衣，幾分鐘前我才看著她在房裡更換，她換上睡衣的時候背對著我，還不習慣有人在面前看著她更衣。幾年後，或是幾個月後，她就不會在意我在她面前，甚至完全不會注意到我是誰。

「我不知道我是否想知道更多。」我回答。

「怎麼會這樣？光你跟我講這些，我都很好奇了。」

「為什麼？」

電視開著，但是沒聲音。我看到喜劇演員傑利．路易斯[52]出現在螢幕上，這是一部老片子，可能是我小時候的電影，四下只有聽到我們倆的聲音而已。

「什麼為什麼？任何事關我認識的人，我會想知道。而且，他是你的父親，我的公公。我怎麼會不關心他發生什麼事呢？更何況，如果他隱瞞的話。你會問他嗎？」

我遲疑了半晌。我認為我想知道，不只是針對這件事裡小古斯塔多所說的話有多少成分屬實、或是猜測、或是謠言，而是倘若屬實的話，我必須追問。

「不會。他自己從來不想跟我提這件事，現在這情況，我不想逼問他。沒幾年前有一次，我問他關於德蕾莎姨媽的事，他跟我說他不想倒退四十年說舊事。差一點把我從正在用餐的餐廳攆出去。」

路易莎噗嗤笑了。任何事她都覺得趣味盎然，通常她都看事情趣味的一面，即使是憂傷或恐怖至極的事情，也是這樣泰然處之。跟她一起生活，就好像置身在喜劇中，就是這樣，如同跟藍斯一起生活，就活在永恆的青春裡。也許這個緣故，所以有兩個女人，或是三個，想跟他一起過活。路易莎正值青春年華，但也會隨著時間改變。她也喜歡我父親，他會逗她開心。路易莎會想聽他講故事的。

「我來問他。」她說。

「別出餿主意。」

「他會告訴我的。誰曉得，這麼多年來，他也許都在等待你的生命裡能出現一個像我這樣的人，一個可以居中在你和他之間調停的人，你們這些父子們都很笨拙。他從來沒跟你提他的事，也許是他不知道從何說起，或是你沒有好好問他。我知道怎麼讓他講給我聽。」

電視裡的傑利．路易斯拿著吸塵器。吸塵器像一隻狗崽子一樣，不聽他使喚。

「如果是不可告人的事呢？」

「你這是什麼意思？沒有什麼不可告人的。只要起個頭，一句接著一句說就是了。」

「一些不可說的事。一些已經事過境遷的往事，每個時間有它專屬的故事，一旦讓機會流失，有時候，最好就是閉口不談。事情有期限，過期就失效。」

「我認為沒有時間過不過去的問題。一切都在原來那個地方，等待復返的時機。而且，每個人都喜歡講自己的故事，甚至那些乏善可陳的人也愛講。即使故事不一樣，意義還是一樣的。」

我轉一下身體以便正面看她。她會一直在那個位子，在我的身旁，起碼想法是那樣沒錯，成為我的故事的一部分；那張不全然只是我的床，而是我們的床，也可能是她的床，萬一她離開的話，我隨時耐心等候她回到這個位子。我挪動身體的時候，我的手順勢滑過她的胸部，輕盈的衣衫下她裸裎的胴體，隱約可見。我的手停在那兒，輕柔撫摸她的胸部，如果要中斷我的撫摸，得換她移動身體變換姿勢。

「妳看喔！」我跟她說。「那些保守祕密經年的人不全然因為慚愧自咎，或是為了保護自己，有時候是為了保護別人，或是維持友誼、愛情、婚姻，讓孩子的生活單純好過些，或是降低他們的恐懼，畢竟他們承受的恐懼已經夠多了。有可能純粹不想讓那個他們多希望不曾發生的事情再捲入這個世界。不說出來就會漸漸抹掉一些，忘記一些，否認一些，不把自己的故事說出來有可能是對這個世界略施一點小惠，必須尊重這個心意。好比妳也許並不想知道全部的我，隨著時間過去向前看，妳或許也不希望我知道妳的全部。妳不想讓我們的孩子知道有關我們的一切。例如，關於我們分開的事，我是說，在我們認識彼此以前。連我們自己都無法完全認識自己的一切，還沒有在一起以前，甚至現在在一起，也不一定知道。」

路易莎很自然地移動，稍微挪開身體，意思是，把她的胸部從我的手上移開，溫柔的愛撫停止了。她從她那頭的床頭櫃拿了一根菸，點燃後狠抽兩口，她想要抖掉還沒燃燒完全的煙灰，情緒突然有點緊張起來，一反常態，變得有點嚴肅。這是第一次講到孩子的事，我們兩人從來沒談過生孩子的計畫，有點太快了點，要生也不是現在。第一次提到一個未曾規劃的事，為了談別的事情舉個例子而提到的假設性議題。她沒看著我就直說：

「我當然更想知道有一天你會不會想殺我，就像哈瓦那飯店裡那個男人，那個吉耶莫。」她說著說著仍不看我，語氣急迫。

「妳聽到了？」

「當然聽到了，我跟你一樣，也在那兒，怎麼會沒聽見。」

「我不知道，妳發燒有點昏昏欲睡的樣子，所以我沒跟妳提起。」

「隔天你也沒跟我說呀，如果你以為我不知道這事的話，你可以告訴我呀，就像你每件事都會跟我講一樣。還是，其實你並沒有每件事都跟我說？」

路易莎突然生起氣來，但是我不知道她生氣，是因為我承認聽到那件事卻沒有告訴她，或是氣那個吉耶莫，或是生蜜莉安的氣，還是衝著所有的男人；女人們比較有群體意識，經常同時間跟全天下的男人生氣。她也有可能在氣我那第一次講到孩子的事，說只是順便一提的假設，而不是一個提議或意願。

她拿起電視遙控器，迅速地按過每個頻道，然後又回到原來的螢幕。傑利．路易斯正要吃義大利麵：他一直旋轉叉子，結果弄得整隻手捲著麵條，他一臉驚慌望著麵條看，然後大口大口吃。我笑得像個小孩子，那部我小時候便看過的影片。

「妳覺得那個吉耶莫怎麼樣？」我問她。「妳覺得他會怎麼做？」現在我們可以談論這個當時因為路易莎發燒的緣故，她跟我都不想談的話題。任何事情都會期待有恢復原狀的可能，但是那個應該發生卻沒有發生的事，也不可能用同樣的方式恢復原來的狀態。現在已經無所謂了，她輕佻又粗暴，軟硬兼施對我說：「我更想知道有一天你會不會想殺我。」我沒想回答這個問題。不想回答問題很容易，尤其當一群人各抒己見，話匣子一打開就沒完沒了的時候，說話的重要性高於一切，光有想法沒有用，不會持久，而且很快會消失；當然如果堅持的話，念頭有時候會回來。

「最糟的是他什麼都不會做。」路易莎說。「一切維持現狀拖到現在，那個蜜莉安一直等待，那個妻子仍然奄奄一息，如果她真的生病，或是真有這個人存在的話，就像蜜莉安也曾懷疑。」

「我不知道她是否生病，但一定有這個人。」我說。「那個男人已經結婚了。」我斬釘截鐵說。

路易莎還是沒看著我，她臉朝著傑利・路易斯講話，還在賭氣。她比我年輕，也許小時候她沒看過那部影片。我很想調整電視的音量，但是我沒有調，因為這樣一來，我們的談話就會結束。況且，遙控器在她手中，她另一隻手上的菸已經抽了一半。天氣有點悶熱，但還不是太熱，我看到她胸前領口冒汗濡濕了，還有點閃閃發亮。

「都一樣啦！就算她死了，他也不會有什麼動作，他不會把哈瓦那那個女人帶過來。」

「為什麼不會？妳沒看過她，我看過，長得很漂亮。」

「當然一定漂亮囉，但是她也給那個男人添麻煩。這點他心裡清楚，一定也感覺得到。她會一直給他添麻煩的，不管是在這邊還是那邊，當情人還是當妻子；那個女人只對外來的東西有興趣，她一直依賴別人，像她這樣的女人多得是，在人與人之間，她們被教導成只顧關心自己。」路易莎停頓了一下，隨即又繼續講，好像有點後悔用了「教導」這個字。「有可能根本沒有人教她們，而是天生遺傳下來；她們生來自覺無趣，這種人我看太多了。大半生就是等待又等待，然後什麼都沒有等到，就算有什麼的話，日子又過得好像一無所有；然後下半生就活在回憶中，念念一生得之太少，甚至匱乏那般自怨自艾。我們的祖母輩都是這樣，甚至我們的母親這一輩也是一樣。那個蜜莉安未來沒什麼勝算了，她只剩目前擁有的，而且只會越來越少，那何必改變現狀呢？她的美貌會失色，欲望會降低，更多千篇一律的週而復始。那個女人把她手中的牌都出盡了，從一開始就沒拿過好牌，在她身上不會有驚喜，能給的她都給了，沒有能力再出手。一個人結婚是為了期待某種驚喜，某種贏的局面，或是更美好的人生。唉！也不見得都是如此！」她沉默半晌，然後又說：「我實在同情那個女人。」

「她也許沒能力再給得更多，但是她可以讓自己不要成為累贅，那就是她未來的贏面。如果有一天吉耶莫真的娶了她，她就不再是個累贅。也有這樣的男人啊。」

「男人？什麼樣的男人？」

「自覺無趣的男人，只關注自己和另一個人，或另一個女人的關係。男人適合扛累贅，給他們添麻煩幫他們可以一天度過一天，讓他們容易消磨度日，也能證明他們是個男人，就像女人也樂得當累贅一樣。」

「那個吉耶莫可不是這樣的男人。」路易莎斬釘截鐵說。（我們兩人都愛說教）。現在她看著我了，雖然是斜眼瞄我，一臉不太信任的眼神——不信任也是天生遺傳的——，至少給我的感覺是如此。倒是有一個問題，可能應該問，甚至必須問，可以由她來問，或是我也可以問：「妳為什麼嫁給我？」或是：「妳想我為什麼娶妳？」

「小古斯塔多今天下午問我為什麼跟妳結婚。」這是我反問問題的方式，像問了，又好像沒有問。路易莎似乎察覺到她被預期的回答是她會說出：「你怎麼回答他呢？」她其實也可以沉默不答。她跟我一樣，對文字的敏感度很強，我們兩人的職業一樣，雖然她工作時數較少。她暫時不語，手中的遙控器又迅速轉過每個頻道，停留短暫片刻，一下子又回到傑利・路易斯的畫面，他正跟一個衣冠楚楚的人在一個空蕩蕩的大廳堂裡跳舞。當下我就認出也記得那個人，是演員喬治・拉夫特[53]，有好幾年他在電影裡專門飾演幫派分子，他也是擅長波麗露和倫巴舞的舞者，他曾參與知名影片《疤面》[54]的演出。傑利・路易斯懷疑他不是喬治・拉夫特本人（喲！哎呀！您不是喬治・拉夫特，您長得像他，但是您不是他，想當喬治・拉夫特幹什麼呀？），硬逼著他跳一曲波麗露，以證明他跳得跟喬治・拉夫特一樣好，結果真的是拉夫特本人。兩個男人緊握著雙手在陰暗又空蕩蕩的大廳堂中間跳舞，唯獨兩人的身影被鎂光燈映照得發亮，那是一個逗趣又奇怪的畫面。舞跳得跟某人一樣，卻跟一個不相信自己是某人的人跳舞，來向他證明自己其實就是那個某人。那個畫面是彩色的，之前那兩個影片是黑白的，也許之前的畫面不是電影，而是某個喜劇集錦。他們跳完舞以後，兩人羞澀地分開，我記得路易斯跟拉夫特說話，一副像是幫他一個大忙似的：「很好，我覺得您是如假包換的拉夫特本人」（但是我們的電視還是靜音，我沒聽到後來的話，那些話是我不確定的童年記憶，用英文說的話，應該會是「the real Raft」或是「Raft himself」）。路易莎沒有說：「你怎麼回答他？」而是說：

「你回答他了？」

「沒有。他只對床事有興趣，他真正想問的也只有這個。」

「你沒跟他說？」

「沒有。」

路易莎終於笑了出來，瞬間恢復了她的好心情。

「那真是幼稚啊！」她邊說邊笑。

我覺得我有點不好意思臉紅了，其實我不是替自己，而是替小古斯塔多感到難為情。那時候路易莎跟他還不算認識，所以，面對路易莎，我覺得對小古斯塔多有責任，因為這層關係因我而來，他是我的老朋友，但也不全然是老朋友。凡事一旦讓人心生羞愧時，或是面對所愛的人（剛開始愛的時候）覺得慚愧，那個人就會覺得該負起責任，也因此，就會背叛任何人，尤其是背叛自己的過去，那個厭惡且想拋棄的過去，同樣也會讓人感到羞愧（她沒有參與這個過去，她是幫助我們、讓我們變得更好、提升我們讓我們光彩的人，或者，我們愛她的時候我們這樣認為）。

「所以我不想再講下去。」我說。

「真可惜！」她說。「現在你可以告訴我你跟他講了什麼。」現在換我沒有心情笑了。多少次，在那轉瞬間，時間不湊巧，人事就不對盤了。而微笑總是可以等待。

我感覺不舒服。我覺得羞愧。我默不作聲。幹嘛說呢！過了一會兒，我說：

「所以妳認為吉耶莫永遠不會殺掉他那個生病的妻子？」我回到哈瓦那和那個讓她變得嚴肅的話題。我希望她嚴肅正經點。

「他要殺什麼？他要殺什麼？」她很篤定地說。「沒有人會為了那個可能離開的人的要求而去殺人。要的話早就做了，困難的事情乍看都有可能，只需稍微多想一下，但是要是想太多就會讓事情變得不可能了。你知道最後會怎樣嗎？那個男人總有一天不會再去古巴，他們彼此兩相忘，他這一生依然是已婚男人，跟他的妻子在一起，不管她有沒有生病，倘若生病的話，他會盡所有可能治癒她。這是他的護身符。他還是會有外遇，盡量跟那些不給他添麻煩的情婦交往，例如，也可以跟有夫之婦搞婚外情。」

「這就是妳希望的情形？」

「不是，這就是一定會發生的情形。」

「那她呢？」

「她的情況比較難以預料。可能很快又遇上別的男人，然後跟他在一起，她又會覺得得到太少或是一無所有；也可能走上她自己說的那條路，自殺，一旦發現他真的不再回來；也可能繼續等待，然後回憶。無論如何，她豁出去了，身不由己，事情永遠沒辦法如她所願。」

「一般都說，口口聲聲嚷著要自殺的人不會自殺。」

「瞎扯呀！什麼樣的人都有。」

我把她手上的遙控器拿下來。我把整晚握在手上的書放到床頭櫃上，沒讀半行字。那是納博科夫的《普寧》[55]。我還沒看完，我很喜歡這部小說。

「那我父親呢？我的姨媽呢？根據小古斯塔多的說詞，她自殺了。」

「如果你想知道你父親是不是跟他這樣說，你要問他？你不希望我去問，是吧？」

我遲疑了一下，沒有馬上回答。

「不要。」我又想了想，然後我說：「我認為不要。我得再好好三思一下。」

我調高電視的音量，還在播放傑利．路易斯的喜劇集錦。路易莎關掉她那邊的頭燈，轉個身好像準備睡覺的樣子。

「我馬上關燈。」

「電燈不礙事。拜託你把電視的聲音關掉。」

傑利．路易斯現正在一個電影院的半圓形階梯上，開始表演前，手裡拿著一包爆米花，他一拍手鼓掌，整包爆米花掉在前排一位白髮皤皤、十分體面的女士頭上。「喔！這位女士。」他說。「爆米花掉在您的頭髮上，讓我來幫您清掉。」就十五秒鐘的時間，他把這位女士梳理整齊的髮型毀得亂七八糟。「喔！您不要動！馬上就好。」他一邊說，一邊翻攪一邊撫摸她的頭髮，變成一頭像浪蕩女的爆炸頭。「這頭髮真難搞啊！」他責怪頭髮。我開口縱聲大笑，那個短暫的畫面我小時候倒是沒看過，我很確定，這是第一次看到聽到的場景。

依照路易莎的要求我把電視調靜音。我沒有睡意，可是當兩個人一起睡覺時，對時間的要求必須有一個最基本的協議，決定何時就寢，何時起床，何時吃午晚餐；早餐是另一回事，我想到我沒買牛奶，路易莎早上起來一定惱火，雖然她的脾氣好，我還是決定由我負責。

「我忘了買牛奶。」我跟她說。

「嗯！我找個時間去買就可以了。」她回答。

我關掉電視，房間黑壓壓一片。我床頭櫃的燈沒有開，因為我最後沒有讀小說。頃刻之間我什麼都看不到，過了一會兒，眼睛已經有點適應了，但是我從沒真正適應過黑暗。路易莎喜歡把百葉窗放下來，我則不喜歡。我轉了個身背對著她，我們沒有互道晚安，但是也許沒有必要常常這樣做，意思是說，在未來漫長的歲月中，不需要每個晚上都互道晚安。但是，那個晚上，可能有需要。

「晚安。」我跟她說。

「晚安。」她回答。

我們互道晚安時，彼此都沒有稱呼對方的名字，連任何一個平常暱稱的小名或外號都沒有說。情侶之間一定會有暱稱的綽號，有時好幾個，但至少會有一個，讓自己認為是跟不同的人在一起，不要老是一成不變的單調。真正的名字是拿來吵架辱罵對方用的，或是生對方的氣時，或是要告知什麼壞消息時，例如，有人想分手。我的父親至少有三個女人用小名暱稱他，他聽起來都覺得大同小異，重複的名字，他有可能會搞混，也有可能不會；跟不同的女人他就不一樣，如果他要說什麼壞消息的時候，他會叫華娜或德蕾莎，還有一個我不知道的名字，但是他不會忘記。他跟我母親共度幾年較長的時間，跟我的姨媽德蕾莎幾乎沒有什麼時間，短到幾乎跟我和路易莎剛結完婚這段時間一樣；他們沒有未來的歲歲年年，連幾個月都沒有，小古斯塔多說她自殺身亡。那個第三位的妻子，算來是第一位，他們的婚姻又維持多久呢？他們道別或是彼此轉身背向對方時怎麼稱呼對方？或是只有她背對著他，或是他背對著她時，各自擁抱那位共享雙人枕頭的對方（共用一個枕頭只是個說法，因為都是兩個枕頭），那時，他們又怎麼暱稱對方呢？

「如果有一天妳想殺我，我不會想知道。」我摸黑跟路易莎說。

也許聽起來有點嚴肅，她立刻轉身過來，我隨即注意到之前她離開我的撫摸的觸感回來了。她那個熟悉的胸脯貼靠著我的背，瞬間我覺得自己被保護著。我也隨即轉身過來，我看到她的手放在我的太陽穴上，輕柔地撫摸，又像是責備，我也察覺到她在我的鼻子、眼睛和嘴唇上的吻，在下巴，前額和臉頰親吻（就是整張臉）。我的臉讓她親吻，因為這張臉允許被吻，那一刻，在講完那句話後，面對著她，我覺得是我應該保護她，應該給她倚靠。

52 Jerry Lewis，1926-2017，為美國喜劇演員，也是電影製片人，編劇和導演。他以喜劇電影，電視，舞臺劇和廣播聞名。一九四六年與迪恩．馬丁（Dean Martin，1917-1995）搭檔，形成馬丁和路易斯喜劇團隊。

53 George Raft，1895-1980，美國電影演員和舞者。一九三〇至一九四〇經常演出犯罪電影的幫派分子。

54《疤面》（*Scarface*）或譯《疤面人》或《傷面人》，是一九三二年從同名小說鬆散改編的黑幫電影。一九八三年重拍，譯為《疤面煞星》，由艾爾．帕西諾主演。

55《普寧》（*Pnin*），納博科夫以英語撰寫的小說，最初刊載於《紐約客》，一九五七年出版。小說描寫一位俄國流亡教授普寧在美國大學教書的經歷，頗有個人傳記的影子。

就像我之前說過的，蜜月旅行回來後，夏天也過了；沒過多久，因為國際組織的口筆譯工作（現在泰半是口譯）我得常常離家出遠門。我跟路易莎的共識是，短時間內她減少工時，先忙著布置我們共同的家（裝模作樣也行），一直到我們兩個人有最多時間可以在同一個地方工作又可以同時休息，或是，甚至我們可以換工作。九月中的秋涼時節，剛好是聯合國大會開會的時間，持續三個月左右，我必須去，以往我還沒認識路易莎的時候也是這樣，由於我是編制外季節性約聘的口譯人員（開會期間需要多幾個人員支應），八個星期的口譯工作後回到馬德里，我哪兒都不去也不翻譯，至少休息八個星期。

一個人沒有辦法在這些城市盡情享樂，即使在紐約也沒有辦法，因為工作的方式並不妥適：一個星期五個工作天，鎮日埋首忙個不停，剩下兩天很不真實（只是個暫停的休止符），筋疲力竭到只能利用這兩天趕緊養精蓄銳，以應付下一週的工作；也許散個步，遠遠地看一群吸毒的人和未來的罪犯，到店裡買點東西（碰巧幾乎每個週日都有開），一整天讀大版面的《紐約時報》，喝活力飲料或綜合果汁，看看有九十個頻道可選擇的電視（不難在某些臺的節目看到傑利．路易斯）。你會很想讓耳朵和舌頭休息，但是不可能，到頭來還是會一直聽一直講話，哪怕只是獨自一人。當然這不是我的情況。大部分所謂編制外的約聘人員，工作期間都會租一間簡陋的公寓，通常都比旅館便宜，有附帶家具，廚房配備齊全的公寓，但是每個人都懷疑是否會親自下廚，或者是否能夠忍受飯前飯後都會聞到的油煙味；比較常見的情況是午餐、晚餐都外食，但是這樣也是很累人，而且所費不貲；這個城市的物價跟所謂標示的價格都不一樣，在餐廳消費一定要再另外加百分之十五的小費，還有林林總總額外追加百分之八的紐約城市稅（過於浮濫了，波士頓只要百分之五）。在紐約，我很幸運有一個殷勤熱心的西班牙同鄉友人，在八個星期替聯合國大會工作期間，她讓我借住她家。她長住紐約，是聯合國固定的口譯人員，已經住在那兒十二年了。她的家很舒適，一點也不簡陋，有時候可以自己下廚做飯，而且廚房的味道不會瀰漫客廳或房間（在簡陋的公寓裡頭，大家都知道，整棟就是一間的意思）。我認識她的時間比她離開西班牙的時間還要長。我是大學時候認識她，我們都還是學生，但是她高我四屆，也就是說她現在是三十九歲，當時我剛結婚待在她那裡時比現在少一歲，我現在正在說或準備要說的事情是指那個時候。想起我們還是學生時代，是啊！就在馬德里，大約十五年前，我們兩個曾經間隔地上過兩次床，或者三次，也有可能四次（不會更多了）。我們兩個一定都不記得有幾次，但是我們都知道那件事，知道那件事比知道做了什麼事更了然於心。我們信任對方，細心謹慎處理那件事；我要說的是，我們坦誠相對，什麼都說出來，我們說一些安慰彼此的話，或是相互消遣、打氣的話，我們意識到我們任何一方都那麼需要那些交心的話語。我們不在一起的時候，也會想念對方（隱隱的思念）。她就是那幾個人其中一個（每個人的生命中總會有四、五個知心好友，一旦失去這些朋友時會讓人感到特別心痛），每次只要發生什麼事，都會讓人想告訴這些朋友；也就是說，當一個人無論發生什麼有趣的事，或是聳動的事時，都會想到這些人，他們可以讓這個訴說的人一直傾吐，累積他的作為和軼事。因此，要是有什麼挫折或不如意的事，也就可以坦然接受，因為他可以吐苦水把這些事細說給那五個人聽。「這件事我一定要告訴貝兒妲。」他會這麼想（我經常這麼想）。

貝兒妲在六年前發生一場車禍，毀了一條腿，有好幾處開放性骨折，而且感染併發骨髓炎，她深受其苦，本來考慮截肢，所幸最後保住了，但是不得不切掉部分的股骨，因此一隻腿稍短。從此她走路有點跛腳。不至於不能穿高跟鞋（她穿起高跟鞋時還是很優雅），但是一隻鞋的鞋跟要比另一隻長且寬大，所以都要特別訂製。不知道她腳傷的人不會特別注意到這雙高跟鞋兩隻不一樣，但是看得出來她走路有點跛，尤其每當她十分疲倦時，或是在家裡，她不必特別用力要留意走路的姿勢和優雅：回到家裡，門一關，把鑰匙放進皮包後，人就癱倒了，她就不再矜持掩飾，跛腳就更明顯了。她的臉上也留有一個輕微的疤痕，看起來不嚴重，因此她不想用醫美外科手術除疤，有時像是弦月的形狀掛在右邊臉頰上，她要是睡得不好，或是感到厭煩或疲倦時，那個地方顏色會變深，就看得更清楚。乍看之下，我以為是髒污的斑點，把她的臉弄髒，我就提醒她。「是傷疤啦！」她告訴我。那個疤痕是藍色，有點偏向深紫色。

年輕時她結過一次婚，這也是她去美國的部分原因，然後留在那邊找工作。結婚三年後就離婚了，過了兩年又再婚，婚後一年也不保，又離婚了。打從那時起，好像沒有什麼事在她身上可以維持長久。六年前那場車禍以後，她沒來由地覺得自己衰老了，不相信自己還有機會去吸引任何人（她的意思是，可以維持長久的）。她是個漂亮的女人，但是五官看來從來就不是年輕女孩的樣貌，因此從大學到現在，幾乎看不出她有什麼改變，少了這些變化，她老來的面容應該會很好看。通常就是這些變化，改變了從前種種，改變了我們過去的容貌，讓我們變得讓人認不出來，甚至是因為我們從來沒有正確仔細地端詳過我們自己的臉。儘管在我看來，她那個不再吸引任何人的感覺實在無厘頭，事實上她的確有這種想法，這個揪在心頭的思緒一直沒有袪除，讓她近幾年來跟男人的關係的確走樣變形。這個執拗不自覺的念頭也讓這層關係變得更困擾，雖然還不至於麻木不仁，但是看來也離不遠了。這幾年來，每次我因為口譯工作停留在紐約，看到許多人進進出出她的住家（大部分是美國人，有一些西班牙人，還有阿根廷人；泰半都是陪伴她回家，有些打電話約出去外面，倒很少人來家裡接她，有些人甚至還有鑰匙）。他們連想認識我的興趣都沒有，可以想見也不會對她有興趣（我的意思是，長期的興趣。對於一個有可能跟我們長時間在一起的人，通常我們都會想要認識他的朋友，甚至也讓他的朋友喜歡我們）。那些來回穿梭她的住處的人都令她沮喪，都拋棄她，最常的情況是一夜激情之後就消失得無影無蹤。這些跟她往來的每一個人她都曾懷有幻想，不曾放棄在每個人身上規劃未來，包括無數次的一夜情中，每次她都承諾將是最後一夜，而她也履行做到了。她越來越難留住任何人，每一次都要更全力以赴賣力求全（我之前說了，還沒到麻木不仁的地步，也還不至於寡廉鮮恥）。

婚後我到紐約，從九月中旬到十一月中旬兩個月時間，就看到她大約從兩年前開始透過婚友社的安排，試著跟合適的對象約會；而且從一年前開始，她也寫信到報章雜誌的徵友欄（英文用personals，人事消息欄）。她錄製一段影片交給婚友社，也繳交了預付款，婚友社便將影片寄給那些對像她這樣的人感興趣者。這種表達方式很荒謬，但是大家都這樣用，貝兒妲自己也這樣用：「對像我這樣的人感興趣者」。這就是說，貝兒妲將自己說成近似某些類型的人，但這某些類型並不存在，她沒有去塑造自己的形象模式。那個錄影帶裡，她坐在沙發上講話（她留了原版母帶放給我看。婚友社的是他們另外拷貝再寄送），她打扮得很漂亮，看起來穩重端莊，好像比較年輕，對著鏡頭講英文，最後套用幾句常用的西班牙文來吸引一些可能形單影隻的西班牙人、在美國居留的、或是過客、或是一些喜歡異國情調的人士、或是在美國通稱為西語人的拉丁美洲族群。她講到她的興趣喜好、嗜好、她的想法（沒有太多想法），她沒有談論她的工作，而是講到那樁車禍，提到自己有點輕微跛腳，連帶露出一個笑容，這笑容好像是自我解嘲的辯白。承認自己身體的缺陷是必要的，以免落人口舌說是有意欺騙；之後，就看到她居家的情況，替花草盆栽澆水，看書（是米蘭・昆德拉，這是敗筆），還有背景音樂（是大提琴演奏巴赫的音樂，這是老套）；圍著圍裙在廚房、點著燈在書桌前寫信。所有的影片都很短，大約三到五分鐘，都是恬靜溫和的畫面。她也收到別人預支微薄預付款給婚友社寄來的錄影帶（我用複數講「所有的影片」是這個原因），那些可能看過或沒看過她的錄影帶，但是想認識她的男士，或是向還不認識他們的女士自我介紹。她每個星期大概會收到一、兩支錄影帶，我在的時候，我們會一起看，一起發笑，我給她一些建議，雖然我覺得我沒能給她什麼嚴謹的建議，我只覺得那像是一場遊戲，我很難相信她可以跟錄影帶裡任何一個人共築夢想。我想這些人大都是不正常、離經叛道的人，不太能夠信任的人，因此才會去搞這種暴露自己的花樣。我這樣想的時候，忘了貝兒妲也玩這個花樣，她是我的朋友，而且值得信任。婚友社算相當嚴謹，至少看起來有模有樣，一切都嚴密管控，一直到首次亮相，沒有什麼粗俗不雅的畫面，如果有必要他們也會審查刪剪，一切都很平和。至於書信往來的徵友欄就五花八門，這個沒有任何管控，沒有中介過濾，立刻就赤裸裸進入肉體的告白，通訊人立即暗示性地說要索取錄影帶，接著就充滿猥褻，肆無忌憚地寫一些厚顏無恥的字眼，開令人作嘔的玩笑，貝兒妲卻覺得沒什麼；沒有人會嫌惡他自己也參與其中的事，對已經習慣成自然的事也不會噁心。過了沒多久，她就對婚友社寄來的東西不感興趣了，雖然還是繼續索取錄影帶，讓自己感覺還活在一個平靜祥和的世界裡；但是，她更感興趣的竟是跟一些奇奇怪怪的人通信，互相交換錄影帶，有些出現臉和身體的畫面，但是沒有名字，或是使用縮寫的開頭字母或是綽號，我記得她跟我提過的一些，像是「金牛」、「強力馬達」、「偷心者」、「畢業生」、「武器」、「饒舌歌手」、「威武戰士」、「抹香鯨」、或是「高卓牛仔[56]」，形形色色，這些都是他們的別名。面對鏡頭個個玩世不恭，隨意哈笑，看來就是家庭錄影帶，自導自演自拍，他們獨自在家，自言自語，或是對著不認識的人說話，對著行將認識的人說話，或是對著漠視他們的世界說話。有些人斜倚在床上，靠著枕頭，穿著內褲，或是緊身的小尺寸游泳褲，把胃遮住，胸部塗抹精油，儼然運動選手一樣，但是他們不是。那些最大膽的男人（年紀越大越放肆）全裸演出，陽具勃起，講話的神情一副無所謂的樣子，殊不知更多時候那話兒都是不起眼也不舉的。貝兒妲看了他們那副德性琅琅大笑，我也笑了，但是索然無味，又覺得不安，因為我知道貝兒妲笑完之後，一定會回應其中某個人，然後也寄去她的錄影帶，然後跟他約會，甚至帶他回到公寓住處。這些情況下，回家把門一關，把鑰匙放進皮包，她可會挺直腳步，即使已經在家裡了，她還是不會鬆懈，會盡力掩飾她的跛腳，最少會一直堅持到她的寢室，在床上當然就不需要走路了。

那一年我結婚，就在我抵達紐約兩星期後，貝兒妲（那是第二個週末，已經開始累積工作的疲憊了）給我看一封信。她租了一個郵政信箱以便收她徵友欄的信件，只要我在她那兒，她通常會把全部的信交給我唸出來，兩人一起同樂分享趣事（之後，是傷心事，就比較難分享），那一次她想知道我對那封信的看法是否跟她一樣。

「看一下，你覺得這個怎樣？」她把信遞到我手上時跟我說。

那封信是用打字機打的英文信件，沒提什麼大不了的事，語氣有點隨興，但有教養，甚至對那類型的信件來說有點克制。那個人在一本月刊雜誌上看到貝兒妲在徵友欄的廣告，表示有興趣進一步接觸看看。信裡提到他會在紐約待一、兩個月（這樣一來，她注意到會是個誘因，但是也可能很快讓人轉移注意力），然後又說其實他經常往來曼哈頓，一年有好幾次（前景可期，而且很方便——她說——但他也保證不會讓人覺得負擔，弄得喘不過氣來）。看來他好像不習慣寫這類的信，忘記正常的情況是要用一個筆名或綽號，或是名字縮寫的開頭字母，他還致歉說只簽「尼克」（Nick，是親筆簽名），然後辯稱說，因為他在一個顯而易見的地方，或者說是高度曝光的場所工作（as I work in a very visible arena，這是他確切的寫法），至少暫時必須要很謹慎，或者有所保留，甚至保密的程度。他這樣說：「有所保留，甚至保密。」

讀完信後我告訴貝兒妲，她正等著聽我的意見：

「這封信是一個西班牙人寫的。」

他的英文算相當正確，但是有一些意思不確定的字，一個明顯的錯誤，有些用語已經不太像英語，太像是從西班牙文逐字翻譯過來：貝兒妲、我和路易莎，我們已經習於察覺我們的同胞講英文或寫英文時會犯哪些明顯的錯誤。如果那個男人是西班牙人，跟貝兒妲用英文寫信，那也太奇怪，甚至荒謬了。她每個月付錢給雜誌刊登的廣告，開門見山介紹自己的出身：「來自西班牙的年輕女子」，一開頭她是這樣寫的；雖然到了約會見面的時候，有點難為情，原本把自己介紹的依然「年輕」的姿態，結果準備出門時都自慚形穢，滿臉皺紋盡現，使用抗老除皺的膠原蛋白之後還是原形畢露，甚至連還不該出現的皺紋都顯而易見。「尼克」的信最讓她感到好奇的是「高度曝光的場所」。其實一開始從她跟陌生人交往或往來的先期準備時，我從來沒有看過她在第一次接觸後就這麼興奮。「一個高度曝光的場所！」她大聲叫喊重複念誦，還一邊笑，一半是因為那個句子有點自負又滑稽，一半是因為她還抱著希望的熱情。「他是做什麼的呢？高度曝光的場所，這個聽來像電影院或是電視臺。是節目主持人嗎？有一些我很喜歡，當然，如果是西班牙人的話，我就不知道了，我不認識他們，但是或許你認識。」她忖度了一下，一會兒之後又說：「也許是個運動員，或是政治人物，雖然我覺得政界人士不敢冒險來玩這檔事；當然在西班牙的話，不乏厚臉皮的人。說自己在一個高度曝光的場所工作就是在說他是個名人。所以一開始就想要佯裝當美國人。究竟會是誰呢？」

「講高度曝光的場所有可能是故弄玄虛，用個圈套擺個架勢來引起人的興趣。妳看，他就成功釣到妳了。」

「有可能，不過不管怎麼說，他這個表達方式很有趣。高度曝光的場所，很美式的用法，如果是個西班牙人的話，從哪兒找出這個詞兒？」

「從電視啊！從電視什麼都可以學到。也有可能根本沒什麼名氣，但是他自我感覺良好，覺得自己是名人。也許是證券交易所經紀人，或是醫生，或是一位企業家，他孤芳自賞，苦於沒有人認識他這號人物，就選擇自曝，尤其在美國這種地方。」

我對她的種種尋思發現和冀望連聲說好，至少是我可以做的。是的，我起碼可以做的事是傾聽她訴說，關心她的世界，鼓勵她，看重她所看重的事情，展現出我樂觀其成的態度，我覺得這是友誼最首要的功能。

「也許是一位歌手。」她說。

「也許是一位作家。」我說。

貝兒妲回信到「尼克」指定的郵政信箱。英文的郵政信箱是這樣寫「P.O.Box」，每個人都使用郵政信箱，全國上下有上百萬個分布各地。我在紐約的時候，貝兒妲總是給我過目她收到的信件、交換的錄影帶，但是她寫出去的信就不是這麼回事了。她自個兒回信不留底稿，也不會給我看，我懂這種心理。一個人可以接受旁人針對自己沒被看見的行為提出批判，即使是主觀或偏頗的意見，因為這些行為不為人知，看法說過以後也就消失，但是卻無法忍受自己白紙黑字寫下來的文字，被人指指點點，因為看得到而且會留存（即使旁人當下的評論只是第一印象無心且善意的直白，甚至沒有說出來，他都無法接受[57]）。

幾天後，她收到對方來信，回覆她前一封去函。同樣地，收到的信件她都給我看。寫出來的那個英文，還是一樣自持卻又帶點疑慮的筆觸。貝兒妲也是用英文回他，她告訴我，這樣是為了不要傷害他對自己語言能力的自信，也不要讓他覺得沮喪；但這次他的信比較簡短和放縱，好像是我的朋友引導到這個方向似的，又或許不是，也許進入第二階段，第一類接觸必要講究的基本禮貌就會消失。現在他的簽名不用「尼克」了，改用「傑克」（Jack），他說這個星期他偏愛這個名字，簽名也是親筆手寫。「c」和「k」在兩個名字裡都一樣。他跟貝兒妲索取錄影帶，說要認識她，看她的長相，聽她的聲音，還致歉說他還沒能寄來他自己的（之後一定是貝兒妲自己要主動跟他索取），因為忙著張羅在紐約兩個月的生活，還沒有時間去買攝影機，或是還不了解什麼樣的設備可以錄來寄給她，說下一次一定寄來。這一次沒再提他那個高度曝光的場所，也沒有提他自己，只稍微提到貝兒妲，說他花了一點時間想像兩人私下獨處時的情況（寫三行字）。他用詞還是有點咬文嚼字，但不粗鄙，引用一些很私密的歌詞：「我情不自禁褪去妳的衣衫，撫摸妳柔嫩的肌膚」，大致是這樣。只有在信末，剛好在簽名「傑克」前面，好像已經無法克制自己，用了一個淫邪粗暴的道別語：「我想操妳！」他寫英文。但是我感覺那句話好冷酷，好像是嚴厲的提醒意味，要貝兒妲知道這個並非沒有在兩人的規劃裡面。或許是他想要去除之前過於咬文嚼字的歌詞和暗示，或是測試貝兒妲可以忍受用字的程度（辭彙的容忍度）。貝兒妲有足夠的耐力和幽默應付這個：她仍然笑個不停，兩眼發亮，腳好像沒那麼跛了，頓時，這奉承讓她感覺被捧上了天，忘記那個想要她或想要操她的男人還只不過是幾個開頭縮寫字母而已，只是某人的承諾，「BSA」，這個不是用她跟他兩人共同的語言寫出來的文字，一旦他看到她本人，或是看到她的錄影帶，原來她還有不為人知的，有可能欲望全無甚至連操也不想操她了，以前也曾有這樣的例子。或者，一旦辦完事滿足欲望——如果真的滿足——就棄她而去，避之猶恐不及，如同過去多年來幾乎每次的下場都是如此，她不知道或不想知道為何會這樣。

其實，對這一切她完全了然於心（事後隨即意會），但是她還是回信給「傑克」，就像之前回給「尼克」一樣，附上她提供給婚友社的錄影帶拷貝一份，然後等待。那些等待的日子，她變得緊張兮兮，但是也興致高昂，對我殷勤又溫柔，就像所有懷抱期待的女人都會有的樣子，雖然她平常對我就是這麼好。有一天下午，我比貝兒姐早收工回家，我從信箱幫她拿信進來，從未有過像這次一樣，她的情緒洩漏無遺。一進門，把鑰匙放進皮包（還沒立即放鬆變成居家走路的姿勢，她太專心而一時遺忘），她走到我面前沒先打招呼，劈頭就問：

「你拿了信箱的信了，還是根本沒有信？」

「我拿進來了。妳的信在那張小桌子上。我收到路易莎的來信。」

她快速奔向小桌子，先看了信封一眼（一、二、三）。她先脫掉風衣，走到浴室去梳洗，又到冰箱看看，換上一雙船型便鞋，卻讓她走路更難平衡，之後才打開信來看。那天晚上我們都沒有出門，我在家看《家庭大對抗》[58]電視遊戲節目，她讀小說（幸好不是米蘭．昆德拉），她跟我說：

「我真笨耶！我心亂目眩啊！我竟然忘了這事。之前我以為信箱會有那個『高度曝光的場所』的來信。他要是寫信給我，就會寄到郵政信箱，不是寄到家裡來，他不知道我的地址，也不知道我的名字，我真是被搞得糊裡糊塗的。」她停頓了一下，立刻又補充說：「你覺得他會再回信給我嗎？」

「一定會的。看過妳的錄影帶之後，怎麼可能不給妳回信呢？」我回答她。

她沉默不語，跟著我玩一下《家庭大對抗》的問答遊戲。然後開口說：

「每次我在等待一個回音的時候，那種等不到又怕真的到來的心情真是讓人心慌意亂，之後一切就是災難一場。但是還沒發生之前，我純真的想法還懷抱無限的希望。我覺得自己像是個十五歲清純的少女，對一切都不懷疑，很奇怪。我忍不住去幻想美夢。後來那些跟我交往的傢伙，大部分都難登大雅之堂，都令人討厭；有時候我出門約會，或跟他們吃頓晚餐，或是欲罷不能，都是來自先前的殷殷期盼和通信的結果，如果不是這樣，我連跨過大街陪他們散步的念頭都沒有。我猜他們對我的感覺也是這樣。」她停頓了一下，也許想先回答一下《家庭大對抗》的問題，然後接著講：「所以，最完美的狀態是等待，還有未知。最糟糕的是，如果我知道那個等待遙遙無期，那我也沒興趣了。你看，現在突然冒出個傢伙，不管是什麼原因讓我覺得特別風趣，但是對他一無所知，就是這個尼克還是傑克，他為什麼突然想要改名字，這不太尋常。在我還沒正式認識他之前，尤其是還沒看到他的錄影帶，如果他會寄來的話，或是還沒看到照片之前，我都覺得很幸福。長久以來，等待的日子就變成我最快樂、心情最好的時候。之後，一堆傢伙就會寄來那些荒謬的錄影帶，肆無忌憚地吹噓，錄影帶真是個禍害，但是即使如此，很多時候我還是會跟他們約會，認為在本人親自約會之前的一切都不算數。這有點矯情，人們面對面的時候，表現出來的模樣完全不一樣，好像逮到一個新機會，就像我好像也得到另一次機會一樣，大家可以迅速移除掉第一次的自己。實在奇妙得很，錄影帶錄製的內容通常都不是真實的狀況，但是不會騙人。你看，看錄影帶，就像看電視，都不會受到處罰或法律制裁。我們跟人面對面時，從來也沒有這麼認真仔細、這麼大膽地看一個人，任何情況下，我們知道別人也正在看我們；或是，我們如果偷偷地瞧對方一眼的話，也會被發現。但是，錄影帶真是天殺該死的發明，它讓事情發生時短暫的瞬時性消失了，毀掉了欺騙的可能性，也毀滅了事發之後，想要用不同的方式來訴說原委的可能。錄影帶也銷毀了記憶，記憶是不完美的，可以被操縱的，是選擇性的，而且可以改變的。現在，一個人可以根據他的喜好去回憶已經被錄製好的東西，一個人要如何回憶他知道可以反覆一看再看的東西呢？甚至，要用多慢的慢動作產生都可以。一個人要如何去改變記憶呢？」貝兒姐有點疲憊地說著，她把跛腳的腿盤坐在扶手椅上，手上拿著書，好像還不想收起來，也不想停止跟我玩的對抗遊戲。她邊說話，又好像想要離題一下，似乎刻意不想一下子講太多。「還好只是錄製人生的某些片段而已，但是你看，那些片段都不會欺騙人；當然，端看那個人用什麼眼光去看，倒不是因為錄製的東西有多真實。每當我在看這些人的錄影帶時，我的靈魂簡直跌到谷底，雖然我也是看得哈哈笑，還會跟某些人約會。更慘的是，我的靈魂會跌到谷底更深處，尤其我看他們赴約時，一副矯揉做作精心打扮的樣子實在恐怖，口袋裡還裝了保險套。從來沒有人會忘記帶保險套，每個人都想到：『嗯！以防萬一』。如果有人沒想到這事，第一個晚上就完蛋了，但也許我會愛上他。現在我很著迷這個尼克，還是傑克，一個古怪的西班牙人佯裝成美國人，應該是個風趣的傢伙，還有他那個高度曝光的場所，誰這麼天才想到這個花樣啊！這幾天我生活得比較正常甚至開心，因為我在等他的回信，還有等他寄錄影帶給我，當然啦，也因為你在這兒陪我。結果會怎樣呢？他的錄影帶一定很噁心，不過我會反覆多看幾次，直到我適應他，直到我覺得不算太糟糕，連他的缺點都吸引我為止；這就是不斷重複唯一的好處，讓一切扭曲失真，再讓一切變得熟悉，只要從電視螢幕上多看幾次，生命中不能接受的事物最後都變得吸引人。但是我清楚得很，那張嘴臉心裡唯一打的主意就是一夜操我後就結束，就像他已經事先聲明了；然後，就會消失的無影無蹤，不管我是不是很喜歡他，不管我是不是希望他消失。唉！我想見他又不想見他，我想認識他，又希望他依然是一個陌生人，我希望他回應又希望他的回信不會到我手裡。可是要是沒有來信，我又會很失望，我會很沮喪，我會想，等他見了我不會喜歡我，而這種事又會讓人很難堪。我永遠不知道我要什麼。」

貝兒妲不自覺地用打開的書本掩住她的臉：書的扉頁碰到臉後，書從她的手上滑落，但是手還摀著，她原本就是要用雙手去遮臉。她沒有哭，只是稍微掩飾一下，很短暫的時間。我沒繼續看《家庭大對抗》，我站起來靠近她。我把掉落地上的書撿起來，用手拍拍她的肩膀。她抓著我的手，緊握撫摸了一下（只有一下下），然後慢慢地把我的手挪開，彷彿是委婉地拒絕我。

「尼克」或是「傑克」的錄影帶沒有露出臉，這第三次通訊往來，他說他想叫「比爾」（Bill），「這個名字可能是我最後確定使用的名字，也有可能不是。」他用英文寫在一張附在錄影帶的卡片上。「比爾」的「i」就是「尼克」的「i」。本來應該在那一天寄到信箱卻沒有寄到，所以就沒有帶回家，但是兩天後貝兒妲收到了。她到離辦公室最近的郵政信箱查看，那裡有她最隱密的私人信件，或許也是不知來自何許人的信件。那天下午我進門回到公寓的時候，她身上還穿著風衣，那個時間本來應該是我會先到，她只比我早幾分鐘進門。但是如果她沒有去信箱取信，路上也沒有耽擱，或者手中拿著鑰匙要打開那個銀色信箱時，沒有突然緊張兮兮起來的話，她應該還會更早到家。她把手上的包裹（錄影帶形狀的包裝）高高舉起，還搖晃了一下，瞬間笑得開懷，她想給我看，想讓我知道。她站在那兒一動也不動，腳都不跛了。

「晚餐後我們一起看好嗎？」她很自信地問我。

「今晚我有應酬。不確定幾點回來。」

「嗯！如果我撐得住的話，等你回來一起看。如果沒辦法，我把錄影帶放在電視機上，睡前你自己看，明天我們再一起聊。」

「為什麼不現在看呢？」

「不要。我還沒準備好。我想先放個幾個鐘頭，知道我已經有了，但是暫時還不想看。我盡量等到你方便的時間。」

我差一點就想取消我的約會。貝兒妲希望跟我一起看錄影帶，看的時候她有被保護的感覺，或是賦予視覺享受的重要性，幾天前她就一直強調，嘴裡念念不忘。那是一件大事，也許莊嚴隆重，要重視朋友所看重的事情。但是我的約會有點半公務性質，一位西班牙政府高層，也是我父親的朋友剛好來紐約訪問，他的英文還可以，但是沒有把握，他拜託我是否可以陪同他和夫人一起赴宴（她比較年輕），和一對美國參議員伉儷共餐（夫人比較年輕），也陪同夫人們打發時間，好讓男人可以共商他們圖謀不軌的生意，萬一有需要的話，順道幫忙翻譯英文。兩位夫人不只是比較年輕，也頗輕浮瘋狂，晚餐後，竟然執意要去跳舞，結果也順利如願。她們跟我跳，也跟其他舞伴，跳了好幾個小時（從來沒有跟他們的丈夫跳，他們專注在那些見不得人的勾當），而且貼人貼得好緊，尤其是那位西班牙女士，她的胸部緊貼著我的胸部，我感覺那對乳房是矽膠做的，像潮濕的木材，我不敢用我的手去測試。那兩對夫婦有錢有勢，他們做生意，塞矽膠，談古巴熟門熟路，他們去那種跳三貼舞的地方。

我回到家已過了午夜兩點，所幸隔天是星期六（嗯！現在已經星期六了。不過，因為我是週五晚上去參加晚宴和續攤）。燈還亮著，那是貝兒妲看書用的小燈，通常她就寢時而我還沒回來，或是我就寢時她還沒回來，就會留著那盞燈。我還不睏，耳邊還一直轟鳴作響，迴盪著和那兩個輕浮的女士跳舞的音樂聲，還有男人們正在策劃的新古巴[59]交易（我幫那位西班牙高官翻譯好多次英文）。我看了一下錶知道此刻的時間，我記起了貝兒妲之前說的「我盡量等到你方便的時間」。她沒能等到舞會狂歡結束。電視機上頭，就像她之前說的，放著錄影帶和之前我提過寫著「比爾」的那張卡片（「有可能是我最後確定使用的名字」）。影片很短，這一類的私人影片大抵如此。貝兒妲已經看完，沒有倒帶。我放進錄影機倒帶到開頭，我還穿著風衣，我直接坐在上頭，把下襬都擠皺了，永遠不可以這樣糟蹋衣服，這樣一來，連續好幾個星期都會被當成身分不明的無業遊民。我放映錄影帶開始看，身體直接坐在我的風衣上。短短三、四分鐘的影片，畫面都沒有改變，從頭到尾一模樣，鏡頭固定在一個地方，人的部分只看到身體，沒有臉；鏡頭取景剛好切掉那個男人的頭部（往上大致可以看到脖子和突尖的喉結），往下只看到腰部，挺直的身軀。那個男人穿著浴袍，一件藍白色新穿的或是剛洗過的浴袍，很像高級飯店提供給旅客使用那種浴袍；也有可能不是，因為左胸可以看到兩個不太醒目的開頭字母「ＰＨ」，也許他的名字叫佩德羅．艾南德茲（Pedro Hernández），也可以看到他的前臂，兩隻前臂交叉遮住了手。浴袍的袖子不長，像日式和服的造型，因此可以看到他壯碩多毛、可能也很修長的手臂，雙手交叉抱胸定住不動，乾燥沒有濡濕的痕跡，不像是剛淋浴或是沐浴完；他穿浴袍可能只是不想穿會被認出來，或是有特殊意義的衣服，用一個沒有名字的服飾隱身。唯一看得出來屬於他個人特色的是右手腕戴著一只大尺寸黑色的手錶（雙手都插在手臂底下），莫非是左撇子，或是單純愛標新立異。他還是講英文，但是他的腔調比他書寫的英文更暴露出他是個西班牙人。那個男人可能無法相信，他竟然在一個長住紐約、而且從事口譯工作的西班牙女人面前佯裝美國人（不過，這個他的確不知道），還侃侃而談的姿態，但是他還是做了。語言像一個面具，像一個虛假的線索，當人們講不是自己的母語時，語調會輕微地改變，這個我很清楚，即使並非講得不好，說時也不費勁（那個人的英文不差，只是有口音）。浴袍的領口剛好可以看到他胸部的三角地帶，也是毛絨絨，還有些許白色的汗毛，不多，深色的胸毛占大部分。那件浴袍和那濃密的胸毛讓我想起了史恩·康納萊那位偉大的巨星，我小時候的英雄：電影〇〇七裡他扮演情報員，而且有殺人的特權。如果我沒記錯的話，他經常披著大毛巾、居家便服或是穿著和服式的浴袍。那一瞬間，我就把史恩·康納萊的臉套在那個沒有臉的男人身上。從電視上聽一個人講話，很難叫人不去想像他的長相。影片錄製的過程中，他好像突然把頭低下，所以畫面上看到他的下巴，只有短暫幾秒鐘，像是中間沒有切割完全的裂縫，一個酒窩的陰影、一個溝槽，凹陷的地方是在骨頭而不是皮膚上，但是還是會顯透出來（我不記得史恩·康納萊是不是也有歐米伽（ω）下巴[60]）。大約有一分多鐘，那個雙手交叉身體挺立的畫面都沒有移動（但是有在呼吸），也都沒有聲音，好像那個人要準備講話之前就已經開始錄製了，或者他正在思考要講什麼話，或者想要背誦起來。其實背景可以聽到音樂聲，好像遠處有收音機或電視機開著。我正想要把帶子快轉跑過，看那個畫面是不是會有變化，是否發出什麼訊息，說時遲那時快，那個「比爾」正要開口講話。他的聲音會顫抖，他想要輕聲細語，可是卻有點尖叫聲，甚至刺耳，聽起來和一個毛髮濃密的男人的聲音不太搭調，更不用說，根本不能跟史恩・康納萊相提並論。他的喉結會振動，說話時停頓的地方有點怪，彷彿錄製前就已經先寫好簡短句子的講稿，然後照著念。有時候他還會重複說一樣的句子，很難知道這是表現風格的方式還是無意識地自然說出來，以便糾正他錯誤的發音。這個效果實在不佳。那些句子不只是簡短，而且很刺耳，他的聲音聽起來像一把切割的鋸子聲。他的聲音像哈瓦那那個穿透陽臺和牆壁的聲音，那個吉耶莫的聲音，他的名字翻譯成英文的話叫威廉（William），威廉的暱稱是比爾，不是尼克或傑克。「我收到妳的錄影帶，謝謝。」（He recibido tu video, gracias.）他自己翻譯成英文說出來，清楚易懂，只是一口西班牙語的口音，也就是我前面翻譯成西文這句話。「說實話，遠景可期。妳很吸引人。但是糟糕就在此。只是承諾。這還不夠。這還不夠。所以我也只寄給妳部分而已。不完全的我。對妳而言，讓妳看到我的臉，就如同對我而言，讓我看到妳的身體。妳的身體。妳們女人重視臉，重視眼睛。妳們都這樣說。我們男人重視有身體的臉，或是有臉的身體。就是這樣。我已經跟妳提過我在高度曝光的場所工作，（A very visible arena）」，他重複再說一次，最後一個字的發音他發成西班牙文，也難怪，這個字的詞源就是從西班牙文來的。我稍微再往後坐，風衣更皺了。「高度曝光。我不能隨隨便便就讓陌生人認識我。如果我不確定是否值得這麼做的話。我必須看到全部的妳才能確定。全部。我要看到裸裎的妳。越多細節越好。妳說妳曾因車禍受傷。妳說妳有點跛腳。有一點。可是妳沒有讓我看到所謂有一點是怎樣的一點點。我想看那隻受傷的腿。情況是如何。看妳的奶子。妳的下體。腿張得越開越好。看妳的奶子。一定很美。只有看完這些以後我們才能開始約會。就是這樣。如果妳的奶子、妳的下體和妳的腿可以說服我值得冒險的話。如果妳還有興趣繼續下去的話。也許妳已經不想這檔事了。妳會覺得我太直接，太粗暴。太殘忍。我不是殘忍。我不能浪費太多時間。我不能冒無謂的險。我喜歡妳。妳很漂亮。我句句實言。妳很漂亮，我很喜歡妳。但是單憑妳寄給我的東西，我對妳的了解還是很少，就像妳對我的了解也很少。我沒有看到太多的妳。我不是殘忍。我想看更多。寄給我這個。寄給我吧！那我就會讓妳看到我。如果值得的話。我認為一切都值得。我仍然一直想操妳。現在更想。現在更想。就是這樣。」錄影帶又持續了幾秒鐘，然後就沒有聲音了。又是同樣的畫面，那個汗毛濃密的三角地帶，雙手交叉抱胸，右手腕的黑色手錶，那個講話時會震動的喉結，現在一動也不動了，看不見的雙手，我看不到他的無名指是否戴著婚戒，就像那個吉耶莫一樣，當時我從我的陽臺看到他的戒指。之後，那個軀體站起來，從他的左邊自鏡頭消失（總是那件長浴袍），接續又幾秒鐘，我才看到一直到那個時候都被遮住的畫面：一個枕頭，一張紊亂的大床，或者一張雙人床，他坐在床尾拍這段影片。之後畫面出現已無影像的條紋，計時器也停止了。那是新的空白帶，那種大約十五分鐘或二十分鐘的長度，用來取代通信或是照片，當然信件總是提前被淘汰。關掉螢幕以後，光線也沒了，放映時螢幕的亮度遠比閱讀的小燈亮許多；我看到貝兒妲站在我背後，她的身影剛好映照在剛暗掉的電視螢幕裡，於是我轉身回頭。她赤腳穿著睡衣，一臉睡眼惺忪，比較像是失眠。在我回來以前，她看了多少次、聽了多少次錄影帶呢？而現在她從臥房走出來要再看一次，讓我陪著她看，而我現在才看完第一次。她的雙手插在睡衣的口袋裡，她赤著腳，蓬頭散髮，可能心浮氣躁，在枕頭上翻來覆去弄亂了，她看起來好美，脂粉未施。她沒有穿鞋子，要是走路一定跛腳。她杵在那兒一動也不動。跳舞的音樂聲已經從我的腦海消失了，但是談論古巴的對話依然縈繞。她的手從口袋伸出來，交叉抱胸像那個「比爾」對著她講話的畫面，但是卻不給人看他的臉；她將背靠在牆上，對我說：

「你看吧！」

我的風衣已經皺的不成形了。我站起來。

「我明白了。」我說。

56 指十七至十九世紀阿根廷、烏拉圭、巴西（格蘭大河以南）、巴拉圭、智利南部、玻利維亞南部的居民，他們的生活和此區域的畜牛業、食肉與皮革經濟文化活動密切相連，並以矯捷的馬術著稱，遂以「gaucho」（高卓）之名稱之，亦衍生出所謂的「高卓文學」。

57 這一段話反映一句拉丁諺語「*verba volant, scripta manent*」，意思是，說出的話飛走了，寫下的字留住了。

58 *Family Feud*，美國長壽的電視遊戲節目，邀請兩個家庭針對製作單位提出的問題回答，事先收集觀眾的答案做排行榜，以決定獎金多寡。

59 此處提到的「新古巴」，以及小說最後提到的新古巴，應該指一九五九年的古巴革命，以卡斯楚為主的革命軍推翻巴蒂斯塔軍事獨裁，當時西方和拉丁美洲對卡斯楚寄予厚望，包括幾位知名作家如馬奎斯、尤薩、富恩帝斯和柯達薩親臨哈瓦那，聚集在「美洲之屋」（Casa de América）表示支持。當然，卡斯楚取得政權之後，他的作為也讓不少知識分子的民主夢碎。

60 此種下巴也叫美人溝、蘋果下巴。

接下來幾天，我等著貝兒妲自己主動跟我談他，那個「尼克」、「傑克」、還是「比爾」，或是「高度曝光的場所」，或者也許是佩德羅．艾南德茲，或者也有可能是蜜莉安的吉耶莫，雖然很快地我就傾向排除那個可能性，因為我們總是不太相信自己的第一印象，尤其是跟某件事或某個人有關時，那個人或事若持續強加灌輸給我們第二、第三印象，或是更多的印象時，那個人的形象或講的話會一直停留在我們的記憶裡很長的時間，就像一支舞曲一直在我們腦海裡盤旋繚繞一樣，久久不去。但是那些日子，或是立即到來的週末（週六、週日整天），貝兒妲都沒說什麼，或是不想談論那個話題。她在家裡走動或是出門時，顯得心不在焉，沒有心情不好，但是也沒怎麼好，沒有那種等待時興奮的緊張，甚至還比平時更常關心我，問我有什麼計畫，問我的婚姻，還有剛買的新房，問我的父親和路易莎，她只看過路易莎的照片，還有跟她講過電話。我想，如果連我都經常想到「比爾」，她不可能還有心思做別的事而不去想他，他穿著浴袍講話的對象是她，在接觸她以前，他想看更多的人是她，那個男人需要那麼多的確認。那個週末我們都沒有使用錄影機，好像有什麼壞預兆，或是被什麼傳染了一樣，「比爾」的帶子還留在放映機裡面，沒有倒帶也沒有退出來，又一次，它停留在結束的地方，就像我第一次要看它的時候，還有看完時留下的狀態。

然而，星期一，我們兩人依然上午回到工作崗位，我下午下班回家後，貝兒妲剛好也回到家（皮包還開著，鑰匙在皮包裡面，風衣脫下來，還擱在沙發上），我看到她正在看錄影帶。她又再看一次，然後分次暫停，無端地這邊暫停一下，那邊暫停一下。我已經說過了，那個畫面持續三、四分鐘一成不變。那個時節白天已經變短了，很快天黑，而這一天還是憂鬱的星期一，聯合國大會的翻譯工作讓我筋疲力竭，我想她應該也是一樣，應該要分分神，放輕鬆消遣一下，不要再繼續專心聆聽。但是貝兒妲依然在聽。我沒說什麼，只跟她打聲招呼，我回去我的臥房，進到浴室洗把臉，回到客廳，她還在研究那個錄影帶，暫停一下，又讓它放映，然後又按暫停。

「你有沒有注意到有個短暫的畫面，可以看到他的下巴？」她跟我說。「就是這裡。」那個影像停格在「比爾」壓低下巴，讓它出現在畫面的地方。

「有的。那天晚上我看的時候就注意到了。」我回答。「他那下巴深陷到幾乎是切開的。」

她忍住片刻不發問（但是只有片刻）。

「光只看這個地方，你沒有辦法認出他，對吧？我的意思是，如果他突然出現在你面前，或是你在其他地方看到他的話。」

「欸！沒辦法，我哪有辦法認出他來呢？」我說。「做什麼呢？」

「連知道有可能是他都沒辦法嗎？我是說，事先知道那個人是誰，看到他時就知道一定就是他。」

我看著螢幕停格在下巴的位置。

「事先知道的話，有可能，也許有辦法確認。做什麼呢？」

貝兒妲用遙控器關掉錄影帶，那影像就消失了（影像隨著她的意願可以隨時再出現）。她發亮或生動的眼神又會回來。

「你瞧，這傢伙真是太讓我好奇了。就是個王八蛋。但是我正想要寄給他跟我索取的東西。我沒有跟任何人這樣做過，從沒有人敢跟我這樣要求，用這種方式！我從來沒有用如此不雅的影片回應這種豬頭齷齪的畫面，你應該知道。但是，第一次來做這種事可能很有趣。」貝兒妲不想費神去找藉口，所以停頓半晌，然後換個語氣，她笑著說：「這樣我的身體還可以留給後代，哪怕十分短暫，大家都會把錄影帶裡舊的影片洗掉，然後重複使用。但是我會拷貝一份，留存老來紀念。」

「妳的腿也要留給後代？是這樣嗎？」我跟她說。

「我們再看看怎麼處置這條腿，真是他媽的王八蛋！」瞬間她變了臉，一副頑強的表情，甩出那句辱罵的髒話（但是只有一瞬間）。「但是在我做出決定以前，我得先見他一面，多知道一些。看那件沒有人臉的浴袍實在很惱人。我得知道究竟是怎麼回事。」

「但是他說了，妳要是沒有寄錄影帶給他，妳見不到他；即使這樣也不保險。妳還得經過他認可是否符合。真是他媽的王八蛋！」我想我也板起臉來了，從一開始對話就板著臉了，不只是甩出那句髒話的時候。或許打從三天前那個晚上起我就這樣了。

「我不能做什麼，因為他看過我的錄影帶，會認出我的臉；但是他沒見過你，也不知道你的存在。我們知道他的郵政信箱，偶而他總要過去查看信件，我已經先查過了，大概在肯默車站那一帶，離這兒不遠。你可以過去探個究竟，監視他，等候他，趁他去拿信時瞧瞧他的長相。」

貝兒妲說「我們知道」，她把我也納入她的好奇心和興趣的行列，或者更多情況。她正把我同化成跟她同類。

「妳瘋啦？誰曉得他什麼時候會過去？他有可能好幾天都不會過去。妳想幹什麼？要我整天待在郵局嗎？」

貝兒妲的眼神透出被激怒的慍色。她不常這樣。她執意就是要這麼做，不接受不同的意見，連反對都不可以。

「不是，我不是這個意思。只是要你這幾天去個一、兩次，你剛好有空的時候，或是下班時繞過去看一下，例如半個小時，碰個運氣，就這樣。至少，試著去做看看。如果一兩次後都沒什麼消息，那就算了，我們就忘了這事。但是試試看也沒有那麼嚴重啊！他這幾天正在等我的回覆，我還不想寄錄影帶給他，有可能他每天會去查看。如果他因為工作的關係來紐約，上班時間應該是九點到五點，很有可能五點下班以後去查看郵政信箱，我平常就是這樣。也許運氣好的話。」——她又使用複數人稱，她說「我們就忘了這事」。我看她應該是反省多過生氣，因為她已經心平氣和，陪著笑臉說：「拜託啦！」那個弦月的疤痕變得更深色了，我差一點想要去擦拭她的臉頰。

我去了肯默車站的郵局三次。第一次是隔天下午下班後，兩天後又去了第二次，就是當週的星期四，也是在疲憊不堪的翻譯工作後過去。這兩次，我不只是依照貝兒妲的說法待個半小時，而是幾乎待上一整個小時。我的戒慎恐懼讓我變成了受害人，這種苦等總是折騰那些徒勞等候的人，猶恐我們前腳才一走，那個遲遲不來的人突然後腳就到，就好像發生在哈瓦那那個黑白混血女郎蜜莉安身上的事；那個酷熱的午後，她快速拖曳她的高跟鞋，穿過廣場大道到另一邊，那個吉耶莫沒有出現，而她在那兒徘徊不願離去。這裡的吉耶莫星期二和星期四也都沒有出現，就是那個「比爾」，還是「傑克」，或是「尼克」，或是佩德羅．艾南德茲。幸好在紐約隨時隨地不乏行徑可疑的人、或是罪犯滿街跑的情形，沒有人會注意一個穿著風衣、拿著報紙和書本的人站在郵局分局。那裡熙來攘往的人群，有的去交付或收取包裹，有時候還會有人匆忙地進來，手中拿著鑰匙打開那個銀色的信箱，一手伸進去一掃而空，搜刮出一堆戰利品的信件，有時手上空空。但是沒有人急忙地走向那個五二四號的信箱，那個我一開始就找到的位置。

「再一次就好。」週五晚間貝兒姐央求我，剛好是她收到錄影帶一星期之後；七天來讓我們消沉失望的，也是讓我們漂浮寄望的，有時候就是這樣。「明天早上，就是週末，也許他平常很忙，只有週末有空可以去拿信。」

「也有可能他閒得很，每天都去查看，只是剛好都是我不在那裡的時間。這樣做沒意義，我每次去也都待上一小時。」

「我知道，謝謝你，你難道不知道我多麼感激你！但是，再一次就好，拜託！就試試看週末有沒有可能。如果沒有，我們就作罷。」

「就算他出現又怎樣呢？妳怎麼會清楚我看到的他呢？我跟妳描述嗎？我可不是作家。我怎麼知道妳會不會喜歡？而且，我也可以跟妳撒謊，如果他很醜，我跟妳說他很帥；或是他很帥我跟妳說他很醜，對妳有什麼差別呢？我跟妳說了他的模樣，妳也不會因為這樣就寄給他、或不寄給他跟妳要的東西。如果我跟妳說他像個怪物、或是窮凶極惡的外貌，妳會怎麼做呢？結果都一樣。不管怎麼樣，我可能會跟妳說，不要寄錄影帶給他，跟他斷絕往來。」

貝兒妲沒有回應我最後這幾句話。我想她不想去了解為什麼我希望她不要再跟他糾纏，或者她心裡清楚，只是她討厭聽到這種話。

「我不知道。關於你說的這事，我還不知道要怎麼反應。但是我需要知道更多一些事情。我不能忍受這傢伙從我的家看到我的臉，而我都沒有看見他什麼，也沒有任何人看過他，我是說你，什麼『高度曝光的場所』，真是個狡猾的傢伙。只要你看過他，我就會下決定。我還不知道會是什麼決定，但是到時候一定會做決定。我去的話，他會認出我，那他一定不想再知道任何事了。」

到那個時候，我寧願花錢消災，就是什麼都不想知道。

翌日早晨，我在紐約的第五個週末（那時是十月），我帶著大版面的《紐約時報》去肯默車站，準備等候一小時，或者更久一些：等待的人，雖然心不甘情不願，最後寧願耗盡所有的可能，或許等待也會變成一種癖好。我像上次星期二和星期四一樣，選好位置，靠在一根圓柱上減輕身體的負擔，或是偶而換換腳輪流休息（把腳彎曲像馬踢蹶子）。我開始專心地讀報紙，當然不至於專注到沒去留意往來行人出沒。每個人來到他們的信箱，有的人緩慢地打開，有的急吼吼地打開；關上時，有的心滿意足，有的抑制怒火。由於是週六，往來的人相對稀少，行人踩在大理石地面的聲響聽起來比較不像驚動周遭那種難為情的心理，或者說，比較能夠具體分辨個別的腳步聲。因此，只要有人到郵政信箱來收取他們的戰利品時，我只需抬起頭來就可以看到。約莫過了四十分鐘後（我剛好在看運動版），我聽到刺耳又清楚的腳步聲，明顯與其他腳步聲不一樣，好像鞋底裝有金屬薄片，或像是女人踩高跟鞋的聲音。我揚起視線，看到一個人快步伐走近，才看一眼我立即覺得是個西班牙人，光看他的長褲就知道，西班牙的西裝褲與眾不同，剪裁特殊，不會搞混。我不知道訣竅在哪兒，但是讓我的同胞們個個一雙筆直的腿，還能提臀屁股翹（我不確定是不是剪裁的設計）。（但是這些我後來才想到）根本不需要我盯著他，他逕直接走近我的五二四郵政信箱，他從愛用國貨的褲子口袋裡掏出鑰匙。他在摸索鑰匙當兒（放打火機的口袋，腰袋，一瞬間工夫），我正猜想他有可能要開五二三或是五二五。他蓄著鬍髭，整體穿搭體面，毫無疑問是個歐洲人（但是也可能是紐約客或是新英格蘭人）。看來大約五十歲人（比實際年齡年輕，或是保養得不錯）。他身材頗高，他快速地從我身邊走過，我想看他的臉時，他已經背對著我；他邊找鑰匙，轉身往他的信箱走去。我直覺地闔上報紙（一個錯誤），我觀察他（另一個錯誤），看著他打開五二四信箱，把他的手臂伸到信箱最底層深處。他拿出幾個信封，三封或四封信，那裡面還不會有貝兒妲的信；想當然爾，他會跟更多人通信，也許都是一群好奇的女人；會寫信去徵友欄（*personals*）的人不會只有一個企圖，雖然在某個特定的時候，例如現在的貝兒妲可能只專注在一個人身上（但是「比爾」可能不是），把其他人都忘掉，忘掉所有的陌生人。他鎖上信箱，又看看手上的信件，沒有心滿意足也沒有抑制怒火（其中一封我覺得是個包裹，看那包裝的樣式和大小有可能是錄影帶）。他走了兩步又停了下來，然後又邁步向前，又是快速的步伐前進，他走過我身邊時，我們剛好眼神交會，那時我已經沒在看報紙。也許他也認出我是西班牙人，也許也是從我的西裝褲判斷。他看著我打量我，我的意思是，他專注的眼神認真思索了一下，因此，如果他再看到我的話，肯定會認出我來（就像我會認出他來一樣）。至於史恩．康納萊，除了濃密的胸毛暫時看不到（他穿著西裝外套戴領帶，一件深色的風衣摺放手臂上，那姿態好像剛從車子出來，而他不是開車的司機的裝扮），只看到他遮不住的前額禿和眉毛，彎角很高，眉尾垂墜得很低，一直延伸到太陽穴，就像史恩．康納萊一樣，一副機智敏銳的表情。我沒看他的下巴，也不知道怎麼比較，額頭倒是有明顯的皺紋痕跡，但不是老人的皺紋，他一定是一個表情豐富的人。他並不醜，相反地，他這類型的人，相當有魅力，也算是個帥哥型男之流；他這類型的男人工作忙碌，成熟果斷，一個有錢有自己一片天的人（可能新近竄起）：經商做生意，也許也是去那種跳三貼舞的地方，一定也是那種談論熟門熟路的古巴種種之流——像吉耶莫——蜜莉安的吉耶莫。但是，他不會塞矽膠，他那雙犀利的眼睛會阻止他塞矽膠。

我認為可以再跟蹤他一段路，以便可以揭露方才等待的結果，事實上那場等待已經結束了。我看到他從郵局分局走出來，我估算郵局那個雙向彈簧門閉合起來的聲音，可以減弱我踩在大理石上鏗鏘的腳步聲，而不會引起他的注意，我隨即邁步跟隨，跟他一樣速度的步伐，以免跟丟了。我透過街道上的門，看到他走近一輛停靠路邊的計程車，他在人行道上付錢給司機，然後讓他離去，他應該是決定想要走一段路，天氣不錯（他沒有穿上風衣，而是把風衣披在肩上，我看是水藍色，就是愛招搖的人；我穿在身上的風衣是傳統的米黃原色）。他邊走有時邊看手中的信件，突然拆開一封看，並未放慢腳步，他迅速看過內容，隨即把信封和信紙都撕掉，順手丟進沿途就近經過的字紙簍。我不敢去翻攪窺伺，這個念頭讓我覺得可恥，而且我也怕跟丟他。他繼續向前走，直視前方，就像那些自視甚高，常常把頭抬得高高的，或自覺高人一等，居於主導地位的人。他手中還有其他的信件和裝有錄影帶的包裹（一定是錄影帶）。正當我注意他的手時，我看到他右手的無名指戴著婚戒，剛好跟我相反，這幾個月來我都戴在左手，已經逐漸習慣。他仍然沒有放慢腳步，緊接著又拿出一封信來看，做出跟第一封信一樣的動作，但是這次他把撕掉的碎紙塞進西裝外套的口袋，可能因為附近沒有字紙簍（是個好市民）。他停下來看看第五街上一家書店的櫥窗，如果我沒記錯的話，是斯克里布納之子公司[61]。他應該不會感興趣，或者只是這家書店吸引他，果然沒錯，他立刻繼續向前走。他在書店前駐足的片刻，把風衣穿了起來，噢！不是，他只是披在肩膀上，雙手沒有插入袖子裡，就像我的父親藍斯，一輩子都是這樣穿法，甚至現在都還是這個習慣，但是美國人不會這樣穿（只有流氓大哥，像喬治·拉夫特）。我保持近距離繼續追蹤他，但是有點太近了，這種跟監實在不夠縝密，但是我從來沒有跟蹤過人啊！他沒有理由懷疑我，雖然他不是真的在散步，但是步伐也實在太快了些，除了遇到紅綠燈，都沒有停下腳步，但是週六車流量少，他還不見得遇到紅綠燈就會停下來。他行色匆匆，但是還沒有匆忙到需要預留先前那輛計程車。回程他隨意走，但是明顯有一個特定的目的地。也許那個匆忙和等待的必要來自於他手上那個包裹，也許在那個包裹裡面的錄影帶沒有寄件人的訊息，只是一張卡片，或許「比爾」以為是我的朋友貝兒妲寄的，他認得的ＢＳＡ，那當下也許他以為手中握著裸體的她。在一家超級香水店，或是說大型香水店前他又停下來，莫非是店裡各種品牌的香水混雜的味道散發到大街上來，迷昏了他嗎！他走進去，我跟在後頭進去（我覺得站在店門外等候反而更引人側目）。那裡沒有店員在招呼客人，顧客不受管制地四處閒逛，挑選自己喜歡的香水，出口時再結帳。我看他停在蓮娜麗姿（Nina Ricci）的櫃檯前，用肘支撐在玻璃桌面上，他打開第三封信，讀信的速度放慢了：這一封他沒撕掉，放進了那件顏色招搖的風衣口袋裡（撕掉的那封信塞進外套口袋，他是一個有條不紊的人）。他拿了一小瓶蓮娜麗姿的試用品噴在左手腕，這隻手沒戴手錶，也沒戴其他任何飾品。他等了必要的時間後，隨即細心地嗅聞，感覺他沒有什麼特別反應。他繼續往前走，走到一個比較次要的品牌，那裡有許多品牌混合擺放。接著他拿了嬌蘭的香水噴在右手腕——他那只黑色大尺寸的手錶應該被噴濕了。他也是等了些會兒，一般都知道這樣才能讓香水釋放香味，他應該很喜歡，因為他決定買這瓶。他在男士部門又逛了逛，又試了兩款香水，分別噴在兩隻手腕的背面。他已經沒有其他部位可以再噴不同的香水了。他另外拿起一瓶有聖經名字的美國品牌Jericho還是Jordan或是Jordache[62]，我不記得了，他想要認識在地品牌。我拿了一瓶楚薩迪（Trussardi）的女用香水，我現在結婚了，香水永遠不嫌多，我想到（我經常想到路易莎），或者我也可以送給貝兒妲（想到這兒我立刻拿了第二瓶）。就在排隊結帳的時候（他跟我各自排一排，中間還有一排將我們分開，他離他的收銀臺比較近）。他頭一轉的時候看到我，顯然認出我了。他的眼神犀利，在郵局的時候我就有這種感覺，但是並不會像要看透人那樣刺眼，沒有顯出詫異或不快，或懷疑（不害怕也沒有威脅），犀利但是有點朦朧不透光，彷彿是盲眼的注視，就像電視上那些自以為是重要人物，眼睛只看鏡頭，都不看人的目光。他走出店裡繼續走，不管怎樣，雖然我被發現了，我還是跟在他後頭。現在他比較頻繁停下腳步，假裝看看櫥窗，和大街上的時鐘核對一下自己手錶的時間，然後也轉身來監視我。我得佯裝正想要買路邊攤的雜誌和熱狗。但是他的行程所剩不多了：走到五十九街時，他很快地走進左邊的岔路，有一會兒他脫離我的視線，等我走到街角時，才又重新進入我的視力範圍，真是神奇，我竟然趕得上看到他爬上廣場酒店的遮雨棚臺階，然後輕盈的步伐從飯店的門消失。站在門口穿著整齊制服、戴著帽子的守衛跟他打招呼，他沒有回應。他手上還拿著錄影帶和裝香水的袋子，我的手則拿著雜誌、大版面的《紐約時報》、裝香水的袋子，還有熱狗。當時從街角的距離他必須直接跨越大馬路，縮短腳程及時回到飯店，以便躲過我，讓我來不及看到他到底去哪裡：廣場酒店，這個響亮的名字，ＰＨ這個低調神祕的開頭大寫，那件浴袍是飯店提供的，而他不叫佩德羅．艾南德茲。

我把這一切告訴貝兒妲，但是我沒有告訴她我的臆測，猜想那個人有可能就是同一個人：那個在哈瓦那的某一天下午讓黑白混血女郎蜜莉安等候、讓她發火的男人。那時，蜜莉安一雙結實的雙腿，提著一只大皮包，一手緊抓的動作，還有一個已婚的男人和生病的妻子，或有可能是健康的妻子。貝兒妲毫不掩飾她的滿腔熱情聽著我講，但帶點含蓄勝利的表情（勝利的表情來自於她的想法終於告捷，要我去肯默車站逮他，就只是這樣而已）。我無法跟她說謊或告訴她說那個「尼克」、「傑克」還是「比爾」是個怪物，他不是，我對她實話實說；我也不能跟她說他的長相窮凶極惡，他不是，我也照實說。雖然我不喜歡他那件招搖的風衣、他那雙犀利難辨的眼睛、他那像史恩．康納萊兩排高高揚起又往下垂墜的眉毛、他修剪整齊的鬍髭、他的凹溝像陰影的蘋果下巴、還有他那個像鋸子的聲音。他用那個聲音經商做生意，侃侃而談講他熟悉的古巴。他用那個聲音誘惑了貝兒妲。我不喜歡他。我拿出一瓶楚薩迪的香水送給貝兒妲。

經過了幾天，貝兒妲和我都沒有再提起他（我閉口不談是想勸阻她，她應該在斟酌評估）。聯合國密集工作的日子：有一天早上我必須翻譯我國一位政府高層的演講，那一位也正是我認識路易莎的場合同一位，當時他講的話，我翻譯時做了更動。這一次我不能這樣做，我們是在聯合國大會，但是我翻譯成英文當下，把他的話傳到全世界代表的耳機裡，他那個西班牙人裝腔作勢的樣子，滿口離譜錯誤的觀念，不得不讓我想起那一次我機警敏銳的反映，當時路易莎在我的背後呼息（在我的左耳邊呼吸，彷彿竊竊私語，她的身子幾乎磨蹭著我，她的胸脯摩擦著我的背）。「一般而言大家都會喜愛，因為會被強迫去喜愛。」英方的領導人這樣說。然後，她又補充說：「任何人與人之間的關係都會衍生一堆問題，也會引發爭執，冒犯失禮，甚至羞辱。」過了一會兒她又說：「人人彼此互相強迫，不是強迫去做他不喜歡的事，而是根本不知道是不是喜歡。因為沒有人知道自己不喜歡什麼，就更不知道到底喜歡什麼了，沒有方法可以知道後者。」接著，她意猶未盡繼續說，當時我方的領導人對她這番論調可能已經感到疲乏，或是彷彿也有所領悟。她說：「有時候，兩個人會受迫於外在的因素，或是已經不在他們的生活圈出現的某個人，某個過去逼迫他們，例如他的不愉快、他自己的故事、他不幸的經歷，甚至是他們不知道的事情，而他們也無能為力。這是我們每個人都與生俱來一部分的遺傳，而我們卻一無所知，天知道這個過程是什麼時候開始的……」最後她又說：「有時我捫心自問，我們全部都停滯不動，我們全部都死去是不是比較好呢？畢竟這是我們內心深處唯一想要的，也是對未來唯一的想法，讓我們逐漸適應，面對這個想法不存懷疑，也沒有事先預知的後悔。」我方領導人沉默不語，而那位英方領導人，在此刻秋天時節，已經不再擔任原來的職務，所以沒來紐約參加聯合國大會。在她一番虛假的獨白之後，她不禁羞赧地臉紅起來，驚覺四下寂靜無聲，也讓她從激情的論述中回神過來。當時我又從旁助一臂之力，再次借用她的嘴提出一個無中生有的建議：「我們何不到花園散散步？多燦爛的一天啊！」（我用這句英語特有的表達方式編造一個邀請，讓句子更貼近真實。）於是我們四人走到花園散散步，在那個豔麗的早晨，路易莎跟我相識的那一天。

如今，我國那位政府高官繼續在他原來的位子上，也許得力於他的裝腔作勢和離譜的觀念，和那位英國領導人犯一樣的錯誤，但是她卻沒能因此保住她的位子（或許因為她是個女人，意志消沉又愛胡思亂想，這在政治圈無疑自掘墳墓）。我方高層演講完後，我在走道遇到他，後面跟著一群隨扈圍繞著他（我的場次結束，他正接受眾人對他冗長的演講虛偽的祝賀），我因為知道他的身分，我伸出我的手想要跟他致意，用他的職稱稱呼他，稱謂語並且加上「先生」。那是我單純直白的想法。他當然不認識我，儘管我曾經曲解他的話，替他說了一些他沒說的話。結果兩個保鏢立刻衝過來，一個抓住我伸出的手，一個抓住另一隻，擒拿到背後，極為暴力地制住我（似要將我粉身碎骨，讓我無力還手），那一瞬間我以為被上了手銬和腳鐐。所幸聯合國一位高階公務員在一旁，他注意到我，知道我是口譯員，立即讓那兩位護衛我方領導人的隨扈放開我。我方領導人從走道繼續向前走，接受那些虛假的致賀，還有不恰當的鑰匙嘈雜聲（玩鑰匙圈的怪僻，他在口袋裡抖動那串鑰匙）。看他走遠後，我發現他的西裝褲也是跟我一樣的國產貨，那個名聞遐邇和不容混淆的剪裁風格。如此一個有代表性的人物，而且代表我那個遙遠的國家，如果沒有愛用國貨，就太不識大體了。

那天晚上我跟貝兒妲講這件趣事時，一反常態，她不覺得有趣也不覺得驚奇，更沒有什麼熱情衝勁，她的腦袋一直魂縈夢牽的是那一天，甚至更多天以前的一個計畫，無庸置疑，一定是「比爾」。

「你會幫我拍錄影帶吧？」我講完我的趣聞軼事之後，她一刻不停地立刻轉話題問我。

「幫妳？什麼錄影帶？」

「唉喲！你別裝傻啦！錄影帶啊！我要寄給他。我決定要寄給他。但是要符合他說的，我沒辦法自己錄，效果會不好。取景還有其他一些畫面，鏡頭不能一直固定在一個地方，要移動才行。你會幫我吧？」她的語氣輕柔，幾乎當成娛樂一樣。我一定是一副把她當白痴的表情看著她，因為她又補充說（那語氣一點也不溫柔了）：「你不要用那種白痴的表情看我，回答我：你會幫我嗎？事情擺明了，如果我們不寄給他，這輩子不會再有什麼消息了。」

我說（一開始我沒想好要講什麼話）：

「那又怎樣？沒有他的消息有多嚴重嗎？他是誰？妳想清楚。他是誰？我們不給他又有什麼關係呢？我們還來得及不要給他，他不是什麼人物，妳連看都沒看過他的臉。」

她又用複數來表白：「如果『我們』不寄給他，」她講了這句，已經自動把我算進去。也許自從我去了肯默車站，還有其他地方，一直到廣場酒店的遮雨棚，她使用「我們」已經無可厚非。我自己也用複數人稱，被她同化。「我們不給他又有什麼關係呢？」「我們還來得及不要給他。」不知不覺，我都沒注意到自己也被她感染了。

「對我很重要，對我是很嚴重的事。」

我打開電視，剛好播出《家庭大對抗》，這是每天都有的節目，電視畫面有助緩和當下逐漸火爆對立的氣氛，也許可以轉移注意力讓人平靜不出聲，電視開著的時候，偶而總是會看一下在演什麼。

「妳為什麼不試著周旋一下，看能不能見個面？再寫信給他，就算妳沒寄去他想要的東西，也許還是會回信給妳。」

「我不想再浪費時間了。你到底要不要幫我？」

現在她的語氣一點都不輕柔了，就是命令式的口氣。我看著電視螢幕。我說：

「我寧可不要如此。」

她也看著螢幕。她說：

「我沒有別人可以拜託這件事了。」

之後整晚她都不說話，不需要我陪她了，她兀自在廚房和臥室間徘徊踱步。她經過時，飄著楚薩迪的香水味。

週末的時間，是我們兩個比較會待在家裡的時候，通常都是如此（我待在紐約第六週，離回馬德里的日子越來越近，回到我跟路易莎的新家。我每週跟她通話一兩次，都不是什麼大不了的事，那種很快帶過去的閒聊，或是一點思念的情話，而且還是跨越洲際的聊法）。星期六貝兒妲又很堅持地跟我說。「我得拍這支錄影帶。」她說。「你要幫我。」最近幾天以來，她的跛腳比平常更明顯了，好似下意識裡要博取我的同情。真是荒謬。我沒回話，她又繼續說：「我沒有人可以拜託了。我一直考慮，我唯一還信得過的人就是胡麗雅，但是她對這件事一點都不清楚，她知道婚友社的事，也知道我寫信去徵友欄，也知道我偶而會跟別人約會，也知道都無疾而終。但是她一點都不知道我寄錄影帶給別人，而別人也寄給我，也不知道我跟誰上過床。她不知道『高度曝光的場所』，但是你從頭到尾都一清二楚，連他的臉你都看到了，你不要逼我現在去跟別人講，搞得最後大家都在談論這件是非。而且，我也不想讓同事知道，很難為情的。你得幫我。」她停頓了些會兒，還在猶豫要不要說，最後說了（意願總是比話跑得慢）：「更何況，你也看過我脫光光的模樣，這是另一個好處。」

「任何人與人之間的關係都會衍生一堆問題，也會引發爭執，冒犯失禮，甚至羞辱。」我想。「人人彼此互相強迫。」我又想。比爾這傢伙已經強迫了貝兒妲，而貝兒妲正試著強迫我。在他們認識之前，比爾對她施壓，冒犯她，也羞辱她。也許她沒有察覺，或者內心深處她並不在意，她就是靠這個安身立命。貝兒妲抗辯為了說服我，就像蜜莉安對吉耶莫，逼他跟她結婚，也許吉耶莫對她西班牙的妻子也是一樣，希望她死，力抗到她死為止。我強行要路易莎改變，我強迫她，或是她強行要我改變，她強迫我，我們兩人誰強迫誰還不明朗；我父親反抗誰，抑或冒犯了誰，又強迫了誰？他的生命中有兩次死亡事件又是怎樣發生的？也許他為了某一個而強迫另一個？我不想知道。當一切都不知道的時候，世界是平靜的，我們全部都緘默不是更好嗎？但是即使我們不保持緘默，還是會有問題、爭執、羞辱、冒犯和強迫這些事情；有時候我們自己強迫自己，說這個叫義不容辭。也許我的義務是幫助貝兒妲完成她要求我做的事，要看重朋友所看重的事，我如果拒絕幫她就是冒犯了她，羞辱她；所有的否定通常就是一種冒犯，一種抵制。我的確看過赤裸的她，但是那是很久以前的事，我知道但是我不記得，都已經過了十五年了，她現在變得有點蒼老，腳也跛了；當時她還年輕，沒有車禍意外，一樣正常的兩條腿；為什麼要提起這件事呢？放眼當下，眼前迎迓漫長的人生，我們都已不再提起那個如此渺小、如此微不足道的過往；那時候的我也還年輕，那件事發生了，也像沒發生，就跟所有的事情一樣。為什麼做，為什麼不做，為什麼說是或不是，為什麼要為一個或許或一個也許心煩到精疲力竭，為什麼說出來，為什麼閉口不談，為什麼要否認，如果發生的都不曾發生，為何要知道沒有發生的事，因為沒有任何事情可以持續發生不受到干擾，沒有任何事可以持久或永遠保存，也不可能從未間斷的一直記住。付出的等於沒有付出；我們放棄的、或是任它流逝的，跟我們把握的、或想要抓住的都一樣；我們經歷過的跟我們沒有嘗試的沒有不同；我們絞盡腦汁用盡心思，一直想要區隔事物之間的差異，結果到頭來並沒有什麼不同，或者原來根本就一樣。因此，我們總是充滿懊悔，感慨錯失良機，經常在確認與再確認事情，念念不忘已用掉的機會，而事實上什麼都沒有確定，一切盡已錯失，或是，原本一切都是空。

「好吧！但是要做就快一點。現在馬上錄。」我跟貝兒妲說。「我們動作要快一點。」我說話時也使用了複數人稱的我們，完全名正言順了。

「你要幫我拍了？」她滿懷感激地說，難掩興奮與意外，同時也感到欣慰的解脫。

「跟我說我該怎麼做，我就照做。動作快一點，快，快去準備，我們越早開始，就有更好的結束。」

貝兒妲靠近我，在我的臉頰親吻一下。她離開客廳去找錄影機；她才從臥房拿出來，我們又立刻回到臥房，因為她想選臥室當場景，那張紊亂的床。我們還在吃早餐呢！還是上午時分。

那個身體和我記憶中的身體已經完全不一樣，或者說，我已經不記得了，雖然我也只不過透過鏡頭觀看，以便擷取畫面，或聽她的指示就近攝取特寫鏡頭，彷彿用間接的方式看她就表示沒有在看她。每次我們中斷些時，考慮要擺些新的姿勢或是變換取鏡的角度時（我變換，她考慮），我用我那雙不透明的眼睛，看著地面或是背景，看著牆壁或是枕頭，看她身體之外的景物。貝兒妲先是坐在床尾，就跟「比爾」穿著淺藍色的浴袍坐在床尾一樣，連這個都學他，她也穿上她的浴袍（是白色的），穿上之前要求我等她先淋個浴。她頭髮還濕濕的，浴袍圍著身體，之後微微掀開，開口大約在胸口的位置，腰帶還打著結。我已不記得她的雙乳，自從我沒有再看過它們以後，隨著時間漸漸發育成長，越見完美，或許隨著撫摸越見豐滿，我不想臆測那可會是隆乳的胸脯，彷彿變成哺乳脹大的乳房，頓時我不僅覺得有點冒失，也有點惶恐（也許像一個父親記憶中的女兒，當她已不再是個小女孩時，父親也就未曾再看過那個兒時印象中赤裸的身體，然而卻因一個意外或是不幸，突然看到長大成人的女兒裸露的胴體時那樣驚慌失措）。我跟隨著鏡頭移動一邊觀看，她整個身體，比起十五年前我在馬德里擁抱她時還要強壯，也許是十二年來她在美國養成游泳或是運動健身的習慣，這個很重視健身或塑身的國家，就是為了這個目的。但是除了健壯有力之外，也變得比較老態，暗黑的色澤像水果開始腐爛時，果皮漸漸變黑的情況。靠近腋下的皮膚褶紋，分布在腰部的地方，有所謂青春期萎縮紋的橫紋，大致位於四塊肌比較不明顯的暗處，只有靠近時才看得清楚（那些淡淡細細的紋路是淡白色的，好像用最細的毛筆在木板上描繪一樣）。那壯碩的乳房，外擴的程度比一般間距還要寬，外擴的乳房不好穿露胸的服飾，也難以撐起乳溝線條。貝兒妲完全把羞恥心拋到一邊去，至少看起來是這樣，我剛好相反，我盡力想著我拍這支影片是給另一雙眼睛看的，「比爾」或吉耶莫的眼睛，廣場酒店那個有著一雙犀利迷濛又令人費解的眼睛的男人，他的眼神犀利但朦朧不透光，那個眼神將會看到我正在看的她。這支影片是為他拍的，不是要給我這個同樣也是一雙迷濛但不犀利的眼睛。我並沒有在觀看這個身體，雖然我選擇的鏡頭視角也是他觀看的視角，決定權在我（當然也在貝兒妲），我們決定了之後他在他的螢幕上所能看到的畫面。不多也不少，只有我們決定的部分，只有我們錄製下來的部分，想要留給未來的子孫一個如此短暫的畫面。貝兒妲讓浴袍敞開到腰部，腰帶還打著結，兩條腿用浴袍的下襬遮住，只露上半身（完全裸露）。我在移動鏡頭擷取畫面時，並沒有想要拍她的臉，只是快速運鏡掃過，也許我想要跟他之前已經看過的臉區隔（鼻子、眼睛、嘴巴、下巴、額頭、臉頰，一張臉的全部）：把熟悉的臉和不熟悉的身體分開，這個相對比較老態又強壯的身體，或者只是一個被遺忘的身體。她的身體不像路易莎的身體，路易莎的身體是那個時候和現在的我所熟悉的身體，而當時我赫然發現，我都沒有這麼仔細認真地看過路易莎的身體。透過鏡頭，貝兒妲的身體好像幾把短刀插在濡濕的木材上，路易莎的身體像踩在大理石上鏗鏘有力的腳步聲，比較年輕，較少疲憊的倦容，沒有那麼豐富，但也比較完整無瑕。我拍攝的時候我們沒有交談，因為錄影機會錄下聲音。也許對我的朋友貝兒妲而言，已經沒有樂趣可言，也沒有輕鬆寬慰的心情了，我則是從頭到尾都沒有。聲音會削弱事件發生過程的重要性，評論或是訴說出來會擦拭掉行為的真實性；我們先暫停，我停止拍攝，這一切是那麼短暫，只需要錄製幾分鐘的內容，我們卻還沒有完成。我越來越用「比爾」那雙眼睛去看，那雙我見到的眼睛，但是貝兒妲沒看過。不是我的眼睛，而是「比爾」的眼睛。沒有人可以控訴我用那種眼神去觀看，去審視打量，一如之前我已說過，並不是我，而是他透過我的眼睛，他和我一樣迷濛的眼睛，而我的雙眼卻越來越犀利了。但是她不認識那雙眼睛，我們還沒錄完呢！還有「下體」，我跟貝兒妲說，我真是不知該怎麼啟口，我怎麼敢說出口？但是我說了。「我們還缺下體。」我跟她說，我使用複數人稱「我們」把我自己加進去，也許想緩和一下我剛剛的直白：只有兩個字，然後六個字，第一句兩個字重複在第二句裡（難不成我是用「比爾」的嘴在說話）。貝兒妲沒有回答，什麼都沒說，我不知道她是否在看我，我沒有看她（這時刻我並沒有拍攝），而是看著背景，看著牆壁和枕頭，病人和新婚的人從這裡仰望世界，還有情侶也是。她解開腰帶，打開浴袍到肚腹的部位，浴袍的下襬依然遮住雙腿，看得到大腿內側的肌肉，但是看不到正面，也看不到下半身其餘的部位，浴袍的下襬自然垂墜，像一簾淺藍色的瀑布俯衝（或是白色的瀑布），遮住兩隻腿到底端，一邊比較長，一邊比較短，或是一邊比較短，一邊比較長。我運鏡拍攝，越來越靠近，幾秒鐘的錄影帶，留給未來稍縱即逝的後代。貝兒妲拷貝了一份，她之前就這麼說。我一拍完她大腿的部位，握著鏡頭往後移步時，她隨即用浴袍圍住身子。我想她臉上的疤痕應該變成紫色的，我還是沒有看她，我還得告訴她一些事，我們還沒有完成，我們還缺那個「比爾」、「傑克」還是「尼克」要求的部位，我們還缺一隻腳。我點了一根菸，點著點著當兒，掉了一些火星在紊亂的床上，還好自動熄滅了，沒有延燒床單。於是我跟她說，或是「比爾」跟她說，或是吉耶莫用我們像鋸子的聲音說。「一隻腳，」我們跟她說，或者是我跟她說。「我們還缺一隻腳。」我們說，「記住啊，比爾想看跛腳。」

61 Charles Scribner's Sons，或是簡寫成 Scribner's 或 Scribner。美國紐約出版商，創立於一八四六年。以出版美國許多知名作家而聞名，例如海明威，費茲傑羅等等。

62 Jordache，為美國休閒、牛仔服飾品牌，也有平價優質的香水。

如果我現在記得這些，是因為沒過多久以後而且還在紐約時所發生的事情。有一點（我覺得只有一點，或是兩點，也許三點）正好又跟更晚發生的事情很類似（只是稍晚一點）。那時我已經回到馬德里跟路易莎在一起，但我那種不祥的預感又更強烈，也似乎更有理由相信，這個自從我結婚典禮以來就一直跟隨，到現在都還揮之不去的惡的預兆（至少還沒完全消除，也許永遠都無法驅散）。或許這是第三件讓我不舒服的事，跟蜜月旅行期間經歷的那兩件不一樣（尤其是在哈瓦那）；還有更早之前，一個很不愉快的感覺，但是有可能跟那第二件一樣，是創造出來的、想像出來的、或是湊巧遇到的；面對一個必須回答的問題，但是不足以回應那個讓人害怕的問題所造成的不安。「那現在是怎樣呢？」一個一而再、再而三回答的問題，但是卻又一再重複問，或是恢復原狀，或者原本就在那兒，在每個回答之後，問題卻還是問題，跟原來一樣。好比那所有的孩童都聽過的童話故事，最後都很失望，而我那個哈瓦那的外婆，每回我母親把我留給她，請她代為照顧我的午後就會講給我聽。那無數個午後，是哼哼唱唱混雜著遊戲、講故事的下午，還有不自覺地抬起頭來看看那些已逝親人的肖像，她從肖像中冥想著那些已然流逝的時光。「要不要我給你說個連環接龍的故事呢？」[63]外婆捉狹地問我。「要。」所有的孩童都會回答一樣的答案。「我不是問你要或不要，而是問你要不要我給你說個連環接龍的故事。」外婆邊說邊呵呵笑。「不要。」我跟所有的小孩一樣的反應，換不一樣的回答。「我不是跟你說不要或要，而是問你要不要我跟你說個連環接龍的故事。」外婆笑得更樂了。就這樣一直捉弄到小孩惱火放棄了，而且疲憊不堪；結果利用失望的小孩已經想不出任何答案時，反而得以破解這個魔咒。「我要妳跟我講一個連環接龍的故事。」單純的複誦一次就解決問題了；也許那個小孩還糾結在要或不要，而沒有想到這個答案；或是他還周旋在一個也許和一個或許之間，還不覺得累。但是當時那個問題現在變得更糟糕，而重複並不能解決什麼。那時沒有用處，所以沒有回答，也沒有消解。在馬德里阿卡拉街十五號的俱樂部裡，那時我的婚禮儀式剛結束，我和父親兩人獨處一室，他提高嗓門，大聲問我，我把那個問題丟還給他。「我正要說，」我回答父親。「那現在是怎樣呢？」迴避那個問題唯一的方法不是複誦一次，而是那個問題根本不存在，不該問那個問題，也不要讓別人有機會發問。但是不可能回答這個問題，因此要回答就要製造問題，結果飽受猜忌和懷疑之苦，想著抽象的未來，就像有人跟馬克白說不要腦筋不清楚，不要用那種病態的腦子去想事情，為了要無中生有而去看不存在的東西，因為害怕生病或死亡、遭棄或背叛，然後去製造威脅，即使只是透過居中調停的第三者，即使只是類比或象徵性地呈現，也許是這個原因讓我們去閱讀小說和編年史，去看電影，去尋找類比，尋找象徵，尋找認知，卻不是尋找知識。敘述會扭曲，敘述事實會讓事實失真，會扭曲事實甚至否定事情；所有講出來的事情都會變得不真實，即使很像真的，也只是差不多的大概。事實不是決定於事情本身是什麼或是怎麼發生，而是怎麼一直被隱瞞而且不為人知，也沒有被說出來；一旦被說出來、被顯示或是被揭露出來，即使看來最接近真實，例如透過電視播報或報紙刊登，這個被稱為所謂的事實或是真實人生，都會變成類比和象徵的一部分，就不再是事實，而是變成認知。俗話說得好，事實永遠不會展露鋒芒，因為唯一的事實不為人知也沒有被傳遞，沒有被翻譯成文字和影像，被遮掩而未經查明，也許基於這個原因，才會眾說紛紜，才會人人口耳相傳，讓這個事實一旦有人說出來，就好像啥事都沒發生一樣。

從紐約回來以後，我不太清楚發生什麼事情，或是應該說，我不知道甚至要到許多年後才知道我不在家時發生了什麼事。依稀記得我從紐約回來一個星期後，在工作八個星期，也陪伴貝兒妲八個星期以後，一個霪雨霏霏的夜晚，我跟路易莎在家裡，我從床上起來，暫離枕頭，跑去冰箱。天氣有點涼，也有可能是冰箱的冷氣讓我哆嗦，我去浴室拿件罩袍穿上（我想要拿浴袍當罩袍穿，還好我沒有這麼做），接著路易莎也去浴室梳洗，我在工作室打發時間消磨了一下，我站著閱讀一些文章，手裡拿著可口可樂，忽覺有點睡意了。下雨了，就像許多時候馬德里一望無際的晴空下起雨來一樣，綿綿細雨，持續緩緩地落下，連風兒也無力吹動，彷彿知道要接連下許多天雨，既不猛烈也不急速。我望著窗外，看著樹，看曲線彎彎的一盞盞街燈，那一束束的燈光照耀綿綿細雨，彷彿銀絲閃爍，就這當兒，我看到街角一個人影，那個角落，年老的手搖風琴師和綁辮子手拿碟子的吉普賽女人之後會在那兒演奏；同樣那個角落，從我的窗戶看過去，本來只能看到一部分，但那個男人的身影，和那兩位街頭表演的藝人不同，完全在我的視力範圍內，因為他剛好在躲雨，或者也不盡然是這個原因，他在屋檐下，不會擋到我的視線，而建築物又剛好在我住家對面，他靠近牆壁，遠離街道，不太可能被車子撞到，而且也沒什麼車輛。他還戴著帽子避雨，這在馬德里有點奇怪，下雨天更不可能，只有一些年紀大的男士會戴帽子，例如我的父親藍斯。那個人影（只是瞬間瞥見）不是年紀大的男人，而是個年輕人，高大挺拔。他的帽沿、暗黑的天色和距離讓我無法看清他的臉，我的意思是辨識他的五官（黑暗中他那張臉我看到是一團白點，他的臉孔離最近的那束光都還有點遠），而我會定睛專注看他是因為他剛好抬起頭往上看，正好就在看——或是我認為他在看——我們的窗戶；或者確切地說，往我現在這個位置的左邊，也就是我們的臥房。那個男人，從他那個位置，根本不可能看到房間裡面的情形，唯一可以看個究竟的——或許也是他正在翹望的——就是看房裡有沒有燈，又或許——我想——看我們的影子，看路易莎的影子，或是我的影子，看我們兩人的影子是不是靠近一點，或是真的靠近了，我不記得了。有可能是在等一個暗號，用開燈和關燈來暗示，就像眨眼睛，這個從古老的時代就已經懂得怎樣打暗號了，張眼閉眼，或是在遠方揮動火炬。儘管我沒有看到他的五官，其實我很快認出他來。童年的長相，無論何時何地，就算有所改變，長大成人，或是變老，看一眼就絕對錯不了。但是我卻遲疑了一會兒才承認，才承認自己知道那個在屋簷下、在雨中佇立的人是小古斯塔多，他看著我們最私密的窗戶，在等候，在窺伺，像一個戀愛中人，有一點像蜜莉安，也有一點像幾天前的我，蜜莉安和我在大西洋另一邊的城市發生的事情，而小古斯塔多在這裡，在我住家的街角。我不是像一個戀愛中人在等待，但是最後我希望和小古斯塔多等待的目的一樣，希望路易莎和我關掉燈，以便我們可以想像我們睡著的樣子，轉身背對著對方，而不是面對面，或是兩個人清醒地擁抱。「小古斯塔多在那兒做什麼？」我心想。「是湊巧嗎？他經過我們這條街時，冷不防剛好碰上下雨，所以就在對面那棟屋子的屋簷下躲雨，他不敢打電話也不敢上樓來，因為有點晚了；但是不太可能，他在那邊站崗，應該有好一會兒了，從他的神情看起來是這樣，還有，他一邊把夾克的領子拉高合起來，用他那骨瘦嶙峋的雙手揪住，一邊還抬高他那雙眼距大開、又黑又大、幾乎沒有睫毛的眼睛往我們的臥室瞧。他在看什麼？他在找什麼？他想要做什麼？他為什麼要看？我知道我不在家的時候，他偶而會跟藍斯到家裡來，來看看路易莎，都是藍斯帶他來的，就像一般話家常時會說到家裡坐坐，公公帶他的朋友來探望媳婦，名義上也是我的朋友。他應該是在暗戀路易莎，但是他不會談戀愛，我不知道路易莎懂不懂戀愛；朦朧細雨的夜晚，太奇怪了，還趁我人已經回家的時候，在大街上淋雨淋得像一頭狗一樣。」這是我最初迅速閃過腦海紊亂的思緒。我聽到路易莎從浴室走出來，然後回到我們的臥房。她從房裡叫我的名字，跟我說（中間隔著一道牆，但是面對走道的門都是開著）：「你不來睡嗎？快來睡，時候不早了。」她的聲音聽起來那麼自然興奮，從我回來以後這幾天都是這樣。我回來已經一個星期了，但是聽起來的感覺都像是幾分鐘前一樣，不管是我們共有的日常或枕邊細語，好似那戀人絮語。我沒有告訴她發生什麼事，我在看什麼，我在想什麼，我沒有，就像我也沒有走到陽臺呼叫小古斯塔多的名字，劈頭就問他：「欸！你在那裡幹嘛？」就跟蜜莉安的問題一樣，都還不認識我就一副順理成章從廣場上質問我，好似跟一個信任的熟人說話的口氣。我鬼祟地回答（帶著懷疑的鬼祟，雖然我還不知道怎麼回事）：「妳先熄燈休息吧！我還不睏，我要檢查一份報告。」「好吧！不要待太晚喲！」她說。我從走道看到她關燈了。我小心翼翼地關起我的門，緊跟著也把我閱讀的燈關掉，這下我們家的窗戶就一片漆黑了。我又從我的窗戶看外頭，小古斯塔多依然向上翹望，抬高的臉，一團白色的點子仰望黑暗的天空；雖然他在屋檐下，雨滴仍然打到他的臉，打在臉頰上，也許混著他的汗水，而不是淚滴；雨滴從屋檐上滴下來總是滴在同樣的地方，那塊泥地會越來越濕軟，甚至被穿透，形成一個凹洞，甚至變成水渠；那個凹洞和水渠，跟我看到、我拍攝的貝兒姐的凹洞和水渠一樣，也跟幾分鐘前我才跟路易莎撒的謊一樣。「現在他總該走了吧！」我心想。「看到燈關了，他應該會離開，就跟幾天前，我看到貝兒姐公寓的燈關了，我就不用繼續等下去一樣。那時候的確是兩人約定的信號。我在大街上等待些會兒，就像小古斯塔多現在的等待一樣，也像不久前的蜜莉安一樣；但是蜜莉安的情況是她不知道上頭有兩張臉，兩團白色的點子和四隻眼睛在看她，吉耶莫和我的眼睛；而路易莎不知道大街上有兩隻眼睛在暗中窺伺她，但是沒有看到她；而小古斯塔多不知道我的兩隻眼睛在暗黑的天色裡監看他，從高空中，雨絲連綿，在閃爍的街燈下彷彿水銀或是白銀般的珠簾。相反的情況，貝兒姐和我，我們兩人在紐約，我們知道彼此在哪兒，或者我們可以大致猜測各自在什麼地方。「他應該會離開，」我心想，「他得離開，我才能安心回到寢室和路易莎共眠，才能對他的出現裝聾作啞；如果小古斯塔多一直待在那兒，我無法安眠，也無法呵護睡著的路易莎。從小我就看過無數次，就像我現在一樣，看他從我的房間往外看，渴望外面的世界，貪圖他所屬的世界，那個被陽臺和落地窗隔開的世界，就在我的臥房裡，他光禿的後頸背對著我，恫嚇我，他是一個令人畏懼的小孩，也是一個令人畏懼的大人；他識途老馬，第一時間就會看出誰想被勾搭，有什麼目的，無論任何場所或是派對宴會，甚至在大街上，更不用說來來去去拜訪朋友的場合，或許是他主動提議這樣的安排與目的。我沒有出差時，路易莎不會有這種訪客安排；相反地，在我還沒去紐約以前，或是我待在那兒時，甚至我相信我離開後，貝兒姐的住所還是會有送往迎來的訪賓。她還繼續跟比爾往來嗎？他的名字是『吉耶莫』，[64]她可曾再見過他嗎？還是吉耶莫跟我一樣，結束他兩個月的計畫之後，也回到馬德里了？我們三人當中只有貝兒妲留下來，我得打個電話給她，我離開了，但是我捲入了她的事，也被她同化，那個複數的人稱躲不掉，而且終究會四處出現。小古斯塔多究竟想做什麼？

他到底有什麼目的？」

我在貝兒妲的住處外面等待時，我不想做什麼也沒有什麼目的，那是一樁之前我們並沒有料想到的意外。那是我的紐約八週工作計畫的第七個週末，也就是我拍完錄影帶的隔週，拍錄影帶的事情我之前已經提過，我拍了短短幾分鐘，而在這個倒數第二個週末的前幾天，也就是星期一我們把錄影帶寄出去（貝兒妲沒有拷貝備分），而且也發揮效果，「比爾」覺得錄影帶很吸引人，值得冒險。他回信只寫了個短箋，沒有為他沒有回饋類似的交換物而致歉，而且還是沒露臉，連張隨意的照片都沒有，但是提議即來的週六先見個面，可是他的信我們週五才收到，這可不是他早早寄出拖到週五才寄到，因為貝兒妲那個星期每天下午下班後，都到她位於老切爾西車站的郵政信箱去查看。一如以往，「比爾」的便箋依然用英文寫，但是臨時約會的方式絕對是個西班牙人錯不了，當天下午約隔天晚上見面。「我會認出妳的，」他說，「在廣場酒店的橡木酒吧，」這是一起去看戲劇表演、或是共進晚餐、或是看歌劇之前先約會的地點。他不知道貝兒妲曉得他就下榻在那個飯店，也就是說，他的枕頭就在那裡。早在幾個禮拜以前，貝兒妲就跟同事胡麗雅約好那天晚上要一起晚餐，同時還有其他一些人，而我也會去參加這個飯局。貝兒妲臨時決定不要告知她會缺席晚餐的事，以免他們堅持要她參加，也要避免萬一她託辭說生病，結果一堆人跑來探望她。於是我去了，一到港口的餐廳，我替她向大家致歉，說她偏頭痛的厲害不克前來赴宴；而我向在場的人自我介紹時，只覺得自己像個不速之客，不認識任何人。

出門前，我正在準備，同時也刮刮鬍子，貝兒妲也把自己打扮得亮麗（也許也是同化作用），終於要跟「比爾」，跟「傑克」和「尼克」見面了。我們兩人默不作聲，彼此搶著要使用浴室的鏡子，當然還有浴室。她身上散發楚薩迪的香水味，等得有點不耐煩。「你還沒弄好啊？」她看我還在急忙刮鬍子，突然問我一聲。「我不知道妳現在就要出門，」我回答，「我可以在我房間刮鬍子。」「還沒，我大概一小時後才要出門。」她冷冷地回答，但是我看她已經精挑細選穿搭一身，只剩下化妝了，這個我知道，她動作很快（穿鞋子的速度更快，她的腳很乾淨）。但是她回頭再到浴室來探我一眼時，我還沒打領帶，而她已經又換上另一套服飾，費心的程度不遜於之前的打扮。「哇！妳好美！」「我糟透了，」她回答，「我不知道要穿什麼好，你覺得呢？」「先前那個穿著也許比較好，雖然現在這樣也很美。」「先前？但是我現在才開始打扮啊！」她說。「我剛剛穿的是居家便服，不是晚上的外出服啊！」「啊！跟妳很搭呀！」我回答她，一邊洗著隱形眼鏡，領帶掛在脖子上還沒打理。她出去，幾分鐘之後又以另一款頗誘人的穿戴出現，倘若誘人這個字有什麼某種含義的話，我覺得的確有，用來描述女人的服飾也不突兀，而且我所熟悉的各種語言都有這個用詞，語言本身不太會集體犯錯。她站遠一點照著鏡子，以便盡可能看到全身（家裡沒有全身鏡，我讓開到一旁打領帶，領結還沒繫好）；她抬高一隻腳往後彎支撐一下，用手梳平那條有點短的窄裙，猶恐有什麼無端的皺褶出現，讓她的臀部變醜了，或者她可能透過裙子去調整那條藏在底下不服貼的內褲。她對她外表的穿著如此牽掛，然而那個「比爾」早就看過她裸露的身體，雖然只是透過電視螢幕。

「妳一點都不害怕嗎？」我跟她說。

「你是指什麼？」

「一個陌生人，永遠難料。我不想當掃把星，但是，就像妳說的，這世界上有許多人，妳連想在大街上跟他們錯身的念頭都沒有。」

「這類人大部分都在高度曝光的場所工作：我們每天在聯合國都可以見到，而全世界都跟他們在街上交會。況且，我沒差。我已經習慣了，我如果害怕，那就一個人都認識不了。總是可以後悔再回頭的，假使結果不如人意，那就算倒楣吧！欸！也不見得是這樣，有時候是太遲了。」

她再三斟酌，看正面，看側面，左右兩邊，看背後，但是不再問我之前的穿搭好，還是現在的好，她要是不再問我的意見，我也不想多嘴。她問了：

「我真是糟透了，我是不是變胖了？」她說。

「妳不要再吹毛求疵了，妳這樣子很好看，幾天前妳才嫌說怕自己太瘦。」我跟她說。接著我又補充說道，想要轉移她的注意力，還有她鑽牛角尖一直折騰自己的想法。「妳覺得他會帶妳去哪兒？」

她把一支小刷子在水龍頭沾濕，然後把眉毛挑高，讓眉毛更醒目。

「看他並沒有拐彎抹角，而且約我在飯店見面，我覺得他想直接跟我上床。但是今天晚上若沒先用餐我不會留下來。」

「有可能他已經在房裡安排晚餐了，那些誘人調情的電影都是這樣演的。」

「如果是這樣，那他就搞錯了。你想想我還沒看過他的臉，也許見過他以後，我連坐下來喝一杯的興致都沒了。」貝兒姐鼓起勇氣，她沒有安全感，她寧願暫時想像事情不如預期順利，她還需要被說服，也就是說，被誘惑。她知道事情會怎麼發展，因為很大的成分端賴她的意願；早在那個「尼克」寫信給她以前她就被誘惑了，被他的安排和目的所引誘，那是最能說服也最能誘惑人的事。所以她立刻又補充說，好像在我的面前暫時麻醉，自己欺騙自己片刻：「欸！我要是沒回來不用擔心，也許我不回來睡覺。」

我走出浴室，到我房裡，靠手裡拿著一面鏡子，把領帶打好。我大致準備好要出門了，我赴這個約是代替她去的，時間比她後面的約會早，後面這個約會跟我沒關係。我穿上外套，手拿著風衣，我再走近浴室跟她說聲再見，這時我不敢越過門檻，好像一旦整裝好，就沒有權利再進去梳理一次，那怕我倆之間不拘泥於社交禮儀規範，那兩個十五年前在睡醒的時候相互擁抱的朋友。

「可以幫我個忙嗎？」我突然往浴室探頭問她（我說「突然」，因為一開始還沒有想要問她，我說出口時還在思考是否恰當）。

她繼續兀自照著鏡子（她四處搜尋或是吹毛求疵想找出不完美的地方，手拿著夾子對著鏡子，她就是這個樣子）。她說：

「什麼事？」

我又考慮再三，在我還沒想好要不要做之前我又開口說了（就好像我翻譯的時候，有時候我會比需要翻譯的內容提前翻譯出來，因為我可以猜出接下來會講什麼），我內心還在一邊思考，如果我跟她提出要求，她會要我解釋。

「妳介不介意跟他聊天的時候，順便提一下蜜莉安這個名字，看他有什麼反應，回來時妳再告訴我。」

貝兒姐用力拔出一根她想拔除的眉毛，已經夾在眉毛鑷上。現在她回頭看了我。

「蜜莉安這個名字？為什麼呢？你知道什麼事？是他的老婆嗎？」

「不是，我什麼都不知道，只是試探，一個想法而已。」

「來、來、來。」她說，她不停地前後搖動左手的食指，好像示意要把我勾往她的方向移動，好像在說：「吐實吧」或「解釋清楚」或「說來聽聽」。頓時一陣騷動。

「我真的什麼都不知道，不要緊的，只是懷疑，我的猜測而已，而且現在也沒時間了，我得準時赴妳的約會，告訴妳的朋友妳會缺席。明天我再告訴妳。如果妳記得又有機會的話，聊天的時候帶出那個名字，不管用什麼方式，妳就說妳取消跟一個叫蜜莉安的朋友的飯局，任何話題，就只要講出名字。但是妳語氣不要太堅持。」

貝兒姐對陌生的事情特別感興趣。每個人都喜歡試探別人，然後挖出消息，雖然不知道目的為何。

「好的，」她說，「我試試看。那你可以幫我一個忙嗎？」

「請說。」我說。

她想都沒想就直接說，或是她之前也先想過，也想通了。

「你有保險套可以給我嗎？」她那櫻桃小口快速地講過，臉已經轉掉不看著我（她用最小號的唇筆慢慢條斯理地仔細描）。

「我的旅行盥洗小提包裡應該有，」我回答的這麼自然好像她是在跟我要夾子一樣，她的眉毛鑷子還放在洗手臺上；我那個自然偽裝地如此勉強，顯得好假，讓我不得不再繼續補充說：「我以為有些約會妳希望可以不用準備保險套。」

貝兒姐哈哈大笑，跟我說：

「是啊！但是我不想冒險，可不希望那個高度曝光的場所的人沒戴保險套。」

她的笑聲裡洋溢真正的喜悅，就像從她嘴裡發出哼唱低吟的歌，我依稀都還聽得到（她應該對著鏡子在梳頭，獨自一人，沒有我的陪伴，我沒有倚在門軸間，那個不是我的臥房的門），我正往出門方向走去，那些幸運的女人們的微笑和哼唱，還沒當祖母、也不是寡婦或是大齡單身的女性，那些沒有意義也沒有對象的歌，沒有人會評論，此刻不是睡意的徵兆，也不是疲憊的表露，而是傻笑，是慾望的表達和前兆，是已經猜中或是早已經知道的告白。

但是，發生了事先沒有預料到的事，後來再想清楚時，那並非不可預料。晚餐後我大約十二點回到家，跟平常一樣，我一個人在家時，就寢前，我會打開電視，快速轉換頻道，看看我不在的時候世界發生什麼大事。我還在看電視時，這棟公寓的大門開了，幾分鐘前我關上的時候沒有上門閂，貝兒姐出現了。她手上拿著鑰匙，沒有放進皮包。腳比平常不跛，或是她裝得更像正常人，她沒有跛腳。

她風衣開著，我注意到她沒有穿我出門前最後在浴室看到她穿的那件衣服，天曉得我出門後她又換過幾套衣服。這是另一件漂亮誘人的洋裝，她一臉情急的樣子顯露無遺（抑或驚嚇，還是害羞，還是因為是晚上的關係，一張夜晚的臉）。

「還好你還沒睡。」她說。

「我剛回來。怎麼了？」

「比爾在樓下。他不想我們在他的飯店，嗯！他也沒跟我說他住在飯店。他只說不希望我們在他下榻的地方，他想來我這裡。我跟他說有個朋友在這兒住幾天，他說不希望有其他人，嗯，這很正常，不是嗎？我們該怎麼辦呢？」

此刻她也很細膩地用了複數人稱「我們」，雖然這個複數可能沒有包括我，而是指在樓下等待的「比爾」，或許也有可能指稱我們三個人。

「這樣吧，就像我們學生時代時做的那樣。」我邊說邊站起身來，想起另一個只屬於我們兩人的複數，那個我們曾經共有的過去。「我出去外面兜風蹓躂一下。」

她毫不懷疑，她正期待我的回答。她沒有異議，她是這樣要求。

「不會太久的。」她說。「一個鐘頭，或一個半鐘頭，我不確定。第四街往市中心的方向，有一家二十四小時的速食店，很大間，你走過去就看得到。嗯！現在也還不是很晚，還有很多店家開著。你不介意吧？」

「不會，當然不介意。妳要多久都可以，三個鐘頭更好吧？」

「不用，不會那麼久的。這樣吧！我把這間的燈開著，從大街上看得到。他走的時候我就把燈關掉，從街上你看得到家裡是不是暗的，那時你就可以上樓。這樣好嗎？」

「好的。」我說。「萬一他想留下來過夜呢？」

「不會，這個保證不會。你帶個東西去讀吧！」她說這話時簡直像個媽媽的口氣。

「我去買份明天的報紙吧！他人在哪兒？」我問。「記得他見過我吧？如果他現在看到我出門會認出我，那就糟了。」

貝兒姐走近窗邊，我緊跟著在她背後。她左右兩邊瞧瞧，看到了「比爾」在右邊。「在那兒！」她邊說邊用食指指著。我的胸膛磨蹭她的背部，她的背部不安地晃動，樣似急促，好像羞赧，又狀似驚嚇，還是因為夜晚的緣故。夜色有點泛紅，雲層密布般的深沉，但一點也不像會下雨的樣子。我看到「比爾」的身影，背對著我們，離我們的大門有點遠，他在等待，遠離我們視線範圍可以看到的那唯一一束光（貝兒姐住家這條街是一排矮房子建築，她住在三樓，不是滿街摩天大樓那種大道）。

「不用擔心。」她說。「我陪你一起下去，然後我去知會他。他是第一個對我有興趣卻不想讓別人看見他的人。出大門時你就從左邊離開就對了。他會等到我通知他時才轉身過來。你真的不介意喔？」貝兒姐撫摸我的臉頰，親切溫柔地對待我，就像女人們懷有幻想的時候的態度，即使那幻想只是曇花一現，甚至早已消失無蹤。

我出門，在街上閒晃一陣子。我進去幾家還開著的店家，在這個大都會一切彷彿隨時都是開放的。貝兒姐思考的方式立刻像個西班牙人，可能因為有一個人正在等她，而她正在跟另一個人說話。

我在一家不打烊的韓式食品店買一份週日的《紐約時報》，是一週裡篇幅最多最厚重的一天，我還買了牛奶，家裡的已經喝完了。我進去一家唱片行，買了一張唱片，是一部老電影的原聲配樂，它沒有光碟（CD）的形式，只剩沒有編目的黑膠唱片。這是週六的夜晚，街上滿是人潮，我遠遠望見嗜毒成癮的人，還有行將成為未來的罪犯的人。我進到一家晚上營業的書店，買了一本英文翻譯的日本小說《睡美人》[65]，我並不喜歡這個書名，但是我是因為作者才買下來。我手上已經拎著不少小袋子，我全部放進一個大塑膠袋裡面，就是裝黑膠唱片那個最大的塑膠袋，我把其他紙袋扔掉，那些紙袋沒有提把，拿在手上很不舒服，而且占據整隻手的空間和施力，或者，最好把手都塞滿，就像一個男人的新婚之夜，新郎的手都被塞得滿滿的，連新娘的手也是，而此時此刻，那個夜晚跟初夜一樣，早被遺忘，除非還有第二次、第三次、第四次或第五次，只有那個人自己知道。我們在「比爾」和貝兒妲的新婚之夜，那個新婚之夜裡，我在城市的大街上閒逛打發時間，一般所謂的「殺時間」。我看到貝兒妲跟我提到的速食店，事實上，我未刻意考慮，經她一提卻不知不覺朝那個方向走去。我還沒能進去店裡，要先預訂，晚點才能進去。和其他店家不一樣，它是二十四小時營業，有必要先預訂，我看到張貼的公告這樣標示。在大街上已經看不到天空，太多的霓虹燈光閃爍，太多的街角轉彎，我知道它泛紅且雲層密布，不會下雨。我繼續漫步閒逛，盡量不要走遠，時間也分秒過去。當一個人在殺時間的時候，時間變得如此容易察覺，每一分一秒都有它的獨特性和穩定性，彷彿一個人將握在手中的卵石讓它從指間滑落到地面，像沙漏；時間變得粗糙而碎裂，流沙成形，彷彿已然成過去，看著流逝的時間在流逝。但是對貝兒妲和吉耶莫可不一樣，從第一封信開始一切就已決定，雙方取得共識，最後一個流程在晚餐實現，他們決定地點，聊一下天，但是言談之間卻不專心，也沒耐心，假裝那個話題或趣事有價值，彼此觀察對方的嘴與唇，斟酒的動作，表現的有教養，點火吸菸，展顏歡笑；有時候笑容是吻和情欲的前奏，但卻不知道原因，親吻和親吻的過程中笑容就消失，人們清醒地躺在枕頭上擁抱時幾乎不會咧嘴微笑，彼此也不再互相觀看嘴巴（嘴巴是盈滿的，豐富的）；不論開場白、中斷，耽擱、等待、延長和停頓多麼愉悅，那笑容可掬的模樣都會傾向變得嚴肅，一個呼吸，微笑就會中斷，有時候聲音也是這樣，字正腔圓的聲音也戛然沉默，他們會使用呼格或感嘆詞來表達，這些都不需要翻譯。

凌晨兩點半左右我有點餓了，吃過的晚餐離我已經有點遠了，我回到那家二十四小時的速食店，點了一份三明治，一罐啤酒，打開大版面的《紐約時報》，我看國際版和運動版，打發時間開始變成一件難事，在我承諾給貝兒妲三個小時的時間還沒過完之前我不想回去；但是，誰知道，也許「比爾」早就離開了，也許已經結束嚴肅的事情，也結束歡笑的事情。當一切都協議好的事，執行起來有時候時間很短暫，也不會延宕，男人們是沒有耐心的，而且很想快點離開；突然間紊亂的床讓他們厭煩，眼前看到的床單、污痕、殘餘、痕跡和專注凝視的不完美的身體已不想再專注凝視（之前單純擁抱那個身體，現在卻覺得陌生）。多少次在繪畫和電影裡，女人被呈現的方式都是被拋棄在床上的影像，永遠不是男人被拋棄，除非像赫荷羅弗尼斯[66]死在床上的例子，女人總是被掠奪廢棄的犧牲品。也許貝兒妲已經隻身一人，等待我回去，或是焦慮地渴望我回去，我這隻朋友的手搭在她的肩膀上，她不會感到陌生，也不會覺得被拋棄。我付完帳走出去，我慢慢地走到大街上，往回家的路上走，路上人煙稀少了，不像馬德里夜貓子多，週五和週六的夜晚像個不夜城，是週末的狂熱。而紐約這裡，街道上只剩下計程車往來穿梭。時間是三點二十分，我剛好走到之前「比爾」等待我離開公寓的地點，離公寓大街距離滿遠的，離那唯一的一束燈光也很遠；現在從街道上看，遠處就可以看到其他幾束燈光，市政府在大道上揮霍的照明設備在小街巷道上就節流起來。從那裡看不到客廳的燈光，我的視角太斜了，我得向前再走幾步，三樓的位置，我移步走到接近正面的地方，我看到燈還亮著，還亮著，「比爾」還沒離開，他還在那兒，還沒有把貝兒妲當成陌生人。於是我不再向前走，我決定就在街上等候，現在去找旅館住有點太晚了，之前我早應該設想到，我又懶得走回去剛剛那家速食店，只剩沒幾家商店還開著，我也不餓了，但有點渴，我也不想再繼續閒晃下去，我走得有點累了，也不想再一直看時間。我想起了一九六〇年代傑克．李蒙[67]演的那部電影，他一直無法回到自己的公寓的情形，我站在街燈下，倚貼著街燈，像個可笑的醉漢，裝滿東西和盒裝牛奶的大塑膠袋放在地上，用街燈照明看手中的報紙。但是我沒有讀報，我只是等候，像蜜莉安一樣，只是等待時我不會擔心我的外表是否變糟，而我也知道確切的情況，也就是說，為何等待，我也沒有跟任何人生氣，我只是在等一個暗號。我頻頻望著窗戶，就像小古斯塔多現在看著我的臥室的窗戶一樣，我在夜裡守護「比爾」和貝兒妲虛假的新婚之夜，就像古巴那首歌裡的丈母娘和那個故事，她守著她的女兒和一位外地來的女婿的洞房花燭夜，結果隔天早晨女婿變成一條蛇（或者就在新婚之夜的晚上，新娘女兒求救卻沒有人警覺，女婿瞞騙丈母娘，用「我的丈母娘」稱呼她而安撫說服了她），床單上留下一抹血跡，或者是那新娘的處女之血，或是皮開肉綻，或是撕裂了什麼的血痕。貝兒妲今天晚上不會留下她的血。藍斯經歷三次新婚之夜，三個真正的新婚夜，在那三個晚上有時總有些撕裂的東西，在那個久遠過去的時光。客廳的燈已經持續亮太久了，再過一刻鐘就四點了，說話，重複，繼續，沒有笑聲了，還是「比爾」決定留下來過夜？不可能，大街上連車子的細微聲響都沒有了，我突然替貝兒妲擔心起來，「妳一點都不害怕嗎？」我當時跟她這樣說。「假使結果不如人意，那就算倒楣吧！」她這樣回答我。人會死，乍看不可能，但是有人會像我的姨媽德蕾莎那樣死去，我父親的第一任妻子，任誰都還無法知道究竟是怎麼回事。我肯定不想知道，路易莎卻想知道，路易莎滿心好奇，誰知道路易莎在遙遠的大西洋岸那一邊是否有危險，是否像那位吉耶莫的妻子不知道自己生病；然而我卻突然就近擔心起貝兒妲，那間亮著燈的客廳，它的窗戶再過去那邊的她，燈亮是一個信號。我的寢室的燈是關著，我出門時就關掉它，她房間的燈無法得知，因為沒有面對街道，而她就是跟「比爾」在那裡面，還有他像鋸子的聲音；此刻的聲音應該有點含糊不清，就跟幾分鐘前我跟路易莎在一起，我走到冰箱之前一樣（感嘆的聲音），之後，從我工作室的窗戶看出去，看我新居所在的街角，那裡人群聚集，常有人停駐在那兒：一個手搖風琴手和一個綁辮子的女人，一個大聲叫賣玫瑰的傢伙，還有小古斯塔多，他那張淫慾和淋濕的臉仰望高空；那一夜我沒有下樓拿張鈔票要他離開，他不惹麻煩也沒製造噪音，我不能賄賂收買他，他什麼都沒做，只是戴著帽子在雨中抬頭望低頭看，朝著我們的臥室瞧，他的位置看不到室內，只能憑著燈光，然而燈已熄掉，我跟路易莎撒了謊時請她關掉燈，而我望著外面，對這個世界不貪圖什麼，從我結婚以後，或許更早之前，我的世界是那個共享的雙人枕頭，而那個世界或那個枕頭有個人在那裡，趁我不在的時候，懂得去提議安排和遂行目的。

這個念頭讓我寒顫，我不想想它。不說出來的祕密不會傷害任何人。我的父親問過我「那現在是怎樣呢？現在怎樣呢？」之後，又跟我說了「一旦你有祕密，或是你已經有祕密了，絕對不要說出來；」他也說：「你也只能知道自己的祕密而已。如果你也知道她的，那就不是祕密了。」但是路易莎對我沒有任何改變，如果真的有，我也不應該害怕，她現在並不是遠在大西洋的另一邊，而是近在眼前，就在旁邊另一間房間，等小古斯塔多離開，我就可以立刻到她身邊保護她。我沒有跟路易莎談到「比爾」，沒有講吉耶莫，沒有講浴袍、毛髮濃密的三角胸膛，沒有講錄影帶和像鋸子的聲音，沒有提到跛腳，也沒講到那個週六夜晚在街頭等待的事情，那些事情本身都不是祕密，也可能不會成為祕密，但是從我回來以後到現在一週我都隻字未提，也許已經變成祕密了。祕密本身沒有獨特的特性，隱瞞和沉默決定它的特性，或者是謹慎、遺忘，不評論也不訴說都會決定它的特性，因此，聽是最危險的，而且避免不了，也正是那個時候，都沒有人提起的時候事情發生了；說出來會讓事情變可怕，因為害怕而要驅走那些事情。情侶之間恆常都在談論別人，從不談論自己的事情，除非他們認為那件事情屬於兩人共有，於是唇舌話語便傳到耳邊：「事情我已辦了」（I have done the deed），這個簡單的聲明，隨即也改變或否定了那件事情或那個功績。「事情我已辦了」（He hecho el hecho），馬克白勇於說出來，他辦完事的同時隨即說出來，有誰敢這樣說？敢做不見得敢說出來。生命中或行將到來的歲月不再依賴已做成的事，而是依賴所知道的這個人，知道他做了哪些事，又做了哪些不為人知的事，因為沒有目擊證人，而人們閉口不談。或許應該接受欺瞞，它是真實的一部分，就像真實，也是欺瞞的一部分；我們的思維總是搖擺不定，而且模稜兩可，不能容許毫無質疑的事，思緒中永遠有晦暗不明之處，而它總是用病態的腦子去想事情。

我擔心貝兒妲，已經過了四個小時了。我突然擔心他會不會殺了她，人們會死，我們認識的人會死，即使乍看不可能；除了她沒有人知道關燈是她跟我約定的暗號，殺人犯離開時沒有理由這麼做，在他離開之後燈才會關掉，用來知會我並告訴我「上來」。黑暗表示「上來」；而或許，我們的黑暗——他會看到的——對小古斯塔多而言，我給的訊息是「滾開」。我提起地上的袋子，慢慢地穿越馬路，不再等待，準備上樓，只消幾步距離，而那一帶，已經有好一會兒都沒有任何車流。四點二十分，對陌生人來講實在是過長的時間。我穿越馬路，走到馬路中間時，有輛計程車緩慢駛過來，好像在找尋附近目的地的門牌號碼，我退回幾步，回到人行道上。計程車開到我的位置，不太信任的眼神看著我（乞丐或是吸毒者經常手提塑膠袋，醉漢則經常拿著沒有提把的紙袋）；他再定睛看清楚我時，他見我態度從容，用頭擺了個詢問的動作，問我貝兒妲家的門牌號碼。其實我幾乎沒聽懂，好像是希臘人，黎巴嫩人或俄國人，紐約的計程車司機很多這類人，好像每個人都會開車。「是那個。」我跟他說，用手指著大門的位置，在那個迷霧濛濛的夜裡，街燈遠離的闌珊燈光下，其實看不見門牌號碼。說完我立即離開，我離開那束燈光，彷彿我突然有急事般要繼續我的行程。那是「比爾」打電話叫來要搭回去飯店的計程車。也許他已經離開了，而燈也關了，如果貝兒妲還活著的話，不管是不是被拋棄了，幾個鐘頭也實在太久了。我保持在一段距離之外，遠比那個「高度曝光的場所」等待的地點更遠，他之前在哪兒等待只為了上樓，且不希望有目擊者。我聽到一聲短促清脆的喇叭聲，意謂「喂！」或是「我在這裡」，或是「下來」。須臾之間，大門旋即打開，我看到愛用國貨的西裝褲，看到風衣，在夜色裡它變成深藍色，天空依然泛紅，也許會越來越深沉。我聽到計程車門關上的聲音，車子發動，加速從我的身邊駛過，我隨即轉身背對著計程車。一會兒之後，我不疾不徐地走到街燈下，客廳的燈現在關掉了，貝兒妲還記著我，她還活者。我們的燈也熄掉了，我剛剛把我工作室的燈關掉，路易莎稍早關掉臥室的燈，這些事都在十分短暫的時間內發生。外面的雨依然淅瀝淅瀝下著，在閃爍的街燈下彷彿水銀或是白銀般的珠簾。我們的夜晚是橙色的，也帶點淺綠，就像濡濕的馬德里許多個夜晚一樣。小古斯塔多那團猥褻的白色點子依然向上翹望。「滾開。」我用我病態的腦子對他說。於是，他一手壓著帽檐，另一手握住往上拉高的外套領子，離開屋檐，從街角轉個彎，從我的視線消失，一身濕漉，彷彿像個戀愛中人，又像一條踉蹌的狗。

---

63 這是西班牙的童趣捉弄遊戲。大人常問小孩：「要不要聽我跟你講個好煙斗的故事」，小孩子不知道答案不是表示意願的「要」或「不要」，而是要重複大人說的完整的句子。有點類似「跟著我說」的暗示。結果小孩常常被大人弄的不耐煩而不想聽故事。「好煙斗」或是「好瓜子」（buena pipa）本身沒有意義，故事也沒有下文。如果小孩正確重複句子，也許就可以聽大人講故事，但是是別的故事。

64 英文裡，比爾（Bill）是威廉（William）的暱稱，英文的威廉對應西班牙文的名字是Guillermo（吉耶莫）。此處僅影射敘述者的懷疑，但並不意味和蜜莉安的吉耶莫同一人，僅是兩人名字相同。

65 川端康成的作品，英譯為*House of the Sleeping Beauties*。

66 Holofernes，屬於《舊約聖經》的故事。描述古代亞述帝國侵略以色列猶太民族時，亞述帝國的統帥赫羅弗尼斯攻占許多城市，逼近以色列的伯圖里亞（Bethulia），寡婦猶滴（Judith）以美色誘惑赫羅弗尼斯，趁其醉酒後在床上將他斬首，嚇退了亞述軍隊，拯救以色列人民。

67 Jack Lemmon，1925-2001，此處指的電影是一九六〇年的《公寓春光》（*The Apartment*），由美國導演比利・懷德執導的黑白愛情電影，由傑克・李蒙與莎莉・麥克琳（Shirley MacLaine）主演。

誰不曾有過懷疑，誰沒有懷疑過他最要好的朋友，誰在童年的時候沒有被背叛過，沒有被打小報告過；在學校的時候，就已經預見那個貪圖的世界有多少事物等著他：困難阻礙、背信忘義、沉默、陷阱、詭計。也會有同伴自告奮勇說：「是我做的。」承擔起責任的第一種方式；人生中第一次不得不說，或是不得不聽：「我做了那件事」；然後，隨著歲月的成長，世界變小了，因為它不再遙不可及，要說或聽那句話的機會越來越少，童言童語退出這個世界，那句話被收回了，因為它過於制式簡要，但是那些直白又荒謬的句子，當時感覺是英雄氣概的行為並沒有全部被棄置不用，而是活生生出現在眼神裡，顯現在態度、手勢、動作和聲音上（感嘆的語氣，含糊不清的發音），這些可以、也必須被翻譯出來，因為這些句子是那麼清晰、一目瞭然，而且是它們真的說出某些事，也真正指出了事實（敢愛敢恨，純純的愛），不會為了一個或許或一個也許折騰，也不用包裝文字，否則非但不能讓人了解、訴說、告知，卻會混淆、隱藏和推卸責任。話語會擺平事情使其齊頭一致，就像話語也可以淡化行為；行為本身本來是明顯區隔不會混淆的。吻一個人或殺一個人乍看是兩件截然對立的事，但是，敘述親吻和敘述殺人可以很快地讓這兩件事同化，並且聯繫在一起，繼而建立彼此的類比和象徵。成人的世界裡，由話語主宰，不會聽到「是」或「不」，沒有人會說「是我」或「不是我」，但是還是會繼續看到，幾乎大部分都是「不是我」，那些功勳英雄榜只會越來越多錯誤的名單。

誰不曾懷疑過，心存懷疑可以採取兩個辦法，但是兩種都沒有用：詰問和緘默。如果開口問，也許就會逼迫到要去聽「不是我做的」，而進一步要去留意那個沒有說的部分，留意說話的語氣、閃忽迴避的眼神、顫抖的聲音和可能是佯裝的驚訝與憤怒，而且不能再回頭問問題。如果默不作聲，那個問題就一直完封不動，也隨時準備就緒靜候發問，但是有時候問題會因為時間錯置，不符合實際狀況而難以表達，意思是時過境遷，不合適再問那個問題，一切到最後彷彿流水光陰，已過期失效，只得叫人一笑置之，那已然流逝的過去好像因惡小為之的天真，可以獲得寬宥。如果選擇緘默，那就要消除懷疑，廢止問題；或是一直醞釀懷疑，好好準備問題，但是兩者都要小心翼翼。不可能做到的是確認懷疑，沒有人會知道自己不曾參與的事情，甚至連告白都不能據以相信。在學校的時候，有人說「是我做的」，結果卻不是他。人們撒謊就像人們會死亡一樣，有點不可思議，但是沒有什麼可以真正明白個透徹。我是這麼認為。所以有時候，最好連開始都不要知道，也不要聽取人們講述那些一切已是無能為力的事，我們每個人都具備那種說故事的能力，故事都還能追溯回歸到遙遠的過去，或是最近發生的事，然後發現了一些已經不在意的祕密，但是卻影響了日常生活，或是未來的日子，影響我們對世界和對人的認知；聽完了那些故事之後再也無法信任任何人，這是可能的，發現我們認識的人最可怕和最卑鄙的事情，甚至是我們自己。每個人耽溺於訴說的時候，總是不停地說，也不停地隱瞞；不說也不隱瞞沒有被說出來的，因此，三緘其口的就變成祕密，而有一天祕密也全部都被說出來。

我什麼都沒說，我沒有問，也還沒開始問，時間越過去，就變得越不可能也越難問。時間過了一天沒有問，兩天沒有問，過了一星期，然後不知不覺累積幾個月；如果心中的懷疑沒有滋長擴大，那想要釋疑的行動一直延宕，也許就會等待，讓它也變成過去，變成輕微又天真可以寬宥的事，而讓自己一笑置之。連續好幾天，我就寢前都望著窗外，從我的工作室往樓下那邊的街角瞧，但是接下來的幾天小古斯塔多都沒有出現，我再次看到他一眼時，是在樓上這邊，我自己的家裡。我父親大約八點半左右到家裡來，來跟路易莎和我喝一杯，之後他應小古斯塔多的邀請，不知道要去哪個晚餐的飯局，所以小古斯塔多十點左右到家裡來接他。他待了幾分鐘，匆促地喝了一杯啤酒，我不覺得有異樣。他和路易莎僅是那種新近認識的一點熟悉感，而且是透過我父親，他們在我出差時間，透過藍斯彼此認識，大概有兩、三次機會，就只是這樣，我的感覺是如此。藍斯和路易莎才比較親近，他們經常見面，也常兩人獨處，我父親陪她去採購布置家裡的裝飾，帶她去外頭吃午餐或晚餐，提供建議給她（一個有品味的男人，一個藝術鑑賞家），很明顯的他們兩人互相欣賞，相處有樂趣。那一次的造訪我父親談到古巴，但這對他根本不是什麼出奇的事，相反地，是他經常談論的話題，他跟古巴的連結可密切了，從他跟哈瓦那的丈母娘，以及她兩個女兒的婚姻，還有我也了解的他跟古巴許多的買賣交易。一九五八年十二月他去古巴，剛好是巴蒂斯塔[68]垮臺前幾星期：已預料到這個後果（有產階級的財主們也都預知並著手準備了），這些有錢人急著脫手變換現金準備逃難，他因此以脫手價格獲得許多珠寶和珍貴的畫作。有一些他自己留著（不多），其他的賣到巴爾的摩、波士頓或馬里布，或是在歐洲拍賣（珠寶可能都被馬德里的珠寶商給拆分了，有一些他當禮物送人）。這是他頗感自豪的事，時而遺憾沒能再有這樣的先見之明去預知其他的革命，以及隨之而起的捲款流亡生活。「有錢人離開家鄉的時候，絕不會留下任何東西給他的敵人。」他不改一貫嘲諷的微笑，從他那像女人陰柔的嘴唇發表高見。「在落入敵人手中之前，他們寧願燒掉或毀壞，但是有錢人知道賣掉還是比較好。」他那時去古巴，想來是有一些接觸往來和朋友關係，而更早以前他也去過，但是，他待在那個地方的時間前後交錯參雜，旅行往來和他自己的敘述又混淆不清（他自己都搞不清楚）；他多次前往都是為了幫那些誠實的美國博物館，還有南美那些詐騙營私的銀行獻策、提供諮詢；他可能去古巴的眾多旅行當中，唯一最清楚的就是革命前夕那一次（另一方面，講給孩子們聽時，沒有依照順序，隨著孩子們的好奇心的興起和他們感興趣的話題隨時跳來跳去，而對孩子們來說，長輩們過去的歲月，整體說來，即使是最好的也是一團亂）。不管事實如何，他跟古巴這條線的友誼隨著一九五九年的「古巴革命」斷掉了，當時還有歌聲哼哼唱唱說要終結古巴的特權階級，只是奇怪的是，我並不記得他接待過在西班牙尋求庇護的古巴人。或者是，他們不曾到家裡來過，因此，我也沒有機會跟他們認識。從那時起，藍斯沒有再去過古巴，所以現在他要是再談起古巴，就不是一副熟門熟路古巴通的樣子了。

然而那一次，藍斯講話的樣子非比尋常，別於一般，彷彿路易莎的出現有了分量，讓他必須凸顯說話的語氣和開心的心情，顯然是他們獨處時他特有的語調，遠遠勝過那個古老的、總是充滿嘲諷的口吻，在我小時候甚至長大後，他一貫對我的態度。當路易莎從房間出來要講電話的時候，我父親議論和講話的態度又改變了，確切地說，就停頓下來。好像注意到我也在現場，就開始問我一些關於紐約的事情，這些我一回來他就立刻問過的事情（我回來第三天我們在安家餐廳用餐的時候），而他已經知道答案，不然就是他不感興趣了。雖然我站在前面，他卻是跟路易莎講話，路易莎講完電話後，他又以罕見的蓬勃生氣繼續發表他的高見，儘管藍斯這一生一直以來都是生龍活虎。也許路易莎的微笑是適當的，她在恰當的時候笑了出來（是的，在他想要的時機），也許她表現出喜歡聆聽他講話，或是在適當的時候插話或問問題，或者路易莎就是他希望的那個人，他想讓路易莎認識他，而他也想跟她說出全部的事情，一個可以傾聽他有條不紊、不用跳躍式地去訴說他的故事的新人。而且路易莎從一開始就興趣盎然，他可以不用等到她滋生好奇心。我父親跟我們講過一些趣聞軼事，而那些我以前都沒聽過。例如，一個威尼斯偽造者，偽造仿羅馬時期的小尊聖母大理石雕塑，在他那巧奪天工的技巧完成後，放在他妻子的胸罩內，一個好大的胸罩啊；胸部的分泌物（相當多）和腋下散發的體味（很強烈）讓那些小尊的人形象產生完美的銅綠。還有講到布宜諾斯艾利斯一家銀行的經理，熱愛藝術，執拗地不相信藍斯的話，他跟藍斯買了一幅老古斯塔多的作品，那是一戶家財萬貫卻十分吝嗇的家族委託藍斯帶去的複製品，他們只想要一幅他們十分喜愛的畫家安格爾[69]的複製品。就在藍斯交給這戶人家之前，銀行經理在藍斯下榻的飯店（是布宜諾斯艾利斯的廣場酒店）看到這幅尚未加框的畫，當下就著迷，藍斯跟他說那只是一幅複製畫，他卻聽不進去；我父親一番唇舌，跟他說上千百次，說那幅畫的原作典藏在法國的蒙托邦[70]，銀行家卻堅持己見，認為藍斯欺騙他，甚至怪他有背誠信，說他獲得這幅大師傑作卻要轉賣給其他客戶，他認為蒙托邦那幅畫才是贗品。「如果這樣的話，」我父親如實跟他說了，卻無法說服他，「您如果把它當真跡，那您得付我真跡的價格。」那句原本要轉移他的注意力，讓他打消念頭的話，卻讓銀行經理認為此話恰恰驗證他的說法。「老古斯塔多從沒有單憑一幅畫賺進這麼大把鈔票。」我父親說。「對我們來講，沒有再多一些腦筋糊塗的銀行經理或博物館主任，實在可惜了。」「一般來說，大家都是完全盲從地信任我，可惜了，我們不能如法炮製大撈一筆。」他開心地補充，和路易莎一起呵呵笑。「我再也沒有他的消息，我覺得這樣比較好。但願沒有人去控告那位銀行經理，說他不當挪用公款。」我父親很開心，路易莎也很開心，但是他表現得似乎更盡興，我想路易莎可以從他那兒挖到她想知道的任何事，我並不是沒來由亂想，而是想到她可能想要查明他的事，而我卻不想，起碼我這樣認為，雖然我並沒有停止這個念頭，換句話說，我並沒有完全驅除這個也許可以把它稱作懷疑的想法，我覺得不可能同時跟幾個懷疑共存，所以有時候會排除一些，例如，那些最不可能的，或是，那些最有可能的；那些還沒有成為過去的，那些會讓我們去採取行動，會讓我們害怕，讓我們疲於應付的，而且還會改變具體的未來的，然後還會因此滋生其他懷疑的，那些懷疑一旦經過確認，事實就會變得無法挽救，就會改變過去和抽象的未來。我想排除我對路易莎的任何懷疑，但是，對我父親，我必須醞釀培養那些尚未成形的懷疑，而那天下午，在小古斯塔多按門鈴之前，路易莎大聲問起，剛好提醒了我這些懷疑；因為在一陣笑聲、微笑和趣事之間，我可是第一次看到這種場面，她充滿崇拜的語氣，用「您」稱呼藍斯，就像她平常也喜歡這樣稱呼。

「說真的，我也不奇怪您會結這麼多次婚，雖然很難讓人相信，但是這是個源源不絕的題材，講不完的故事，也一定很有趣。」然後她又立刻接著問，彷彿要讓他有機會直接回答後面第二個問題，而可以不用連帶回答第一個問題，如果他不願意的話（這是表示尊重）：「很多男人認為女人需要有被愛和奉承的感覺，甚至被寵愛，認為我們最在意的莫過於討我們歡心，意思是說，不讓我們過於只想到自己。這也是我們會想要有小孩的原因。您一定知道這個道理，如果不是，就不會有這麼多人愛您。」

路易莎這番話對我而言，剛好相反，我覺得她不是影射我。我也跟路易莎講過很多不可思議的事情，雖然到那個時候我對「比爾」和貝兒妲的事仍然隻字未提，那一定會讓她覺得趣味橫生；但是那件事也是我的事，也許因此我才絕口不提。吉耶莫和蜜莉安的事我也保持沉默，一直到路易莎提起時才談到，而我知道那件事也屬於她的事；另外，我們倆認識那一天，在翻譯兩位領導人的晤談時，我認為不好或不恰當的想法，甚至應該審查過濾時，我保持緘默或是更改一些他們對話的內容（尤其是我方領導人的話），那個場合裡，我的判斷並未影響到路易莎，她跟我大致一樣，嫻熟雙方溝通的那兩種語言，她是監視我的「女網」。緘默和說話是參與未來的方式。我想到，路易莎認為我父親具有的那項才能應該也是小古斯塔多的能力：他心血來潮的時候，盡講些奇情逸事，逗我父親開心；在我童年和青少年時期，他也跟我講過許多，而最近的一次就是關於藍斯和我姨媽，還有一位沒有親戚關係的女人，某種意義上，這是跟我有關的事（也許那個故事也是我的故事；或許路易莎想聽小古斯塔多講）。

藍斯的笑聲並沒有停止，而是把笑拖長太久了，顯得做作，好像為了多爭取時間，來決定應該回答路易莎哪個部分的問題，以及怎麼回答（是要全部回答，還是都不要回答）。已經笑過頭了他還在笑，即便難以翻譯或是無需審查過濾的話也有它一定長短的時間，而可說不可說的意涵就在那段時間裡。

「她們沒有那麼愛我。」終於開口說話了，語氣和平常很不一樣，彷彿還在猶豫。如果是回答我的問題，他一點也不會猶豫，連一秒都不會延長笑聲（兩者都是表示尊重，對路易莎的尊重）「如果她們真的那麼愛我，我反而覺得自己不值得她們這麼做。」他補充說道，這話聽來並非不想賣弄風情：我太了解他了，他說的話我一聽就分辨得出，不脫他平常賣弄的語氣。

路易莎勇敢地繼續追問，暫時忘了對公公該有的尊重（有可能是提醒我她的調查已經展開，沒有辦法阻擋了，不管我怎麼想，如果我不參與，這個故事就是她的故事了，而藍斯已經加入。也許是另一種表示尊重的方式，對我的尊重，等我出現在現場才開始啟動故事，好像示意告知我：「從現在開始，這件事我可以不理會你的意見。」）。

「但是就我的了解，除了跟我的婆婆，您也跟她的姊姊結過婚。這真的不容易啊，兩姊妹愛上同一個人。誰曉得之前又有多少女人愛慕您呢！」

路易莎語調輕鬆近似開玩笑，輕聲細語又愛捉弄人的樣子，就像對待老人家，要逗他開心或是要他提起精神時，一種親切的戲謔；這個藍斯頗擅長，他常常跟別人或跟自己這樣打趣，彷彿也是給自己打氣一樣。然而那一剎那間，他的回答卻不是如此。他迅速地用他那雙灼熱的眼神看我，彷彿要確認路易莎這個訊息是從我這裡知道的一樣，而且除了我不會有別人那樣篤定。一定是這樣的，這不奇怪：枕邊細語都是在聊別人的閒話。但是我沒有回他任何表情。接著他說：

「那可不，妹妹們通常迷戀姊姊們喜歡的東西。我不是指我這個例子，但是也不是什麼福氣，恰好相反。」

「那之前呢？」路易莎又追問，很明顯地，路易莎並不期待當下他會回答，或是至少給她什麼具體的答案，藍斯就要出門去赴晚餐的約，這個問題彷彿像先開闢一個戰場，通知他一個具體的未來，或是即刻降臨的未來。我對路易莎的堅持和藍斯的反應都感到十分訝異。我還記得那一天，就因為我試著問他過去的事，他幾乎把我從吃飯的餐廳攆出去（「我想要好好安靜地用餐，就在今天，而不是四十年前的某一天」），那個比路易莎現在問他的過去還要近一點的場景。藍斯又回頭看我，彷彿懷疑我是消息來源，或是他不知道是不是真的有這個消息。我還是面無表情。他恢復正常的語氣，手上拿著菸，擺了個誇張的手勢：

「以前？以前太久遠了，我都不記得了。」

就那時候門鈴響了，路易莎起身準備去開門，她走到門口要迎接小古斯塔多（「應該是小古斯塔多，」他說，路易莎剛好從走廊走遠，離開我們的視線），她還有時間，或者還有心情跟他說：「那就好好回想一下，我會再問您的，改天您再告訴我，哪天只有我們兩人的時候。」

小古斯塔多匆促地喝了啤酒，他待的時間很短，話不多，也許跟我一樣，也許像個戀愛中人。他那雙釘上金屬薄片的鞋跟幾乎沒弄出聲響，很可能跟「比爾」的鞋子一樣，踩在郵局那一站的大理石地面上時，聽起來像女人踩跟的聲音，但是從貝兒姮公寓的大街上搭計程車的時候，踩在柏油路面上就截然不同，彷彿鞋子也有共識，要保守祕密。

多少事情在人的一生中、一個歷史，或是一則故事裡悄然流逝而沒有被說出來，有時候是無意的，或是根本沒有打算說出來。我枚舉的許多例子，我都矢口不談，也因為從我的婚禮迄今一年來，那種對災難的不祥預感和不舒服的感覺一直圍繞身邊。現在有點稍微緩和了，也許經過一段時間之後會消失。我對路易莎保持緘默，也對貝兒妲，對我的父親，遑論在工作上，更不用說對小古斯塔多了。戀愛中人還有耍性子的人，總是默默不語。會保持沉默的人是那些已經擁有而深怕會失去的人，而不是那些已經失去、或是快要獲得的人。例如，貝兒妲不停地談論「比爾」、「傑克」和「尼克」，但是對她而言，他們既沒有形體，也沒有臉，她也沒有擁有他們（沒有談到當下的諾言，但是有具體的和抽象的未來；也談到近期所失去的）。但是之後，她就沉默了；在我長達四個小時的大街閒晃、購物、小心翼翼和等候之後，我發現她還是起身的狀態，不是穿著睡衣罩袍在她的臥房。她獨自一人，但是依然試圖挺著，忍耐跛腳，還沒有讓自己在那個復返且已習慣的孤獨中恢復過來，連對我這個如此信任的朋友也一樣，的確沒有那麼容易，的確沒有那麼快。我沒有打開幾分鐘前她關掉的燈，那是通知我讓我知道「上來」的暗號，因為不需要開：她斜躺在沙發上，面對著電視機，電視機的螢光足夠照明，正在放映「比爾」的錄影帶短片。現在她可以用不久前才產生的對他的記憶補足錄影帶的影像，現在她終於知道淺藍色浴袍露出的三角胸膛上上下下是否吻合。我進門時沒開燈，那個像個布道者，還是微弱的歌手，就是那個聲音像把鋸子的人，從螢幕放聲英文說著：「妳們女人重視臉，重視眼睛。妳們都這樣說。我們男人重視有身體的臉，或是有臉的身體。就是這樣。」貝兒妲看到我時把電視暫停，她站起身，給我一個吻。「對不起。」她說，「讓你等太久了。」「沒關係。」我回說。「我買了牛奶，家裡的已經喝完了，我先拿去冰箱放。」我走到冰箱，不僅放牛奶，順便把塑膠袋裡面的東西全部拿出來：日文小說，報紙，《福爾摩斯私生活》[71]電影配樂；我向來的習慣是這樣，每回我旅行一回到家，一定先打開行李，把每樣東西物歸原位，行李箱放到櫃子裡，想要加速忘卻我曾經旅行，忘記旅行這件事，讓一切好像回歸靜謐得以休憩。我把塑膠袋扔進垃圾桶，以便我可以快速遺忘我曾經去購物和在街道閒晃。我回到客廳，手上還有小小的戰利品，貝兒妲不在客廳，電視還開著，轉換到電視節目，剛好播放一個刻意搞笑的節目，我聽到她在臥室裡，應該是讓房間通風透氣，整理床鋪，或是換床單，剛剛我回來時她沒來得及整理。但是情況不是這樣，起碼不是我的緣故，讓她來不及整理，因為她剛剛出來的時候，手上並沒有一堆衣物，她的雙手是插在睡衣的口袋裡，是件鮭魚顏色絲質的睡衣，睡衣底下，我猜什麼都沒有穿，也許她想帶著有「比爾」的味道的床單入夢鄉，當一個人想要留住特定的味道時，那味道彷彿總是揮發得特別快。她經過我身旁時，身上不再散發楚薩迪的香水味，而是嬌蘭，我看到那瓶香水（盒子開著）放在那張桌子上，平常我們習慣放信件，我會放我的日記、書和我的唱片的地方：我參與了那瓶香水的購買。那是「比爾」留在公寓裡唯一的物件痕跡。「還好嗎？」我問。她還是沒辦法停下來，一切大致都整理的差不多了，雖然家裡隨時總是找得到需要整理的地方。「還不錯。你呢？這段時間你都在幹嘛？可憐的你，你八成愛睏死了。」我約略跟她說了我在大街閒逛的事情，沒有提到我擔心她的事，我給她看我買的東西，但是沒說我苦等的事。我不知道是不是要再追問她，她好像突然一陣害臊起來，這在幾個星期前不曾出現的情形，連昨天下午她跟我要保險套的事都不覺得難為情（我去丟塑膠袋的時候，我看到她丟在垃圾桶裡，有兩個，被我的塑膠袋蓋住了，下一次再丟東西到垃圾桶時，就不會再看到了。快速地遺忘，有時候並不需要加速，就像垃圾桶一樣，隨時總是有些東西會蓋過某些東西，那些行將到來的分秒之間，不只是取代，而是否定那些已經過去的事物）。我和她的朋友們，和胡麗雅的飯局已經是多麼遙遠的事，她一定不記得了，她連問都沒問起，我也傾向不要再提起，平常不論多晚，我們在睡前都會簡短閒聊一下。雖然是週六，已經很晚了，我們早該就寢，上床睡覺，在睡夢中遺忘，或許貝兒妲想留住回憶。但是我也想約略知道個端倪，那件事不是我的故事，但也是我的故事（所以我也可能想知道，然後一切安然無恙）。我曾經數個小時在泛紅但看不見天空的大馬路上踱步遊蕩，在街頭巷尾閒晃，曾經三次在肯默車站的大理石地面上駐足等待，曾經跟隨他踢踏的腳步聲到廣場酒店，讓他看見我，我拍了一支錄影帶，我應值得知道一些事而不至於讓歲月蹉跎空流逝。「嗯！跟我說說經過吧！」我說。「沒啥好說的。」她說。她沒穿鞋子，但也沒跛腳，她的眼神像在魂遊幻想，又像昏昏欲睡的樣子。她看起來心情平靜，不疾不徐在沉思一般，彷彿也不因思考而疲憊的模樣。她不慌不忙的笑容，有點傻笑，像一個人沉浸在朦朧的回憶中，兀自會心傻笑一樣。「但是，他是西班牙人，對吧？」我說。「對，是西班牙人。」她回答。「我們早知道了。」「他叫什麼名字？」「他做什麼的？」「他叫比爾，這名字適合他，他沒跟我說他的工作。我們沒有談到這個。」「但是，讓我再多知道一些，他怎麼樣？還合妳意吧？沒讓妳失望吧？妳害怕嗎？錄影帶裡的他讓人很討厭。」我手指著電視那個很做作的搞笑節目，還有細微的音量。「我還不知道。」貝兒妲回答。「這要看從現在起事情怎麼發展。」「你們約下次見面了嗎？」「會啊，我想會的。郵政信箱都還在，他也可以打電話給我，我給他我的電話號碼了。」貝兒妲回答的乾脆俐落，好像一個戀愛中人不想分享，隱藏了什麼，或想要留住什麼；她怎麼可以這樣，實在荒謬，甚至有點任性，或許她不想現在談這件事，在他陪她漫長四個小時後，也才剛離開；事實上是四加四，八個小時，他們約八點半見面。有可能她想要獨自靜靜想一想，回想發生的一切，牢牢抓住這個回憶，從「比爾」走出這個門後，記憶就開始緩慢變得模糊，所以她才立刻放錄影帶觀看，卻又因為我進門而中斷。「也許明天吧！」我想。「也許明天她比較有意願講，再跟我細說從頭。事實上，我倒也不是很在意，實際上我的任務已經結束，我得看重她所看重的事，幫助她到達那個她想要的人，甚至得到他。就這樣。我在紐約的日子也差不多要結束了，一星期後我就要離開，或許要等到一年後再回來。到時候換她跟我講這些已經過往雲煙的事情，那曾經因惡小而為之的天真可以寬宥的事情，會讓我們噗嗤大笑，讓我們感覺好像不是我們的事，也不是我們做的，也許到時候就可以從頭到尾全盤說出，而不是像現在，事情正在發生，但什麼都不知道。」但是我也想到，我不能這樣就去睡覺而沒問她幾件事情，至少兩件。「他帶保險套了嗎？」我問她。昏暗中我彷彿看到貝兒妲難為情到臉紅了起來，她那張鮮紅羞赧的眼神望著我，那可是在她跟我要保險套時根本沒有的表情，連我跟她拍錄影帶時也都不害臊——我這麼認為，雖然我只是透過鏡頭看她。「我不知道。」她說。「他來不及，在他拿出他的以前，我已經把我的拿出來了，那些你給我的，謝謝你。」說那聲「謝謝」顯然臉也是漲得紅紅的。「那蜜莉安呢？」「妳問到蜜莉安的事嗎？」貝兒妲對那件事顯然沒興趣，早早忘記了，她做了個動作彷彿要說「那太久以前的事了。」蜜莉安這個名字在晚上的約會一開始就被拋諸腦後了，根本沒能帶回任何消息。「有的。」她回答。「我提到這個名字，說是在西班牙一個朋友，但是好像沒什麼作用，我沒再堅持下去，是你提醒我不要太堅持。」現在她已經不問我那是怎麼回事，也不問我懷疑什麼，或是我知道什麼（她已經沒跟我說「吐實吧」，或是「解釋清楚」，或是「說來聽聽」，他們在一起太多小時了，把我的想像或念頭抹煞得一乾二淨。她又斜躺在沙發上，漫漫長夜，要好好認識他又要忍受赤足的跛腳，一定是累壞了。我看她把腳翹到沙發上，長長的腳指頭，漂亮的腳，乾乾淨淨地給「比爾」——那雙腳沒有踩在柏油路面——讓人很想摸它。很久以前我撫摸過（因為想起來了，我也會用一樣的動作說「那是很久以前的事了」），還是同樣那一雙腳指頭，車禍之後還是一樣，走過多少步伐，十五年時光流逝，被撫摸過多少次，或許不久前「比爾」才撫摸過，在把我驅逐到大街以後，也許他們一邊聊天，他一邊心不在焉地撫摸；他們聊什麼呢？他們沒有聊「高度曝光的場所」，那時候在聊什麼呢？也許在聊我，也許為了找話題，貝兒妲跟他說了有關我全部的事情；枕邊細語常會背叛，常會詆毀別人，連最大的祕密都會吐露出來，只會講出唯一一種意見，那就是取悅枕邊唯一聆聽的人，而這就是不尊重其他所有的人：所有遠離那個場域的，即使不是變得無足輕重，也都可以被放棄，都會變得次要，就是那個地方會背棄友誼，背棄舊情舊愛，也會背棄當下的情愛，就像路易莎如果跟小古斯塔多同床共眠，她可以跟我否認或認為小事一樁，我人在遠方，在遙遠的大西洋岸另一邊，她對我的記憶模糊，我的頭兒不在枕頭上，八個星期沒有留下一點痕跡，她早已習慣翻滾穿過整張床，對角線的睡姿，那裡已經有一段時間都沒有其他人，那個不在的人，並不難去除他的重要性，至少口頭上說說或評論，就像那個吉耶莫，在另一個大陸輕鬆脫口，從哈瓦那飯店的房間，在那圓潤的月光下和半遮掩的陽臺，冷漠地談論他生病的妻子，自認為沒有人聽到，說要殺掉她，或是至少讓她自生自滅：「我正讓她一步一步走向死亡。」他這樣說。「我沒有為她做任何有利的事。其實我是在逼她了。」後來又說：「我讓她連最後求生的意志都沒有了。妳覺得這樣還不夠嗎？」但是蜜莉安覺得這樣還不夠，漫長的時間她一直在等待，而等待是最讓人失望的事情，會讓人失心瘋，腐蝕人心，然後說出這種話像「我為你而來」或是「你是我的」，或是「跟我一起下地獄吧」，或是「我要宰了你」，像一大片沒有縫邊的織毯，沒有裝飾也沒有紋路花邊，宛若一片泛紅看不見的天空，沒有牆角屋頂把它切割，偌大一片靜止不動，千篇一律，分不出織線針法，只是不斷地重複，但卻不是結束的重複，不僅是可以容忍，而且是愉悅的，不僅是容忍，而是必須的（一個人無法忍受某些事情不再重複），是持續的重複，沒有休止，一個持續不停吹哨的口哨聲，陸續到來的每件事情都要齊頭拉平。當一個人等待的時候，沒有什麼是足夠的，必須用利刃割裂某些東西，必須用炭火或烈焰燒掉一些東西，在不受尊重、被背棄或是遭睥睨之後，沒有什麼是足夠的，這一切之後，只能接受下一步隨之而來必然的結果，就是刪除某人，取消某人，致某人於死地，將他從枕頭劃分的那塊領地移除。圓潤的月，半遮掩的陽臺，胸罩鬆垮的肩帶，濡濕的浴巾，偷偷在浴室哭泣的眼淚，額前的髮絲或皺紋，沉睡的女人和正昏昏欲睡的女人，那個依然癡癡等待的人的哼唱低吟：「你得殺了她。」蜜莉安這樣說。而吉耶莫，背棄在大西洋岸那邊他生病的妻子，猶如一個被煩到不耐煩的母親，不經大腦隨口說出，口頭上的譴責很簡單，不礙事，每個人都知道不需要為說出去的話負責，雖然有時候會受到法律制裁，舌語到耳邊，話語不會殺人，不會犯下罪行，不可能！因此他這樣回答：「好啦，好啦！我會的，妳現在先管著繼續撫摸我吧！」她稍後也依然堅持，用平直中性而不是昏厥的語調脫口說出：「你如果不殺了她，我就自殺。

總會有一個人因你而死，不是她死，就是我亡。」

「妳沒跟他說我跟蹤他吧，欸？」我還是問了貝兒妲。「沒有，這個沒有。如果你不介意，也許之後我會告訴他。不過，我的確跟他談到你，談到我們的推測和假設。」「那他怎麼說？」「沒有，只是笑笑。」「所以，你們聊起我來了。」「嗯！我跟他提了一些，反正我們最後把你逐出到大街去，讓他可以上來，他當然會好奇他給誰添麻煩了。」貝兒妲的回答讓我覺得有開脫的嫌疑，根本沒理由要這樣說。除非我的問題聽起來有點怪罪的味道，因為我說了「所以」帶出了事實，讓話語確認了行為。貝兒妲不想講話了，她意興闌珊地回答，只是為了不要失禮，或是補償我夜裡壓馬路的辛勞。她的睡衣微微敞開，從睡衣的開口我看到她一半的奶子，從透明的絲質睡衣則看到完整的乳房。那一模一樣的乳房，我拍她的時候我不想看，但是此刻我卻蠢蠢欲動，一個不合時宜的慾望。她穿的很誘人。她是我的朋友，我不該堅持。

「好吧！我要去睡覺了，很晚了。」我說。

「我也馬上要睡了。」她回答。「我再稍微收拾一下。」

她撒謊，就像我跟大西洋岸那一邊的路易莎撒謊一樣，那時我還不想睡覺，還想從窗戶再觀望一下小古斯塔多。沒有什麼好收拾了，除非是桌上那瓶嬌蘭香水，盒子還開著。我收拾我的書，我的唱片和我的報紙，準備帶回房間。身上還穿著風衣。

「晚安。」我跟她說。「明天見。」

「明天見。」貝兒妲回答。

她依然留在原地，斜躺在沙發上，面對那個做作的搞笑節目，她是累了，雙腳翹高，睡衣半開，也許滿腦子思緒還縈繞著嶄新具體的未來，那一夜還未能讓她失望。或者她什麼都不想：我到浴室去梳洗一下，我邊刷牙，水龍頭的水流削弱了其他的聲音，我依稀聽到她漫不經心地低聲哼唱，斷斷續續地，連唱的人都不自覺，不知道自己在做什麼，一邊哼一邊梳洗，不慌不忙，或是撫摸身邊的人，雖然貝兒妲不梳洗（她想要保留那個味道），而她的身邊已無任何人。她哼唱的歌是英文歌曲，歌詞是這樣：「在夢中我與你同行。在夢中我對你呢喃。」[72]一首老歌的開頭詞，大約是十五年前的流行歌曲。那一夜我沒有再到客廳，我直接從浴室回到我的房間。我換下衣服，上床睡覺，沒有任何味道，我知道我沒辦法安穩睡著，得熬個好長一段時間，這一夜得要失眠了。一如平常，我讓門半開掩，讓空氣流通（在紐約，靠近街道低樓層公寓的窗戶不得不緊閉）。那時，我比任何一個夜晚都還要清醒，萬籟俱寂了，我忽地又聽到喃喃低語，彷彿穿過牆壁，那個「比爾」的聲音，或是吉耶莫的聲音，威尼斯貢多拉的船夫顫抖的歌聲，那個像鋸子割裂的聲音，重複用英文短句從螢幕上傳出來刺耳的聲音。那種聲音的結局終究是晦暗陰鬱的。「就是這樣。如果妳的奶子、妳的下體和妳的腿可以說服我值得冒險的話。如果妳還有興趣繼續下去的話。也許妳已經不想這檔事了。妳會覺得我太直接，太粗暴。太殘忍。我不是殘忍。我不能浪費太多時間。我不能浪費太多時間。」

68 Fulgencio Batista Zaldívar，1901-1973，古巴軍事領導人與獨裁者，一九四〇至一九四四年任古巴總統，一九五二至一九五九以軍事政變成為實際軍事領導人，一九五九年被卡斯楚領導的游擊運動推翻，是為「古巴革命」。

69 Jean Auguste Dominique Ingres，1780-1867，法國新古典主義畫派，《土耳其浴女》、《泉》為其代表傑作。

70 Montauban，法國西南部城市，安格爾（Jean Auguste Dominique Ingres，1780-1867）和雕塑家兼畫家安托萬・布德爾（Antoine Bourdelle，1861-1929）的故鄉，境內有以他們的名字命名的博物館和活動中心。

71 *The Private Life of Sherlock Holmes*，一九七〇年的電影，由比利・懷德和I・A・L・戴蒙（I.A.L. Diamond）執導。勞勃・史蒂芬（Robert Stephen）飾演福爾摩斯，柯林・布萊克利（Colin Blakely）飾演約翰・華生醫師。

72 羅伊・奧比森（Roy Orbison，1936-1988）的歌曲〈在夢中〉（In dreams），為一九六〇年代流行歌曲。一九八六年，電影導演大衛・林區在電影《藍絲絨》中安排此曲配樂，讓羅伊・奧比森和這首歌又流行起來。

八個星期不算長，但是要是再加上另外八個星期，而中間間隔十一或十二個星期，那感覺就會是很長的時間了。接下來我出差旅行也是八個星期，是二月分到日內瓦，這也是最後一次，這次之後，我希望可以持續一段較長的時間不用出差，否則我跟路易莎結婚卻是長時間兩地相隔，實在沒意義；我既不能參與她婚後的改變，而我也沒有時間可以習慣這些改變，然後疑神疑鬼，又自己排除掉這些狐疑。我甚至懷疑我自己是不是也變了，我沒有感覺，但是應該有變，因為路易莎至少外表改變了（墊肩、髮型、手套、口紅的顏色），她把新居整理一番，那個裝模作樣的新居落成儀式已經很遙遠了，她換了工作，我的工作量增加，而她的減少，幾乎全部取消了（她正在找可以長期固定在馬德里的工作）：從我去紐約到從日內瓦回來，大約從九月中到三月底這段時間，她只有一次因工作離家，而且還不是幾星期，只是幾天而已。那次去倫敦代替我們熟悉的那位高官的官方口譯，實在太大意了，他竟被他的小孩感染了水痘（現在高層有個人專屬的口譯員，高層用了一個曖昧不明的名目開出這個職缺，說是「天才口譯」，就是這個意思），自從有了這個職務，就要連帶尊稱口譯員兩個姓氏，德拉奎斯達和德拉卡薩；他來了一趟閃電式的旅行（是高層，不是那位感染水痘的口譯員，他被禁止入境以防傳染給別人），去慰問剛被撤職的對等同儕，順道跟她的繼位者團隊聊聊，據說我方的代表們，他們經常跟英國人民談論直布羅陀、愛爾蘭共和軍（IRA）和巴斯克分離主義恐怖組織（ETA）[73]的議題。路易莎不講那種不可置信的事情，我也不需要她講這些，所以她沒多講訪問的細節，我的意思是她沒對我說；一般來說，口譯員，不管是不是官方認證（逐步口譯比同步口譯多，我兩項都有，屬於特例，但逐步口譯我只是特殊情況偶一為之；逐步口譯者憎恨同步口譯者，而同步口譯者憎恨逐步口譯者），他們在口譯廂裡面所傳譯的一切，出到外面都要三緘其口，他們是經過測試不會背叛祕密的人。但是她可以講給我聽。「很無聊。」她跟我說，她指的是那個在英方領導的官邸的談話，她再過沒幾天就要離開那個位子，官邸周遭滿是快打包好的箱子。「他見到她，一副像看到老朋友的樣子，好像完全卸下責任也沒有競爭關係，而她卻一副悲淒的愁容，無暇接應他那迫在眉睫施壓的問題，她應該提前開始懷念起往日時光了。」那場往日的個人會晤，也是我認識路易莎那一天，只有片刻值得懷念，就是我臨時起意脫口建議去花園散步。顯然，那位英方領導再度引用莎士比亞的《馬克白》，她一定反覆再三研讀或是持續看表演。「您還記得嗎？」她跟他說。「馬克白殺掉鄧肯之後說他聽到什麼了？那是一句名言。」「我現在可能不記得了，不過我要是想起來的話……」我方代表藉故辯解了一下。「馬克白覺得他聽到一聲叫喊：Macbeth does murder Sleep, the innocent Sleep.（路易莎為我方高層的翻譯如是：「馬克白殺了睡眠，就是那純潔的睡眠。」〔Macbeth asesina al Sueño, al inocente Sueño.〕）」「就是這樣。」女領導人補充說。「我感覺我的去職是措手不及的意外，在我沉睡的時候被謀殺，我是那個純潔的睡眠，被一群朋友圍繞，放心地安睡，他們為我不眠守夜，也同樣是這一群朋友，像馬克白，像葛來密斯，像考德，趁我睡覺的時候捅我一刀。」「我的朋友啊，最壞的敵人是朋友啊！」她如此提醒我方領導顯得多此一舉，他也漸漸地遠離那條他曾播種的羊腸小徑，朋友消失的旁門走道。「您千萬別相信身邊的人，那些看起來不需要逼迫他們就會自動來愛您的人。不要睡著。那些安寧的歲月曾讓我們好睡，我們習慣於一切安然無恙。我曾經安穩地沉睡片刻，您看轉眼就消逝。」那英方高層用了個鮮明豐富的手勢指著身邊敞開的箱子，彷彿是對這番羞辱，或是遭謀殺而淌流的血滴的抗議。不一會兒，英方代表儼然已成為「前領導人」，她的西班牙同儕離她遠去，隨即去跟她的繼位者晤談，或者也都一樣，前去跟她的馬克白，葛來密斯和考德會晤。

這麼長的時間以來，這是路易莎唯一一次的工作，但是她的活動力並沒有因此受到影響：家裡越來越像個家，而她，也越來越像個名符其實的媳婦，雖然我也不需要她這麼做。

在日內瓦，我沒有任何男性朋友或女性朋友住在那裡，我的翻譯工作是在聯合國人權委員會[74]，隸屬於聯合國經濟及社會理事會（ECOSOC這個縮寫，用我的母語西班牙文看來，煞像是個很滑稽的東西的名詞翻譯，意思是「回音襪」）。我待在日內瓦那幾個星期期間，住在租來的一間有家具的小公寓，沒有什麼消遣娛樂，頂多午後黃昏在空蕩的城市裡散散步，去看有三種語言字幕的電影，有時跟工作夥伴或是我父親的老朋友一起晚餐（藍斯旅行那麼頻繁，到處都有認識的朋友），還有看電視，不管到哪兒總是看電視，這是唯一永遠不缺的娛樂。如果在紐約的八個星期還算好過，緊繃但愉快，因為離工作地點近，還有貝兒妲的趣聞趣事（我提過，我對貝兒妲有一種隱隱的思念，她是我還會把一些訊息保留數個月，想跟她訴說的人），那在日內瓦的日子相對沮喪多了；並不是因為我對工作不感興趣，但是在那個城市，又是冬天，我有點受不了，工作最大的折磨並不是工作本身，而是出門的時候知道是／否有東西在等待我們，那怕只是伸隻手進去郵政信箱翻攪一下也好。在日內瓦沒有人也沒有任何東西等待我，只有短暫跟路易莎通個電話，她講些甜言蜜語的情話，讓我不要飽受失眠之苦，輾轉反側近兩個小時左右。然後，絕大部分的時間都是晚上在公寓裡臨時起意做個便餐，最後就是嗅聞滿屋子味道，跟吃進肚子裡的菜餚的味道一樣，不複雜，也不是惡臭難聞，但是，就是有味道，廚房和臥房在同一個空間。我大致待了二十天或三十五天後，路易莎會來陪我度過兩個長週末（每次四個晚上），事實上這樣沒什麼意義，她並不需要刻意等待這個時段，也不是只能待這麼短的時間，她現在也沒被工作綁住而不能展期，也沒有任何行程。不過，彷彿她預見我很快也要放下這個自由譯者的約聘工作，而且因常常要出遠門，又離家很長一段時間，她覺得還有更重要的事要做，比陪我這個注定要結束，時間又所剩不多的工作更重要，她要準備和照料屬於長久的事情，那個最後我也會回去留下來的地方。彷彿她已經埋藏過去，完全向前跨步到新的狀態，而我依然原地踏步，還跟我的單身生活密不可分，而且不正常、不恰當，不樂意地延長；彷彿她已結婚，而我還沒有；彷彿她所期待的是流浪的丈夫趕快回到身邊，而我還在等待結婚的日子；路易莎安身立命，她的生活改變了，我的生活，在外面的時候，依然跟我那些消逝的往昔一模一樣。

有一次她來看我，我們跟我父親的朋友一起晚餐，他比父親年輕，比我年長（大我十五歲），他剛好來日內瓦待一晚，隔天要去洛桑，還是琉森[75]，或是盧加諾[76]，我想他在這四個城市必然有些暗盤生意或見不得人的買賣，一個很有影響力的人，一個隱身在暗處的白手套，跟我的父親任職普拉多美術館時的工作類似。畢亞羅勃斯教授（這是他的名字）是個名人（特定文化人的小圈圈），在於他對十八世紀的繪畫和建築的研究，還有他的成人幼稚病也是不遑多讓。把範圍更縮小在特定社群，不要那麼講究學術的話，他也是政界、學界通吃，少數手腕高明的權謀者，尤其在巴塞隆納、馬德里、塞維亞、羅馬、米蘭、史特拉斯堡，甚至布魯塞爾這幾個城市很吃得開（遑論日內瓦了；讓他氣結的是，他的觸角還沒能深入德國和英國）。他是一個如此被頌揚又瘋狂的人，因此，多年來，已經將他的研究延伸到比較偏旁的領域，藍斯對他有關艾斯各里亞城的「王子之家」[77]所發表簡短扼要的真知灼見（藍斯說的）相當激賞。我從沒讀過，恐怕我一輩子都不會讀它。這位教授住在加泰隆尼亞，因此他到馬德里來一趟時，有足夠的理由不來拜訪我的父親，因為在首都有忙不完的事，但是他們兩人經常以簡短信件往來，畢亞羅勃斯教授的信函（藍斯有時候會拿給我看，很有趣）整整齊齊而且字斟句酌使用那種過時的修辭，有時候也會調換動詞前後位置，或者表現在口語能言善辯上：他這個人，面對困難或是反對意見時，永遠不會說「我們被吃定了」，而是說「吃定了我們」。我這輩子難得見到他，只有某個星期一下午（搞陰謀的人不會在週末旅行）他依照我父親的指示打電話給我（就像在紐約時那位西班牙高官愛跳舞又輕浮的夫人找我一樣），為了不要讓順道的一宿一個人孤零零地在飯店度過，變得枯燥乏味而失去活力（在地圖謀不軌的人，通常忙完他們一連串的勾當之後，黃昏日暮時分，都會回到自己的家裡好好休息，就放任外地來的陰謀家去打點自己的事情）。雖然浪費一個單獨和路易莎共度的夜晚讓我很不愉快，但是不浪費一個夜晚的同時，除了我們彼此的默契，其實也沒有任何特別的義務或約定，而這種情形在夫妻之間很容易沒去履行所謂的默契，而不履行的結果也不會是什麼大不了的事。

畢亞羅勃斯教授不只是想宴請我們兩人，而是要讓我們驚豔，比較想讓路易莎驚豔，或是別出心裁另類的方式打動她。他表現得不得體，看來是他的作風，他批評我選擇的工作，還說我怎一頭栽進這個工作。「你搞這個能有什麼發展？」他豐厚濕潤（嘴唇本來就濕潤，但是他也喝了許多酒）的嘴唇帶著優越感的苦笑對我說，一副父親訓斥孩子的模樣（父執輩的朋友們，常認為他們可以承襲父執輩對待孩子的方式）。相反地，他卻沒苛責路易莎選錯行走錯路，也許因為她幾乎沒有從事翻譯工作了，或是認為實質上，她並不需要工作。他可親，但是也會令人不愉快，表現上是正經八百的學者，卻又輕佻的姿態，喜歡賣弄學問，卻也風趣，不喜歡無緣無故大驚小怪，卻喜歡探知不能說的祕密，喜歡熟知天下事，不管是昨天發生的還是幾世紀以前的事。突然間，在吃飯後甜點時，他突然沉默了幾分鐘，好像在一陣過度激動和狂熱之後突然備感疲憊，或是有什麼晦暗的思緒讓他突然墜入深淵，也許是突然想起什麼不幸的事情。不管怎麼說，那個人的確是有點天才，可以瞬間從極度自負的神情陷入極端的沮喪，一點不像是事先模擬或言不由衷。他彷彿在說著：「到頭來又有什麼差別。」一時談話遂變得零零碎碎（交談的主控權一直在他，是他主動）而現在他眼神茫然，手拿著小湯匙懸在高空，正要挖那塊覆盆子蛋糕。

「您怎麼了？」路易莎問他。用手指拍拍他的手臂。畢亞羅勃斯教授回答之前，先用小湯匙切一小塊蛋糕來吃，彷彿需要一個動線讓他可以從內心的陰鬱走出來。

「沒事，沒事。親愛的，妳說，我哪會有什麼事。」他裝得一副好像他之前的沉思是佯裝似的。

然後他又恢復神態，拿湯匙搖晃，擺出個動作，好像說教一樣，他補充說：「妳公公跟我談到妳，可真的一點沒誇張。告訴我妳想要什麼，我立刻滿足妳。」

他猛喝酒。路易莎只機械式地笑了一聲，然後問他：

「您認識他多久了？」

「藍斯嗎？在他的兒子出生以前，也就是眼前這位不久前才成為妳的丈夫。」我不太確切知道這事，一個人對他出生以前的事通常不感興趣，也不會對別人的友誼怎麼形成感興趣。這位教授，不論什麼事情或消息，自以為比誰都清楚的樣子，他對著我補充說：「我甚至比他更早認識你母親和你姨媽，你想想！我父親是醫生，去馬德里的時候都會去拜訪你外公。有幾次我陪他去，大概每個人我都認識，跟你父親只是見過面，也是事實。莫非你也不知道你外公怎麼過世的？」

「心臟病過世的，我想。」我吞吞吐吐地暗示。「事實我並不清楚，我出生前沒多久過世的，這種事應該沒有人有興趣去追問。」

「這很糟。」教授說。「對什麼事都要有興趣，這麼冷漠的態度哪兒都別想去。臨床上是心肌梗塞沒錯，但是在藝術上，要知道他是怎麼死的，還有真正的死因。他是過度操勞，憂心和害怕，錯在你父親。所有的疾病肇因都源自於一個不是疾病的病。」畢亞羅勃斯教授，除了喜歡不能說的祕密，講述事情的時候，也喜歡製造一些震憾的效果，不管是不是祕密。

「我父親的錯？為什麼是我父親的錯？」

「你姨媽婚後不久就過世，她的死讓你爺爺受到太大的刺激，怕你父親就像見到鬼一樣，像迷信般的恐懼，你知道發生什麼事了吧？」

教授不矯揉造作，就跟小古斯塔多一樣，開門見山，對他而言，毫無疑問，一切都應該弄個明白，而且知道了永遠不會造成傷害，萬一造成傷害，就要忍受。我那時想——剎那間一擊閃過腦裡——要輪到我知道了，彷彿故事蟄伏塵封了許多年，有那麼個把鐘頭也需要舒展筋骨伸伸懶腰，任什麼都無法阻止它的到來，也許只是稍微耽擱，多延遲一點時間，但沒有影響。「我認為沒有時間過不過去的問題。」我記得在床上時路易莎跟我這麼說，正當我的手要去磨蹭她的胸部時，「一切都在原來那個地方，等待復返的時機。」我覺得她說的沒錯。或許時候到了，到了要把事情說出來的時候，事情本身渴望被說出來，或許它們也想要休息，或是讓自己終於可以變成虛構的故事。

「是的，我知道她舉槍自殺。」我承認知道一些事，但是事實上我並不確定，也沒有證據，只是最近透過小古斯塔多聽到的傳聞，而我又轉一手告訴路易莎。

畢亞羅勃斯教授一樣猛喝酒，但這時他快速吃掉他的蛋糕，使用小湯匙的樣子就像他那醫生父親操作解剖刀一樣。每吃一口或喝一口，就用餐巾擦一下濕潤的嘴巴，擦完了依然是他原本那張濕潤的嘴。連這件事或相關消息他都比我靈通。

「事情發生的時候，我父母親剛好在現場，這個你們可能不知道，他們應邀去用餐。」他說「你們不知道，」他用複數人稱，像對夫妻講話一樣。「他們回到巴塞隆納，都還驚魂未定，我聽他們重複講好多次。你姨媽從餐桌起身，拿出你外公的手槍，裝上子彈上膛後，跑去浴室，就在那兒對著胸膛開一槍。我父母親看到她當場死亡，你的家人除了外婆以外，也都當場目睹，你外婆剛好出城幾天不在馬德里，待在她姊姊家裡，好像是在塞哥維亞，或是艾斯各里亞。」

「在塞哥維亞。」我說。這個我倒是知道。

「幸好她不在，或許你姨媽想到趁她不在的時候，但是不太可能。你的外公，反而一直沒有辦法恢復，看到自己的女兒淌在浴室地面的血泊中，一邊的胸部支離破碎。午餐的時候，她大抵都還正常，欸！安安靜靜，沒吃什麼東西，也沒說話，才剛度完蜜月回來一個星期左右，沒理由愁眉苦臉弄得像怨婦一樣。不過這一段我父母親後來仔細推敲，再還原補述；因為吃飯的時候，沒有人會去想到之後發生的事。」接下來畢亞羅勃斯教授繼續談到的事，就是我不想知道的，但是我已經知道了。他連續講了好幾分鐘。他鉅細靡遺地講。他講，他一直講，想不聽都沒辦法，除非我起身離開。他中斷停頓時，補充說：「每個人都說藍斯真是命運多舛，再度喪偶成了鰥夫。」接著，他又停頓一下，把蛋糕吃掉，但還沒有消化（手中的小湯匙再次成為他修辭的工具），他敘述相關細節時，也提到另一個蛋糕，一個融化的冰淇淋蛋糕。此時路易莎和我依然靜默不語，於是他把小湯匙放回盤子又話說從頭，不改教授本色。「你能想像藍斯後來跟你母親結婚的情形嗎？你外公一直活在恐懼的陰霾，每次見到你父親總是臉色發白，雙手抱著前額。你外婆還撐得住，況且她沒有親眼見到女兒的死狀，只有送葬時看到。從那時起，說實話你外公也沒能再活多久，好像一個死刑犯，不知道哪一天要行刑，每天一起床猶恐那一天就是末日。『比較』不是什麼好事，但他也擔心那個剩下的唯一女兒的生死。他睡不著覺。每次只要電話鈴聲一響，或是門鈴響、收到一封信或一通電報，他就嚇得要死。所以你的父母親並沒有蜜月旅行，因為情況不適合安排那些開心的事情，你外公在世的時候，他們甚至都沒有離開馬德里一步。根據我父親的觀察，從來沒看過像你外公這麼明顯的例子，是因為恐懼而死亡。他說，心肌梗塞只是個說法，真正死因可能是別的因素，就是嚇死了。你外公死後，我們兩家的往來就沒有那麼頻繁了，過了幾年，我跟藍斯因為別的管道又聯絡起來。事情就是這樣，你覺得呢？」他最後一句話講完，感覺心滿意足。每個人都喜歡測試，喜歡提供消息。教授叫喚服務生，很奇怪地是他吃完了蛋糕，又點了綜合起司盤，也點了酒來搭配。「我餓壞了，今天我沒吃午餐。」他致歉解釋。

路易莎和我已經在喝咖啡了。有兩個問題必須問，兩個主要的問題很難不提問，而且我們有兩個人可以發問。實際上這兩個問題都跟我的父親有關，但是他遠在天邊，而跟他，不能談論遙遠的過去。或者已經可以，我突然想到這個不可能的可能，有可能幾個月前他請小古斯塔多，而現在請畢亞羅勃斯教授來跟我透露詳情，讓我有心理準備，現在想要讓我了解來龍去脈，或許因為我也結了第一次婚，而他結了三次，前兩次結果很糟，或者像別人說的，剛剛畢亞羅勃斯教授也重複說到，他命運多舛，運氣總是很背。但是，他也讓那位西班牙高官來跟我聯絡，就是那位輕佻說謊的女人的丈夫，而高官卻沒有跟我說什麼。路易莎和我幾乎同時開口：

「但是，她為什麼自殺呢？」她比我搶先一步。

「第一位妻子是誰呢？」我落後一點點時間發問。

畢亞羅勃斯教授享用布里起司和卡門貝爾起司，兩種都是柔軟奶油味濃厚的起司，他把布里起司塗抹在烤土司片上，正要送到嘴巴時裂成碎片，手上殘餘的碎片又有點太大片，一下塞進嘴巴卻容不下，結果把他的西裝翻領和桌巾都弄髒了。

「沒人知道她為什麼自殺。」他回答，嘴巴都還沒依序清空，彷彿在課堂上面對一大堆問題。他喝了不少酒，方便吞嚥。「連你父親都不曉得，根據他的說法，他是這麼說的，他抵達你外公家時，他們正在吃飯後甜點，他的震驚不下於在場任何人，或是後來趕到的人，他是最痛苦的人。他說一切都很完美，他們倆之間沒有發生什麼事，他們很幸福之類。他不懂為何會這樣，也沒辦法解釋。他們倆上午分開，他一點都不覺得有異樣，兩人道別時也是甜言蜜語一番，跟平常一樣，例行習慣，就像你們兩個也會說晚上見或明天見。如果是事實，那這數十年來他一定受了不少折磨。你母親一定幫他不少忙。也許藍斯也應該了解一下你姨媽是不是還有另外一面他不清楚的生活，造成她自殺的原因，這些事常會發生。如果他調查了，我想他就閉口不談了。不曉得耶！」教授把嘴巴擦乾，此時有理由做此舉動，他把嘴角的烤土司硬硬的麵包屑和柔軟的布里起司殘渣擦掉。

「還有衣領。」路易莎指給他看。

教授有點錯愕，不開心地看了看。那是羅密歐．吉利，很昂貴的服飾品牌。他不會擦拭，有點笨拙，路易莎用餐巾一角沾溼幫他擦，她沾溼餐巾的角落就像我在哈瓦那飯店的浴室裡，用濡濕的毛巾幫她擦臉、脖子和後頸一樣的動作（她的長髮凌亂地黏貼在頸子上，幾根散髮橫亙在額前，猶如臉上長出了幾條細微的皺紋，彷彿提前看到未來的容貌，讓她瞬間變得黯淡）。

「妳覺得這個污漬會不會留下痕跡啊？」教授問路易莎，他雖然有一張寬大的臉，但高雅不俗，也是個頗自負的人。

「我不知道。」

「我們再看看吧！」教授一邊說，一邊用中指朝向羅密歐．吉利髒污的領子，比了個輕蔑的手勢。他又塗抹卡門貝爾起司（不是抹在領子上，是烤土司另一面，把所有的味道都混雜一起），搭配著酒喝著，又接續講，都不會斷了思緒：「至於第一任妻子，我知道的不多，只知道她是古巴人，跟你外婆一樣。藍斯曾在哈瓦那住過一段時間，你們應該知道，有一、兩年，大概是五〇年代左右，對吧？在大使館一個正式的職位，沒錯吧？文化專員之類。你知道吧？噢！認識他這麼久，我總想他應該是提供巴蒂斯塔總統諮詢的藝術顧問職務，他從來沒跟你提過這個嗎？」

教授期待我可以像回答塞哥維亞一樣，有確切的答案。但是我不知道我父親曾在古巴待過一、兩年。

「巴蒂斯塔是誰？」路易莎問。她還年輕，除了翻譯工作之外，她時而容易分心，而且記憶力也不好。

「我不知道。」我回答畢亞羅勃斯教授，不是回應路易莎。「我不知道他曾經在古巴住過。」

「也罷，這個你也不會有興趣。」教授有點失禮的語氣，「算了，隨便你吧！他在那裡跟那位古巴女孩結婚，我想應該也是在那兒認識你母親和你姨媽，她們姊妹倆陪你外婆在哈瓦那幾個月，好像處理一些遺產的事，或是回去看看小時候的家鄉，不想等到老來走不動了；我不是很清楚，不過你們要知道，這些都是很久以前我斷斷續續從我父母親的談話聽到的零碎片段，不是他們當面親口對我說的。」畢亞羅勃斯教授先撇清，他已經沒有像先前侃侃而談的興致，對一些交代不清的訊息讓他有點煩躁，似乎也很懊惱不完全和不確定的事情，難怪他的著作都是針對作品的專題研究，從來沒能發表過任何傳記類的專書，傳記文類永遠沒完沒了。他吃了一顆搭配咖啡送過來的松露巧克力，但是他的動作如此快速，我不確定他是不是吃進去了（丟進嘴裡像在吃一顆藥丸一樣）：他還沒吃完那盤起司，我覺得未免混雜太多味道了。總之，盤子裡少了一顆松露。「總之，你外婆帶著兩個女兒陪她待一陣子，前後大概三個月左右。你父親在那裡短暫認識她們，跟你姨媽的交往是蠻久以後的事了，當然，是在他喪偶回到馬德里以後。看來他還是英姿煥發，唉！當然還是看得出來，一個傷心的鰥夫，同時又是個風趣的人，這的確叫人難以抗拒，他那時蓄個小鬍髭，第三次婚姻的時候把它剃掉了，從此沒有再留過鬍髭，也許是迷信的緣故。不過，對第一任妻子，我幾乎一無所知。」教授似乎對事先沒有預料會講到這個話題有點煩悶，又對沒有充分掌握訊息很懊惱。也許不可能充分掌握訊息。「你們應該知道問題出在哪裡。人們通常不會去跟取代死者的人談論太多死者的種種，或是根本不提，在你的家人或是熟人面前，大家不會三天兩頭去記起一個對他們而言是個陌生人的事，如果再回顧追溯過去，那個陌生人還曾經占有你姨媽德蕾莎那個位子。事情可以往前看，也可以往後看，是不是呢？端賴怎麼選擇怎麼看，改變可大了。嗯！就我剛剛說到的，我想大家都知道她，但是沒有人會自找麻煩去回憶她，有些人最好不曾存在過；雖然你姨媽自殺時，因為藍斯第二次喪偶，一時難免又再提起她。她的命運和你母親取代你姨媽的情況不同，沒有人會忘記自己的親姊姊，即使她曾經占有的位子是如何的不恰當，但是一個不認識的異鄉人，會被遺忘。都是過去的事了。」教授嘆了口氣。

「我父母的家裡一直擺著我姨媽的肖像。」我指出這點，無非想安撫畢亞羅勃斯教授的情緒：就算他沒有掌握全部的論據，至少讓他知道他的推測合理，聊以自慰一下。

「這就對了。」他說話的語氣好像他猜對了也不稀奇（但是猜中了讓他很得意）。他用前臂移開起司盤，應該是吃太飽了。但是顯然不是，他轉而專心吃松露巧克力，並且點了咖啡。他移開起司盤的時候，又微微接觸到盤子邊緣，把羅密歐・吉利的袖口弄髒了，現在他雙臂交叉靠在桌上，即使這樣的姿勢，他看起來還是很優雅。

「那她是怎麼死的呢？」

「誰？」教授問。

「第一個妻子。」我幫腔，我認為我接話的時候，路易莎注意到我同時也在表達另外的意思，像是「很好」或「繼續」，或是「妳贏了」，或是「現在就對了」，但是如果我說了，我是針對路易莎，不是畢亞羅勃斯教授。

「孩子啊！實在很抱歉啊！這個我也不太清楚。」教授有點惱怒，又喝了酒，我猜他正想換話題，他不習慣重複講那麼多次「我不知道」，他再次致歉：「我跟你父親比較偏學術往來而不是個人情誼，雖然我們彼此也惺惺相惜。所有這些事情我都是從我父親那邊得知，而他也過世好多年了，但是我從來沒跟藍斯談過這件事。」

「算了，這個你也不會有興趣。」我說。我難免也要回敬他一個無禮的回答：我這樣有失厚道，但是歸根究底，他起碼對我講了三次。

教授的鏡片底下那雙眼睛，透出一種不悅但帶著憐憫的眼神看著我，就跟他其他的反應一樣，一種父權主義的不悅。他的憐憫是好為人師那種憐憫。

「傻瓜！我起碼比你有興趣多了。我比你有興趣多了。」他這個辱罵有點迂腐和教條，但無傷大雅，可以諒解，我差一點要笑了出來，路易莎也是。「但是我知道這些關係的底線在哪裡。我跟你父親談論的話題不是畢亞努維瓦就是畢亞班多，」[78]畢亞羅勃斯教授說，「而你根本不知道這些人是誰。」

「我不知道這些人是誰？」路易莎說。

「妳會知道的。」教授回話的語氣好像路易莎等不及，是個求知欲很強的學生，要等下課再跟她個別解答的樣子。「我剛剛說到，我不知道第一任妻子是怎麼死的。也不知道她叫什麼名字。就只是知道在古巴。還有，你們聽聽就好，別太認真，我不確定這個是不是真的，也沒聽人家說過，但我有個印象好像是因火災罹難。當然這個印象並不精確，有可能就像我年少時候看了某部電影的印象，還有聽你父親講過，以及他再度喪偶時提過。你們還年輕，還不會遇到這種事，但是總會有那麼一天，就是你看到的跟別人跟你說的搞混了，當場看到的跟你知道的不一樣，實際發生的跟讀到的有差距；而實際上也很妙的是，通常我們都懂得分辨，我們終究能夠分辨得相當清楚，但同時也很奇怪，人一生中聽到、看到那麼多故事，透過電影、電視、戲劇、報紙、小說，所有的故事累積起來，又通通混淆不清了。但也著實讓人驚訝，大部分的人都還知道她究竟發生什麼事了。真正不可能做到的是，要去分辨發生在別人身上的事情，以及他們告訴我們的情況，在我們面前煞像虛構的一樣；或者是真實的，但是又好遙遠，真實的事情又牽連到我們不認識的人，或者一些陳年舊事。這樣說吧！我們去除那些極端的例子，記憶本身並沒有危險，而且安然無恙，一個人會記得他親身看到或聽到的事物，和他記得書本或電影的方式不同，但是事情本身不會變化太多，不會因為別人看到、聽到、目睹、知道，然後再來告訴我們而產生巨大改變。有的話就是杜撰編造出來的。」

畢亞羅勃斯教授已經不再頻頻致歉，而是滔滔不絕了。他改變話題，對前面那個話題已經感到厭煩。他用新的小湯匙攪拌咖啡，在大吃一餐之後，咖啡加了不含熱量的糖精。他身材適中，不胖也不瘦。他跟服務生要了一根雪茄。「一根雪茄。」他跟服務生用法文講，我幫他翻譯。

「我這一生翻譯過的演講稿我都搞不清。我什麼都不記得。」我這樣說，想藉機恭維他，彌補一下我之前有失厚道的無禮。

「是什麼樣的火災呢？」路易莎還是不讓他改變話題。

「我不知道。」教授說。「我甚至不知道是不是發生火災。你姨媽過世那時候，大家又常提起，我聽了害怕，深怕晚上睡覺時床會著火，結果都睡不好，這種恐懼是童年常有的現象，或是在我成長的那個年代，但我把它聯想成看到或聽到某人說到有人睡覺時床起火了。那個印象讓我也隱隱約約把它跟你父親第一個妻子的死因聯想在一起。但是我不知道怎麼會這樣，我不記得有人說過這件事，對於那樁死亡沒有任何具體的說法，跟你姨媽的死相比，時間又太久遠了。也許因為我在一部發生在熱帶的電影看到那個場景，印象深刻到讓我把兩件事——古巴和火災，火災和古巴女人連結起來。在我那個時代，有很多電影情節都在熱帶地區取景，那時蔚為風尚，在二次世界大戰之後，我覺得人們都想看、也懷念一些遠離戰爭現場的場景，比如像加勒比海，亞馬遜河流域這些地方。」

畢亞羅勃斯教授完全轉移話題了，雖然費了一番力氣，我想他可能覺得我們的作陪讓他無聊了。

他應該不再害怕火，因為服務生給他送來整盒雪茄，他毫不遲疑拿了一根（他認得牌子），他沒有先嗅聞一番（他是個有教養的人，也沒有戴戒指），直接放到嘴巴叼著，那張濕潤的嘴，經常盈滿而且豐富的嘴——允許別人靠近他，引燃一把炙熱的火苗貼近他的臉幫他點菸。那支雪茄的味道不佳，但是我也不抽雪茄。教授吸吮了幾口，就在吞吐之間，他的眼睛好像飄忽失神，腦中思緒又栽進晦暗的沉思當中。此刻看來也不覺得他言不由衷：他沉默不語又略顯沮喪，有點像幾年前那位在巴塞隆納自殺的英國演員，就是畢亞羅勃斯教授居住的地方。那位演員名叫喬治・桑德斯[79]，一位十分傑出的演技派明星。也許他又記起自己是個不討人喜歡的人，想起一切都不是別人跟他講的，也不是他讀過的，也不是他編造杜撰的，也不是任何故事情節的一部分。

「亞馬遜河流域。」他手中拿著雪茄，火苗閃閃發光。

---

73 ETA是巴斯克語Euskadi ta Askatasuna的縮寫，意思是「巴斯克祖國和自由」是西班牙北部巴斯克自治區的一個分離主義恐怖組織。該組織成立於一九五八年，造成西班牙無數人民傷亡，歐美將其列為禁止的恐怖組織，二〇一八年徹底解散。

74 二〇〇六年三月十五日，聯合國大會通過四十七個成員國組成「聯合國人權理事會」，取代原有的聯合國人權委員會。

75 Luzern，瑞士中部德語區，琉森州的首府。琉森湖和城市美麗的自然風光成為重要的旅遊城市。

76 Lugano，瑞士最南端的城市，也是義大利之外最大的義大利語聚集區。

77 Casita del Príncipe（Casita de Abajo），十八世紀西班牙王室的別寢，建於一七七一至一七七五年，為知名建築師胡安．畢亞努維瓦（Juan de Villanueva）設計。當時是專給王子卡洛斯四世休閒娛樂的場所。

78 小說中提到畢亞羅勃斯教授的專長領域為十八世紀的繪畫和建築。因此Villanueva和 Villapando兩姓氏可能的判斷為克里斯托巴．畢亞努維瓦（Cristóbal Villanueva，1730-?）家族，此畫家創立西班牙布爾戈斯省（Burgos）畫派；或是安東尼歐．畢亞努維瓦修士（Antonio de Villanueva，1714-1785），為畫家與建築師。畢亞班多可能是克里斯托巴．畢亞班多（Cristóbal de Villapando，1649-1714），為殖民時期新西班牙（墨西哥）最知名的畫家。此外，胡安．畢亞努維瓦（Juan de Villanueva，1739-1811）則是西班牙新古典主義最知名的建築師，除了普拉多美術館，小說中提到的「王子之家」也是他的作品。

79 George Sanders，1906-1972，以《彗星美人》（*All about Eve*）得過奧斯卡最佳男配角。晚景淒涼，尤其一九六七年，一年內母親，兄長、第三任妻子相繼去世，財務又頻臨破產，之後，深受老人癡呆症之苦，無法彈奏他最喜愛的鋼琴，竟用斧頭擊壞鋼琴。一九七二年吞下五瓶安眠藥，遺書提到厭世，兩天後逝世。

那天晚上，我們來回搭了兩趟計程車，在車上安安靜靜都沒說話，回到公寓上床就寢後，路易莎和我短暫交談了一下。但是再多談那天晚上的事已經沒有意義，應該談後來，過沒多久接下來的另一個晚上，或者都沒差吧；沒過多久，剛好就是我從日內瓦回來那一天，在完成幾乎八個星期的工作和停留時間，也就是那天晚上過後又三星期，而再繼續提那天晚上已毫無意義。或者有意義，因為就是那天晚上達成協議；或者沒有意義，因為三個星期後的事情就在協議和運氣，運氣和協議的混雜中發生，在一個也許和一個或許之間紛至沓來。

我提前二十四小時回來，一開始我的確算錯，沒有把瑞士的國定假日算進去，但也因為這樣，那第八週的工作，我提前在星期四結束，而非星期五。還好那週的星期一我注意到了，立即將星期六的機票改成星期五。那天晚上我跟路易莎通電話，星期二、星期三也都通了電話，但星期四沒有，這幾次通話時我都沒有跟她說我改了回程時間，我想給她一個小小的驚喜，而且我也想知道沒有期待我回家的情況下，家裡會是什麼樣子，她會做什麼，沒有我的時候是怎樣的她，幾點回家，是不是跟誰在一起，或是在家裡招待誰，誰會在住家的角落駐足等候。我想一次把疑慮全部釐清。人總是不希望有疑慮，但即使排除了，有時候會再心生浮現；如果跟某人一起生活的話，那些疑慮就會越來越微弱，就像有時候會想要問，然後聽到回答說「不是我」，或是問，是不是有什麼祕密，總是想方設法試著去削弱那些懷疑。這就是運氣。

這個協議好像已經到了該解密的時候了，已經隱隱約約暗示九個月了，是從我們結婚那天起，而不是之前，也不是我們認識時開始。加總起來，就是從我自己的父親在我結婚當天開啟這個疑雲，就在阿卡拉街十五號的俱樂部舉行典禮後幾個小時，他把我攔下支開，他問我一些問題，正是前一夜我輾轉未眠問自己的問題，而在典禮進行中我開始逐漸排除。不，在那裡我非但沒有做到，之後我也沒有辦法消除我的疑慮，那個不舒服的感覺一直延續到蜜月旅行，在邁阿密、紐奧良和墨西哥，尤其在哈瓦那，如果路易莎的身體沒有不舒服，我那些不祥的預感也許會消失，就像精心布置的家，隨著日子一天天過去，我感覺越來越自然，逐漸忘記以前自己一個人住的家。一年的時間都不到。那個協議也就在那一晚我不應該再執意講下去時產生，雖然如此，我還是說了一些話。在順道送畢亞羅勃斯教授回飯店門口後（他並沒有那麼富裕到可以去跳三貼舞，也不見得熟練，或許他想起了自己未曾停息的不幸），我們回到公寓，路易莎摸黑跟我說（她在枕邊跟我咬耳朵，那是一張只有被褥的單人床，容得下兩個人擠一擠，如果不介意彼此的身體互相磨蹭的話）：「你還是不想知道嗎？你還是不要我問你爸爸嗎？」我回答她的口氣恐怕表露了我對另一件事的疑竇：「妳還沒開口問他啊？你們那麼常見面。」路易莎沒有生氣，我們都理解難免會有這種懷疑。「沒有，當然沒有。」她回答的語氣彷彿被屈辱的感覺。「你如果不要我問，我不會問。他是我公公，而且我跟他已有很深的親情，但是他是你父親。你要怎麼做，你說。」忽地一陣寂靜。她沒有催我。她在等待。她還在等待。我們看不到彼此。沒有床單。我們身體相互摩擦。她心知肚明，必須是她而不是我去問藍斯，她確定藍斯會告訴她，但是她更確定的是，換作我，藍斯絕對不會告訴我。「他會告訴我的。」有一次我們在床上，燈亮著的時候，她充滿自信地說。「誰曉得，這麼多年來，他也許都在等待你的生命裡能出現一個像我這樣的人，一個可以居中在你和他之間調停的人，你們這些父子們都很笨拙。」然後她還理由充分又自鳴得意地說：「他從來沒跟你提他的事，也許是他不知道從何說起，或是你沒有好好問他。我知道怎麼讓他講給我聽。」之後她又說更多，一副天真又樂觀的想法：「沒有什麼不可告人的。只要起個頭，一句接著一句說就是了。」

沒有什麼不可告人的，一切都可以說，甚至是不想知道也沒問的事，但是會有人說，就會被聽到。

我說話時沒看她：「是的，或許由妳來問比較好？」我感覺她發現我的聲音有點猶豫不決，因此才這樣說：「你希望你也在場的時候我當面問，還是之後我再告訴你呢？」「我不知道。」我回答。「如果當著我的面問，也許他就不想講。」路易莎拍拍我的肩膀，她不需要摸索，好像看得見我似的（她知道我的肩膀，她認識我的身體）。她回答我：「如果他打算講了，我覺得不會因為你在場就不想講。就隨你想要的方式，華安。」她直接叫我的名字，但並不是辱罵我，也不是生我的氣，也不是要離開我。但是也許她提前提醒我，如果是由她來轉述藍斯告訴她的事，那一定是壞消息。從我的嘴巴說出去的話從來不含糊，像是「很好」，或是「繼續」，或是「妳贏了」，或是「現在就是了」，但是我說：「我不知道，不急，我得好好想想。」「那你再告訴我。」她說，然後把手從我的肩膀收回去，準備睡覺。那時，我們倆的確只有一個枕頭，那晚我們沒有再談別的事。

我們自己的床上則有兩個枕頭，跟一般正常夫妻一樣，那張床在我從日內瓦回來之前就鋪好了，比路易莎預期的提早一天，大致是午後黃昏的時候。我到家時十分疲憊，就像一般人從機場回家時都會累癱一樣，我打開門，在看看家裡是不是有客人之前，立刻先將鑰匙放進外套的口袋，就像貝兒妲放進皮包一樣，以免出門時忘了帶。我在門口呼叫路易莎的名字，但是沒有人應門，我先把行李和皮包放在門口，直接先進到臥房，我看到床鋪得好好的，然後去浴室，門開著，一切井然有序，僅有淋浴的蓮蓬頭沒掛好掉下來，除此之外，還有路易莎深藍色的浴巾和浴袍；我的是淺藍色，跟「比爾」的一樣，事實上那是廣場酒店的浴袍，我出外後就一直躺在櫃子裡面沒拿出來，我發現我不太知道那個櫃子是什麼，我對自己的家還沒有完全熟悉，我不在家的時候隨時都有變化，因此，現在我希望可以很長一段時間待在家裡不用出差；我又去廚房看看，乾乾淨淨，冰箱裝半滿了，路易莎愛乾淨，也很有條理，沒有牛奶了，我暫時不會下樓去買，客廳有一組新家具，也是我沒看過的，一張很舒適的灰色扶手椅，把土耳其長沙發和搖椅換了位置；搖椅是外婆最常坐的椅子，後來變成藍斯接待客人的時候，他坐上去擺出奇特坐姿的表演工具。扶手椅很舒服，我試坐了一下。路易莎的工作室沒有什麼特別的紀錄顯示最近這陣子她忙些什麼事（也許有一天會變成小孩的房間）。我的工作室沒任何改變，我看到一堆信件，她幫我整理好放在桌上，排列成一個U字型，多到我暫時不想去看。我正要回到門口取行李時，發現有樣新東西：在一片牆上，有一幅以前我曾經看過幾次的畫作，名稱是——如果這是它的名稱的話——《閉著眼睛的女人頭像》。我想「我父親又送給我們另一個禮物，或是他送給路易莎，而路易莎把它掛在我的房間。」我回到門口拿行李，跟以往的習慣一樣，我一回到家，或是到達我的目的地，一定立刻打開行李，敏捷快速地把每樣東西擺放妥適，這個整理的過程依然是旅行的一部分，而旅行必須完成。我把髒衣服放到洗衣機，我看到有幾件路易莎的衣服，一定是她的，我沒有特別注意，我只打開洗衣機蓋，把我的衣服扔進去，而沒有啟動洗衣，反正不急，她應該有她的步驟。不消幾分鐘我的行李清空了，我把它放回原來置放的櫃子裡，這個我倒是知道（在走道，擺放大衣的櫃子上面），婚後我出差旅行都是從這兒拿出行李箱打理。我很累，看看錶，路易莎有可能隨時回來，也有可能過好幾個鐘頭後才會回來，現在是黃昏，這個時間馬德里不會有人待在家裡，這個時候沒有人耐得住不出門，出門的人可能歇斯底里，或是絕望受挫，但是他們不願意承認；出門逛街，或是去賣場、去百貨公司人擠人，消費血拚；去西藥房；走馬看花，尋人不遇到處留話卻都沒下文；去逛逛櫥窗，買香菸，去學校接小孩放學；口不渴肚子不餓也要閒情喝一杯，成千上萬的酒吧、咖啡屋或咖啡廳，整個城市傾巢而出，不是在街上，就是在工作，人山人海，沒有人待在家裡；跟紐約不一樣，紐約幾乎每個人五點半，六點或六點半就回到家，如果有必要的話，回家前再繞到肯默車站或是老切爾西車站的郵政信箱去搜尋一下信件。我走到陽臺，角落那邊沒看到任何人，然而車水馬龍，熙來攘往的人群川流不息。我進去浴室，上個廁所，刷刷牙。我回到臥室，打開我們的櫃子，把外套脫掉掛進去，我看到路易莎的衣服排在一邊，瞬間瞄到有兩件新衣服，或者三件，還是五件，我直覺地用我那張像女人的嘴唇親吻了一下，撫摸一下，我用臉去磨蹭那些安然靜置散發馨香的衣飾，我的鬍鬚礙事（晚上我要是出去的話，得刮鬍子整理一下），衣服沒能柔順地滑過我的臉煩。一轉眼，夜幕低垂了（那是星期五，那時是三月）。我躺在床上，還不想要睡覺，只是想稍事休息，所以沒有撐開被單（被單也許不是新的，路易莎應該想在明天我抵達家門以前才要更換），我也沒有脫掉鞋子，我成對角線的姿勢躺著，這樣我的腳底可以露出床面，維持懸空，就不會弄髒床罩。

我醒來時，外面已經沒有亮光透進室內，我的意思是已變成是夜晚的燈火、街燈和霓虹燈的燈光，而不是午後白日的光線。我想要看手錶，但是不點燈看不到。我正要打開床頭櫃的燈時，忽然聽到一陣聲音，是從家裡傳來的聲音，我想是從客廳，我本來還有點睡眼惺忪，頓時就清醒，我的眼睛摸黑適應了一下，臥房的門關著，我應該讓它維持原狀，像夜晚習慣關門一樣，雖然那間房間已有八個星期沒有什麼動靜。其中一個是路易莎的聲音，那時是她在說話，但是聽不清楚她講話的內容。語調平和緩慢，充滿自信甚至帶有說服力。她回來了。我從褲子的口袋摸索打火機，點燃看我手腕上的錶，時間是八點二十分，從我回到家大約過了三小時。「路易莎應該是看到我在睡覺不想叫醒我。」我想。「她讓我安安靜靜地睡到我自然醒。」但也有可能她沒發覺我已回到家裡。她每回從外頭回家時，通常不會直接進到臥房，除非需要立刻換下衣服。如果有人一起回來，那一定是在客廳，也許去浴室梳洗一下，也許去廚房倒杯飲料來喝，裝一碟橄欖（我打開冰箱時看到橄欖）。我認為，我並不是故意要這樣做（我不知道我會睡著，事後看來我真的不是故意的），我察覺到家裡沒有一點看得出我回家的蛛絲馬跡，跟我平常的習慣一樣，我把所有的東西都物歸原位，包括行李和袋子：我把外套吊在放大衣的櫃子下面，開門時燈會自動亮起來，我的浴袍和浴巾還在櫃子裡，我沒拿出來放到浴室，我用了路易莎的毛巾把手擦乾，禮物還在我這兒，放在臥房裡；我從隨身行李拿出我的旅行盥洗包，放在浴室的小板凳上，裡面的用品是唯一沒有放回原來各自置放的地點；盥洗包開著，但是我也只有拿出牙刷，連牙膏都沒拿，我用了我們一向放在托架上的牙膏，也就是路易莎使用的牙膏，已經用掉一半。有可能她和陪她回來的人都沒注意到我曾進到浴室，我無心成了一個在我自己家裡的間諜（到那時為止是無心的）。現在另一個人的聲音說話了，但是聲音很小，比路易莎還小聲，那個聲音沒有一點生氣盎然的樣子，這讓我有點不舒服，就像在哈瓦那飯店的房間聽到的聲音一樣，那間飯店，我不確定，好像曾經是塞維亞—畢特摩爾酒店的舊址，就在那個熱帶海島上。突然，我有點緊急起來，雖然那時那個人準備離開，我知道最後總會知道是誰跟路易莎在客廳，在他走到外頭按電梯以前，我只需要打開門走出去探個究竟就知道。但是我的情急來自於我意識到，如果現在沒有聽到，就再也聽不到了，不再有重複的可能，不像一個人聽錄音帶或看錄影帶，還可以倒轉；每聲喃喃低語，如果沒有即時抓住或聽懂，就永遠失去了。這就是危險的地方，發生在我們身上的事情沒有紀錄，更糟的是，甚至不知道、沒看到或沒聽到，之後就再也沒有辦法恢復了。我小心翼翼地打開臥室的門，盡量不要弄出聲音，遠處的燈光從門的罅隙透進來一點點，我又回到床上躺著，那時我認出講話的聲音，多謝那個門縫啊，我既恐懼又寬慰的心情，認出那是藍斯，我父親的聲音，心情更輕鬆，恐懼更少了。

我傾向要了解全部的內容：所有說出來和傳到我耳裡的話，即使有點距離，即使講的是許多我不懂的語言，即使是無法分辨的輕聲細語，或是難以察覺的悄悄話，即使最好是不要聽懂，或是這話不是要說給我聽的，或者，就是要說到讓我聽不懂，我都要追根究底。我臥房的門半掩半開，這樣就分辨得出那個竊竊私語，也可以察覺那個悄悄話了，而這兩種話語都是用我懂的語言說出來，是我的母語，我寫我思考的語言，雖然這個母語跟其他有時候我也會思考的語言共存，但是總是使用我的母語居多。那個聲音所說的話，最好我能夠聽懂，也許那話說出來是為了讓我聽，就是要讓我聽懂。或者不全然如此：我想路易莎不可能沒發現我已經在家了（旅行盥洗包，牙刷放在原位，吊起來的外套，她總會看到一些東西），但是藍斯，藍斯的確有可能不知道（他如果進去浴室，盥洗包和牙刷不會引起他注意的）。也許路易莎終於決定要跟我父親談談，並且問他那些藍鬍子死去的新婚妻子究竟是怎麼回事，然後試試運氣，看我是不是剛好醒來直接聽到，或是剛好因為從日內瓦回來，旅行的疲憊讓我持續昏睡，只好等到稍晚讓我間接知道，透過路易莎用不同的話語轉述給我聽（使用翻譯，甚至還要審查過濾），或是我永遠不知道，如果這是協議的話。也許她本來沒有打算那樣做，不是在那天晚上或下午，結果回到家看到我的盥洗包，我的牙刷，我的外套，然後，也許又看到我睡在床上，或許就這樣臨時起意。也許她到房間來探頭一下，然後是她，不是我，把房門關上。那時，這樣一想，我了解事情就是這麼回事了，因為在那個時候，我發現床已經不像之前我看到時那麼整齊。有人把一邊的床單、毯子和被褥掀開，想要反折幫我蓋上，只能草率大概拉一點，從一側的頂端對折，拉到我身體躺壓的地方所能覆蓋的範圍。我想，也有可能是我自己睡著時抓被子蓋著，但是不可能，我立刻排除這個可能性，我立刻想像這會是什麼時候發生的事，我什麼時候蓋上被子，路易莎什麼時候來開門，看到我躺在床上睡著，也許頭髮凌亂，幾根散髮橫亙在額前，猶如未來臉上長出了幾條細微的皺紋，讓我瞬間變得黯淡。（她沒有幫我脫掉鞋子，我的鞋子還穿著懸在床外，現在踩到床罩了）。我也思量，路易莎和藍斯在家裡待多久，她怎麼引導他們之間的談話，就在我讓門半開著又回到床上躺下時，我清楚地聽到藍斯開頭的幾句話（雖然有點距離），那幾句話是：

「她自殺是因為我跟她說的話。因為我們蜜月旅行的時候我跟她說了一些事情。」

我父親的聲音很微弱，但不是老人滄桑的聲音，他從來都不顯老態。他的聲音猶豫不決，支吾的樣子彷彿不確信是否想要那樣做，彷彿知道要把事情說出來很容易（只要起個頭，一句接著一句），但是一旦聽到了，就不會忘記，就會知道，彷彿他一直記住這個道理。

「您不想告訴我。」我聽到路易莎說話。她小心翼翼，但是從容自然，沒有勉強想說服，也沒有刻意細膩或表露她的情感。她邊說邊試探，就只是試探。

「都到這個地步了，不是我不想講，如果妳想知道的話。」藍斯回答，「說實在，我從來沒有跟任何人提過這件事，我保密得很好。都是四十年前的事了，有點像從來沒發生過一樣，或是像發生在別人身上，不是我，也不是德蕾莎，也不是妳口中所說的另外那個女人。打從許久以前，她們就不存在了，連發生在她們身上的事也不存在了，也只有我知道，只有我會記起，過去的事情像模糊的殘影在我眼前，記憶彷彿像眼睛，隨著年齡增長而疲弱，再也沒有力氣可以看清楚。親愛的，疲憊的記憶沒有適合的眼鏡可以戴。」

我起身，坐在床腳，這個位置我只要把手伸長，就可以開門關門。我直覺地再把床鋪好，也就是把床單、毯子、被褥還原成原來的樣子，甚至我把床單和毯子都塞到床底，有條不紊包得好好的，門縫間透出一點光線，是夜色的燈光。

「那您為什麼跟她說呢？」路易莎問。「您沒想到後果嗎？」

「幾乎沒有人會去想什麼後果，尤其當一個人還年輕氣盛時，比自己想像的年輕歲月還要更長。年輕時，整個人生好像是個謊言。發生在別人身上的事，諸如一些不幸、災難、犯罪，這一切都離我們很遙遠，好像不存在似的。甚至發生在我們自己身上的事，一旦成為過去，我們也覺得事不關己。有人一生就是這個樣子，永遠年輕，這真是大不幸。一個人傾訴、談論、口述時，話語是免費的，滔滔不絕冒出來，有時候沒有節制。任何時候還會繼續口沫橫飛，例如，我們酗酒宿醉時，我們暴怒生氣時，我們萎靡不振時，我們對事情感到厭倦時，我們熱情洋溢時，我們墜入情網戀愛時，我們不方便說出來或是無法衡量輕重時。傷害已經造成，不可能不犯錯。奇怪的是，話語所帶來不幸的後果並沒有超出它們本來就已經具有的。或者我們了解得不夠透徹，我們認為話語本身並不蘊含那麼多不吉利的事，但是一旦我們說出口，一切就變成永遠的災難。整個世界都在說話說個不停，每一分鐘就有千百萬個對話，說書，聲明，評論，流言蜚語，告解，這些是說出來和聽到的話，沒有人可以控制。沒有人可以預知話語所造成爆炸性的後果，甚至也無法跟得上。儘管人多口雜，又如此廉價，甚至意義闕如，卻很少人可以置之不理，反而還賦予重要性。即使不重要，但是已經聽到了。妳不知道這麼多年來，不知多少次我想起那些我對德蕾莎說的話，我想，是在無法克制的愛情衝動下脫口說出來的話，我們正在度蜜月，而且快結束了。我可以閉嘴，永遠閉嘴，但是那個人以為講出祕密可以要到更多，每每在無數次的機會裡，訴說總好像是一個禮物，一個有能力提供的最大的禮物，最大的忠誠，愛和奉獻最大的測試。因此訴說可以得到獎賞。突然間，那個人發現光說是不夠的，點燃的話語很快就消費殆盡，很快就變成單調的重複。那個聽的人也覺得不夠，那個說的人不滿足，那個聽的人也不滿足，那個說話的人想要無止境地維持聽的人的注意力，他想用他的話語穿透到最深底處（我心忖：「話語像雨滴，是耳邊的低語。」），而那個聽的人想無止境地被逗樂，他想要聽，想要知道更多，更多，即使是杜撰或是虛假捏造的都沒關係。德蕾莎也許不想知道，或是更正確地說，她寧願從來都不知道。」藍斯短暫停頓了一下，現在已經不再猶豫不決，他的聲音變強了，慷慨陳詞一番，不是輕聲細語，也不是悄悄話，關起門來都還聽得到。但是我還是讓門半開半掩。「她無法忍受。那個時候沒有離婚這回事，但是她卻不願意自己解除婚約，她還有羞恥心，而我們的婚姻已經結束，我認為已經結束，更早在成為夫妻之前就已結束。但是就算離婚或解除婚約可行，也還不夠。知道以後，她不只是無法忍受我，也無法跟我在一起，一天都不行，一分鐘都不行，她這樣說，雖然還是有幾天跟我一起，但是不知道要做什麼。也因為更早之前，有一次她也說了一些話，而她說過的話產生了後果。她無法忍受我，也無法忍受她自己，因為自己曾輕率說過那個話，沒意識到其實錯不在她，她不可能有錯，假使我聽到了什麼，或是我沒有聽到（「一個煽動不過就是說幾句話罷了，」我想，「找不到說此話的主人，但是話可以翻譯出來。」）。我跟她說完之後，幾天下來她積憂鬱悶，而且越來越嚴重，我從來沒見過這麼鬱悶的人，她幾乎沒睡覺，不吃不喝，胃痙攣，噁心嘔吐卻吐不出東西來，她不跟我講話，也不看我一眼，也不跟任何人說話，時而把頭埋進枕頭，跟別人在一起時卻強顏歡笑。那幾天她一直哭個不停，所剩也沒幾天。睡覺的時候哭，如果能睡著幾分鐘的話，就在夢裡哭，結果就滿身大汗驚醒過來，躺在床上詫異地看著我，然後憎惡的眼神盯著我（「一雙眼睛直瞪著我看，但還沒認出我，也不知道自己身在何處，」我回憶這個情形，「那雙眼睛，就像發高燒的病人一樣，還在睡夢中醒不過來卻突然驚醒的呆滯。」），她用枕頭摀住臉，好像什麼都不想看，也不想聽。我試著安撫她，但是她卻怕我，她很怕我，或是驚恐。一個人不想看也不想聽的時候，沒有辦法活下去，除非把事情說出來，不然不知何去何從，事實上，我也不訝異她會自殺，我事先沒有料到，我早應該想到的。沒有辦法這樣過日子，萬一是個沒耐性的人，沒有辦法等待時間過去（「好像迷失了自己，走投無路回不去了，失去那個抽象的未來，」我想，「而那個才重要，因為現時當下無法感染它也不能同化它。」）。最終一切都會煙消雲散，但是你們年輕人不懂這個。她還很年輕。」

我父親突然打斷，可能想要吸口氣，斟酌一下講到欲罷不能的程度，也許他發現講太多了，已經停不下來。說話的聲音讓我無法分辨他們兩人各自在什麼位置，我父親也許躺在土耳其沙發床上，路易莎坐在沙發，或是路易莎坐在土耳其長沙發，藍斯坐在那張很舒服的新扶手椅上，我回來時試坐了一下。也許他們其中一個坐在搖椅上，我不覺得，至少藍斯不會，他喜歡那張搖椅只是在家裡接待朋友交誼時，擺擺特殊的姿勢用而已。他講話的方式不像在結婚喜宴上，我覺得現在的他不至於擺出那些姿勢，也不是在社交聯誼，我想不管他坐在哪裡，一定是坐在邊緣的位置，身體微微向前傾，腳著地，連翹腳都不敢。他會用那雙虔誠的眼睛看著路易莎，討好他眼前所看到的人事。他身上會散發古龍水、雪茄和薄荷的味道，還有一點點烈酒和皮革的味道，就像那些從移民居留地返鄉的人的味道。他也可能抽了菸。

「但是，您到底跟她說了什麼？」路易莎又問。

「如果我現在跟妳說，」藍斯說，「我親愛的孩子啊，我不知道我會不會還是跟當時的做法一樣。」

「不用擔心。」路易莎勇敢又幽默地回答他（勇氣是為了說出來，幽默是經過思考後），「無論如何，我不會為了四十年前發生的事去自殺。」

藍斯也有同樣的勇氣和幽默，他莞爾一笑。然後他回答：

「我知道，我知道，沒有人會為了過去而自殺。況且，妳不會為了什麼事去自殺，就算今天妳發現華安做了當時我做的事，然後像我一樣去告訴德雷莎。妳不一樣，時代不一樣了，世事變輕微了，或是變得更加沉重，一切都搭配得好好的。但是我不知道告訴妳，是不是也在測試我這一番深思熟慮後對妳的情感的表態，又來了，情感的測試。訴說可以得到獎賞，讓妳繼續聽我說，然後妳希望我陪伴。但是也許有可能適得其反，毫無疑問，妳不會自殺，但是也許妳不想再見到我。我擔心我自己，我不擔心妳。」

如果就近搆得到的話，路易莎應該會用手拍拍他的手臂，如果剛好站起來的話，會用手拍拍他的肩膀（「手搭在肩膀上，」我想，「還有那個無法理解的輕聲細語說服了我們。」），我如此想像自己在一場表演裡面，我得靠想像，我看不到，我只能透過門縫聆聽，此時不是穿過一片牆壁或是開放的陽臺。

「我並不在意您四十年前做的事或說的話，也不會改變我的好感。我認識現在的您，這是無法改變的事實。我不認識那時候的他。」

「那時候的他，」藍斯說。「那時候的他，」藍斯重複說到，他應該正撫摸著他頭上的白髮，無意識地用指頭肚撫摸，也不自覺。「那時候的他依然是現在的我，如果我不是他，那我是他的延伸，或是他的影子，他的繼承人，或是他的篡位者。沒有另外一個人這麼像他。如果不是我，有時候我也這樣相信，那麼他就不是任何人，那也就不會發生已經發生的事情，無論如何，我是那個剩下來最像他的人，而這些記憶必須屬於其中某個人。那個沒有自殺的人，不得不繼續向前走，但是有人決定停下來，留在那個其他人也在的地方，回首望前塵，世界說那已經是過去的事，但是他依然想讓它維持在虛構的現在。結果，過去發生的事變成虛構的事。但是，不是為了他，而是為了世界。只是為了世界，世界放棄了他。我想很多這類的事情。不知道妳是否明白。」

「您不像是會在任何地方停下來不動的人。」路易莎對他說。

「我想不是，但同時也是。」藍斯回答她。他的聲音又變得微弱了，現在他跟自己的內心交談，沒有猶豫不決，而是沉思冥想，想說的話一句接著一句，每一句都深思熟慮，猶如政治人物發表一項聲明時，希望字斟句酌，逐字逐句被翻譯出來，好像他在口述一般。（但是現在我是憑著記憶複製，也就是說，雖然最原始是他的話，但是是用我自己的話說出來。）「我繼續向前走，用最輕盈的腳步繼續我的人生，包括我第三度結婚，和華安的母親華娜結婚，她從來不知道這些事，但是她心胸寬大，她從不追問她姊姊的死因，她親眼目睹她死去，那件每個人都覺得莫名其妙的事，而我卻無法向他們解釋。也許她知道最好還是不要知道，以免有什麼內情可以打聽，而我卻沒有對她說。我很愛華娜，但是跟愛德蕾莎不一樣。我小心翼翼愛她，比較留意，沒有那麼執著，如果可以這樣說的話——看護式的愛，比較被動。但是在我繼續向前走的同時，我也知道德雷莎自殺那一天也就是我停止不動的日子，就是那一天，不是之前的另一天，很弔詭的是，我們沒有直接介入發生在別人身上的事竟然比我們自己去做或犯下的錯誤還要嚴重。嗯！也不總是這樣，只是有時候。我想，要看是什麼事情。」

我點了一根菸，在床頭櫃摸尋菸灰缸。在路易莎的床頭櫃找到，還好，她也還在抽菸，每每我們就寢依偎一起時，在還沒睡著前，兩人在床上聊天或讀書，常習慣抽菸。睡著以前，即使天氣很冷，我們會把窗戶打開，讓室內通風幾分鐘。我們想法一致，在這間我倆共享的房間，我現在窺視的房間，得到她可能的贊同。也許打開窗戶時，我們會被看到，被那個在街角上上下下打探的人瞧見。

「之前的另一天是什麼意思？」路易莎問。

藍斯不語，沉默的有點太久，讓那個停頓變得不自然。我想像他的手，要不是抽著一根菸但不把煙吞進去，就是兩手十指交扣，閒置不動。偌大的手有著皺紋但是沒有老人斑，此刻他一定是正視著路易莎，用他那雙像斗大的醋滴或酒滴的眼睛，心痛又恐懼地望著，這兩種如此類似克拉克還是路易斯筆下描寫的心情和感觸；或者帶著一種傻笑和發愣的眼睛，一聽到手搖風琴手的音樂聲，或是磨刀剪師傅繚繞的口哨聲，立刻像動物一樣抬頭舉目，引領翹望，頓時思考片刻，想想家裡的菜刀是否依然鋒利快斬，是不是應該暫時停下手邊的家事，或是整頓一下慵懶的心情，趕緊拿著刀具下樓，追著跑到大街上，以便讓師傅把刀子磨利。或是，也有可能突然沉浸在他的祕密裡，那個深藏心中的祕密，或是飽受折磨的祕密，他知道以及不知道的祕密。就在那時刻，正當抬起頭來要關照那樂師或是磨刀剪的師傅時，聽著那手搖風琴的音樂或口哨聲重複迴盪，一路沿著街道過來，越來越大聲當兒，他的視線剛好落在那些已逝的人的肖像上。

「如果您不想講的話，就不要說了。」我聽到路易莎說話。

「另一天，」藍斯開口說了，「另一天就是我為了要跟德蕾莎在一起，而殺死我第一個妻子。」

「如果您不想講的話，就不要說了。如果您不想講的話，就不要說了。」我聽到路易莎重複再重複，一再重複說這句話，事情已經被說出來了，她為了表達自己的驚嚇，同時也是我的驚嚇，而說出這句有修養的話，也許她後悔問了他。我在想是不是要關上門，把門的罅隙闔上來，讓一切再回到難以分辨的輕聲細語或是察覺不出的悄悄話，但是一切為時已晚，對我而言也已太遲。我已經聽到了，我們聽到四十年前，也許沒有這麼久，德蕾莎．阿基雷拉在她的蜜月旅行最後幾天聽到的話。路易莎現在說「您不要說了，您不要說了」，也許對我而言，太遲了。女人們的好奇心很單純，她們的思維是愛打聽、喜流言蜚語，但也是善變的。凡是不知道的事情，她們不會去想像或預測會是什麼後果，她們不會設想事情有可能還需要調查清楚，或是有可能會變成真的；她們不知道事情本身會自動發生，或是只消一句話就可以啟動。說故事的行為已經啟動了，只要起個頭，一句接著一句。「藍斯說了『我的第一個妻子』，我想，他沒有說出她的名字，而以路易莎說她的方式代替，就算聽到了名字（葛洛莉雅，也許是蜜莉安，或是妮維斯，甚至是貝兒妲），也不會知道究竟是什麼人，起碼不確定，而我也不確定，雖然我們曾經猜測過。這意味藍斯真的在訴說，不是跟自己自言自語，因為有可能一會兒之後，如果他繼續回憶繼續訴說，有可能變成自己的獨白。但是到目前為止他所講的一切，他知道他在告訴一個人這件事，他不僅沒有忘記接收訊息的人，也知道他自己正在訴說，而且被聽到了。」

「不，現在妳得讓我說了。」我聽到我父親這樣說。「就像我必須告訴德蕾莎一樣。但不是像現在的情況，但也沒有多大差別，我說了一句話，那句話讓她知道了端倪，我就得繼續把其餘的說完，繼續說單純只為了緩和那句話，實在很荒謬，別擔心，我不會說太多細節。現在我冷漠地說出那句話，讓妳知道頭緒，但是那個時候的我熱情如火，妳知道的，一個熱情如火的人說出的話，燃燒得更炙烈，一個如此深愛的人，也深深覺得被愛的時候，有時候，已經不知道還能夠做什麼。有些情況下，在某些個夜晚，有時會變成一個亢奮激動的人，一個野蠻人，會跟所愛的人講一些荒唐事。然後，一切拋諸腦後，好像在玩遊戲，但是，一個已然的行為當然不可能忘記。我們那時在法國的土魯斯[80]，我們蜜月旅行的路線要往巴黎，然後去南法。倒數第二天晚上我們在飯店，在床上的時候，我跟德蕾莎講了好多事情，在那種情境下，百無禁忌什麼都說，因為沒有任何威脅，說到已經沒什麼事可以再傾訴時，卻感覺到必須再告訴她更多，我跟她講了許多戀人都會極力表明心跡但不會有什麼不良後果的話：『我這麼愛妳，愛到可以為了妳去殺人。』我跟她說。她噗嗤笑了，回我說：『太誇張了吧！』但是那時候的我笑不出來，那個時候，該是全世界最正經嚴肅的時刻，一點玩笑開不得。那時我不再多想，我跟她說了這句話：『那事成了。』我跟她說。『我已將事辦妥。』」（「I have done the deed，」我想，或是我想到「就是我」，或是用我的母語表達——「我做了那事，我成了那功績，我犯下那個罪行，那個罪行是一件事實，是件功績，所以早晚要說出來，我為了妳殺人，那是我的豐功偉績，現在說給妳聽是我饋贈的禮物，在妳知道我所做的一切之後，妳會更愛我，雖然知道以後，會玷污妳如此蒼白的心。」）

藍斯又沉默不語了，現在我覺得那個停頓很明顯是個演講修辭學的功能，好像一旦開始說了那個不可說不能說的故事以後，說故事的人有極大的慾望想要掌控故事全局。

「那個該死的嚴肅。」沒多久後他鄭重地說道。「這輩子我不想再像那樣嚴肅，連試都不想試了。」

我把菸熄掉，再點一根。我看了手錶卻不知道幾點了。旅途勞頓，我也睡了一覺，正在洗耳恭聽，就像我聽吉耶莫和蜜莉安的對話一樣，當時也是坐在床尾，或者更正確地說，那是路易莎在傾聽，她躺在床上，佯裝不知道，讓我不知道她是否聽到了。現在則是她不知道我也正在聽，也不知道我是躺著還是睡著了。

「她是誰？」她問我父親。她也一樣，在一陣直覺的驚恐和後悔不該問的反應後，她也準備想要知道全部，要更多真相，只能多不能少。一旦知道了，也聽到了那句無法挽回的話（「聽，是最危險的，」我想，「聽是知道、是熟悉、是了解，聽覺沒有眼瞼，不會對聽到的話像眼睛一樣直覺地閉起來，無法隱藏事先已預知行將聽到的話，而且通常都是來不及了。」現在我們已經知道了，有可能會玷污我們如此蒼白的心，這個白或許是蒼白和恐懼，或是懦弱膽怯的心）。

「她是個古巴女孩，就是哈瓦那那邊。」藍斯說，「我奉派那邊兩年，遊手好閒，畢亞羅勃斯驚人的記憶力超出他自己的想像，（「他們講到那位教授了，」我想，「所以我父親一定知道，畢亞羅勃斯所知道的，我也都知道了。」）但是我不想講太多她的事，如果妳能諒解了話。我好不容易有那麼一點點遺忘了她，她的身影就跟從前種種一樣，都已變得模糊了，我們結婚沒有很久，幾乎不到一年，我的記憶已經疲憊了。我跟她結婚的時候已經不愛她了，如果我曾經愛過她的話，有時一個人做這些事是基於責任感，義務所在，基於一時的軟弱，有些婚姻要商議妥協，要取得彼此同意，要公諸大眾，讓婚姻變得合情合理，而且勢在必行，因此最後都要隆重慶祝一番。一開始她逼迫我喜歡她，緊接著她想結婚，而我也不反對，她的母親，所有的母親都希望她們的女兒結婚，或者當時都是這樣（「人人彼此互相強迫，」我想，「如果每個人從來不曾被強迫去做任何事，那這個世界就停擺了，一切會停滯，漂浮在一個猶疑不定的球體上，無止境地持續這個狀態。人們只想睡覺，事先的後悔會讓我們麻痹。」）。婚禮是在我工作的大使館的教堂舉行，一個西班牙式的婚禮，而不是古巴傳統。真是棘手，她和她的母親刻意這樣做，如果是依照古巴習俗，我認識德蕾莎的時候，就可以跟她離婚，古巴那邊允許離婚，雖然我不認為德蕾莎會接受，她的母親更不可能，她是很虔誠的教友。」藍斯現在不疾不徐地呼吸，用他一慣揶揄的聲調補充說明，那個最熟悉的聲音：「中產階級的母親，尤其是教友，虔誠的丈母娘們最會催逼了。我想我當時結婚是為了不要再孤家寡人，我不推諉自己的過錯，我不知道還會在哈瓦那待多久，那時還猶豫是不是要進入外交公職，雖然也還沒有正式科班畢業。之後我放棄那個念頭，從來沒有去修業或考試，然後回到我的藝術本行，我被安插在大使館的工作是因為我的家族人脈，看看我是不是喜歡這個工作，我那時是個浪蕩子，俗話說『到處亂射的流彈』，一直到認識德蕾莎，或者更確切地說，直到我跟華娜結婚。」他說了「流彈」，我確信那個時候，儘管他一本正經，話語嚴肅，他一定樂得使用這個過時陳腐的詞，就像他在我的婚宴上說我是「採花郎」

一樣，那時路易莎跟她以前的男友和一群人正在聊天，那個讓我覺得很不友善的前男友——也許是小古斯塔多，也許是小古斯塔多，我只在俱樂部遠遠看到他片刻，一副貪婪好色的神情四處打量。當時我不得不先離開她，因為我父親把我支開到隔壁房間對我說：「那現在是怎樣呢？」過了一會兒，才跟我說他真正想告訴我的話：「一旦你有祕密，或是你已經有祕密了，絕對不要說出來。」而此刻，他正在訴說自己的祕密，是為了說給她聽，也許是為了避免我去跟她說我自己的祕密（我有什麼祕密，莫非是貝兒姐，但是那不是我的祕密，或是我所懷疑的祕密，或是妮維斯，那位文具店的初戀情人），或是避免路易莎來跟我說她自己的祕密（她會有什麼祕密，如果我也知道她的祕密，那就不是祕密了）。「也許藍斯現在說出自己保守這麼多年的祕密是希望我們不要講出我們自己的祕密，」我想，「過去的，現在的和未來的，或是希望我們盡量不要有祕密。但是，今天我卻祕密地回到家，沒有事先告知，甚至讓他們以為我明天才會到家，而路易莎當著藍斯的面，隱藏我在家的祕密，我坐在床尾，可能正聽著他們談話，稍早她應該看到我，如果沒有，沒辦法解釋為何那被褥、毯子、床單會蓋住我的身子。」

「可以再幫我倒點威士忌嗎？」我聽到我父親講話了。所以藍斯正喝著威士忌呢，沒有燈光照著的時候，他的眼珠子的顏色很像這酒的顏色，現在室內應該漸漸變暗了。我聽到冰塊先掉進一個杯子，然後又放進另一個杯子的聲音，也是威士忌，之後再倒水。水和威士忌混合一起後，顏色就不像他的眼睛了。冰箱裡的橄欖也許放在我們客廳的小茶几上，那是我們布置這個家最早買的一套家具組合，也是我們結婚以來到現在還不滿一年的時間當中，少數沒有移動位置的家具。我突然有點餓了起來，我很想吃幾顆橄欖，最好是去籽填餡料的。我父親補充說：「等一下，我們一起去吃晚餐，對吧？不管跟妳說了什麼，都是本來預料到的。嗯！我幾乎都跟妳說了。」

「當然一起去吃晚餐。」路易莎回答。「我從來不爽約。」的確，她以前沒有現在也不曾失過約。她可能優柔寡斷，但是一旦決定了，就不會食言。這點是令人喜愛的女人的優點。「後來怎麼了？」她又問，這是小孩子問的問題，尤其是故事已經說完了。

現在我很清楚聽到藍斯的打火機的聲音（耳朵的聽力越來越習慣從這個位置聽到的聲音），之後，他應該是十指交扣，閒適擺放。

「結果我認識了德蕾莎、華娜和她們的古巴母親，她幾乎一輩子都住在西班牙。她們一起去哈瓦那待了一陣子，好像要處理遺產和變賣的問題，因為她們的姨婆過世了，我認為畢亞羅勃斯應該沒有記得這麼多（「路易莎一定告訴藍斯了，」我想：「畢亞羅勃斯跟我們說這個，還有那個，到底哪個才是正確的？」）。我們很快就墜入情網，但是我已經結婚了，我們偷偷見過幾次面，但是這樣總叫人傷心，她黯然神傷，她覺得沒有一點可能性，她覺得不可能，這更讓我難過，而事實是的確沒有任何可能。我們私下沒有見過太多次面，但這已足夠。通常都約在午後，她們姊妹倆一起出去散步，然後分開，我不知道華娜做什麼，華娜也不知道德蕾莎做什麼，那些個下午德蕾莎就跑到飯店來跟我幽會，然後就在天快要變黑時（夜色會提醒我們），她再跟華娜約好，兩姊妹回家跟她們母親吃晚餐。最後一個下午我們見面時，那次的告別好像永遠不會再見面一樣，說來太荒謬了，我們正值年輕，又不是生了大病，也沒有戰爭。她在哈瓦那過世的姨婆家裡待了三個月以後，隔天就要回去西班牙。我跟她說我不會一直待在哈瓦那，我會很快回到馬德里，我們要繼續保持聯絡。她不想，她寧願藉著這次不得不分離的機會把一切都忘掉，也忘掉我，忘記我的第一個妻子，說來運氣不佳，她約略知道她一些事情。她對她有好感，我記得她對她印象不錯。我很堅持，我跟她說我會跟她分開。『我們不可能結婚，』她跟我說。『這是不可能的。』那個時代就是個傳統的社會，也不過四十年前，有千百個跟我們的遭遇類似的例子。」人們只是說說，但是都沒有作為。嗯！有的，有些人採取行動（「最糟的是他什麼都不會做，」我想到，這是那天晚上我跟路易莎躺在床上時，她跟我談論吉耶莫所說的話，她心情不好，有點賭氣，當時她胸前領口冒汗濡濕了，還有點閃閃發亮）。就那當下她說了一句話，而我聽到了，事後她說這句話讓她無法承受（「這些可翻譯的話語，卻找不到說這些話的主人，在聲音與聲音之間、在語言和語言之間、一個世紀跨過一個世紀重複傳遞，」我想，「總是一樣的話語，唆使著同樣的行為，打從這個世界還沒有人、也還沒有語言，也沒有聽覺可以傾聽事情時就是如此。但是那個說話的人，一旦看到他的話被實踐了，卻無法承受。」）我記得我們兩個人衣著整齊，躺在租來的床上，腳上都還穿著鞋子（「腳也許是髒的，」我想，「反正沒有人會看。」），那日下午我們沒有褪衣裸裎相對，不可能有興致。『我們唯一的可能就是等到有一天她死了，』她對我說，『但是不能依賴這個。』我記得她說出這句話時，她把手放在我的肩膀上，然後把她的嘴貼近我的耳邊。她沒有對我說悄悄話，那不是暗示，她的手在我的肩膀上，她的唇貼在我的耳際，是為了安慰我，要平息我的衝動，我很確定，我再思三思，想那句話是怎樣脫口而出，雖然一度我曾把它想成別的事。那句話是表示放棄，而不是慫恿，那是一句表示退出，認輸的話。她講完後給我一個吻，很短促的吻。她退出情場。」（「耳邊的語言也是最有說服力的吻，」我想，「單純話語的探詢會讓人卸下心防，棄械投降；輕聲低語的話語，是吻的話語，它具有強迫的力量。」藍斯又停頓下來，他的聲音，一直到最後，沒有一絲一毫的嘲諷或戲謔，幾乎聽不太清楚了，雖然不像鋸子的聲音。「後來，我跟她說我做了，還跟她提起她說過這句話，她起初也不記得，她說的時候並沒有想太多，她那時輕率隨口說說，而她想起來時恍然大悟，那只是我們腦中一個想法的表達方式，顯然只是一個沒有惡意的陳述，就像妳現在問我說：『是吃晚餐的時候了。』我那時也沒有去想她這句話，後來又左思右想，一直到德蕾莎回去以後才又浮現腦海，我思念她，幾乎無法忍受相思苦，我們唯一的可能就是等到有一天她死了，但是不能依賴這個。這是我那個該死的頭腦把它想成另一回事（「你不要想那些事情，父親啊，」我想，「你不要用那種病態的腦子去想事情。睡著的人和死去的人不過如圖畫一般，父親啊。這件事情不可這樣子去想：不然會讓我們都發瘋。」）。我提醒她這句話時她才想起來，但這個讓她更錐心泣血了。我真寧願什麼都沒有跟她說（她聽到那個罪行或是行為或是功績的告白，真正讓她成為共犯者不是她曾慫恿他，而是知道那個罪行和那事已成。她心知肚明，她知道，這才是她的錯，但是她沒有犯罪，不管她多麼遺憾或是確信自己深感遺憾，用死者的血沾染自己的手是一種把戲，是偽造，是用虛假的夫妻關係達到謀殺的目的，因為無法殺死一個人兩次，那個『我』是指誰已無庸置疑，而事情已成為事實了。只有聽到說出來的話才是有罪的，也才是無法避免的。法律雖然沒有宣判講過話的人有罪，或是正在說話的人有罪，事實上講話的人知道他什麼都沒做，包括他是否用耳邊的悄悄話強迫我們，用他的胸脯頂在我們背後，用急促的呼吸，用他的手拍拍我們的肩膀，還有聽不清楚的竊竊私語，來說服了我們）。我真寧願什麼都沒有跟她說。」

「那您做了什麼？您全部告訴她嗎？」路易莎問他。路易莎只問重點。

「是的，我全部告訴她。」藍斯說。「但是我不打算告訴妳，不說我確切做了哪些事，不說細節，不說我怎麼殺她，這個永遠忘不了，我寧願妳也不要記住，從今以後妳也不要提醒我記起來，因為我要是跟妳講了，就會一直讓我想起來。」

「但是怎麼解釋她的死因呢？沒有人知道真正的原因，這個您總可以告訴我吧？」路易莎說。我突然有點害怕起來，她只問必要的，如果有一天她必須問我問題的話，她也會這樣問我。

我又聽到冰塊的聲音，這次是在杯子裡搖晃的聲音。藍斯應該正用他病態的腦子在想事情，或是打從數十年前就不再病態了。也許他正在梳理他的頭髮，幾乎沒有碰觸到他那頭像滑石粉般灰白的頭髮。也許有一天他會有頓時失去依靠的感覺，就像有一次我曾經看過。那一天已逐漸遠去。

「好。我可以告訴妳，畢亞羅勃斯所說的也不離譜。」他終於說了。「他應該是少數在世還記得那件事的人。當然，德蕾莎和華娜的弟弟如果還活著的話，也會記得。但是我跟我的妻舅，雙重關係的妻舅已經很多年沒有往來了，德蕾莎過世後，他們就不想跟我有任何瓜葛，甚至也不想知道華娜的事，雖然沒有公開明說：譬如，華安幾乎不認識這兩個舅舅。只有他們的母親，華安的外婆，是那個家族唯一還願意跟我往來的人，我想是為了保護她的女兒，而不是其他原因，就近呵護華娜，不要放她獨自跟我在一起，面對危險的婚姻關係，我想，我猜是這樣。我並不怪他們，大家都質疑我一定有錯，認為德蕾莎自殺以後，我一定隱瞞了什麼，但是相反地，卻沒有人質疑另外一個女人的死因。妳看，生命本身不是取決於事件本身，不是一個人做了什麼，而是一個人知道了什麼，取決於他知道事情已辦成。從那時起，我的日子過得算正常，甚至很愉快，經過這些事情之後，還是可以繼續活下去，盡我們的能力活下去：我賺了錢，我有一個讓我感到滿意的兒子，我愛華娜，讓她有好日子過，沒有對不起她，我努力工作，做最吸引我的事情，我有朋友，收藏很好的畫作。我很享受。這些變得有可能，因為沒有人知道任何事，只有德蕾莎知道。我所做的事已成事實了，但是和接著行將到來的事有很大的不同，不是做了或沒做，而是沒有人知道。它變成一個祕密。如果有人知道，我的日子會變成什麼樣子呢？在這一切之後，也許連命都沒了。」

「她的死因是什麼？一場火災？」路易莎十分堅持，她不讓我父親偏離主題太遠。我又點了一根菸，這次用前一根的火苗點火，我口渴，也很想刷牙，雖然在自己的家裡，我卻不能穿越過去走到浴室，我偷偷摸摸地躲在房裡，感覺嘴巴都麻痹了，也許是睡覺的關係，也許是旅行的壓力，也許是我施壓緊閉上下頷骨太長時間的關係。我發覺時才放鬆，不再緊閉。

「是的，是一場火災。」他緩慢地說。「我們住在一棟有兩層樓的小別墅，離市中心有點遠的住宅區，她睡覺前，習慣在床上抽菸，老實說，我也一樣。那天我出去跟幾位西班牙廠商吃晚餐，負責陪他們找樂子，意思是，去喝酒狂歡。她應該是在床上抽菸，抽到睡著了，可能還喝了點酒來助眠，最後那陣子她經常喝酒，可能那晚喝過頭了，香菸的火苗燒到床單，一開始可能緩慢延燒，但是她沒有醒來，或是已經來不及了。之後我們也沒再探究她是不是在身體燒焦之前就已經被濃煙嗆死，在哈瓦那很多人睡覺時窗戶都關著。又有什麼差別呢？火災並沒有將屋子完全燒毀，鄰居及時幫忙搶救，我一直到他們找到我，通知我這件事才回來，已經很晚了，我跟那群廠商喝得爛醉如泥。火勢蔓延的時間還是把我們的寢室、她的衣服、我的衣服，以及我送她的衣服全部燒光了。沒有調查火災原因也沒有解剖屍體，那是一場意外。她全身焦黑。如果我不在意，更沒有人在意想要深入調查。她的母親，我的丈母娘，難過到沒有去想其他任何可能性。」現在他說話的速度加快了起來，好像急著結束這段故事或是那個部分。「她們也不是有力人士，」他補充說，「不過是中產階級，小康家庭，寡母孤女。反而是我的人脈關係好，如果有需要終止偵查或是消除疑點，我都辦得到。但是沒有偵查也沒有質疑。對我算是有驚無險，輕易過關。這就是她的死因的解釋，運氣不好。」藍斯說。「運氣不好。」他又重複說一次，「我們結婚才一年。」

「但是事實是什麼呢？」路易莎問。

「事實是，在我出去狂歡喝酒前，她已經死了。」我父親回答。他說出這句話時語氣又變得微弱，小到我得屏氣凝神聽，彷彿我的房門關著似的。房門半開著，我靠近門縫間貼著耳朵，以免漏聽了什麼。「黃昏時我們起了口角，」他說，「我在城裡忙了一整天，跟那些廠商周旋一些業務結束後回家。我心情不好，她心情更糟，她應該喝了酒，我們已經兩個月沒有碰彼此，或是我沒碰她。自從我認識了德蕾莎，尤其是她離開以後，我變得孤僻又疏離，我原來對她感到愧疚的心逐漸消失，對她的怨恨卻越來越深，就是她（「他避免說出她的名字，」我猜想，「因為現在已經無法辱罵她，也無法跟她生氣，也無法拋棄一個死人，對任何人而言都不曾存在的人，只有她母親，媽咪呀，媽咪呀，不懂得戒慎和守護女兒，謊言啊，我的丈母娘。」），我忿恨不平，控制不了自己，我們已經不再愛一個人了，而那個人卻依然不計一切地愛我們，說什麼都不放棄，我們認為一切已經結束了，只想一刀兩斷。她覺得我越疏遠她，她就更黏著我，越是聲聲催逼，更加對我抗議（「你休想擺脫我，」我想，「或是你給我過來，或是你是我的，或是這是你欠我的，或是跟我一起下地獄吧，也許也是那個緊緊抓住的動作，像獅子的爪子，像獅子的利爪。」）。我實在煩透了，耐心用盡，我想斬斷那個關係，回到西班牙來，我要一個人回來（「我已經不相信你了，」我想，「或是你得帶我離開這裡，或是我沒去過西班牙，或是你是個龜孫子，或是我是為你而來，或是我殺了你。」）。我們爭執了一會兒，不是什麼理性的討論，出口就是幾句粗言粗語，辱罵又回嘴，回嘴再辱罵，她躲回房裡去，躺在床上，關上燈，哭個不停，她門沒關，刻意讓我看到她，聽見她哭，她哭泣要我聽見。我在客廳聽她啜泣好一會兒，而我早該出門再去跟那些廠商會面，我跟他們約好晚上再帶他們去找樂子。後來，她不哭了，我聽到她有點心不在焉地低聲哼唱（「睡意的徵兆，疲憊的表露，」我想，「這首斷斷續續又零落分散的曲子，到了晚上還可以在幸運的女人的香閨裡聽到，她們還不到當奶奶的年紀，不是寡婦，也不是大齡單身的女性，聲調更輕盈柔和，更甜美悅耳，更加馴服慵懶。」）之後就靜悄悄，我約定的時間到了，我進到臥房準備更換衣服，我看她睡著了，在那不愉快的爭吵和哭泣之後她睡著了，不清楚是不是裝睡，但是沒有比心痛更讓人疲憊的事。陽臺敞開著，夜幕低垂了，晚餐前，我聽到遠處鄰居和他們的小孩的聲音。我打開衣櫃，換了衣服，把髒的衣服扔在椅子上，我正忖度的時候，替換穿上的乾淨衣服都還沒扣上鈕扣。之前我早已經想過無數次，但是當時我只想到當下，妳懂嗎？就是那個時候。很微妙的是，有時侯一個念頭冒出來的時候，那樣清晰那樣強烈，讓人無法度量那個念頭和貫徹它的差別。設想一個可能性，隨即又放棄那個可能，想到什麼就做什麼，然後徹底執行，沒有過渡，沒有緩衝，沒有流程，沒有再三考慮，不知道是不是真的想要這樣做，只是當下自然而然就做了（「但是同樣的行為，沒有人知道是否真的想要看到它變成事實，」我想，「所有的行為都不是出於自願，所有的行為完事以後，就不再依附於話語，而是把話語抹拭，而行為被孤立於一隅，獨立於話語之前和之後，行為本身已無法補救，但是話語卻還可以繼續重申其意義，也可以收回，或重複，或者修正，有可能否認，或是賴掉曾經說過的話，也有可能遭扭曲或是遺忘。」）。此時，藍斯應該用他那雙熱情的眼神望著路易莎，那雙水汪汪的眼睛，也有可能目光低垂。「她脫掉衣服，只穿著胸罩和內褲，像個病人一樣躺在床上，床單只蓋到腰部，她一個人喝悶酒，對著我大吼大叫，她哭了，她低聲吟唱，她睡著了。她和一個死人沒啥兩樣，和一幅畫沒有什麼不同，只是明日醒來時，她會把現在埋在枕頭裡的臉轉過來（「臉會轉過來，但是看不到她美麗的後頸，」我想，「莫非跟妮維斯的後頸一樣，在經過歲月的痕跡之後，她身上唯一沒有改變的地方；她的臉會轉過來，和端給蘇芙妮斯芭毒藥或是遞呈骨灰給阿提米西亞的侍女不一樣，因為那個侍女永遠不會回頭看，她的女主人也永遠不會拿起杯子，也不會貼近嘴唇喝下毒藥，如果那個警衛馬德吾會用他的打火機把她們兩人都燒掉，同樣也會把背景那位頭兒和臉蛋模糊的老婦人一起燒掉；一把火，一個母親，一個丈母娘，一場火災。」）。她只要一轉頭，臉一面向我，我就寸步難行，無法離開去找德蕾莎，她不知道也永遠不會知道德雷莎的存在，她不知道她自己是怎麼死的，也不知道她正走向死亡。我記得她躺臥的姿勢讓胸罩肩帶鬆垮了，一度我想要把它脫掉，不要留下印痕。我這麼想的時候想去做，但卻沒有做。但是，另一個念頭迅速閃過腦海，我完全沒有想像思考的餘地，因此，我就做了（「運用想像力可以避免許多不幸，」我想，「事先預知自己死亡的人很少會自殺，事先預知別人的死亡的人很少去殺人，不如就單純用想像去謀殺和自殺比較可行，不會留下痕跡和後遺症，甚至遠遠的揮擺手勢，做出要抓人的動作也行，一切只有距離和時間的問題；那把刀子在遙遠的空中揮舞亂砍，而不是撞擊到胸膛，沒有插入古銅色或白色皮膚的肉體，只是在空中揮動，什麼事都沒發生，刀子的動線不會被計算，也不會登記有案，還會被忽略；徒有企圖不會被懲罰，多少次多少未遂的罪行被封口，甚至那些深受其害的人也絕口否認，因為在那些行為之後一切依然，還是一樣的空氣，皮膚沒有裂開，肉體也沒有改變，沒有什麼被撕扯，擠壓的枕頭下沒有人臉被悶死是無害的，之後一切一如往昔；種種累積的行為和捶打沒有受害人，沒有捂住嘴巴的窒息，這些都不足以改變事情的樣貌和連動關係，再多的重複，再多的堅持，再多嘗試的失敗，再多的威脅，即使變本加厲都無傷，沒能改變什麼。」）。她睡著的時候，背對著我的時候，我殺了她（「藍斯殺死了睡眠，」我想，「就是那純潔的睡眠，那是另一個人的胸膛在我們背後撐著，只有有人在我們背後時，我們才真正覺得有依靠，那個在我們背後幾乎看不到的人，他用他的胸脯罩住我們，差一點就要碰觸到我們，而最後終究會碰觸了；半夜時，因為做惡夢突然驚醒，或是睡不安穩時，或是發高燒，或是以為只有自己一個人，在黑暗中孤零零時，就一定會轉過身來，然後看到面前有一張臉保護著自己，這張臉會讓你吻臉上可以吻的地方（鼻子、眼睛和嘴巴；下巴、額頭和臉頰，還有耳朵，全部整張臉）；又或者，半睡半醒間，他會用手拍拍我們的肩膀，安撫我們，支撐我們或者牢牢地抓住我們。」）。我不會告訴妳我怎麼殺她的，就讓我保留這一點（「你走吧，」我想，「或是我是為你而來，或是我殺了你，我的父親思考片刻，想要貫徹這個想法，但是也許得稍微停歇一下，想想家裡的菜刀是否依然鋒利快斬，看看鬆垮的肩帶，抬起頭來，再審視這刀子，這次可不是在空中揮舞亂砍，也不是在胸膛，而是背部，一切只是距離和時間的問題，或許是他將偌大一隻手放在她美麗的後頸上，勒緊並用力擠壓，確定的是枕頭底下沒有臉，而是趴在枕頭上，而且臉永遠不會再轉過來；那雙腳在床上激烈地又踩又踢，那雙脫下鞋的光腳丫或許很乾淨，因為是在自己的家裡，也可以隨時履行慣有的約定，如果已經結婚的話，那個人有可能看到這雙腳，會撫摸它們，那個她癡癡等待這麼久的人；也許她揮揮她的手臂，舉起手時，可以看到剛刮掉體毛的腋下，迎接丈夫回來，而他卻永遠不會再碰她，但是她也不用再擔心裙子的皺褶會讓她的臀部變醜，因為她正走向死亡，況且她已脫掉裙子，放在那張我父親也扔下他的髒襯衫的椅子上，他身上穿著乾淨的襯衫，還沒扣上扣子，燙平的裙子和髒襯衫將會一起燃燒，也許葛洛莉雅，或是蜜莉安，或是妮維斯，或是貝兒妲，或是路易莎，有辦法回過頭，最後的關頭，用最後一口氣將臉轉過來，剎那間，她那雙近視眼，不會傷害人的眼睛，看到濃密毛髮的三角胸肌，我父親的胸膛，跟比爾的一樣茂密，也跟我的一樣，那個胸膛的三角地帶保護著我們，讓我們倚靠著；也許那一頭心浮氣躁的散髮，因為睡覺或是恐懼或是心痛黏貼在葛洛莉雅的臉上，以至於有幾根凌亂細長的髮絲橫亙在額前，猶如未來的歲月裡臉上冒出的幾條細微的皺紋，讓她在最後的瞬間突然變得黯淡，因為那個未來將不是她的未來，既不具體，也不抽象。相反地，在那最後的瞬間，肉體會改變，會皮開肉綻，或拉扯撕裂的傷痕。」）。

「如果您不想講的話，就不要說了。」路易莎說話了。「如果您不想講的話，就不要說了。」路易莎又重複說，現在我反而感覺是路易莎央求他不要再說了。

「不，我不會告訴妳，我不想告訴妳。之後，我穿好襯衫，扣好扣子，到陽臺四處探探，沒有人。我關起陽臺的門，又去衣櫃，那裡也放著她的衣物，靜靜地掛著，散發馨香的味道，我打好領帶，穿上外套，我幾乎要遲到了。我點了一根菸，我不懂我做的事，但是我知道我做了，有時候是不同的兩件事。就算現在我還是不懂，但是我知道，跟當時一樣。如果不是我，就不會是任何人，她永遠不曾存在，已經過了很久的時間了，記憶已經疲憊了，就跟視力一樣。我坐在床尾，我滿身汗，十分疲倦，我的眼睛痠痛，好像連續幾個晚上沒睡覺那樣酸澀，我記得眼睛痛這個情形，於是我想了，我做了，我再思，同時我再做。我把點燃的菸放在床單上，我望了望，看火怎麼延燒，我去掉菸頭火苗但不讓火花熄滅。我又點了一根，吸了三四口，也是放在床單上，第三根又重複同樣的動作，全部都去掉菸頭，菸的火苗自動燃燒起來，零星的火苗也燒起來，三處菸火和三處零星的火苗，六堆火焰，床單就燃燒起來了。我看到床單開始燃出有星火的圓洞（「我持續看了一會兒，」我想，「看那些圓孔怎樣逐漸擴散，一個焦黑又燎火的黑圈，蔓延吞蝕床單。」），我不知道。」我的父親戛然停頓下來，彷彿最後一句話還沒交代完。四下無聲，只有他急促強烈的呼吸聲，大約持續一分鐘，一種蒼老的呼吸。接著他補充說：「我關上臥室的門，我出門上街，在搭上車子之前，我又從街角回頭望一下屋子，一切如常，天已經黑了，天色倏忽黯澹，還沒有見到煙霧瀰漫（「就算從高處看也看不到他，」我想，「不論是從陽臺或是窗戶，即使像蜜莉安駐足在對面的位置翹望等待；或是那個手風琴師傅和綁著辮子的吉普賽女人做活掙錢；或是前有比爾，後來有我，分別在貝兒妲的家門守候，等待著另一個人出門；或是像小古斯塔多，在那霪雨霏霏如水銀簾幕的夜裡，在我住家的街角等候，在那樣的位置都看不到。」）。但是這已經是許久以前的事了。」藍斯用他憂鬱的聲音，最慣常的聲音補充說。我隱約聽到打火機和叮噹作響的聲音，也許他吃了一顆橄欖，而路易莎點了一根菸。「何況，不該談論這種事的。」

又是一陣沉寂。路易莎沒再發問，我可以想像藍斯應該有點焦慮不安地等待，雙手十指交扣閒置；他也許坐在沙發，或是躺在土耳其沙發床，或是在那張新的、舒適的灰色扶手椅上，很有可能是他幫忙挑選的。我認為他不會坐在搖椅上，他不會坐在我哈瓦那外婆那張搖椅上。她坐在那兒時，一定想念著她的女兒，活著的和死去的，兩位都已結婚；也或許想著另一位古巴母親那已婚且死去的女兒，童年時期她常對我唱著「媽咪呀，媽咪呀，耶，耶，耶」，她講這個故事來嚇嚇我，只是讓我一時害怕而已，還帶點捉弄開玩笑的意味，好像只有女人家才會害怕：身為女兒、母親、妻子、岳母、奶奶、褓姆們才會有的恐懼。也許藍斯害怕路易莎——他的媳婦——會對他做個手勢說：「你走吧，或是您滾開。」不過最後路易莎脫口說出的是這個：

「如果您餓的話，是該吃晚餐的時候了。」

藍斯急促又強烈的呼吸聲緩和下來。我聽他回話的口氣，感覺他輕鬆解脫了：

「我不太確定餓不餓。如果妳願意的話，我們可以出去散個步，走到阿爾卡德餐廳，是巴斯克料理，走到那裡的時候，如果有胃口，我們就進去吃，如果還不想吃，我就陪妳回來，然後我再回去我的住處。但願晚上我們不會失眠。」

我聽到他們站起身來，路易莎收拾一下擺在小茶几上的東西，那小茶几是少數我們一起買的家具，我聽到她走到廚房的腳步聲，然後再走回來，我想：「現在她應該要進到臥房來了，來更換衣服，或是來拿外出的東西。我很想見她。他們出門後，我就可以刷牙，喝水，也許還剩一些橄欖也說不定。」

我父親，無疑地一定穿上風衣了，或是披在肩膀上，他先走到門口，打開朝向大街的大門。

「妳好了沒？」他問路易莎。

「等一下。」她回答，「我去拿條絲巾。」

我聽到她的高跟鞋聲音往我這邊靠近，我認得她的腳步聲，踩在木板上的聲音，比「比爾」鞋底的高響金屬片踩在大理石地面、或是小古斯塔多隨時隨地踢踏響的聲音都來的謹慎低調。她的腳步聲沒有一跛一跛的聲音，脫掉鞋子的時候也不會跛腳；她不需要很吃力地爬上梯子，去找不熟悉的鋼筆的卡式墨水匣。她的高跟鞋也從來不會像刀子一樣扎在柏油路面上，也不會滿懷憎惡拖曳著細高跟鞋踢踢踏踏快速地奔走，像馬刺或斧頭劈砍的聲音。如果是因為我的關係，我但願是這樣，那會是幸福的腳步聲。我從門縫看到她的手按在我房門的彈子鎖。她正要走進來，我就要看到她了，我已經三個星期沒見到她，幾乎八個星期沒在這個地方看到她——我的家，我們的臥房和我們的枕頭。在把門推開以前，她的聲音穿過走道對著藍斯說話，他還在門口，風衣披在肩上，按電梯上樓。

「華安明天到家。您要不要我告訴他，還是都不要跟他提？」

藍斯的回答迅速傳到，但是話語顯得緩慢疲憊，好像敲擊鋼盔，一種生鏽又沙啞的聲音。

「我很感激妳，」他說，「我很感激妳幫我省掉去想這件事的麻煩，我不知道怎樣比較好。妳就替我想吧！看妳的意思。」

「別擔心。」路易莎說，然後推開門。她先把門關上以後才開燈，她一定注意到我抽菸的許多煙霧。我還沒站起身來，我們沒有親吻，好像我們還沒見到彼此，我還沒有回到家。她斜眼看著我，她斜眼對著我笑，她打開我們的衣櫃，拿出一條有動物圖案的愛馬仕絲巾，那是很久以前我旅行回來送給她的禮物，那時我們還沒結婚。她身上的味道很棒，一款新的香水，不是我送她的楚薩迪。她一臉想睡的模樣，好像眼睛酸痛，好像藍斯那雙眼睛讓她痛了起來，她看起來很美。她把絲巾繫在脖子上，對我說：

「你看吧！」

我想到這句話是貝兒妲穿著罩袍站在我背後時說的話，當時我從暗黑的電視螢幕反光中看到她，就在我看完錄影帶的時候，那時她已經看過好多次，又重複看，也許現在也還繼續看。因此，我想現在我也用一樣的回答。我站起身來，我用手拍拍路易莎的肩膀。」

「我明白了。」我對她說。

80 Toulouse，法國第四大城，僅次於巴黎、馬賽和里昂。境內多紅磚建築，夕照呈暗紅色，被喻成玫瑰城，為一個具有豐富歷史與藝術的城市。

現在我不舒服的感覺已經緩和多了，我的預感也不再那麼負面了，雖然我還是沒能像以前一樣，去想抽象的未來，我還是會隱隱約約想像，胡思亂想應該會來或可能會來的事情，不太聚焦也不是興致勃勃地問自己，明天我們會怎麼樣，或是五天後、四十年後，那些我們無法預見的未來將會怎樣。我知道，或我認為，發生在路易莎和我之間的事，要等到很久以後我才會知道，或是輪不到我知道，而是我的子孫，如果我們有子嗣的話，或是某個不認識的陌生人才會知道，也許這個陌生人也還沒出現在這個汲汲營營的世界裡；生命的降臨取決於一個活動，一個動作，一句從這個世界未知的另一端說出的話。發問和緘默，一切都有可能，像華娜．阿基雷拉三緘其口，或像她的姊姊德雷莎發問又催逼，或是兩件事都不做，就像那位我把她稱作葛洛莉雅的第一位妻子，乍看好像從未存在似的，或是沒有存在許久，只為了她那位撮合女兒婚事的母親，也是一位丈母娘，想來也會在古巴悲傷地逝世，她成了沒有女兒的寡母，蛇把她的女兒給吞了，我所知道的語言裡找不到足以和「孤兒」對應的反義詞[81]。不論如何，一切很快就會消失，等藍斯、路易莎或我的時候到了，我們都只會記得發生在我們身上的事，以及我們所做的事，而不是人家告訴我們的事，或是發生在別人身上的事，或是別人所做的事（一旦我們的心不再那麼蒼白時）。有時候我總有一種感覺，發生的事情好像啥事都沒發生，因為沒有任何事情可以持續發生不受到干擾，沒有任何事可以持久或永遠保存，也不可能從未間斷的一直記住，連最單調乏味和日常慣習的生存，在它表面的週而復始的重複中，都會自我消去和否定，那一切一切，到最後跟過去也難有什麼異同，而且人事已非。這個世界脆弱的滾輪是由一群健忘的人在推動，他們聽、他們看、他們知道人們沒有說的話和沒發生的事，沒有被認可也沒有被證實的事。有時候我總有一種感覺，付出的等於沒有付出；我們放棄的或是任它流逝的跟我們把握的或想要抓住的事物一樣；我們經歷過的跟我們沒有嘗試的沒有不同；我們一生汲汲營營，最終生命終結，一直想要拾取、或是拒絕、或是挑選，想要畫出一條切線區隔那些彼此相同的事物，以便創造屬於我們自己獨一無二的故事，銘記心中而且可以訴說給別人聽，不管是當下，或是許久以後，繼而被抹拭而至移除；那曾經屬於我們的、我們是誰和我們的所作所為，終將被消弭遺忘。我們絞盡腦汁挖空心思，一直想要區隔事物之間的差異，結果到頭來並沒有什麼不同，或者原來根本就一樣。因此，我們總是充滿懊悔，感慨錯失良機，經常在確認與再確認事情，念念不忘已用掉的機會，而事實上什麼都沒有確定，一切盡已錯失。從來就沒有所謂的整體，甚至從來就不曾有過。另一方面，誠然也是事實，沒有所謂時間過不過去的問題，一切都在原來那個地方，等待復返的時機，就像路易莎說的一樣。

現在我開始考慮新的工作，她也是，我們兩人好像對八個星期的旅行，或是比八星期稍微短一點的旅行都感到厭倦了，十分操勞，偶而還會讓我們有點失神。我不會有問題，我會四種語言，也懂一點加泰隆尼亞文，我會繼續學好，現在有個工作機會剛好讓我可以經常跟巴塞隆納那邊通電話聯絡事情。很多人以為我跟國際組織的關係很好，跟很多達官貴人往來。我不想讓他們失望，其實他們大錯特錯。然而，我也不想長時間都待在馬德里，進進出出都跟路易莎在一起，不像以前去看她或是去接她，還比較有變化；現在幾間房間，一個電梯，一個門，屬於兩個人，而且共用一個雙人枕頭（只是個說法，總是有兩個枕頭），因此，有時候我們被迫在睡夢中打架；而也像病人一樣，我們習慣從這個臥榻枕頭看外面的世界，走在潮濕的路面上，我們的雙腳不需要猶豫不決，也不用多加思考，不用改變想法，也不能後悔或選擇：現在毫無疑問，走出電影院之後，或是用完晚餐，我們會走向同一個地方，在幾無人煙空曠的大街和幾乎總是濕漉漉的馬路上走往同一個方向，不管今夜我們是否想要這麼做，或者也許是昨夜，也許當時她並不想。我突然有這種感覺，但是我們還是繼續向前走。這一切，我想，兩人的腳步會一起朝向同一個地方（腳步聲會參差不齊，因為現在是四隻腳一起走），但基本上我們會彼此顧慮，至少我會這麼做。我認為，在這個汲汲營營的世界裡，我們還沒有要求彼此放棄或銷毀屬於原來自己的世界，也沒有相互要求放棄我們所愛的世界，我們只有改變婚姻狀態，這個目前還沒有那麼嚴重或無法度量：我可以說我們去了，或是，我們要買一架鋼琴，又或者，我們要有小孩了，或是我們有一隻貓。

幾天前我跟貝兒妲通電話，她打給我，每回她打電話來總是有點傷心，不然就是太寂寞了。我如果放棄全部的翻譯工作，就不太可能每隔一段時間去她那兒住一陣子，我就得把想告訴她的事情或趣聞，例如那些很戲劇化的，或很有趣的事情保留更久的時間才有機會告訴她，或是寫信給她，但我們很少寫信。我跟她問起「比爾」，她還愣了一下才想起來或確認，對她似乎已經很遙遠。她認為他已經離開紐約，也沒有再回去。「噢！我想起來了。」她說，「有可能這幾天的某一天就出現了。」就我所知，那天我們看他離開，我從大街上，貝兒姐從樓上窗戶看著他搭上計程車後，就再也沒有他的消息。但是她說的也不是沒道理，他有可能再出現，如果他是吉耶莫的話。貝兒姐還是透過徵友欄交朋友，她不想半途而廢，也沒有打退堂鼓的念頭，她跟我說現在對兩個人頗感興趣，但都還不認識，一個是「H的J」，一個是「楚魯門」（Truman），分別是兩人的名字縮寫和暱稱。她興致高昂談論這兩個人，聽她講得嬌嗲可人，就像女人們懷有幻想的時候的神情，而那個幻想不是我們誘發的，也沒有感染我們，而是單純想傳遞給我們知道；我們交談時，讓我想起她臉頰上那弦月形的疤痕，從淺變深到呈現藍色或紫色的情形，曾經讓我誤以為是個斑紋。或許，我想（我會這樣想，但願她不再執迷），總有一天她會打退堂鼓，也會終止徵友欄的刊登，我祈求讓她的弦月疤痕只有單一色彩。貝兒姐是她的名字，「ＢＳＡ」是她的姓名縮寫，臉上總是有弦月痕的斑。

暫時我還沒見到小古斯塔多，我知道偶而我還是會見到他，甚至因為我父親的關係，我經常會見到他，即使父親不在人世，還是斷斷續續會有兒時的玩伴往來見面，那些同伴情誼永遠不會離去。他還是會繼續冀求這個世界，繼續想要扮演多重角色，訴說他生活周遭所見到的奇聞怪事。但是我寧願不要想到他，有時候無意想他，卻還是不由自主就想起來。

我還沒跟藍斯提到那天晚上我聽到的事，實際上沒有多久以前，然而在這悽悽遑遑的日子裡，那一夜匆匆地逐漸遠去了，就跟其他歲月一樣，快慢時間都是一樣多，也像每個人的生命，一個還沒走完的人生，或是已經過了大半歲數，例如我的人生，或是路易莎的人生。很有可能我們永遠不會談這件事，藍斯可能也不知道我是否知道，他甚至連問路易莎最後是否告訴我都沒問，總是會有人不知道某些事，或是不想知道，如此，我們就沒完沒了永無休止。就我觀察，他們倆的關係跟以前大致相仿，彷彿那個晚上不存在似的，或是什麼都沒說一樣。這樣比較好，他們彼此欣賞，路易莎也愛聽他講話。唯一不同的新樣貌是我看他變老了，沒那麼愛挖苦人了，幾乎就是個老人，他以前從來不曾有過老態。講話變得吞吐猶豫，眼睛不再那樣炯炯有神，看我或看別人時不再那麼熱情洋溢，人前恭維奉承的話也少了；他那跟我一模樣像女人的嘴，因為皺紋而讓唇形變模糊，他的眉毛也沒有矯健的力氣再揚高彎成弓形；有時會把手插進風衣的袖子，明年冬天起，我保證他會一直把雙手都穿進大衣的袖子裡。我們經常見面，現在我知道我會待在馬德里，過著比較悠閒恬靜的生活，目前我還在度假中。我們有好幾天一起出去吃午餐，有時跟路易莎，有時沒有她，去拖網船海鮮，安家餐廳，黃金鯛，阿爾卡德，也去尼可拉斯之家，盧坎帝諾，佛度尼，咖啡館餐廳和芳達客棧，[82]他喜歡去不同餐廳品嚐。他還是持續會跟我講一些我已經知道或不知道的故事，講他最風光活躍的年代，講他的旅行，講在普拉多美術館服務的時候，他跟那些百萬富豪和銀行經理的關係，他們都忘記他了，他年紀大了老了，對他們已經不中用也無趣了，他也無法再旅行去拜訪他們，有錢人喜歡接待客人，但不會奔波走動只為了去看一個朋友。我想著那晚藍斯告訴路易莎的事，而我坐在我的床尾抽著菸，偷偷摸摸背著他偷聽。雖然我會忘記，但現在還忘不了，每回我在藍斯家看到他保存的那張小號的德蕾莎肖像畫，我會更專注地看，看我這個無緣的姨媽，以前在我童年青少年時期從來沒有那麼關注過。我看那肖像，也許就像一般在看照片一樣，那些不會再見到我們，而我們也不會再見到他們的那些人，可能因為生氣、或離開、或疲憊，肖像畫最後竟然取代他們被抹拭變模糊的面容；拍攝的照片，就那麼一天擺姿勢拍照，沒有人記得，也不知何時拍的；就像我外婆和我母親凝視照片的神情，兩人大笑以後突然戛然而止的傻樣，發愣的雙眼和痴傻的笑容，眼神呆滯，眼珠無光，也不眨眼，好像剛起床的人怔怔還摸不著頭緒；葛洛莉雅最後一刻應該也是這樣在凝視觀看，沒有她的肖像畫，因為她可沒有回過臉來；她一定沒有機會思索，甚至也想不起來，她感到心痛，回顧過去的恐懼，心痛和恐懼都不是瞬間可以消失的，看著會長大的臉，但不會變老的臉，五官立體有型的臉變成平面的臉，我們習慣看到有表情動態的臉，倏忽停滯下來，平靜地安息，照片不是取代她們的人，而是取代她們的形象，就像我準備要看我父親的肖像，就像路易莎有一天也會習慣看我的肖像，那就是當我的後半生結束時，而她眼前的後半生也幾乎是所剩不多的餘生。只是啊，沒有人知道死亡的順序，也沒有人知道生者的順序。沒有人知道誰會先輪到傷心，或誰會先輪到恐懼。已無多大關係，一切已然成過去，什麼都沒有發生，而且沒有人知道。那天晚上我從藍斯的唇舌聽到的種種，我不覺得是天真，或是可以寬宥的小惡，我也笑不出來，但是我覺得的確是過去了。一切都會過去，連正在發生的事都會過去。

我不認為我還會知道蜜莉安任何消息，除非她有辦法讓人把她從古巴，或是那個新古巴帶出來。新古巴有許多計畫，馬上就會繁榮，偶然的機運也有幫助。我想任何時候我都會認出她來，就算她不再穿著圓領黃色的襯衫，也不穿窄裙，也不穿會釘住地面的細高跟鞋，手臂上也不掛著那個特大號的手袋，一眼就知道不是今日流行的肩背包，她那只永遠不離身的大皮包讓她老是失去平衡。我會認得她，即使她步履優雅，她的腳後跟不再超出她的鞋底，即使她不再用手擺出動作說：「你過來」或是「你是我的」，或是「我殺了你」。任何一天要在馬德里遇到吉耶莫並非難事，那就倒霉；每個人早一點或晚一點，最後都會相識，甚至連外地來的人待下來都會認識。但是，我無法認出他來，因為我沒看到他的臉，靠一個聲音和一雙手臂無法認出一個人。某個夜晚，就寢前，我想到這三個人，想到蜜莉安，想到吉耶莫，還有他生病的妻子。蜜莉安在遙遠的那一邊，而他們兩人，天曉得是不是跟我在同一個城市，或是跟我住同一條街，或是在我們家裡。聽到一個人的聲音，實在無法不連帶想像他的臉，所以有時候，我想像「比爾」的臉套在他身上，他留著鬍髭，他最有可能，因為有可能就是他本人；在馬德里這個悸動活躍的城市，我也有機會碰到他，曾經我幾度把他想成史恩．康納萊，我童年的偶像，在電影裡他都蓄著鬍髭，真是一位出色的演員！但是「比爾」也混雜著小古斯塔多那張淫慾和骨瘦嶙峋的臉，輪番交替留著鬍髭、時而又剃掉它；或是藍斯的鬍髭，年輕時英姿煥發，他住在哈瓦那那段時間，還有後來，終於跟德蕾莎．阿基雷拉結了婚，以及跟她去度蜜月時，無庸置疑那是他的燦爛歲月；或是我的臉，我沒有蓄鬍髭，也從沒留過，不過也許有一天我也留起鬍髭來，等我年紀老成一點時，為了不要像我父親現在這個樣貌，不要像現在的他，這將是我會記得的他。

好幾個夜晚，我注意到路易莎的胸脯，在床上磨蹭我的背，我們兩人都睡著時，或兩人都醒著時，她都傾向靠過來。她會一直在那兒，這是可以預期的，原本的想法也是這樣，雖然還要經過很多年才能貫徹那個「一直在那兒」的常態。有時我想，如果隨著時間的流逝和抽象的未來一切都不會改變的話，那個才是重要的，然而現時當下無法感染也不能同化那個可能的改變，這個情況現在對我來說就是個不祥預兆。此刻的我，但願現在這些永遠都不會改變，但是我也不能排除某段時間裡突然有個人，例如某個我不認識的女人，在某個午後氣沖沖地跑來看我，或是終於找到我頓時解脫而鬆了口氣，但是卻什麼話都沒跟我說，我們只是凝視相望，或是我們默默無語站著親親擁抱，或是我們乾脆上床裸裎纏綿，或許她只是脫下鞋子，讓我看看她那雙腳，在出門以前刻意清潔乾淨，因為我可能會想看也會撫摸它們，而此刻那雙腳疲憊且痠痛，只因為苦苦等候我多時（一隻腳掌還碰到地面弄髒了）。那個女人有可能走進浴室，關起門來，躲在裡面好些會兒悶不吭聲，照照鏡子，重新梳理打扮，試著抹除積壓在臉上的憤怒與疲憊，沮喪和欣慰的情緒夾雜，忖度思量要用哪一張臉最適合也最有利再出去面對那個讓她癡癡等候的男人，而此刻換他在浴室外頭等候她出來，等她出來見我。因為這個原因，所以她讓我等了比預期的時間還要久，浴室的門深鎖，或許她不是故意要這樣，只是想舒緩一下情緒，偷偷地哭一場，坐在馬桶蓋上或浴缸邊緩和情緒，取下隱形眼鏡，如果她有戴的話，拿一條毛巾擦乾眼淚，摀著臉讓自己的心情平靜下來，然後洗把臉，化個妝，梳理妥當後，再裝作若無其事的樣子，用最好的姿態走出來。我也不能排除那個可能，就是有一天那個女人換成是路易莎，而那個男人不是我，那個男人要求她必須有一個人死去，然後對她說：「不是他死，就是我亡。」而那個「他」是我。但是這個情況下，我會很高興至少她從浴室走出來，與其癱倒在冰冷的地板上，露出蒼白的乳房和蒼白的心，皺摺的裙子，濡濕的臉頰混雜著淚水、汗水和清水，因為水龍頭的水從洗手臺噴出來濺到地板，水滴掉落在倒地的身體上；那噴濺的水滴，像暴風雨後從屋簷下滴落的雨滴，總是滴在同樣的地方，那塊泥地，或是那塊肌膚或是肉體會越來越濕軟，甚至被穿透，形成一個凹洞，甚至變成水渠；那可不像水龍頭的水會從下水道消失，不留半點痕跡在洗手臺的磁磚上；或是，也不會像流血，會立刻被隨手拿到的東西止血擦拭掉，就近看是拿條手帕，或是繃帶，或是毛巾；有時候用水，或是直接用手，那流血的人自己的手，如果他還有意識又沒有傷害自己的話，那隻手會立刻摸著胃部或胸部或是背部，去蓋住那個傷口止血。真正傷害自己的人，反而不會用手止傷，需要別人的手護衛他。那就由我來保護他。

有時候，路易莎會在浴室裡哼哼唱唱，我則倚在門軸邊看著她梳妝打扮，那不是我們臥房的門，我像個偷懶或生病的小孩，從臥枕看世界，或是不越過浴室的門檻在那兒聆聽，我聽著女人的聲音從齒間發出，沒唱出什麼內容要讓人聽懂，更不需要解釋或翻譯，那些低聲吟唱，沒有意義，不經意地哼唱，也沒有對象，只消一聽一學，就永遠不會忘記。那歌兒，儘管在成人的生命中緘默，也許只在男人的生命裡沉默，一旦唱出也就流傳出去，口耳相傳，不會停止吟唱，也永遠不會沖淡消失。

---

81 失去父母的孩子叫「孤兒」，失去孩子的父母卻沒有適當的修飾詞。文中指出寡母喪女的悲痛，無以復加。

82 餐廳原名為拖網船海鮮（La Trainera），安家餐廳（La Ancha），黃金鯛（La Dorada），阿爾卡德（Alkalde，此字為巴斯克語，意思是「市長」），尼可拉斯之家（Nicolás），盧坎帝諾（Rugantino），佛度尼（Fortuny），咖啡餐廳（El Café）和芳達客棧（La Fonda）。小說中提到的餐廳多半以海鮮聞名，尤其北部巴斯克料理。

譯後記

我心也蒼白

張淑英

二〇二一年暑假，翻完《如此蒼白的心》，我以為，很快就可以捧著中文譯本去西班牙見馬利亞斯了；我以為，等他的代表作中譯本出版齊全後，再來就等著馬利亞斯何時獲得諾貝爾文學獎了。二〇二二年九月，寫完〈哈維爾．馬利亞斯創作的「臉」與「頸」〉的引介文評，在《聯合文學》的「當代大師」刊登後，當時，正埋首書寫幾篇薩拉馬戈百年冥誕（十一月十六日）的紀念專文，幾多思緒縈繞，下筆時，薩拉馬戈的靈光映照著個性有幾分相似的馬利亞斯投射到我腦海，我冥思遐想，十月六日將揭曉的諾貝爾文學獎會不會就是馬利亞斯呢？這是淺層的虛幻寫實效應，一廂情願的許多「我以為」，抵不過電腦的Messenger跳出一個西文新聞報導的真實——「西班牙文學的核心與關鍵作家，哈維爾．馬利亞斯逝世。」這一天是九一一，大腦半球的思緒正移向另一個角落，等文章寫完，如何幫女兒慶生。

一九九二年，《如此蒼白的心》出版時，當時的德國媒體與文壇好評，幾乎比西班牙還要熱絡，我還在西班牙、美國之間奔波搜索枯腸，專注博士論文資料搜集和撰寫。一九九七年，翻譯過上百部西、葡文作品的英國譯者Margaret Jull Costa，英譯《如此蒼白的心》讓馬利亞斯和她自己得到第二屆的國際都柏林文學獎，一時間在英國，也堪稱比在西班牙還要轟動。二〇二二年，在《如此蒼白的心》出版三十年後再見中文版新譯，是中文出版、書市、讀者向在天堂一角的馬利亞斯致敬。

二〇一〇年，我以教師、學者的身分，發表一篇分析《如此蒼白的心》的論文初稿。有了這個學術研究的第一類接觸，我以為已掌握小說的書寫風格與脈絡，我也懂馬利亞斯了。十年後，我有機會新譯這本小說時，心中竊喜（並非沒有顯露一點輕忽），總編輯世強給我寬裕的時間，我以為，我可以稍微怠惰些時，不消多少時日，應可如期交稿。

馬利亞斯曾經提到小說創作不僅是開頭難，前面的四十頁最是教人騷手踟躕，爬梳構思最為艱難。開始定心要翻譯《如此蒼白的心》時，我才領略，十年前那篇論文，為何一直沒有進一步深耕鑽研，化作嚴謹可出版的學術論文？因為，從第一頁開始，我當初竊喜的心跳悸動，頓時轉變成像潛泳時憋氣缺氧的窒息與掙扎。每一行每一段的書寫與論述，讓我無法斷然休止，找到可以切入的起手。等到氣快絕時，從水中伸出了頭，再潛首，彷彿腦霧般，一切重頭，再閱讀，再整理記憶。

這是第一次的感覺嗎？翻譯首度讓我感受被文字凌遲的苦惱（竟然又甘之如飴），閱讀原文，腦中浮現中文，但是腦與手之間斷線短路，不知道如何用適合的文字組合下筆；馬利亞斯喜歡迂迴、重複的修辭，我猶恐會錯意，譯錯義。馬利亞斯的敘述風格—人物或作者的旁白、框架引述的對話長篇綿延剪不斷理還亂，不像動畫或電影，以一定頻率連續變化，藉著視覺暫留的反應，讓人看到完整清楚的畫面。《如此蒼白的心》，還有他其他大河般的長篇巨著，一以貫之的敘事技法，讀者需要隨著文字自行拼圖、構築畫面，還要自己模擬表情聲效，透過口誦朗讀，感受整體的氛圍和故事延展。馬利亞斯的敘事學是無數個陷阱的埋伏，是比手畫腳的身體語言和姿勢詮釋的場域，讓譯者／讀者誤會了，還以為心領神會，誤以為恰確詮釋了他的意旨。因此，這西譯中的過程，我有了幾位一起閱讀這本小說的良師好友，特別感謝皇家學院前院長Darío Villanueva和我三十二年的西班牙好友Begoña García Sierra，他們在我不知所云時，給了許多明確的指引。但是，似乎也有我們的疑問想反問他：這是您（馬利亞斯）的意思嗎？我未來幾年的研究，是馬利亞斯。如今，一切無解了。馬利亞斯變成一個「祕密」。我是路易莎（Luisa Chang），沒有華安或藍斯可對話。是看不到「臉」與「頸」的謎。

二〇二〇年三月，皇家學院前院長Darío Villanueva在疫情肆虐時期，寫了一篇文章，他說「封城期間，良心不安，相較其他防疫的醫護人員和相關單位，覺得自己毫無貢獻；但是，同時也覺得享有特權。……居家防疫的意思，就是擁有全部的時間做自己想做的事，安靜地做：閱讀，還有寫作。」《如此蒼白的心》就是在瘟疫蔓延時，不捨晝夜，鎮日居家足不出戶的時期完成。疫情的侵襲讓人領略因恐懼而身心蒼白的真實境況。

二〇一六年五月，我在皇家學院的全會首次見到馬利亞斯本人。他淡淡微笑的容顏，溫文儒雅的儀態，恭喜我膺選皇家學院外籍院士；他站上樓梯臺階，在我旁邊合影，也邀我院士全會時坐在他旁邊；我心忖，初次見面的彬彬有禮和友善算是熟悉嗎？不過，他也可以在我譯完《如此蒼白的心》後，跟他索取隻字片語的獻詞時，婉轉告訴我，說時間之故，又身體違和，無法答應這個請求。我從閱讀認識的馬利亞斯的印象告訴我：無須再堅持。

「我一直不想知道，但是我卻知道了……」數月後，卻收到他辭世的消息。

二〇一九年二月，也是我們一面之雅之後，他第二次出席皇家學院院士全會，我千里迢迢，偶訪伊比利半島，參加了這兩次會議，他居在首都，離學院近在咫尺，漫長三年只出席這兩次。他送我小說《明日上戰場時，思念我》（*Mañana en la batalla piensa en mí*），題詞：「給我虧欠甚多的Luisa，這本敘述欺騙的小說，妳可別為它受苦。」

的確，從《如此蒼白的心》開始，馬利亞斯的作品環繞在探討婚姻關係的真實和忠誠，質疑愛的恆久性，而臥榻的親密和枕邊人的欺騙與背叛經常伴隨而生。二〇一八年，他卻和合作了二十年的出版人卡梅（Carme López Mercader）結縭了，他的婚姻生活是「夫妻相處兩、三週，彼此分開四、五週」，這是隨興、獨立又堅執的哈維爾，生時死辰都是處女座，要求「秩序、完美、挑剔」的馬利亞斯。

在馬利亞斯的創作和我的閱讀人生中，我們只見過兩次面，疫情三年後，二〇二二年，學院再次開啟大門每週開全會，我來了，但是《如此蒼白的心》出版時已經見不到他了。

我心也蒼白。

大師名作坊194

如此蒼白的心

作者—哈維爾．馬利亞斯
譯者—張淑英
編輯—張瑋庭
美術設計—徐睿紳
內頁排版—邵麗如

總編輯—嘉世強
董事長—趙政岷
出版者—時報文化出版企業股份有限公司
108019臺北市和平西路三段二四〇號三樓
發行專線—（〇二）二三〇六—六八四二
讀者服務專線—〇八〇〇—二三一—七〇五．（〇二）二三〇四—七一〇三
讀者服務傳真—（〇二）二三〇四—六八五八
郵撥—一九三四四七二四時報文化出版公司
信箱—一〇八九九臺北華江橋郵局第九九信箱

時報悅讀網—http://www.readingtimes.com.tw
電子郵件信箱—liter@readingtimes.com.tw
法律顧問—理律法律事務所　陳長文律師、李念祖律師
印刷—勁達印刷有限公司
初版一刷—二〇二二年十二月二十三日
定價—新臺幣四八〇元
（缺頁或破損的書，請寄回更換）

時報文化出版公司成立於一九七五年，
並於一九九九年股票上櫃公開發行，於二〇〇八年脫離中時集團非屬旺中，
以「尊重智慧與創意的文化事業」為信念。

如此蒼白的心／哈維爾．馬利亞斯著；張淑英譯．– 一版．– 臺北市：
時報文化, 2022.12
面； 公分．–（大師名作坊;194）
譯自：Corazón tan blanco
ISBN 978-626-353-301-1

878.57　　111020557

CORAZÓN TAN BLANCO by Javier Marías

ISBN 978-626-353-301-1
Printed in Taiwan